한국소설의 공간/현대한국문학의 이론

김치수

1940년 전북 고창에서 태어났다. 서울대학교 문리대 불문과를 졸업하고 같은 과 대학원에서 석사학위를, 프랑스 프로방스 대학에서 「소설의 구조」로 박사학위를 받았다. 1966년 『중앙일보』 신춘문예 평론 부문 입선으로 등단하였고, 『산문시대』와 『68문학』 『문학과지성』 동인으로 활동하였다. 1979년부터 2006년까지 이화여대 불문과 교수를 역임, 2011년부터 2013년까지 이화학원 석좌교수로 재직하였고, 2014년 10월 지병으로 타계했다.

저서로는 『화해와 사랑』(유고집) 『상처와 치유』 『문학의 목소리』 『삶의 허상과 소설의 진실』 『공감의 비평을 위하여』 『문학과 비평의 구조』 『박경리와 이청준』 『문학사회학을 위하여』 『한국소설의 공간』 등의 평론집과 『누보로망 연구』(공저) 『표현인문학』(공저) 『현대 기호학의 발전』(공저) 등의 학술서가 있다. 역서로는 알랭 로브그리예의 『누보로망을 위하여』, 미셸 뷔토르의 『새로운 소설을 찾아서』, 르네 지라르의 『낭만적 거짓과 소설적 진실(공역)』, 마르트 로베르의 『기원의 소설, 소설의 기원』(공역), 알랭 푸르니에의 『대장 몬느』, 에밀 졸라의 『나나』 등이 있다. 현대문학상(1983) 팔봉비평문학상(1992), 올해의 예술상(2006), 대산문학상(2010) 등을 수상했다.

김치수 문학전집 1

한국소설의 공간/현대한국문학의 이론

펴낸날 2016년 7월 15일

지은이 김치수
펴낸이 주일우
펴낸곳 ㈜**문학과지성사**
등록번호 제1993-000098호
주소 121-894 서울 마포구 잔다리로7길 18(서교동 377-20)
전화 02) 338-7224
팩스 02) 323-4180(편집) / 02) 338-7221(영업)
전자우편 moonji@moonji.com
홈페이지 www.moonji.com

© 김치수, 2016. Printed in Seoul, Korea

ISBN 978-89-320-2785-2 04800 / 978-89-320-2784-5(세트)

이 책은 〈오뚜기재단〉의 학술도서 연구비의 지원을 받아 발간되었습니다.

이 도서의 국립중앙도서관 출판예정도서목록(CIP)은 서지정보유통지원시스템 홈페이지(http://seoji.nl.go.kr)와 국가자료공동목록시스템(http://www.nl.go.kr/kolisnet)에서 이용하실 수 있습니다.(CIP제어번호: CIP2016015941)

김치수 문학전집 1

한국소설의 공간/현대한국문학의 이론

문학과지성사

김치수 문학전집을 엮으며

여기 한 비평가가 있다. 김치수(1940~2014)는 문학이론과 실제 비평, 외국 문학과 한국 문학 사이의 아름다운 소통을 이루어낸 비평가였다. 그는 '문학사회학'과 '구조주의'와 '누보로망'의 이론을 소개하면서 한국 문학 텍스트의 깊이 속에서 공감의 비평을 일구어냈다. 그의 비평에서 골드만과 염상섭과 이청준이 동급의 비평적 성찰의 대상이 되는 것은 자연스러웠다. 문학이론들의 역사적 상대성을 사유했기 때문에 그의 비평은 작품을 지도하기보다는 읽기의 행복과 함께했다. 그에게 문학을 읽는 것은 작가와 독자와의 동시적 대화였다. 믿음직함과 섬세함이라는 덕목을 두루 지녔던 그는, 동료들에게 훈훈하고 한결같은 문학적 우정의 상징이었다. 2014년 그가 타계했을 때, 한국 문학은 가장 친밀하고 겸손한 동행자를 잃었다.

김치수의 사유는 입장을 밝히는 것이 아니라 입장의 조건과 맥락을 탐색하는 것이었으며, 비평이 타자의 정신과 삶을 이해하려는 대화적 움직임이라는 것을 확인시켜주었다. 그의 문학적 여정은 텍스트의 숨은 욕망에 대한 심층적인 분석에서부터, 텍스트와 사회구조의 대응을 읽어내고 문학과 사회의 경계면 너머 그늘의 논리까지 사유함으로써 당대의 구조적 핵심을 통찰하는 데까지 이르고 있다. 그의 비평은 '문학'과 '지성'의 상호 연관에 바탕 한 인문적 성찰을 통해 사회문화적 현실에 대한 비평적 실천을 도모한 4·19세대의 문학 정신이 갖는 현재성을 증거 한다. 그는 권력의 폭력과 역사의 배반보다 더 깊고 끈질긴 문학의 힘을 믿었던 비평가였다.

이제 김치수의 비평을 우리가 다시 돌아보는 것은 한국 문학 비평의 한 시대를 정리하는 작업이 아니라, 한국 문학의 미래를 탐문하는 일이다. 그가 남겨놓은 글들을 다시 읽고 그의 1주기에 맞추어 〈김치수 문학전집〉(전 10권)으로 묶고 펴내는 일을 시작하는 것은 내일의 한국 문학을 위한 우리의 가슴 벅찬 의무이다. 최선을 다한 문학적 인간의 아름다움 앞에서 어떤 비평적 수사도 무력할 것이나, 한국 문학 비평의 귀중한 자산인 이 전집을 미래를 위한 희망의 거점으로 남겨두고자 한다.

2015년 10월
김치수 문학전집 간행위원회

차례

김치수 문학전집을 엮으며 **4**

한국소설의 공간

삼판에 부쳐 **11**
재판의 간행에 부쳐 **12**
머리말 **14**

I
식민지시대의 문학 **18**
6·25의 전쟁소설 **48**
반속주의(反俗主義) 문학과 그 전통―1960년대 문학의 성격·역사적 위치 규명 **57**
1960년대 작가에 대한 별견(瞥見) **80**
작가와 반항의 한계 **93**
비평 단상 **102**
문학사에서 전통 문제 **113**

II
'이즘'과 작가―김동인 **124**
자연주의 재고―염상섭 **135**
채만식의 유고―「소년은 자란다」 **154**
'외로움'과 그 극복의 문제―황순원의 「일월(日月)」 **165**
작가와 문학적 변모―장용학 **182**
지식인의 망명―최인훈의 「회색인」 「서유기」 **201**
풍속의 변천―김문수·홍성원 **223**
상황과 개인―신상웅 **236**
상황과 문체―이문구 **250**
한국 소설의 새 얼굴―최인호·황석영 **268**

현대한국문학의 이론

서문 297

농촌소설 별견 300
한국 소설의 과제 320
역사적 탁류의 인식—채만식의 「탁류」「태평천하」 338
관조자의 세계—이호철 351

일러두기

1. 문학과지성사판 〈김치수 문학전집〉은 간행위원회의 협의에 따라, '문학사회학'과 '구조주의' '누보로망'
등을 바탕으로 한 문학이론서와 비평적 성찰의 평론집을 선별해 10권으로 기획되었다.
2. 원본 복원에 충실하되 '한글 맞춤법'과 '외래어 표기법'은 국립국어원에 따라 바꾸었다.

한국소설의 공간

삼판에 부쳐

초판을 낸 지 어언 10년. 우리의 문학과 우리의 삶에 어떤 변화가 있었는가? 달라진 것이 없는 이 책을 다시 낸다는 것은 나에게는 부끄러움이다. 그러나 그 부끄러움을 감추는 것보다는 있는 그대로 드러내는 것이 달라지지 않은 문학적 질문과 삶의 문제에 보다 정직하게 접근하는 것이라면 나는 그것을 지니고 함께 살고 싶다.

1986년 2월
김치수

재판의 간행에 부쳐

초판이 나온 뒤에 만 3년 만에 재판을 내놓게 되었다. 오래전부터 이 책을 구할 수 없다는 이야기를 들어오면서도, 출판물의 공해를 이야기하는 오늘날, 또 하나의 공해가 되지 않을까 두려워서 망설여왔다. 이번의 재판은 순전히 열화당 이기웅 사장의 호의와 권유로 나오게 되었다. 이 부끄러운 책을 읽어준 독자 여러분께 감사한다.

문학의 공간이 우리의 삶의 공간과 무관하지 않다고 하는데, 갈수록 이 삶의 공간 속의 모든 행위에 대해 부끄러움과 절망감을 더 느끼게 된다. 이처럼 문화 행위에 대한 회의가 심할수록 문학을 떠나지 않아야 된다고 스스로를 달래고 있다. 아울러 이 책의 재판과 비슷한 시기에 『문학사회학을 위하여』를 간행한다는 것을 알리면서, 이 둘 사이의 거리가 멀지 않음도 밝혀두고 싶다.

12

이 책이 〈문화예술총서〉에 삽입된 것은, 총서가 최근의 기획임에도 불구하고, 이 책의 내용이 그 기획에 부합한다는 편집자의 권유 때문이었다. 이 점 독자들의 이해가 있기를 바란다.

1979년 10월
김치수

머리말

비평 행위란 일종의 독서 행위라고 이야기했을 때, 독서의 공간이란 작가의 의식과 한 독자의 의식이 만나는 장이라고 이야기할 수 있을 것이다. 이 경우 비평은 작가와 작품 앞에서 오만할 수 없는 것이고, 그것들을 우선 이해의 눈으로 바라볼 수밖에 없다. 아마도 이것이 나의 독서 행위의 근간을 이루어왔던 것으로 보인다.

그런데 독서의 대상도 그렇지만 독서의 주체도 끊임없는 움직임 속에 있다. 이때 움직임이란 말은 모든 것이 변한다는, 이른바 대상과 주체의 비(非)고정성을 염두에 두고 있는데, 이렇게 이야기하는 이유는 나 자신의 삶을 경직된 것으로 놓아두지 않고 바로 정신의 모험에 자유를 부여하고 싶은 의지의 표현이다.

그렇다면 변화 속에서 자유롭고자 하는 독서 행위들을 이렇게 한 권의 책 속에 갇히게 하는 것은 무엇인가? 이 질문은 오늘날 한 권의 책이 사회적·경제적·문화적 현상으로 빠져버리기 쉬운 여러 가지 함정 혹은 모순을 의식하고 있는 데서 제기될 수밖에 없다. 사실 그러한 문화의 상투성에서 완전히 벗어난다는 것은, 우리가 그 상황 속에서 살고 있는 한 불가능하다. 중요한 사실은 바로 그 사실을 의식한다는 데 있을 것으로 보인다. 그러므로 과거를 묶어놓기 위해서, 그래서 자신에게 어떤 꼬리표를 붙이기 위해서가 아니라 '지금' '여기'에 있는 자신의 정체를 좀더 명확히 하기 위해서 이 책을 엮어보는 것이다. 그것은 과거에 대한 회고적 감상도, 현재에 대한 나르시스적 긍지도 아니다. 오히려 현재를 구성하고 있는 여러 요소에 대한 스스로의 확인과 반성과 비판을, 다른 사람들과 함께 나누어보고 싶은 것이다. 실제로 여기 모은 글에서 여러 요소가 현재로서는 아니다,라고 이야기할 수 있는 것이긴 하지만, 문학에 관한 근본적인 태도에서는 그렇게 달라지지 않았다는 것을 확인하게 되었다. 부인하고 싶은 요소들에 손을 대지 않고 그대로 수록한 이유는, 과거를 은폐하기보다는 밝히는 것이 부정을 통해서 긍정을 발견하는 행위라고 생각했기 때문이다. 자기 자신을 포함한 모든 사물에 대해 엄격하면서 동시에 관대해야 한다는 것이 나 자신의 생각이다.

이 책(『한국소설의 공간』—편집자 주)에서 「농촌소설론」 「이호철론」 「채만식론」 등이 빠진 것은 가능한 한 다른 평론집(공저)에 실린 글들을 피하려는 생각에서였고, 연평 및 월평 등 시사적인 글들을 제외시킨 것은, 거기에서 다룬 작가와 작품에 대한 보다 자세한 분석을 해볼 생각에서였다.

제목을 '한국소설의 공간'이라고 한 것은, 한국 소설이 내게는 문학적 삶의 공간이었고, 그 소설들이 이 땅의 문화적·사회적 공간을 이루었고, 바로 이 공간 속에서 문학의 영토가 모든 억압으로부터 지켜져야 하기 때문이다. 시간적으로 이 책이 식민지시대부터 다루고 있는 것은 순전히 임의적인 선택의 결과이다.

이 책의 출간과 더불어 문학에 대한 전반적인 반성, 비평의 방법론에 대한 모색, 그리고 시에 대한 관심의 확대 등을 시도해볼 생각이다.

끝으로 이 책의 출판을 기꺼이 맡아주신 열화당의 이기웅 사장과 이 책을 출판하는 데 여러 가지로 도와준 나의 동료들에게, 그리고 교정을 보느라고 수고한 장진 양에게 깊은 감사를 드린다.

1976년 11월

16

I

식민지시대의 문학

한국사에서 일제 침략시대는 한국의 지성사에서 가장 큰 수난과 시련의 역사였다. 이러한 단정이 감정적인 것이 되지 않기 위해서는 일제시대의 성격에 관한 고찰을 전제로 하지 않으면 안 된다. 이미 역사적으로 고증·실증되고 인식된 것처럼 이 시대만큼 정치·경제·사회·문화 전반에 걸쳐 외국의 지배를 받았던 시기는 없었다. 고려시대의 원의 지배나 이조시대의 명·청의 간섭은 어디까지나 외교적 의미 혹은 국제 관계의 의미를 띠고 있었던 것이지 한민족의 열등성을, 피지배적 속성을 의미하는 것은 아니라는 사실이 최근의 역사학계의 일련의 태도이다. 그러나 여기에서 이야기되어야 할 사항은 이러한 일반사에 관한 것이 아니고 한국의 정신사의 맥락을 찾는 방향으로서의 지성(혹은 지식인)과, 상황과의 관계 규명으로서의 일제시대―식민지시대에 관한 별견(瞥見)이어야 하기 때문에 일반사는 그것의 배경으로서의 의미를 갖게 된다.

흔히 이야기되듯이 현대는 정치·경제의 압도적인 힘에 의한 역사이기 때문에 어떤 시대의 역사를 논할 때 그 정신사적 측면은 도외시되어왔다. 그러나 저명한 학자들의 이론을 빌리지 않더라도 정치·경제가 역사의 표면적인 현상을 형성하고 있다면 정신사는 그것의 이면적 추이를 보여주는 것이다. 한국사에서 그 구체적인 실례를 찾아본다는 것은 그렇게 힘든 일에 속하지 않는다. 가령 이씨왕조가 세워진 경과를 보면 이성계의 정치적·군사적 힘 뒤에는 조준·정도전과 같은 이론가의 지적 실력이 있었다는 사실을 들 수 있다. 물론 이때 조준·정도전 같은 인물을 그 시대의 지성으로 보느냐의 문제는 '지성'에 대한 개념 규정이라는 원칙론에 대한 반복적인 추론이 될 것이다. 그러나 이 문제는 좀더 뒤로 미루고, 이조시대의 대표적 지성인들이 그 시대 역사의 중요한 역할을 담당했던 사실만을 주목하고자 한다. 이성계의 건국이념인 유교적 이상국가관은 고려 말에 전래된 주자학의 수용에서부터 그 연원을 찾아볼 수 있다. 주자학의 전래를 계기로 해서 형성된 것이 사대부 계층이다. 사대부에 대한 역사학계의 해석이 '독서층'이라는 것을 보면 이들이 그 시대의 지식인 계층이었음을 짐작하게 한다. 사실 이성계의 군사적 혁명이 새로운 국가 건설로 발전할 수 있었던 것은 조준·정도전과 같은 이론가들의 힘을 빌리고 있음으로써 가능했다. 여기에서 조선왕조는 유교적 이상국가 건설이라는 이론적 이념으로 발전할 수 있었으며, 동시에 지식인 계층의 정치참여라는 역사를 보다 확고하게 발전시킬 수 있었다. 그래서 이조 건국을 고려의 귀족정치로부터 사대부정치로의 이행이라고 보는 것 같다. 여하튼 몇

몇 예외를 제외하고는 이조시대의 지식인들은 거의 관료를 겸하고 있었다는 사실에서 한국의 지식인들은, 대부분 기존 질서와 가치 체계에 대해서 '달리 생각하는' 서양의 지식인과 그 성격이 다른 것이 사실이다. 그러나 건국이념 자체가 지식인들을 중심으로 한 이론정치가 목적이었던 것을 생각하면 한국의 지식인을 서양의 그것과 다르다고 해서 틀렸다고 할 수는 없을 것이다. 오히려 여기에서 한국 정신사의 어떤 특질 같은 것을 발견해내는 게 타당한 태도이리라. 여하튼 주자학의 집대성이 관료이며 학자였던 이퇴계·이율곡을 중심으로 이루어진 것임을 생각하면 이조시대 지식인의 역할을 짐작하게 하는 것만은 사실이다.

그러나 이러한 역사의 이면에는 이상과 현실의 배반감에서 고민하는 김시습이나, 선배 학자들의 학문적 업적이 현실에 수용될 수 없는 관념적인 것임을 깨닫고 그것을 극복하기 위해 새로운 이론을 내세운 정다산을 비롯한 실학자들이 있었다는 점에서 한국 지성사의 복합적인 의미를 발견하게 된다. 하나는 이상정치를 실현하기 위해 정치에 참여해 이론적인 투쟁을 계속했던 쪽이고, 다른 하나는 정치로부터 소외된 상태에서 실현되지는 못했을망정 정신사의 중요한 전통을 형성한 쪽이다. 그러나 이 두 쪽이 모두 이조의 이상국가 실현을 위한 의지를 소유하고 있었음을 간과할 수는 없다. 즉 김시습 등의 생육신은 역사적 윤리감을 가지고 있었고, 뒤에 사림파의 형성에 정신적 지주 역할을 했다. 이것은 구체적으로 조광조의 정치참여로 나타난다. 또한 연암의 소설 내용도 양반에 관한 저항의 표현이라기보다 양반 질서의 문란에 대한 비난이라고 보인다.

이와 같이 이조시대의 지식인 계층은 서구 사회의 그것과 성격이 다르면서도(이것은 물론 사회적 구조의 차이에서 온 것이지만) 역사의 내면적 정신사로서의 역할을 감당해온 것이다. 그러나 이러한 전통은 한말의 격동기에 와서 두 가지 측면으로 나타난다. 하나는 열강의 침략, 특히 일본의 침략에 대항해 저항의 대열을 형성하고 끈질기게 싸운 것이 이러한 지식인들의 이론으로 무장된 유생들이었다는 사실이다. 이것은 이조가 유교의 이념으로 세워졌고, 유생들은 그 이론으로 뭉쳐진 유일한 조직이었다는 점에서 설명이 된다. 다시 말하면 서구의 기독교가 처음 들어왔을 때, 유생들은 그것을 억압하는 데 앞장섰다가 이어 일제의 침략이 시작되자 기독교에 대한 탄압을 중단하고 항일운동의 대열에 참가했다. 유생들에게는 그들의 이념국가에 대한 위협이라는 점에서 일제의 침략이 기독교에 비할 바가 아닌 큰 적이었던 것이다. 물론 기독교의 토착화 문제는 일제의 침략에 따른 유생들의 탄압의 둔화라는 측면보다 기독교 자체의 선교 대상과 내용에 힘입은 바 크다. 이 시대의 선교 대상은 신식 문물에 관한 약간의 지식을 얻은 극히 일부의 양반들과 서민 계층을 대상으로 했기 때문에 지배층과는 다른 계층에 기독교의 보급이 가능했고, 선교 내용은 기독교 교리 자체보다 서구의 새로운 문물이 일부 유생과 서민들에게서 큰 설득력을 얻을 수 있었던 것이다. 특히 기독교 계통의 서적들이 한글로 간행됨으로써 한글 사용의 새로운 시대를 맞으면서 기독교를 통한 외국 유학의 길과 일부 지주들의 자비 부담의 외국 유학 길이 열림으로써 새로운 지식인 계층이 형성된 것은, 기독교 전래가 가져온 지식인 계층의 구조적 변화를 암시해준다. 구체적으로 일제의 침략이 소위 한일합병이라는 이름으로 그 성공 단계에 도달했을 때 유림 출신의 지식인들과 기독교 출신의 지식인들이 항일운동의 중추적 역할을 담당하는 것이 그러하다. 이때 기독교는 종교적 내세관으로만 받아들여진 것이 아니라 일제를 물리치기 위한 서구적 힘의 상징으로, 자주독립이라는 국제적 윤리관의 조언자로, 새로운 문물을 통한 물리적 힘의 배양자로 받아들여진 것이다. 이와 같은 기독교 (혹은 신식 학교) 출신과 함께 항일운동의 주축을 이룬 유림 출신의 지식인들은 그러나 전자와 전적으로 같은 의도를 가지고 있지는 않았다. 한말이나 일제시대의 유생들이 왕조 보존이라는 이념을 꿈꾸었다면 새로운 지식인들은 서구적 민주주의 국가를 염두에 두었다고 할 수 있다. 여기에서 유림 출신 지식인들의 다른 한 측면을 보게 되는데, 바로 개화의 지체를 가져오게 한 것이라고 말할 수 있다. 여기에서 개화를 단순한 서구화로 보지 않고 당시 사회가 지녔던 이념적·구조적 모순의 대담한 개혁이라고 보는 것이 전제되어야 한다. 한말의 개화운동은 보수적 유생들의 저지에 부딪히고 갑오개혁과 같은 개혁운동이 보다 큰 성과를 거두지 못했다. 그러나 이런 개화의 반대 세력으로서 유교적 지식인들은 일제의 침략을 무력적인 것으로만 파악하지 않고 친일개화파들의 정치적 행위에 의한 개혁까지도 그것으로 파악하고 있었다. 사실 갑오개혁을 비롯한 일련의 개화 혹은 근대화 운동이 한국인 스스로의 내적인 요구와 힘으로 주도될 수만 있었다면 식민지시대라는 역사적 암흑기를 경험하지는 않았을 것이고, 오늘날에도 각 분야에서 느끼는 40년간의 공백기, 그리고 그동안에 잃어버린 것이 없었을 뿐만 아니라 역사 발전의 중요한 계기를 얻을 수 있었을 것이다. 일제가 갑오개혁과 같은 개혁운동을 간섭하고 강제했다는 사실은 개혁 자체의 표면적 성과만을 드러내고 있을 뿐 한국인 내부에 있었던 개화·근대화 의지를 둔화시킨 것이었고, 유림 출신의 지식인들로 하여금 갑오개혁 자체에 대한 반대를 하게 했고, 그리하여 일제는 그것을 침략적 야욕의 도구로 이용하게 되었다. 이것은 결국 일제에 대한 반감으로 일반 여론을 서구화 쪽으로 기울게 했으며, 동시에 서구식 문물이 무조건 받아들여지는 풍토를 조성하게 했다. 한말에 있었던 독립협회의 활동, 신문의 출발이나 신교육운동도 그러한 점에서 파악될 수 있다. 그 시대의 대표적인 지식인들이 참가한 독립협회의 활동은 일제 침략에 대한 항거의 표현이면서 서구식 민주주의를 수용하려는 노력이었고, 여기에 참가한 지식인들은 대부분 서구식 교육을 받은 사람 혹은 기독교인이었다. 윤치호·서재필·이승만·이상재 등이 그 중심인물이었다는 사실이 그러하다. 또한 언론 자체가 서구적인 개념에 근거를 두고 있지만 『독립신문』의 서재필·윤치호, 『황성신문』의 남궁억, 『소년』의 최남선 등이 모두 외국 유학생 출신이거나 신식 교육을 받은 지식인들이었다는 점도 당시 지식인들의 성격을 말해준다. 뿐만 아니라 당시 지식인들과 일제시대 지식인들을 배출한 교육기관도 '배재' '이' '오산' 등 수많은 사학이었고, 이 사립학교들은 대부분 서양 선교사들이나 신교육을 받은 지식인들이나 새로운 사회에 눈을 뜬 민족자본가들을 중심으로 설립된 것이었다.

그렇기 때문에 한말 이후의 한국사를 일제의 침략과 한국의 저항의 역사로 보는 것이 타당하다면, 한국의 정신사도 침략과 저항의 역사로 볼 수 있다. 그리고 저항의 세력으로서 지식인들이 차지한 역할을 간과할 수 없으며, 동시에 그 지식인 계층의 두 가지 성격을 주목하게 된다. 앞에서 살펴보았듯이 그것은 유생 출신의 전통적 지식인과 기독교 혹은 신식 교육 출신의 새로운 지식인 계층으로 대별된다. 이 두 지식인 계층의 공존을 한말의 정신사에서 찾아볼 수 있다면 두 이질적 정신문화의 충돌에서 오는 모순도 한말의 역사에서 찾아볼 수 있다.

즉 전통적인 지식인 계층에서는 그 시대의 정신적 혼란기를 극복하려는 새로운 노력이 부족한 대신에 '의리'라는 전통적인 가치관에 따른 재래적 저항 그 자체만을 고집하는 것으로 나타나고, 새로운 지식인 계층에서는 전통적인 데서 그 혼란의 상황을 극복하려는 노력을 보이지 않고, 서구 문물 일변도의 사고방식에서 이질적인 서구 문화를 무조건 받아들이는 결과를 낳는다. 문학에서 신소설이나 창가는 그러한 정신의 요체를 보여주는 것이었다. 신소설에서는 문학에서 '개인'이라는 것을 의식하려는 진전 같은 것이 보이는 듯하지만, 사실은 외국 유학의 찬양이 주된 테마가 되고, 창가에서는 한글의 사용이라는 일면을 가지고 있는 데 반해 서구의 물질문명에 대한 경탄으로 일관되고 있음을 보게 된다. 이러한 사실들은 당시의 지식인들이 역사를 정당하게 인식하려는 노력을 했다기보다는 역사의 그릇된 물결에 휩쓸리고 있었다는 사실을 말해준다. 바꾸어 말하면 개항 이후 외래문화의 홍수 속에서 '자기'라는 것의 올바른 인식에 도달하지 못했으며, 따라서 이 시대를 신교육이니 기독교니 하는 것들이 이 땅에 들어온 데서 야기된 정신의 혼란기라고 할 수 있다.

이러한 혼란기를 극복하기 위한 노력이 이 땅의 지식인들에게서 본격적으로 진행된 것은 소위 한일합병이 이루어진 1910년 이후라고 생각된다. 혼란기의 극복이란 전통적인 것에 대한 완고한 고집이라거나 새로운 문물에 대한 찬양으로 이루어질 수 있는 것이 아니라, 전통적인 것에 대한 새로운 검토를 통해서 현실 타개의 방향을 찾아내는 노력과 새로운 문물을 체계적으로 정리하고 선택함으로써 올바른 역사의식을 고취하려는 노력을 통해 이루어질 수 있다. 여기에서 간과해서는 안 될 현상은, 이조시대 지식인들의 관료성이 일제시대로 인해 자연적으로 배제되었다는 사실이다. 이것은 지식인의 권력 지향성이 배제되는 계기가 되었다. 말하자면 현실이나 역사에 대해서 '달리' 생각하는 지식인 본래적인 위치를 차지하게 된 것이 이 시기 지식인의 성격이다. 뿐만 아니라 이 시기 지식인들은 모든 분야에 걸쳐 '아는' 사람이라기보다는 자기 분야를 선택할 줄 아는 사람이었다. 이것은 각계의 지식인들이 각 분야를 철저히 알고 그렇게 함으로써 지식인 전체가 '앎'의 총체성을 이룩할 수 있었다는 사실이다. 또한 일제시대의 지식인들은 한말 지식인들이 형성한 두 가지 계열—즉 전통적 사상에서 출발하고 있는 쪽과 새로운 문물의 수용에 따른 쪽—의 발전적인 모습을 보여주고 있다는 점에서 주목되어야 한다.

전통적인 사상에서 출발하고 있는 지식인으로는 1910년대의 역사학자 박은식을 들 수 있다. 『한국통사』(1915), 『한국독립운동지혈사』(1920)를 통해서 '개혁기의 역사학을 계승하여 그때 해결하지 못한 과제를 해결한'(김용섭의 『근대역사학의 성립』〈한국현대사〉 제6권 『신문화100년』) 박은식은 일제의 침략을 규탄하고 한국의 독립을 주장한 지식인으로 일제 침략의 부당성을 역사학으로 증명하고자 했다. 많은 지식인이 변절의 수난을 당하기 훨씬 이전에 중국으로 망명한 그는 민족의 우수성을 역사적으로 증명하면서 '국교·국학·국어·국문·국사' 등을 내면적·정신적 혼(魂)으로, '전곡(錢穀)·졸승(卒乘)·성지(城池)·선함(船艦)·기계(機械)' 등을 외형적·물질적 백(魄)으로 파악하여 정신의 우월성이 민족의 운명을 좌우한다는 것을 강조했다. 일종의 전통적인 관념론에 해당하는 이러한 주장은 그의 저서를 통해 구체적인 실감을 얻게 되며, 동시에 일제에 대한 저항의 지성으로서 중요한 패턴을 제시하는 것이었다. 이것은 그가 단순한 학자가 아니라 그 시대의 지성으로서 자기 할 바를 정당하게 파악한 그의 역사의식을 이야기한다. 구체적으로 "그의 역사학은 초기 일제 관학자들의 연구를 압도하는 힘이 있었다. 일제의 식민지 당국자들은 박은식의 『한국통사』가 나왔을 때 당황하지 않을 수 없었다. 그들은 이 박은식의 『한국통사』의 출현을 계기로 그들의 『조선사 37권』 편찬을 계획하게까지 되었다"는 사실로써 입증되고 있다. 유교의 보급을 부르짖음으로써 민족정신을 고취하기 위해 『유교구신론』을 쓴 그는 분명히 전통적인 지성에 속하면서도 전통을 그대로 답습하지 않고 전통의 개혁을 부르짖고, 한편으로는 '이용후생의 신학·신법을 구적(仇敵)시'만 하지 말고 정당한 수용 방법을 모색하도록 교육론을 폈다는 점에서 한말의 전통적 지식인들과 그 태도가 다르다. 이것은 당시 지식인으로서 그의 진보적인 일면을 보게 하는 동시에 그 구체적 예증의 검토가 유학의 개념을 벗어나지 못했다는 점에서 그의 한계성을 나타내주는 사실이기도 하다. 따라서 김용섭의 다음과 같은 지적은 상당히 의미심장한 것 같다. 즉 "그의 역사의식은 세계에 문호를 개방하고 주체적인 입장에서 그 문화를 섭취하려는 진취적인 개혁 사상의 기반 위에 성립되고 있는 것이었으나 동시에 그것은 기본적으로 전통적인 유교 사상의 유지가 전제되고 있는 것이었으며, 따라서 그의 개혁 사상은 우리나라 구사회의 완전한 개혁을 기반으로 하고 있는 것이 아니었다. 그는 유교 사상 속에 민족혼을 찾고 민족혼의 앙양 보급을 위해서 유교의 종교화를 꾀하고, 그러한 민족혼의 유지를 통해서 국권의 회복을 바라는 것이었다. 그러한 점에서는 그의 역사의식은 광무개혁기의 개혁 이념과 상통하는 것이었으며 우리의 근대 역사학의 역사의식과는 아직도 상당한 거리가 있

는 것이었다."(김용섭, 『근대역사학의 성립』) 이것은 당시 지식인으로
서 민족 독립의 염원을 역사학 쪽에서 입증하여 정신사의 중요한 일
면을 나타내는 것이었음을 말하면서 동시에 유교적 이상국가관을 버
리지 못했다는 점에서 당시 지성으로서의 그의 학문이 한계를 가지
고 있었음을 의미한다.

　박은식과 같은 역사학자이면서 전통적인 지식인 출신으로 "박은식
의 역사학을 계승하여 그의 역사의식에서 볼 수 있었던 한계를 극복하
고 이론적으로 우리의 근대 역사학을 완성시킨"(김용섭, 같은 책) 신채
호를 일제시대의 대표적인 지식인으로 드는 것도 어렵지 않은 일에 속
한다. 박은식이 1910년대에 활동한 역사학자라면 신채호는 1920년대
에 활동한 역사학자이다. 그는 1920년대에 『조선상고사』 『조선사연구
초』 『조선혁명선언』 등을 완성했는데, 그의 이론이 역사의 본질을 '아
(我)'와 '비아(非我)'의 투쟁으로 표현하고 있는 데서 그의 업적을 역
사학 자체로서 국한시키지 않고 일제시대 지식인의 중요한 현실 파악
으로 받아들일 수 있다. 식민지시대의 지식인으로서 그의 역사의식은
일제의 침략에 대항하는 저항의 역사와 중세사회에서 근대사회로의
이행이 전제되는 발전의 역사에 대한 인식에 근거를 두고 있다. 그가
전통적인 지식 계층 출신이면서 유학의 계승이나 그 이념을 내세우지
않으려고 한 것은 그 자신의 출신의 한계를 뛰어넘는 것이었으며, 〔그
가 성균관 박사(博士) 출신임을 상기하기를 바란다〕 저항의 역사를 강조
한 것은 유교적 이념의 대의명분이라는 꿋꿋한 정신을 받아들이고 있
기 때문이다. 그가 국내에서의 항거가 불가능해졌을 때 중국으로 망명
한 것은 그의 꿋꿋한 정신의 한 표현이라고 할 수 있다. 이와 같은 사
실은 그의 역사학이 일부 특권층만을 대상으로하지 않고 민족 전체를

대상으로 한 것이어야 한다는 그의 역사이론과 함께 전통과 현실을 객관적·비판적으로 분석하고 종합하는 지성의 올바른 태도일 것이다. 그의 『조선혁명선언』에서 나타나고 있는 "고유적 조선의, 자유적 민중의, 민중적 경제의, 민중적 문화의 조선을 건설하기 위하여 이족통치의, 약탈제도의, 사회적 불평균의, 노예적 문화 사상의 현상을 타파함이니라"는 주장은 식민지시대의 지식인으로서 각 분야에 대한 식민지성을 정확하게 인식하고 있었고, 여기에 나타난 그의 독립 정신은 대한제국과 같은 구시대로의 복귀를 의미하는 것도 아니고, 일제시대의 사회경제 체제나 사상 형태의 수용을 의미하는 것도 아니었음을 알 수 있다. 이것은 유교적 봉건이념을 극복하고자 하는 그의 노력의 일면이며, 동시에 그 자신이 받아온 교육으로부터의 탈피를 위한 그의 몸부림의 일면이기도 하다. 그의 사고 속에 자리 잡고 있는 국가·민족은 일제 식민지시대에 처해 있는 지식인으로서 올바른 태도이기도 하지만, 그러나 한편으로는 유교적 국가관과 민족의식의 영향의 일면일 수도 있다. 그의 사상 속에는 국수주의적 요소가 허다한 것은 사실이지만(이기백, 『민족과 역사』 참조) 그가 최초로 서구식 근대 사학의 방법론을 도입하여 한국사의 연구 방법론을 제시하고 한국의 역사를 새로이 체계화하려고 했다는 점에서 지식인의 올바른 자세를 견지했다고 볼 수 있다. 이것은 '애국'이나 '민족'이나 '독립'이라는 당면한 문제에 가려 자신의 학문적 업적을 도외시하게 되는 일부 지식인들과는 뛰어나게 다른 모습으로 부각되는 점이라고 할 수 있다.

이러한 태도는 일부 지식인들이 정치적 패배를 보상하기 위해서 문화적 측면에 관한 연구를 했다는 비난을 받고 있는 것과는 좋은 대조를 이룬다.

이 두 지식인이 유교적 전통 속에서 나온 지식인이라고 한다면 이 광수는 신식 교육을 바탕으로 나온 지식인이었다. 활동의 시기가 박은식이나 신채호와 거의 동시대라고 할 수 있는 이광수(그의 「무정」이 1917년에 발표되었고 『민족개조론』이 1922년에 나왔다)는 해외 유학생 출신의 대표적 지식인이었다. 여기에서 간과할 수 없는 점은 전기 두 지식인이 역사학자였던 데 반해 이광수는 문학자였다는 사실이다. 문학은 역사와 달리 자신의 의식이나 주장을 직접적으로 논술하는 방법을 취할 수 없다는 점에서 역사학자의 글과 문학자의 작품을 같은 차원에서 다룰 수는 없다. 그러나 그러한 문학작품을 분석·검토·종합의 과정을 통해서 파악하게 되면 똑같은 결과를 얻을 수도 있다.

흔히 신문학의 효시라고 일컬어지는 이광수의 「무정」은 서구식 근대소설 양식의 도입이라는 점에서, 그리고 기독교적 개인주의의 싹을 볼 수 있다는 점에서 평가될 수는 있다. 그러나 여기에서 나타나고 있는 해외 유학이나 기독교, 자유연애는 신식 문물에 대한 동경과 찬양의 범주를 넘어서지 못한다. 이광수 이전의 신소설에서도 나타나기 시작한 이러한 태도는 전통과 외래문화를 올바로 접합시키는 방향을 모색하지 못한 결과에서 야기되는 것이다. 사실상 춘원의 문학에서는 신문명에 부딪히고 있는 전통적인 것의 고뇌의 과정을 찾아볼 수 없는 것이 그렇다. 문학이 정신사로서의 중요한 역할을 담당하는 것은 사상계나 일반학계가 이론적인 갈등 속에서 몸부림치고 있을 때 문학작품에서는 그 구체적인 실례를 보여주는 데 있다. 그런데 춘원의 문학 속에서는 그러한 것들이 개인의 고뇌를 형성하지 못하고, 전통에 대한 인식을 가지려고 노력하는 주인공들도 존재하지 않는다. 이것은 곧 춘원이 신식 교육만을 받았을 뿐 이 땅의 역사나 정신사에 관한 고찰을 하지 않았음을 의미한다. 그가 "조선인에게는 시도 없고, 소설도 없고, 극도 없고 즉 문예라 할 만한 문예가 없고, 즉 조선인에게는 정신적 생활이 없었다"고 주장한 것은 그러한 사실을 입증한다. 그렇기 때문에 그는 새로운 문물이면 무엇이든지 열광하게 되고 그 이질 문화가 이 땅에 수용되는 데 따르는 여러 문제를 검토하지 않았던 것이다. 그리고 그가 찬양한 신교육과 기독교와 자유연애는 서구 문화의 요체였던가? 아니 왜 그는 그러한 점에서만 서구적인 것을 발견할 수 있었던가. 이것은 당시 유교적인 전통사회에서 서구적 신문화 사회로 이행하는 과정에 대한 아무런 괴로움을 겪지 않았고, 또한 서구 문화 혹은 서구 정신사회를 단순화시켜서 받아들이고 있다는 사실로밖에 설명될 수 없다. 이광수의 계몽주의 문학이 가지고 있는 내용이 이렇게 빈약한 이유는 프랑스의 계몽주의 문학이 지닌 성격(흔히 그것은 과학 사상과 비판 정신과 시민의식으로 표현된다)을 도외시한 데서 찾아볼 수도 있다. 다시 말하면 서구 문화에 대한 올바른 인식에 도달하지 못하고 서구 문화를 피상적으로 관찰했음을 의미한다. 그와 동시대의 역사학자인 박은식의 이론과 비교할 때 문학인으로서 이광수의 불행이 여기에 있었고, 그것이 뒤에 오는 한국 문학에 얼마나 비극적인 의미를 주게 되는지 생각해보아야 한다. 특히 그 뒤에 발표된 『민족개조론』 같은 결정론은 당시 대표적 지식인으로서 그의 중대한 오류로 지적될 수 있다. "민족개조론이란 제호가 풍기는바 일제하의 우리 민족에게 희망을 주는 것 같으면서도, 실상 내용은 민족에 대한 배반을 도덕적으로 위장한 글"이라는 송욱의 비판처럼, 그것은 "조선의 역사는 사회 가치보다도 문화 가치로 승한 기록이니, 문화의 창조력에 있어서 조선인은 진실로 드물게 보는 천재 민족이라 할 수 있다"(최남선, 『조선역사』)는 최남선의 주장이 내포하듯 정치적 패배를 문화적 우수성으로 보상하려는 패배적 민족주의(이기백, 『민족과 역사』)에 지나지 않는다. 특히 한 민족의 장래에 대한 그의 비관론은 앞의 두 역사학자가 신념의 지식인이었던 것과 극히 대조를 이룬다. 그의 문학작품과 논문이 지닌 이와 같은 모순은 앞에서 지적한 것처럼 전통에 대한 연구 없이 신문화의 화려한 연막에 가려졌기 때문이다. 그리고 그가 뒤에 변절을 하는 것은 일제 말기에 변절한 무수한 지식인이 대부분 전통적인 유학자 출신이 아니라 해외 유학 출신이거나 신교육 출신의 지식인이었다는 사실로 어떤 설명이 되지 않을까 하는 가설을 낳게 한다.

여기에서 한 번 더 생각하게 되는 것은 유학자 출신의 지식인들이 변절을 하지 않은 대신에(박은식·신채호가 해외 망명의 길을 택했기 때문이라면 이광수도 망명했다가 돌아온 사실을, 그 두 사람이 단명했기 때문이라면 일제 말기를 살았던 정인보·안재홍 등의 지사들을 상기할 수 있다) 그 나름으로 한계를 지니고 있었다는 사실과 신식 교육 출신의 지식인들이 변절을 하거나 전통적인 것에 대한 탐구가 없었다는 사실이며, 이것은 이 땅의 지식인의 역사, 특히 식민지시대 지식인의 역사가 지닌 괴롭고 모순된 전통을 형성했다. 우리 사회의 본질적인 모순을 깊이 있게 관찰하고 그것을 극복하기 위한 내적 고뇌의 과정을 거쳐야 함에도 불구하고 그것에 관한 천착 없이 새로운 문물의 피상적 형태만을 도입시킴으로써 이광수는 독자들의 유행 심리를 압도하게 되었으며, 문단 안에서는 이광수 문학의 극복이라는 문제로 많은 작가로 하여금 씨름하게 했다. 독자들은 오랫동안 역사로부터 소외되었던 감정을 보상받기 위해 이광수가 제시하는 신식 문물에 열광하게 되었고, 따라서 일반 대중에게 춘원의 영향력은 다대한 것이었다. 작가들은 많은 독자를 보유한 춘원 문학을 항상 의식하게 되었고, 그 후에 낭만주의니 자연주의니 하는 문학사조를 제멋대로 끌어들임으로써 춘원 문학을 극복하려고 노력했다. 이것은 서구 문물을 끌어들인 춘원 문학을 극복하기 위해서는 보다 새롭고 이론적인 서구 이론을 자기 문학 속에 끌어들인다는, 춘원 문학에 대한 반작용으로 해석되는 것이다. 지식인은 상황이나 역사에 대해 의식하면서 한편으로는 자기의 삶과 자기의 태도가 어디에 자리 잡는 것이 정당한가라는 질문에 대한 괴로운 성찰을 하지 않으면 안 된다. 그러한 점에서 김동인을 비롯한 많은 작가가 춘원 문학의 극복이라는 당면 문제 때문에 정당하게 자기 자신을 파악할 수 있는 능력을 상실하게 되었던 것이다.

그렇다면 당시의 지식인 가운데 박은식이나 신채호와 같이 정당한 역사의식을 가진 지식인들의 이론이 왜 독자들에게서 설득력을 얻지 못했을까. 여기에는 물론 독자들이 무식했다거나 당시 지적 분위기가 그들의 이론을 받아들일 수 없게 되었다는 해석을 내릴 수도 있을 것이다. 그러나 이것이야말로 또 다른 식민지 사관에서 나온 주장에 지나지 않는다. 여기에서 주목하지 않으면 안 되는 것은 당시 문학 저널리즘의 압도적인 영향력이다. 문학작품 혹은 이론은 당시 신문이나 잡지의 가장 중요한 내용을 담당하고 있었고, 단행본이 보급되지 않던 그 시대에 신문·잡지는 유일한 지식 전달 기구였던 것이다. 사실 이러한 문학의 영향력 속에서는 일반 이론이 아무리 정당한 것이라고 할지라도 제대로 역할을 할 수가 없었으며, 따라서 역사학계의 이론이 문학작품 속에 수용되지 못한 것은 문학인이 책임져야 할 부분이다. 사실상 문학작품을 통해 일반 대중에게 잘못 받아들여진 역사관을, 사후에 교정시키기 위해서는, 역사학계의 노력이 적어도 한 세대 이상의 장구한 세월을 요구하기 때문에 한 사회의 지성으로서 문학자의 역할은 막중하다.

춘원 문학의 영향력 극복이라는 문제는 문단에서 두 가지 측면으로 드러난다. 하나는 춘원과 다른 계열의 작품을 쓰는 것이고, 다른 하나는 새로운 문학사조와 이론을 남용하는 것이었다. 춘원 문학의 극복이 그 당시 얼마나 큰 문제로 받아들여졌는가 하는 문제는 "이인직의 시대를 지나서 춘원의 독무대 시대까지 1인, 즉 전 문단이던 것은 이 『창조』의 문예운동으로 처음 깨어졌다" "(춘원 문학에 대한) 불만과 부족감은 춘원의 작품의 주조가 너무 소극부적 문제로 그 작품이 너무 감상적이며 그의 작품의 영향이 너무 데카당스적 풍조를 청년 사회에 흘렸으며, 그의 작품 그것이 당시의 소설 작가 지원 청년들에게 소설에 대한 그릇된 관념을 줌에 대하여서다"(김동인, 「조선근대소설고」)라는 표현에서 잘 드러난다. 이처럼 춘원 문학을 지나치게 의식한 것은 비단 김동인 한 사람에 국한되지 않고 전영택, 이론가로 나선 김팔봉, 초기의 염상섭 등 대부분의 작가였다. 그리고 이들의 주장에서 드러나고 있는 것은, 김동인·염상섭의 자연주의, 이상화·박영희의 낭만주의, 김팔봉·박영희의 신경향파 문학에 이르기까지 한국 문학의 독자적인 이론을 발견하는 것이 아니라, 외국의 문학사조를 오용하고 있다는 사실이다. 그러나 이들의 문학작품에서 드러나고 있는 것은 그러한 이론을 뒷받침할 수 있는 작품을 그들이 쓴 게 아니라는 사실이다. 따라서 그들에 대한 평가를 문학사에서 내릴 때 그들의 문학이론이 어떤 것이었다고 하더라도 거기에 상관없이 그 작품의 성격과 내용을 통해서 새로운 필연성을 찾아 정리해주는 것이 보다 정당한 태도이리라. 사실 김동인의 「감자」, 염상섭의 「표본실의 청개구리」 「만세전」, 이상화의 「나의 침실로」, 한용운의 「님의 침묵」 등 구체적인 작품을 놓고 보면 이 작가·시인들이 식민지시대라는 현실을 얼마나 의식하고 있는지 알 수 있다. 다시 말하면 김동인의 「감자」는 그 당시 빈민의 경지에 빠져 있는 한국 농촌의 현실에서 한국인이 경험하고 있는 경제적 노예의 식민지 상태를 보여주는 것이었고, 염상섭의 「표본실의 청개구리」가 조국을 잃은 지식인의 정신적 좌절과 방황을, 「만세전」이 3·1운동 직전에 한국의 지주 계층이 식민지시대로 인해서 변화하고 있는 모습과 지식인의 그 우울한 정신적 분위기를, 이상화의 「나의 침실로」가 잃어버린 '마돈나'에 대한 동경을 통해서 조국에 대한 그리움을, 한용운의 「님의 침묵」이 잃어버린 조국, 침묵하는 조국, 그리고 언젠가 돌아올 조국을 이야기하고 있다는 점에서 이들이 모두 식민지 한국의 작가·시인으로서 그 시대에 대해 절망하고 괴로워하고 잃어버린 조국에 대해 이야기하고 있는 것이다. 문학작품에서 현실을 이야기할 때 언제나 독자들에게 희망을 주고 독자들을 고무하는 것만이 온당한 태도라고 보는 사람들에게는 이러한 작품들이 정치적 패배에 대한 보상 행위로밖에 보이지 않을 것이다. 연설이나 논설에서는 허용되지 않지만 문학이나 예술작품에서는 '정신적 상황'의 올바른 인식만으로도 훌륭한 역할을 감당할 수 있다는 사실을 감안하면, 이러한 작품들이 식민지 정신사의 중요한 일면을 담당하고 있음을 보게 된다. 그러나 1920년대의 작가·시인들 가운데 작품으로써 지적 정신사의 긍정적 측면으로 받아들여지는 사람은 염상섭·이상화·한용운이 될 것이다. 여기에서 염상섭은 뒤에 작품 활동을 했기 때문에 뒤로 미루고, 이상화는 「빼앗긴 들에도 봄은 오는가」라는 시를 1926년에 발표, 식민지시대의 정신사에서 문학 지식인으로서의 역할을 담당했다. 이 시는 작품 자체의 우수성을 동반하고서 그 시대에 관한 지식인의 괴로움과 그럼에도 불구하고 "빼앗긴 들"을 빼앗기지 않으려는 염원과 "빼앗긴 들"을 통한 자기 발견을 보여주는 것이었다. 이것은 뒤에 이육사·윤동주로 이어지는 전통을 이룩하게 만든다. 또한 한용운은 그 자신 3·1운동 33인의 한 사람으로 참가하여 당시 한국의 지식인들이 부딪치고 있었던 문제, 즉 민족의 독립운동에 직접 참가하기도 했지만, 그의 문학은, '침묵하는 신'에 관해서 괴로워하고 기다렸던 서구시의 정신적 세계(그것은 절대자를 의식했다는 점에서)까지도 포용하는 시적 진경을 보이면서 당시 지식인의 고뇌를 승화시키고 있다. 한용운이 이러한 정신을 소유할 수 있었던 것은 춘원 문학을 의식하지 않았기 때문이며 사상적으로 전통사회에 대한 인식[그것은 임진왜란 당시의 유정(惟政)과 휴정(休靜)이라는 의사(義士)와 불교에 대한 유신적 태도에 대한 인식으로 설명될 수 있다]으로부터 출발해 당대 지식인으로서의 자기가 설 자리가 어딘지 찾아보려는 그의 노력의 결정이었던 것이다. 특히 그가 마지막까지 변절하지 않고 살았던 지식인이었다는 사실은 그도 전통적인 세계(불교)에 발을 붙이고 있었고, 신식 교육 출신이 아니었다는 것으로 어떤 암시를 한다. 다시 말하면 춘원처럼 새로운 문물에 휩쓸려서 그 적은 지식으로 민중을 지도하겠다고 나서지 않은 지식인이라면 춘원의 전철을 밟지는 않았던 것이다.

1930년대부터 8·15광복에 이르는 사이에 한국의 지식인 사회에는 가장 큰 수난의 시대가 찾아온다. 첫째는 일제의 침략전쟁의 확대가 이 땅에 보다 큰 탄압으로 나타나고, 둘째는 이 땅의 지식인들의 변절이라는 비극을 낳고, 셋째는 그럼에도 불구하고 변절하지 않고 '문화'

를 빼앗기지 않으려는 지식인들의 몸부림을 보게 되는 것이다. 물론 그 이전에도 안악 사건·신민회 사건과 같은 일제의 탄압이 없었던 것은 아니지만 만주사변 이후의 일제는, 이 땅의 지식인을 그들의 침략 전쟁에 이용하려 든 것이다. 사실 이 시대에 오면 전문가와 지식인의 구별이 어느 정도 윤곽을 드러내기 때문에 문인=지식인으로 볼 수도 있게 된다. 그러나 한글학자들(주시경·이윤재·최현배)이 그 분야에서 활동하고 있었고, 정인보·안재홍·문일평 등도 언론계·학계에서 자리 잡고 있었지만 여기에서 지식인으로서의 활동을 찾게 되면 그들의 몇 편의 논문을 생각할 수 있을 것이다. 이 학자들이 이룩한 정신사로서의 전통은 그들이 학자로서, 전문가로서 안주하고 있지만은 않다는 것이다. 그들은 박은식·신채호·주시경으로 이어지는 당대 지식인의 전통을 연면하게 이어받고 있다. 1930년대에 들어오면서 국내의 독립운동이 일제의 극심한 강압정책 때문에 극히 힘들어졌고, 그렇기 때문에 이 땅의 지식인들에게 허용된 것은 국어학과 역사학과 문학 정도로 국한되었다. 사실은 이것마저도 1930년대 후반에 오면 그 명맥을 유지하기조차 어렵게 되지만, 그러나 바로 이러한 어려운 시대에 국학이나 문학 부문에 중요한 업적이 나왔다는 사실에 주목하지 않으면 안 된다. 역사학계에서는 『5천년간 조선민족의 얼』을 쓴 정인보, 『조선상고사감』을 쓴 안재홍, 『호암전집』을 낸 문일평 등이 있었고, 언어학계에서는 1920년대에 국어사전 편찬운동이 일어난 데 뒤이어 조선어학회가 조직되고 『한글맞춤법통일안』 등이 간행되고 『우리 말본』과 『한글갈』과 『조선민족갱생의 도(道)』의 최현배, 『조선문학급어학사』의 김윤경, 그리고 조선어학회 사건에 수난당한 많은 학자가 있었다. 문학계에서는 염상섭·채만식·윤동주·이육사 등의 우수한 작품들이 나온 것도 이 시대였다. 여기에서 주목하게 되는 것은 이 지식인들이 이전의 지식인들과는 달리 저항의 다른 형태를 취하고 있다는 사실이다. 즉 이 지식인들이 모두 권력과 직접 부딪치지 않고 자기의 전문분야를 통해서 간접적인 항거를 하고 있다는 것이다. 사실 지식인과 권력의 관계는, 이조시대의 권력 지향적인 경향이 일제시대에 들어와서 배제되었고 1930년대에 와서는 권력과의 직접 대결을 피하는 것으로 나타났다. 이러한 사실을 통해 일제의 압력이 가중되었기 때문이라는 것과, 이조시대 이후에 보아온 것처럼 지식인이 권력과 직접 대결했을 때는 패배할 수밖에 없었다는 것을 인식하고 있었다는 점, 그리고 이런 식민지시대일수록 정신사의 전통을 단절시켜서는 안 된다는 점과 상관관계에 있음을 알 수 있다. 여기서 가장 중요한 것은 세번째의 문제이다. 즉 정인보는 전통적인 유학자 출신으로 1930년대 역사학에서 다산과 신채호로 이어지는 민족사학을 계승하면서 식민지시대에서 민족 생존의 문제를 민족정신에서 찾고 있었다(이 문제는 홍이섭, 『한국사의 방법』, 이기백, 『민족과 역사』, 김용섭, 『우리나라 근대역사학의 발달』에 잘 드러나 있다). 그것은 역사의 대척주로서의 '얼'로 표현되고 있는데, 식민지시대 지식인의 정신사적 발언임에 틀림없다. 문일평은 역사 속에서 사회를 발견하고 '사상·문화·예술·풍속' 속에서 민족정신을 찾으려고 했다는 점에서 민족 사학의 전통을 계승했으며, 그런 역사를 대중에게 인식시키려고 했다는 점에서 평가받는다(전기 홍이섭·이기백·김용섭 저작 참조). 또한 안재홍은 신채호·정인보로 이어온 민족 사학과 사회경제 사학의 성과를 받아들임으로써 민족주의 역사관을 확대시킨 것으로 나타난다(김용섭의 견해). 이러한 내용으로 보면 이들의 역사학이 그 박은식·신채호로 이어지는 민족주의 사관을 학문적으로 계승 발전시켰음을 발견하게 되는데, 그것은 특히 민족의식 사관에 구체성을 부여한 것으로 보인다. 바꾸어 말하면 그들의 민족의식을 보다 더 논리화시켰으며 독자들에게 더 많은 설득력을 갖게 했다는 것이 된다. 지식인에게 부여된 임무가 상황에 대한 논리적인 극복에 있다면 사실상 역사학계 지식인들의 전문적인 작업은 학문적 업적으로만 끝나는 것이 아님을 발견하게 한다. 여기에서 하나 간과하지 못할 사실은 이들이 모두 중국의 망명생활을 경험한 점이다. 망명 자체는 우연일는지 모르지만 여기에서 일단 신채호와의 사상적 관계를 설명하고 있는 것은 당연한 듯하다. 이들 가운데 정인보는 유학 가문 출신이고 문일평·안재홍은 신(新)학문 출신이면서도 이들이 끝까지 변절하지 않은 사실은 역사에 대한 태도의 공통점에서 찾아질 수 있다.

또한 한글학자들의 우리말 연구·정리 작업이 상당히 진전을 본 시대가 이때였음은 무엇을 의미하는가. '언어가 사고를 결정한다'는 고전적인 표현을 빌리지 않는다고 해도 '말'은 정신문화의 핵심을 이룬다. 특히 정치적·군사적·경제적 침략을 당한 식민지시대에는 '언어'의 역할이 그 정신적 상황을 결정하게 된다. 한말 이후 한글에 대한 우리말 인식이 싹트기 시작한 이래, '말'이 정신문화 속에서 차지하는 비중은 커져왔던 것이다. 신문·잡지가 쏟아져 나옴으로써 한글은 대중 전달의 기능을 비로소 회복하고 있었다. 여기에서 한글의 연구와 정리는 정신문화를 지키느냐 빼앗기느냐 하는 중대한 역할을 담당하게 된다. 사실 한글은 식민지시대에서 민족정신의 상징이었다. "주시경의 조선어 문법 체계와 한국어 교육 정신은 〔……〕 1930년대의 조선어학회가 계승·전개하여 식민지하의 민족주의Colonial Nationalism의 정신적 중추를 이루었으며, 국어의 이해·정리·보호를 담당했음은 곧 언어를 통한 민족의식의 전개였다. 모국어에 대한 인식은 일제하에서 민족주의의 광범위한 대중적 기반을 얻게 했으며, 폭넓게 심화된 말을 통해 대중에게 민족적 정신을 자극해주었다. 일상생활과 직결된 언어의 문제는 반식민지 운동의 핵심적인 과제였다"[홍이섭, 『한국현대정신사의 과제』(문학과지성)]는 평가에서 볼 수 있듯이 한글은 민족운동의 중요한 역할을 했다. 특히 이러한 한글 연구와 보존을 위해 노력하고 수난당한 한글학자들의 정신은 최현배의 『민족갱생의 도』로 표현되는 것이었으며, 그것은 곧 민족주의 역사학자들과 근본적 정신 면에서의 상통성을 발견하게 한다. 이런 사실은 일제의 탄압에도 불구하고 한글에 대한 연구와 정리에서 떠나지 못한 학자들이 조선어학회 사건과 같은 수난을 견뎌낸 것으로도 설명된다.

문학적 측면에서 지식인의 역사는 이 시대에 들어와 춘원 문학의 영향권을 벗어난다. 그것은 문학인이 곧 지식인이요 이론가요 지도자였던 시대와의 결별로 나타나며 문학 독자적인 특성을 살리고 있다는 점으로 요약될 수 있다. 1940년에 『청포도』라는 시집 한 권을 남김으로써 문학사의 한 페이지를 장식하고 있는 이육사는 "내 고향 칠월은/청포도가 익어가는 시절"이라는 시를 통해서 민족의 울분과 설움을 한숨과 눈물로 노래한 것이 아니라 한용운의 "님"과 같은 것을 갈구한다. 그의 그러한 절규는 그것이 당장 실현될 수 없을지라도 언젠가는 실현되고야 말리라는 확신 속에서 이루어진 것이었다. "지금 눈 나리고/매화 향기 홀로 아득하니/내 여기 가난한 노래의 씨를 뿌려라" "다시 천고의 뒤에/백마 타고 오는 초인이 있어/이 광야에서 목 놓아 부르게 하리라"는 연에서 이야기되고 있는 것이 그렇다. 또한 윤동주는

"죽는 날까지 하늘을 우러러/한 점 부끄럼이 없기를" 바라는 문학 지식인이었다. 그는 "별을 노래하는 마음으로/모든 죽어가는 것을 사랑해야지"라는 절구를 남길 만큼 시적 세련을 보이면서 "이제 닭이 홰를 치면서 맵짠 울음을 뽑아 밤을 쫓고 어둠을 짓내몰아 동켠으로 휘언히 새벽이란 새로운 손님을 불러온다"고 함으로써 이육사와 같이 '손님'이 오는 '새벽'을 노래하고 있는 것이다. 이 두 시인의 공통점은 모두 옥사했다는 점에서도 그렇지만 광복을 '손님'으로 표현하고 있는 점에서도 그렇다. 이들이 신식 교육을 받은 데서 '손님'은 복고적인 것이 아닌 새로운 모습의 어떤 것을 이야기한 듯 보인다. 또한 여기에서 지나칠 수 없는 것은 서정주의 "애비는 종이었다. 〔……〕 흙으로 바람벽한 초롱불 밑에 손톱이 까만 에미의 아들"이라는 절창이다. 이것은 전통의 부정적인 측면에서 긍정적인 세계로의 발전을 암시하고 있는데, 이때의 그의 절망감은 식민지 조국에 대한 괴로운 인식이면서, 설움과 한으로 응어리진 자기인식이면서 그러나 그것으로 끝나지 않는 시적 전통의 형성을 이룩하고 있는 것이다. 시적 전통이라는 측면에서 정지용이 이룩한 시어로서의 우리말의 가능성 제시도 빼놓을 수 없다. 그것은 바로 식민지시대에서 한글의 중요성과 혈연관계를 맺고 있기 때문이다. 이 시대에 또한 이상의 문학도 있었다. 희망도 절망도 할 수 없는 식민지시대의 지식인으로서 그는 자신을 정직하게 표현하는 데서 정상적인 방법의 무기력함을 인식하고 있었기 때문에, 모든 체제를 받아들이고 있는 사람의 눈에는 '미친' 것으로밖에 볼 수 없는 특이한 형식을 통해 정신적 분위기를 충격적으로 보여주었다. 그것이야말로 찢긴 의식, 분열된 의식을 붙들고 그 시대의 절망적 상황을 가장 잘 표현한 예가 될 수 있다. 소설에서 염상섭과 채만식은 당시 변모하고 있던 우리 사회의 중요한 측면을 관찰함으로써 사회적 변동에 따른 정신사적 고찰을 보여준다. 염상섭은 이미 1920년대에 「표본실의 청개구리」와 「만세전」과 같은, 식민지 지식인의 정신적 상황을 탁월하게 보여준 작품을 발표한 바 있다. 「삼대」는 그러한 염상섭의 대표작이라고 할 수 있는데, 이 작품에서는 동시대에 살고 있는 인물 3대를 통해 전통적인 가치관에 살고 있는 사람, 신식 문물에 휩쓸린 사람, 온건한 개화 세대, 급진적인 개혁파를 비판적으로 객관화시킨다. 여기에서 비판적이라는 말은 작가의 지식인적 측면을 나타내는데, 식민지라는 상황 속에서 전통적인 지주가 당해야 했던 곤혹감, 신식 문물을 피상적이고 무비판적으로 받아들인 인물이 견뎌낼 수 없게 된 당연한 귀결, 민족이라는 것을 의식하면서도 사회주의 이론에는 휩쓸리지 않고 자신의 태도를 모색하고 있는 주인공의 괴로움, 그리고 사회주의 이론으로 무장되어 있음에도 불구하고 실제적으로 모순된 삶을 살게 되는 급진파의 실패를 통해 한국 사회의 식민지시대를 관찰하고 있는 사실에서 나온 것이다. 이것은 당시의 많은 사람이 독립이라는 문자에 감정적으로 휩쓸려 있던 반면에 염상섭은 식민지적 혼란 속에서 각 계층이 자리 잡아야 되는 '자리'가 어디인지 찾아보고자 한 것이다. 일제시대에 전통적인 유생 출신의 지식인과 서구 기독교적 교육 출신의 지식인이 저항 세력을 형성했으나 양쪽에 모두 한계가 있었던 것처럼, 독립을 위해 애쓰고 있다는 점에서 마찬가지의 입장을 취하고 있는 민족주의 계열의 지식인과 사회주의 계열의 지식인이 다 같이, 정말 독립을 얻기 위해서는 반성해야 한다는 데까지 논리의 발전을 보게 만든다. 한편에서는 전통사회에 대한 복구적 집념을 버리지 못하고, 다른 한편에서는 이데올로기의 노예화로 인해 한말의 기독교를 무조건 받아들인 일부 오도된 지식인의 발자취를 답습하고 있는 것이다. 이런 식민지시대 정신사를 민족주의 측이나 사회주의 측에서도 자각하지 못하고 있을 때 염상섭은 비판적으로 객관화시킴으로써 문학이 담당해야 했던 정신사의 탐구를 감당해내고 있다. 이와 같은 정확한 관찰은 부수적으로 주요 대상에 끼지 않은 계층의 움직임까지 보임으로써 풍속적 의미를 내포하기도 한다. 이런 현상은 채만식의 「탁류」「태평천하」에서도 드러난다. 즉 『태평천하』에서는 지주이며 전통적 가치관에 사로잡힌 윤직원 영감, 그 밑에 자리 잡은 아들(식민지시대 지주의 아들은 대개 두 개의 극단적인 타입으로 양분된다. 하나는 자기가 벌지 않은 재산을 탕진하며 형식적인 교육만을 받고 무기력하게 방탕하는 것이고, 다른 하나는 민족운동에 가담하는 지식인 쪽이다. 여기에서 윤직원 영감의 두 아들은 그 두 가지 측면을 골고루 갖추고 있다) 그리고 지주의 주위에 있는 사람들을 통해서 「삼대」에서 본 것과 같은 사회계층의 움직임을 보게 된다. 또한 「탁류」에서도 착한 여자가 식민지라는 사회가 지닌 구조적 모순(이것은 정신사적 측면을 의미한다) 속에서 비극적인 삶을 살고, 온건한 사회주의자가 체제 내에서 살아가는 길을 택하고, 은행원과 약장사가 신식 문물을 받아들이고도 전통사회의 모순을 되풀이하고 있다. 채만식은 식민지시대의 사회구조 속에서 살고 있는 여러 계층과 유형의 인물을 통해 독립운동을 할 만한 의식을 갖지 못한 사람들의 삶이 어떤 것인지 보여준다. 그것은 전통적인 사회의 몰락 과정이면서 동시에 새로운 사회 형성 과정의 혼란이라고 파악된다. 왜냐하면 채만식의 주인공들은 대부분 신식 문물의 희생자로 나타나고 있기 때문이다. 그렇다면 이 두 작가가 취하고 있는 태도는 완전히 일치하는가. 그렇지는 않은 것 같다. 채만식이 자기 소설의 주인공 가운데서 유일하게 비난하지 않는 인물은, 윤직원 영감의 아들로 동경에서 사회주의 운동을 하다 잡혔다는 '종학'이었다. 사실 「태평천하」에서 종학은 다른 인물들의 입에만 오르내릴 뿐 한 번도 나타나지 않기 때문에 비난의 여지가 없기도 하다. 그러나 이것은 「탁류」에서 온건한 사회주의자 남승재에 관해서 비난하지 않는 사실과 관련 있다. 반면에 염상섭은 진보적 사회주의자 '병화'에 대해서 비난한다. 또한 염상섭은 전통적인 사고방식을 지닌 '조의관'에 대해서 관대한 태도를 보이고, 채만식은 '윤직원'이나 '정주사'(전통적인 관료 출신이다)에 대해서 혹독한 비판을 가한다. 이것은 당시 지식인으로서 이 두 사람이 취하고 있는 입장을 말한다. 한쪽은 우리 사회의 일부 전통적인 것을 받아들이고 외래적인 것도 조심스럽게 수용하려는 쪽이고, 다른 한쪽은 전통적인 것 중 취할 수 있는 것을 선택하지 않은 반면에 외래적인 것 중 새로운 가치관을 확립할 수 있는 것을 받아들이자는 태도이다. 여기에서 또 하나 주목할 만한 점은 채만식이 여성에 대해서는 아주 동정적인 데 반해 염상섭은 큰 관심을 보이고 있지 않다는 사실이다. 이것은 앞의 사실과 상관관계가 있는데(채만식의 주인공에는 여자가 많다는 것도 주목하기를 바란다. 즉 초봉·계봉·윤직원 영감의 며느리·손자 며느리·딸 등) 채만식 문학의 감상적인 요소를 형성하기까지 한다. 말하자면 채만식 문학의 여성적 성격과 염상섭 문학의 남성적 성격을 드러내는 것으로도 볼 수 있다(이 문제에 관해서도 별도로 다루어볼 예정이다). 그것은 또한 식민지시대 정신사의 한 맥락이 될 수도 있으리라.

이와 같이 염상섭·채만식 문학이 식민지시대 정신사를 가장 잘 드러내며 우리 문학의 발전적인 모습을 보여준 것은 결코 우연이 아니다. 이것은 그들이 서구적인 주의에 휩쓸리지 않았고 '신경향파' '카프' '민족' '국민' 등의 문단적 주장에서 뒤로 물러설 수 있었기 때문이다. 문학작품은 이론으로 되는 것이 아님을 이들이 실증한 셈이고, 카프문학이 또한 역으로 실증한 셈이다. 또한 이 문인들이 그 이전 세대보다 발전적인 모습을 보여준 것은 신교육이나 기독교적 합리주의가 어느 정도 정리될 수 있었기 때문이다(이들도 신식 교육을 받았다). 즉 그들은 문학 지식인이 권력과 직접 부딪쳤을 때 문학작품의 실패를 알고 있었고, 자기가 맡은 분야에 충실하면서 정신사의 맥락을 찾는 것이 한 사회의 지성으로서도, 문학인으로서도 제 역할을 할 수 있다는 것을 알고 있었다. 그것은 염상섭의 「개성과 예술」에 나타난다. 일제 말의 친일 문학인들은 대부분 이런 데 대한 인식이 없었던 것은 좋은 예에 속한다.

식민지시대가 낳은 비극적 지식인들이 친일 행위에 가담한 문인들이다. 이 시대의 문학인들 가운데 1937년 이후에도 변절하지 않은 사람은 극히 드물 정도로 다른 분야에 비해 문단 인구가 많았던 문학 지식인들은 그랬기 때문에 역사의 더 많은 희생물이 되었다. 이것은 역사의 흐름으로 보았을 때는 희생물이지만 지식인 개인으로 볼 때에는 선택의 결과였다. 선택이 강요된 사회에서 몇몇 지식인은 끝까지 굴복하지 않고 옥사를 당하고 옥고를 치르거나 침묵을 지키거나 했던 데반해 많은 문학 지식인은 강요된 현실을 받아들이는 쪽으로 기울어졌다. 문인들의 수가 많은 데서도 변절의 숫자가 많은 이유를 찾아볼 수있지만, 문학의 압도적인 영향력 때문에 일제가 특히 문학인들에게 변절을 강요한 이유이다. 그러나 이러한 이유는 지식인에게 외적인 이유가 될 수 있지만 어떤 변명의 여지를 마련해주지는 않는다. 또한 사회적 영향력이 컸기 때문에 더욱더 지식인의 책임은 무거운 것이다. 몇 년 전에 나온 『친일문학론』에 따르면 이 시대의 대표적 문학 지식인 가운데 최재서·유진오·이효석·김팔봉·백철·박영희 등 너무 많은 지식인이 침략 정책에 이용되었다는 사실을 발견하게 된다. 물론 이광수·최남선과 같은 거물 지식인들의 영향을 받고 있는 것이 사실이지만 이들의 변절이 그들의 초기 업적이 지닌 한계(앞에서 설명한 것처럼 그들의 역사 인식의 태도로부터 출발해서 그들이 중인 출신이었고, 신식 교육 출신이라는 점까지 포함해)로부터 기원하고 있음을 상기한다면 이 무렵의 변절 지식인들도 그런 점에서 관찰될 수 있을 것이다. 앞에서 든 비극적 지식인들이 대부분 일본 유학생 출신이거나 당시의 대표적 문학이론가였다는 사실로 설명될 수 있을 것 같다. 최재서는 전통적인 것에 관한 천착 없이 외국 문학의 이론을 받아들인 문학이론가였고, 유진오는 만능지식인으로서 새로운 문학이론이 나올 때마다 그쪽으로 경도되는 과정을 보였고, 이효석은 소위 '모던'으로 표현되던 서구적 생활양식에 지나치게 경도되어 있었고, 백철은 카프문학으로부터 시작해서 국민문학·농촌문학·다시 국민문학(?)으로까지 변모의 과정을 보였고, 김팔봉·박영희는 신(新)경향파로부터 출발해 카프를 거치는 동안 계급주의 문학이론의 기수 역할을 했던 이론가였다. 이러한 문학이론의 오류는 외래적인 것이며 우리 문학작품에서 계기가 된 문학 자체의 필연성에 따른 것이 아니라는 데서 이미 지적된 사항이므로 다시 언급하지 않아도 되리라. 전자에서 문학이론의 변모는 이론적 발전이나 성장에 근거를 두지 않고 그때그때 시대적 조류에 따른 것임을 감안할 때 이들이 소시민적 지식인이었음을 알 수 있다. 후자에서 문학이론의 오류는 문학이 정치적 이념의 도구로 전락한 데서 온 것이었다. 그들의 문학이론은 한국 문학사에서 우수한 작품 없이 전개된 것이었고 또한 외래적인 것이었다. 이것은 문학에서 정치적 이념과 직접 대결한 데서 오는 오류였으며, 동시에 문학의 독자성을 해치는 이론이었다. 전통적인 것에 대한 탐구 없이, 그 사회에 대한 정당한 인식 없이, 정신사에 대한 구체적 고찰 없이 문학이론이 나온다는 것은 언제나 이론의 변질 가능성을 내포하게 된다. 이들은『동양지광』『인문평론』『국민문학』『문장』등의 친일 잡지와 친일 신문을 통해 열렬한 '신민'으로 활동하게 되고 전국 방방곡곡을 누비며 강연회를 함으로써 일제의 '황민화 정책'에 이바지하고자 한다. 일본어를 쓰고, 지구전에서의 일본의 승리에 감격하고, 학병 지원을 권장하고, '국민문학' 이론을 내세웠다. 이러한 소시민적 지식인의 변절은 한국의 지식인 역사에서 가장 나쁜 전례를 남겨놓았다. 그렇기 때문에 이들이 남겨놓은 부분적인 업적은 전혀 고려의 대상에서 제외되고 있는 것이다. 이들은 전통에 대한 고집도 곤란했겠지만 외래문화의 수용을 고민 없이 받아들인 결과에서 이러한 비극적 지식인의 역할을 담당하게 된다. 식민지라는 역사에 대한 정당한 아픔을 느끼지 않았던 것이 문학 지식인들이 변절한 가장 큰 원인이 되었다.

이상의 지식인들은 식민지시대라는 전제 없이는 생각할 수 없다. 지식인은 결국 상황과 개인의 관계를 의식하고 갈등을 느끼는 것이기 때문에 더욱 그렇다. 그러나 바로 그 식민지시대라는 이유 때문에 정신적 전통으로 받아들여져야 할 것(친일하기는 했지만 문화사적 측면에서 발전의 계기를 가져온 글)이 여기에서 언급되지 못함은 유감이다. 그러나 이 문제는 친일로서 삭제될 수 없는 글의 필자가 광복 직후 바로 심판을 받고 그것으로 인간적 죄를 보상받았더라면 보다 바람직한 지식인의 전통이 형성되었을 것이다. 또 하나 우리에게 친일이 한결같이 일제에 끌려서 이루어졌다는 사실이다. 이것은 그 당사자가 나약한 세계관을 갖고 있었음을 말해준다. 여기에서 프랑스의 친(親)독지식인이 었던 드리외 라 로셀이 생각난다. 자기 세계관의 신념을 갖고 나치를 끌어들였다가 그것이 자신의 오류였음을 발견했을 때 자결해버린 그의 비극적인 모습은, 한 시대와 적극적인 대결을 통해서 부정적인 교육을 준다. 물론 친일이 없었으면 더 좋았겠지만 있었을 바에는 이처럼 명백한 태도를 보이는 것이 오히려 교훈적이라는 말이다.

여하튼 식민지시대는 막대한 값을 치르고 저항의 역사, 문화적 전통의 역사를 창조했다. 그러나 민족의 정열을 저항의 방향으로 쏟음으로써 다른 방향으로의 학문 발달을 저해했음은 일본이 우리에게 저지른 죄악이다. 그리고 앞으로 한국의 지식인들은 이 시대의 긍정적인 측면만을 바라보아서는 안 된다. 식민지시대의 업적은 그 자체로서 최고· 최선은 아닐 것이다. 식민지시대의 전통의 극복은 해방 후 한국 지식인들이 부딪친 새로운 문제가 아닐 수 없다. 식민지시대의 긍정적인 태도가 자칫하면 오늘날에서는 국수주의로 떨어질 위험이 있는 것이며, 부정적인 태도가 또 다른 식민지 정신문화를 형성할 우려가 있기 때문이다.

6·25의 전쟁소설

1950년에 있었던 6·25동란은 이 땅의 여러 곳을 급격하게 변화시켰다. 우선 전쟁이 얼마나 가증스러운 것인지 우리에게 인식시켰으며, 인간존재의 유한성과 허무를 새삼스럽게 깨닫게 했고, 이에 따라 직접 전쟁을 겪음으로 해서 모든 가치 기준을 변형시켰으며, 동시에 이 땅의 모든 풍속을 바꾸어놓고 말았다. 말하자면 일정한 기간 동안에 일어난 이처럼 급격한 변화는 일찍이 우리의 경험 속에서 찾아볼 수 없는 것이었다. 그러나 문학에서 전전(戰前)과 전후(戰後)의 구별은 소재라든가 윤리관이라든가 가치관이라든가 하는 여러 면에서 현저한 차이를 보여준다. 따라서 1950년대의 소설은 대부분 전쟁에 관한 내용이라고 할 수 있다. 다만 전쟁의 현장을 다루고 있느냐, 전쟁의 후방을 다루고 있느냐, 전쟁의 뒷이야기를 하고 있느냐에 따라 개인적인 편차를 보이고 있을 뿐, 1950년대의 문학을 전쟁문학이라고 해도 과언이 아니다. 그것은 아마도 1950년대에서 6·25동란보다 더 큰 충격적인 사건이 없었던 데 기인한 듯하다. 사실상 광복 이후 그만큼 모든 사람에게 영향을 미친 사건이란 없을 것이다. 그렇다면 6·25동란을 다루는 전쟁소설이 어떤 양상을 띠고 있을까? 아니 그보다 먼저 우리는 어떤 작품을 전쟁소설 혹은 전쟁문학이라고 이름할 수 있을까? 이 문제는 한마디로 말할 수는 없지만 전쟁의 현장을 다루지 않았다고 해도 동시대의 사건으로서 그와 연관된 이야기도 포함시켜야 될 듯하다. 왜냐하면 전쟁문학이라고 해서 전쟁 찬양을 주제로 내세울 수는 없으며, 그 전쟁에서 개인을 영웅화함으로써 새로운 인간을 탐구하고 창조하거나 전쟁의 잔혹성을 통해서 반전(反戰) 사상을—다시 말하면 평화주의를 제창하거나 그 전쟁을 통해 인간 윤리의 새로운 장을 제시하는 것일 때 그 작품은 전쟁문학으로서 인식되어야 하기 때문이다. 현대에서 전쟁문학은 이미 전쟁 그 자체를 장엄한 서사시로 그리는 것으로 스스로의 존재 이유를 시사하는 것 같지는 않다. 그것은 마치 작가가 칼을 택하지 않고 펜을 택한 것이 평화를 사랑하기 때문인 점과 같다. 그리고 이러한 태도는 헤밍웨이나 노먼 메일러의 작품에서 그 훌륭한 예증을 얻을 수 있다.

그러나 전쟁문학의 중요성은 앞에서 말한 이유 외에도 전쟁에 관한 자세한 기록을—작가의 객관적인 눈을 통해서 재단된 기록이기는 하지만—남긴다는 데도 있다. 그럼에도 불구하고 우리 문학에서는 6·25동란의 기록으로서 남을 만한 작품이 없는 것은 우리의 불행인 듯하다. 자랑할 만한 사실(史實)이든 치욕적인 사실이든 역사에서는 모두 중요한 것처럼, 비극적이고 흉몽 같은 전쟁이라고 하더라도 전쟁이 역사적 사실인 한에서는 작가의 기록이란 중요한 의미를 지닌다. 왜냐하면 전쟁에 대한 올바른 인식 없이는 그것이 극복될 수도 없으며, 또다시 되풀이되지 않는다고 보장할 수도 없기 때문이다.

전쟁의 기록이라는 측면에서는 극히 단편적인 우리의 전쟁문학 가운데 송병수·장용학·서기원·이호철의 작품에서 6·25동란이 어떻게 나타나고 있는지 살펴보기로 한다.

송병수는 「인간신뢰」「탈주병」「잔해」 등에서 전쟁의 현장을 다루면서도 한국 동란의 명분에 대해서 의심하고 있는 듯하다.

「인간신뢰」의 주인공 췌유는 중공군으로서 미군의 포로가 된다. 그는 한국전쟁이 "누구를 위한 전쟁"이며, 자기가 "왜 참전해야 하는지 모른"다. 다만 군관의 명령에 따라 고량주를 실컷 마시고, "그저 시끄럽고 지긋지긋한" 꽹과리 소리를 진격의 신호로 삼고 고지를 향해 나가다가 대부분의 전우를 잃고 다행히 살아남아 새로운 부대에 편입된다. 그리고 행군할 때도 "포성을 마주할 땐 남쪽으로 전진하는 줄 알았고, 포성을 등질 땐 후퇴하는 줄"만 아는, 말하자면 그는 인간이라기보다 전쟁의 기계인 것이다. 이런 그는 미군의 포로가 되었을 때 자기의 적을 증오할 줄도 모르고, 미군이 따발총 습격을 받았을 때 도망갈 줄도 모른다. 그리고 따발총의 습격 후 살아 있는 미군을 보고 반가워하고, 부상한 미군을 업고 미군을 따라간다. 말하자면 췌유는 전쟁의 혼란 속에서 전쟁의 기계가 되어가면서도 인간이 갖는 선의(善意), 이 소설의 제목이 말해주는바 인간에 대한 신뢰를 버리지 않는다.

한편 「탈주병」의 주인공 박한서도 자신이 무엇 때문에 전쟁을 해야 하는지 모른다. 이북에서는 억지로 인민군에 끌려 나와 낙동강 전투에 참가했다가 패전하고 다시 빨치산으로 편입된다. 그러나 그는 인간의 자유의지를 자의식에 따른 또 다른 욕망을 좇아 빨치산에서 탈주한다. 그는 다시 국군에 편입된다. 그가 전쟁을 무엇 때문에 하는지 알지 못한 사실과 그가 인민군이 될 수도 있었고, 국군이 될 수도 있었던 사실과는 어떤 혈연관계가 있는 것 같다. 그는 본부 경비를 맡게 된 자기의 분대원들이 그 전날 영하 20도의 혹한 속에서 24시간을 보낸 사실을 감안하여 경비 중에 그들을 잠자게 한다.

그리고 그는 경비에 '이상 없음'을 확인하지만 군재판에 회부된다. 후방 상급자의 심심풀이로 인해 그의 분대원들에 대한 애정은 단죄받는 것이다. 이와 같은 모순은 전쟁이라는 특수한 상황 아래서 일어나지만 인간성을 파멸시키는 전쟁터에서 인간을 사랑하려고 하는 그의 노력은 눈물겨운 데가 있다.

말하자면 박한서나 췌유는 행동으로 그들이 군인이기 이전에 인간임을 충분히 보여주는 것이다. 그것은 생텍쥐페리가 말하는 "개인은 저마다 자기 속에 지니고 있는 자기보다 더 큰 것, 즉 인간이라는 것을 발견해냄"으로써 보잘것없는 개인이 지도 위에 손톱자국만 한 흔적을 남긴다. 그들은 아무리 어려운 상황에 부딪혔을 때라도 "인간이 아닌 어떤 동물도 해낼 수 없는 일"을 했다.

또한 「잔해」의 주인공 김진호 중위도 근본적으로는 그들과 유사한 인간 본성의 소유자이다. "불사의 보라매"라는 호칭을 지닌 그는 언제 죽을는지도 모르는 불안 속에서 예의 조종사들이 갖는 출격, 도박, 술, 여자의 순서를 밟으면서 자신의 불안을 잊으려고 노력한다. 그의 본성이 더 드러나는 것은 자신이 조종하던 비행기가 조난당했을 때이다. 낙하산을 메고 비행기를 탈출할 때 그의 뇌리에 메아리치는 "하필

이면 비행기 조종사의 아내가 된담"이라는 말은, 불사의 보라매로서 강한 의지를 소유하고 있지만 그의 본질은 인간애에 젖어 있다는 것을 뜻한다.

이상에서 본 송병수의 작품들은 전쟁의 현장에서 한두 인물이 전쟁을 대하는 태도, 그리고 그 인물 내부에 자리 잡고 있는 인간의 본성을 보여주지만 또한 전쟁에 대한 작가의 태도라고도 할 수 있다. 그러나 우리는 이 작품들보다 더 중요한 「쑈리 킴」을 주목하지 않으면 안 된다.

「쑈리 킴」은 전쟁의 피해가 전쟁에 직접 참가하지 않은 사람에게 어떤 형식으로 나타나는가를 보여준다. 쑈리 킴과 딱부리는 서울에서 겪은 굶주림과 학대에 못 이겨 휴전선 부근 미군부대 주변으로 옮아간다. 여기에서 악에 물들긴 했지만 순진한 쑈리 킴은 양공주인 따링 누나와 함께 산다. 이 두 사람의 동숙(同宿)은 몸을 팔고 있는 여자와 손님을 끌어주는 펨프의 관계를 넘어 두 사람의 구원을 암시하고 있기까지 하다. 그들의 인생이 도달한 삶의 밑바닥과 그들의 생활에서 나타난 사회악의 여러 국면은 한국전쟁이 가져온 비극을 실감 나게 보여주고 동시에 전쟁으로 밑바닥에 떨어진 따링 누나와 쑈리 킴을 통해서 여인과 소년이 당한 전쟁의 모습을 적나라하게 드러내주었다. 뿐만 아니라 작가는 그들의 착한 인간 본성을 부각시키는 데 인색하지 않았다.

송병수가 전쟁의 현장에서 인간의 모습을 보여준 작가라면 강용준은 전쟁의 현장에서 한발 뒤로 물러선 철조강(鐵條綱)의 세계에서 전쟁의 다른 모습을 보여준 작가라고 할 수 있다. 「철조강」 이후 포로수용소의 이야기를 써온 강용준은 그 방면에서 남다른 경험과 의식을 소유하고 있는 작가인 듯하다. 남해의 섬 뜨거운 태양, 음모와 배신과 보복, 굶주림 등 몇 개의 단어로 이미 그 분위기를 짐작할 수 있는 포로수용소는 한국전쟁이 낳은 특수 상황이었다. 이런 특수 상황에서 인간이 보인 반응은 여러 가지이며 그것을 보는 작가의 눈도 시간적인 차이에 따라 다르게 나타난다.

「철조강」의 주인공 민수는, 포로수용소 안에서 좌우익의 싸움에 휘말려 비밀 지하실에 감금당한 채 좌익 포로들에게 심한 고문을 당한다. 자백을 강요당하면서 삶과 죽음의 갈림길에서 그는 죽음의 길을 택한다. 말하자면 그가 비겁할 수 없다고 하는 것은 이 작가가 포로수용소 안에서 의지의 인물을 택했기 때문이다. 그 의지의 인물을 통해서 상황을 보다 급박하게 만들고 전쟁의 가혹성을 부각시킴으로써 전쟁을 고발하고 이데올로기의 속임수를 폭로하고자 한 것이다.

하지만 「멀고도 긴 날의 시작」에는 전쟁에 대한 직접적인 고발도 없고, 좌우 충돌에서 오는 급박한 폭력도 없지만 그러나 무엇인지 한쪽에서부터 무너져가는 '개인'을 보여준다. 점호 때 온갖 욕설을 늘어놓고, 마지막에는 동료들에게 붉은 옷을 입혀놓고 사형수를 보는 자학적인 기쁨을 느끼는 병길, 정상적인 사고를 하면서도 타인들의 비상한 신경 때문에 자신도 날카로운 신경을 소유하게 된 순봉, 점호 시간에 병길이의 쌍스런 욕설을 전부 듣고 그를 이해하는 대대 서기장 한민호, 그 한민호의 부름을 받고 그로부터 온갖 타령을 듣는 '나'는 사실상 정상적인 생활을 하는 사람에게는 이상하게 보일 수밖에 없다. 그들은 분명히 정신의 일부분이 무너져버린 전쟁의 피해자들이다. 그러나 이 작품에서 한민호의 욕설이나 병길이의 횡설수설이 갖고 있는 중요한 진실은 그것이 포로수용소 안에서만 존재하는 것이 아니라는 점에서 주목하지 않으면 안 된다. 그것은 극한상황에서 인간존재의 조건과, 자아와 타인의 사이에서 야기되는 삶의 갈등을 포착하고 인간 윤리의 새로운 장을 보여주기 때문이다. 이 두 작품을 통해서 강용준은 때로는 전쟁의 폭력을 고발하기도 하고 이데올로기의 속임수를 증오하기도 하고 때로는 이데올로기의 허무와 전쟁의 개인 파멸을 낮은 목소리로 호소하기도 했다.

이호철의 초기 단편에는 전쟁으로 인해 고향을 잃어버린 사람들의 이야기가 많다. 물론 이 경우 그것을 전쟁소설이라고 할 수 있을는지에 관해서는 여러 가지 단서를 붙여야겠지만, 한국전쟁에 의해서 만들어졌다는 점에서 전쟁과 무관하지 않은 소설임에 분명한 듯하다. 그의 초기작 「탈향」은 이북에서 중공군의 참전을 피해 온 네 사람의 실향민의 이야기이다. 부산 제3부두에서 일하고 화차칸에서 잠을 자는 20세 전후의 그들은 비슷한 처지 때문에 한 곳에 몰려 같이 기거한다. 고향에 대한 그리움으로 몸부림치는 하원, 그가 "야하 부산은 눈두 안 온다 잉" 하는 등의 말을 지껄이고 있을 때 우리는 다시 한 번 전쟁에 관해서 생각하게 된다. 광석이의 어른스런 닳아빠짐, 두찬이의 음흉스런 이기주의에 대해서 아무도 무조건적인 비난만을 퍼부을 수 없는 그들의 생활은 전쟁이 가져온 숱한 실향민의 슬픔을 감동적으로 보여준다.

이런 실향민의 이야기에서 이호철의 문학이 출발했다는 사실은 그것이 그 뒤의 그의 문학의 변모에 깊이 연관되고 있다는 점에서 많은 시사점을 던져준다. 이 이야기의 후편 「소시민」이 그것을 입증한다.

그러나 한국전쟁이 소설에 미친 영향은 이상에서 본 범주에서 끝나지는 않는다.

전쟁의 소용돌이 속에서 인간의 존재에 관한 질문을 던졌던 작가로 장용학이 있다. 「요한 시집」「현대의 야(野)」「비인(非人) 탄생」「원형의 전설」 등에서 이 작가가 추구한 실존적 고뇌는 한국전쟁이 가져온 존재론적 회의임이 분명한 것 같다. 장용학에게 철조강은 강용준과는 다른 의미를 지니고 있으며, 장용학에게 전쟁의 현장은 송병수의 작품에서 보는 현장과는 달랐다. 말하자면 장용학은 인간애의 승리라기보다는 찢긴 의식을 소유한 채 정신 파멸의 비극을 통해서 인간존재에 대한 보다 근원적인 질문과 회의를 거듭하고 있다고 할 수 있다.

그리고 선우휘의 작품 속에는 전쟁의 영웅이 어떻게 해서 범인이 할 수 없는 행동을 할 수 있었는지 나타난다. 어떤 전투에서 하나의 승리를 얻기까지 한 인물이 부딪친 갈등과 그것을 극복하는 과정의 연속이었으며 그런 사실을 통해서 오늘날 볼 수 없는 비범한 인물의 출현을 입증하고 있는 것이다. 또한 오상원의 작품은 선우휘와는 다른 의미에서 고뇌하고 행동하는 인물을 보여준다. 전쟁터에서 조그마한 동지애를 발휘하다가 불구의 몸이 되어 찢긴 의식을 소유하고 분열의 위기까지 간다거나(백지의 기록), "전쟁과 함께 미군 주둔지 변두리에 더덕더덕 서식된 특수 지대"의 삶을(황색지대) 누리기까지 한다.

서기원은 전쟁에 참가한 젊은이들이 그들의 지성으로 인해 정신적 방황을 하는 인물을 주로 부각시킨다. 이런 태도는 전쟁의 비정성을 현장에서 보여주기보다는 전방과 후방의 교류에서 오는 모순을 통해서 전쟁을 지적인 경험으로 파악하려는 작가 개인의 눈을 통해 전달된다. 그리고 이 점에서 서기원은 독특한 자리를 차지하고 있는 것 같다.

이상에서 본 우리 작가들의 작품은 일반적으로 전쟁의 비정성에 대한 고발과 전쟁의 와중에서도 인간 본성을 잃지 않는 휴머니스틱한 태도와 인간 존재에 대한 회의와 실향민의 향수에 기조를 두고 있는 것 같다. 그리고 사실상 전란 중에서 이러한 기록을 남길 수 있었다는 사실, 가치 체계가 거의 무너진 시대에 작가가 가치관을 자기 내부에서 형성시키려고 노력한 사실 등은 이런 작가들의 증언으로 받아들여야 한다. 그리고 이런 작가들의 증언을 토대로 전후(戰後) 20년 동안에 한국 소설은 상당한 변모를 가져올 수 있었다. 말하자면 1960년대의 문학은 이와 같은 1950년대의 문학을 발판으로 갖고 있었기에 존재할 수 있다는 것이다.

그러나 앞에서도 말했지만 이런 문학이 전쟁의 기록으로서는 너무 단편적이었다는 사실은 우리 문학의 불행인 듯하다. 물론 6·25동란이 터진 것이 건국 이후 불과 2년밖에 지나지 않았기 때문에 그 당시 참전했던 젊은이들이 전쟁에 대한 뚜렷한 의식을 가지고 있지 못할 수밖에 없었던 것은 사실이다. 그러나 작가의 눈에서까지 전쟁에 관한 뚜렷한 의식이 없었다면 그것은 아쉬움이 아닐 수 없다. 우수한 전쟁소설이 반전소설이어야 하듯 우수한 작가라면 전쟁에 관한 훌륭한 기록을 남겼어야 하지 않을까 나는 생각한다. 그랬을 때 비정한 전쟁의 경험이 유익한 경험으로 승화될 수도 있고, 지적인 체험으로 받아들여질 수도 있을 것이다. (1969)

반속주의(反俗主義) 문학과 그 전통
—1960년대 문학의 성격·역사적 위치 규명

1

문학에서 세대를 말한다는 것은, 문학이 그 시대의 어떤 정신적 풍토를 이야기하고 있다는 점에서, 단순한 나이의 차이로서 가능하지 않다. 최근에 이야기되고 있는 '1960년대의 문학'도, 한 세대가 예기(銳氣)를 갖고 가장 정력적으로 문학작품을 발표하던 시기가 지나갔고, 여기에 새로운 젊은 세대가 그 앞 세대의 자리를 차지하게 되었다는 이야기로 받아들여지고 있는 점은 잘못된 것으로 보인다. 그것은 마치 우리의 시대적·역사적 내지는 문화적 수준이 이 정도이니 그 수준에 맞는 문학, 그 시대가 요구하는 문학만이 존재해야 한다는, 마치 문학을 경제개발 5개년 계획처럼 생각하는 태도와 마찬가지이다. 상황이 어떠하니까 이런 문학만이 필요하다거나, 시대가 이러하니까 어떤 문학만을 해야 한다는 편협된 생각은, 항상 가장 높은 정신의 질과 폭을 보여주어야 하는 문학에서, 가장 우수한 작품을 목표로 하지 못하는 결함을 지니고 있기 때문에, 오늘 우리가 배격해야 할 요소인 것처럼 보인다. 이것은 예나 지금이나 변함이 없는 듯하다. 그러나 문학의 역할은 삶이 복잡해지고, 시대적 상황이 복잡화된 오늘날 훨씬 복잡해졌고, 따라서 문학의 성격은 보다 다양해질 수밖에 없다. 말하자면 이 문학의 다양성으로 인해 현대의 문학은 내용 면이나 방법 면에서 분화되고 전문화되고 있는 것이다. 가령 신문학 초기에 춘원의 문학은, 그것이 바로 한국 문학이면서 동시에 춘원 개인의 문학이었고, 그것의 역할은 개화기에 문학이 맡아야 할 역할이었으며, 동시에 춘원 개인의 문학이 한국 문학 속에서 맡고 있는 역할이었고, 나라가 외침에 시달리고 있던 시대에서 문학의 대(對)민족적 요구였으며 한 지식인의 대(對)사회적 발언이었던 것이다. 오늘날 어떤 문학인이라고 하더라도 춘원만큼의 여러 가지 역할을 담당할 수 있는 사람은 없다. 이것은 바로 사회가 분화됨에 따라서 문학인의 역할도 분화된다는 이야기며 동시에 춘원 식의 문학만이 존재하는 것만이 아니라는 문학의 다양화를 의미한다.

젊은 평론가들이 '1960년대 문학'에 관해 말할 때 이러한 문학의 분화와 다양성을 전제로 한 것임은 두말할 필요가 없다. 그리고 이러한 전제는 '1960년대 문학'의 한계점을 인식한 것이고 그 한계를 인식하고 있다는 점에서 그 이전의 문학과 구분되며, 보다 진보적인 요소를 갖고 있다는 것이다. 왜냐하면 하나의 과정이 한계점을 전제로 했을 때에야만 그다음에 그 한계점의 극복이라는 문제와 만날 수 있으니까 말이다.

문학의 다양화 속에서 하나의 비평은 한 작가나 작품의 모든 것을 전부 이야기할 수 없다. 이것은 문학의 분화와 직결되는 것으로 한 사람의 비평가가 그 시대의 문학을 전부 말할 수 없기 때문에 자기 분야에서 분석·평가의 대상을 선택할 수밖에 없는 것이 오늘의 비평이라고 할 수 있다. 사실 우리나라의 짧은 비평사 가운데 이러한 태도를 갖추기까지는 한 비평가가 그 시대의 문학 내지는 우리 문학 전체를 말하고자 했던 것이며, 따라서 비평에 대한 이러한 고정관념을 갖고 있는 사람의 눈으로 볼 때에는 비평가가 개인 능력의 한계를 인식하고 자기가 선택한 분야에 관해서 이야기할 때 그것을 '정실(情實) 비평'으로 볼 수밖에 없었는지도 모른다. 그러나 그것은 전혀 '1960년대 문학'이 책임져야 할 문제는 아닌 듯하다. 오히려 김병익·김주연·김현·염무웅 등 몇몇 젊은 비평가가 말하는 1960년대의 세대의식은 한 시대의 중요한 작가들의 작품에서 그 시대의 주목할 만한 정신의 질을 추출하고 그것을 동시대의 아픔으로 받아들여 하나의 세대감으로 묶어놓을 수 있었다는 점에서 획기적인 일이라고 할 수 있다. 왜냐하면 그것은 앞에서 말한 여러 가지 전제 때문이며, 동시에 그것이 자신의 비평적 성격을 형성할 가능성을 내포하고 있기 때문이다.

2

흔히 '1960년대 문학'을 말할 때 김승옥·서정인·이청준·박태순·박상륭 등을 들게 된다. 그 이유는 그들의 문학이 그 이전의 문학과 상당히 다른 양상을 띠고 있으며 언어에 대한 새로운 태도를 보여주고, 1960년대라는 정신의 풍속을 짙게 담고 있다는 데 있다. 이러한 주장은 동시대의 몇몇 평론가의 논거에 의존했다기보다는 그들의 작품이 스스로 입증하고 있다고 하는 것이 더욱 정확한 대답이 된다고 생각한다.

문학이 항상 시대정신의 반영이라는 논리는 작가가 그 시대의 아픔을 진정으로 소유하고, 그것을 정당하게 나타내고자 하는 한 진리이다. 따라서 외세에 의한 민족의 수난시대에서 춘원의 소설이 계몽적인 성격을 지니게 되는 것은 당연해 보인다. 그러면서 그것의 가치에 대한 이론이 오늘날 여러 가지로 제기되는 것은 사회 자체가 근대라는 것과는 너무 거리가 먼 시대에 한 지식인이 세계 사조에 먼저 눈을 떠서 자신의 관심을 문학적 관심으로 환원시켰다는 이유만으로 완벽에 가까운 문학작품이라고 이름할 수 없기 때문이다. 춘원이 그 시대의 정신의 지도자로 나타나 그 사회 전반에 관여하면서 개조를 기도했지만, 그것이 대사회적·대역사적 확산의 한계 같은 것을 도외시했기 때문에 소설 양식의 변화라는 점 이상의 커다란 성공을 거두었다고 말할 수는 없는 것 같다. 민족의 외침을 받고 있던 시대에서, 역사적 모순을 침략자 쪽에서 찾지 못하고 민족 내부에서 찾으려고 했던 춘원의 태도는 그의 문학 자체의 모순과 함께 지식인으로서 역사관의 한계를 드러내준 것이다. 이러한 춘원 문학의 한계는 춘원 자신의 변절로서 많은 부분을 확인시켜주었다.

그러나 1920년대의 인물 3대를 전형화하여 그 시대 전반을 가장 생생하게 재현하고 가장 핵심적인 문제를 예리하게 파헤친 염상섭의 「삼대」는 이 작가가 춘원과 거의 동시대를 살았음에도 불구하고 사회에 대한 보다 심화된 눈을 갖고 있었음을 보여준다.

① 조의관에게는 평생의 오입이 몇 가지 있다. 하나는 을사조약 한

참 통에 그때 돈 이만 냥, 지금 돈으로 사백 원을 내놓고 사십여 세에 옥관자를 붙인 것이다. 차함은 차함이로되 오늘날의 조의관이란 택호(宅號)가 아주 터무니없는 것이 아니요, 또 하나는 육 년 전에 상배하고 수원집을 들여앉힌 것이니 돈은 여간 이만 냥으로 언론이 아니나 그 대신 정순이를 낳고 또 여든다섯에 죽을 때는 열다섯 먹은 아들을 두게 될지 모르는 터인즉 그다지 비싼 오입이 아니나, 맨 나중으로 하는 오입이 이번 대동보소를 맡은 것인데 이번에는 좀 단단 걸려서 이만 냥의 열곱 이십만 냥이나 쓴 것이다. 그것은 어엿이 자기집 자기 종파의 족보회를 꾸민다면야 설혹 지금 시대에 역행하는 일이라고 하더라도 덮어놓고 오입이라고 하여서는 말이 아니요 인사가아니겠지만 상훈이로 보아서는 대동보소라는 것부터 굳이 반대는 안한다 하여도 그리 긴할 것이 없는데 게다가 ××씨의 족보에 한몫 비집고 끼려고―덤붙이가 되려고 사천 원 템이나 생돈을 내놓는다는 것은 적어도 오입 비슷한 일이라고 생각하는 것이었다.

② 자기 부친에게 잘못이 없다는 것은 아니나 그렇다고 남에 없는 위선자거나 악인은 아니다. 이 세상 사람을 저울에 달아본다면 한 돈(일전)도 못 되는 한 푼 내외(일분 내외)의 차이밖에 없건만 부친이어떤 동기로였던지―어떤 동기라느니 보다도 이삼십 년 전 시대의 신청년이 봉건사회를 뒷발길로 차버리고 나서려고 허비적거릴 때에누구나 그리하였던 것과 같이 그도 젊은 지사(志士)로 나섰던 것이요 또 그리느라면 정치적으로는 길이 막힌 그들이 모여드는 교단 아래 밀려가서 무릎을 꿇었던 것이 오늘날의 종교 생활에 첫 발길이었던 것이다. 그것도 만일 그가 요샛말로 자기 청산을 하고 어떤 시기

에 거기에서 발을 빼냈더라면 그가 사상으로도 더 새로운 시대에 나오게 되었을 것이요, 식생활에 있어서도 자기의 성격대로 순조로운 길을 나아가는 동시에 그러한 위선적 이중생활 속에서 헤매지는 않았을 것이다.

〔……〕

어쨌든 부친은 봉건시대에서 지금 시대로 건너오는 외나무다리의 중턱에 선 것 같다고 생각하였다.

③ 어쨌든 덕기는 무산 운동에 대하여 무관심으로 냉담히 방관할 수 없고 그렇다고 제일선에 나서서 싸울 생각도 아니요 처지도 아니니까 차라리 일간호졸 격으로 변호사나 되어서 뒷일이나 보면 좋겠다는 생각이었다. 덮어놓고 크게 되겠다는 공상도 가지고 있지 않으나 책상물림의 뒷방 서방님으로 일생을 마치기도 싫었다. 제 분수대로 무어나 하고 싶었다.

조의관·조상훈·조덕기 3대가 한집에서 살고 있는 동시대의 한국적 상황은 예문 ①, ②, ③에서 볼 수 있다.

①은 봉건적 부유층인 조의관이 나라가 어떻게 되고 민족의 침략의 굴레에 빠져 있든 말든 재래적 가치 기준에 따라서 행동하고 있음을 보여주고, ②는 새로운 문물에 먼저 눈을 뜬 한 부르주아 출신의 청년이, 전통적인 것을 외래적인 것으로 대치시키는 과정에서 야기되는 모순을 고려하지 않았을 때 부딪치는 실패와 좌절의 궤적을 암시하고, ③은 두 세대의 극단적인 방법론에서 실패의 요인과 민족의 암운을 발견한 지식인이, 자신의 편안한 삶을 버리지 않고 두 세대의 모순을 극

복하려는 태도를 보여준다. 이 작품에서 염상섭은 봉건적 인습을 보존하고 있는 조부, 봉건적 인습에 대해서 비논리적인 개화 의식을 갖고 있음으로 인해 봉건적인 것보다 더욱 나쁜 실패의 길을 걷는 아버지 상훈, 아버지의 실패와 조부의 고집을 급진적으로 거부하지 않고 타협과 설득으로 극복하려는 온건한 개회주의자 덕기, 급진적이며 기회주의적인 개화주의자로서 자신의 시도가 실패했을 때 타락하고 마는 보조 인물 병화 등이 보여주는 드라마는 한국 사회가 한꺼번에 겪어야 했던 3대의 동시대적 비극, 즉 1920년대의 개인적이고 사회적인 문제를 폭넓게 그려 보이면서 동시에 문화의 대사회적 의미의 확산 같은 것을 보여준다.

춘원과 염상섭보다 뒤에 문학 활동을 한 채만식의 경우에는 그의 문학이 앞의 두 작가와 다른 양식을 취하고 있지만 그의 문학적 태도는, 아니 그 시대를 대하고 있는 태도는 춘원보다 염상섭에 가까운 것 같다. 약간의 신교육을 받았으면서도 결혼에서는 부모의 결정에 따름으로써 개인의 운명을 스스로 개척해나가지 못하고 비극적인 삶을 살고만 여주인공 초봉, 군 서기에서 물러난 뒤 신문명이라는 이름으로 만들어진 미두장과 은행원에게 자신과 딸의 운명을 버려놓은 아버지 정주사, 가난한 집에서 태어나 어쩌다 은행원이 된 것을 기화로 다른 사람의 예금이나 빼돌리고 하숙집 여주인과 간통하고 초봉이와 결혼하고 기생집에나 드나들다가 비명에 간 고태수, 가난하지만 정직하게 살아가려고 하고 그러면서도 항상 우유부단한 의사 지망생 남승재, 예리한 현실 감각을 가지고 자기에게 주어진 삶은 자기 스스로 책임을 지려고 하는 초봉이의 동생 계봉 등——이들이 뒤얽혀서 살고 있는 채만식의 「탁류」는 1930년대의 우리나라의 모습을 적나라하게 드러내준다. 그것은 전통적인 생활양식과 외래적인 생활양식의 상충에서 야기되는 시대적 갈등과 사회적 모순을 보여주었다. 오랫동안 정치라든가 경제라든가 문화라든가 하는 역사의 표면으로부터 소외되어 그것의 개혁을 기도하려는 의지를 펴보지 못한 채 주어진 삶을 적당히 영위해오는 일에만 습성이 붙은 많은 사람은 갑자기 밀려온 미두장이나 병원이나 은행이나 약국 등 신문명의 유물 앞에서 그들이 그것을 하나의 이기로서 사용해야 하는 것을 인식하지 못했다. 인간의 양심이나 관례에 따른 양식에만 호소해오던 그들이 화폐를 통해 관계를 유지할 수밖에 없는 근대적 기구—미두·은행·병원·약국—에 익숙하지 못한 것은 너무나 당연하다. 그렇기 때문에 그들이 화폐에 배반을 당하고, 그 배반을 통해 근대적 삶에 익숙해져 갈 것이다.

일제가 정치적·경제적·문화적 침략자로 군림하고 있던 1930년대에, 이와 같은 역사의 '탁류' 속에 그들이 휩쓸리고 있음을 간파한 채만식의 식견은, 외래문화와 재래문화의 충돌에서 일어나는 지식인의 갈등과 침략에서 온 역사의 모순을 꿰뚫은 것이었으며, 춘원과 같은 성급한 계몽주의를 넘어선 것이었다. 주인공들의 삶이 얼마나 비극적인지 보여줌으로써, 그것의 근본이 무엇인지 제시해줌으로써, 그리고 그 시대의 모습을 풍자적인 언어를 통해 나타내줌으로써 채만식은 자기 역할을 해냈던 것이다.

이상의 세 작가에게서 그 시대정신을 반영하고 있는 요소가 두드러진 것은 사실이지만, 그들의 문학 내용은 작가가 그 시대를 파악하고 있는 태도에 따라 서로 다른 방법론 위에 서 있는 것 같다. 그리고 그들의 역할이 달랐다는 것도 이상에서 본 바와 같다.

그러나 여기에서 한 번 더 생각해보아야 할 점은, 세 작가 모두 일제시대라는 역사적 상황 아래에서 작품을 썼다는 것이다. 새로운 소설 양식의 출발부터가 일제시대에 이루어졌다는 사실은, 그것이 한편으로는 바뀐 시대적 요구에 따라서 이루어졌다는 필연성을 갖고 있으면서도, 다른 한편으로는 동시에 그 문학의 한계성이 내포되고 있었음을 말해준다. 따라서 그들에게 보다 강렬한 민족적·역사적 행동을 요구할 수는 없는 것 같다. 하지만 그들의 문학에 대해 그것이 지닌 내용 이상의, 혹은 이하의 평가도 내려서는 안 될 것이다. 문학의 내용은 글자로 나타난 것을 통해서만 평가될 수 있기 때문이다. 춘원이나 염상섭, 채만식의 문학이 그 시대의 요구에 얼마나 응할 수 있었느냐는, 그들의 작품이 오늘날 어떻게 평가되고 있는가와 상관지어질 듯하다. 확실한 점은 문학적 역사의 큰 흐름을 파악하려는 문학 가운데 염상섭·채만식이 거둔 성공은 괄목할 만한 것이라는 사실이다. 그리고 그 점에서 그들의 문학이 한국에서 리얼리즘의 전통을 세웠던 것이다.

3

그렇다면 '1960년대'와 가장 가까운 6·25동란을 전후로 문학 활동을 시작한 일련의 작가들은 어떠한가?

그 구질구질하게 비 내리는 날 골방에 앉아서 아무런 해결책도 발견하지 못하고 자조적인 태도를 취하고(손창섭), 전장에서 탈영하여 후방의 뒷골목을 배회하면서 자기의 삶을 찾으려고 하고(서기원), 고향을 잃고 피난민의 대열에서 국수 가게의 배달원 노릇을 하고(이호철), 시골 사람의 순박한 마음에도 잊을 수 없는 비극의 씨가 심어지고(하근찬), 전쟁으로 인한 불구의 몸을 이끌고 잃어버린 인생을 보상하고자 몸부림치고(오상원), 전쟁의 포로가 되어 미군 부대 언저리에서 펨

프 노릇을 하고(송병수), 전쟁의 포로가 되어 중립국을 선택했으나 그 곳으로 가는 도중에 바다에 투신하는(최인훈) 등 대부분의 작가가 전쟁의 뒷이야기를 쓰고 있다.

그 당시 전쟁의 소용돌이 속에서 그들이 시대를 파악하는 데 전쟁이라는 것을 가장 큰 문제로 생각하지 않을 수는 없었으리라. 그리하여 그들은 전쟁 현장의 증인으로서 자신의 전쟁 견문록을 발표하는 데 전력을 기울이게 되었고, 그 결과 자신들의 작품을 통해서 오늘날 우리는 그 시대의 풍토를 파악할 수 있기까지 하다. 사실상 1950년대란 전쟁의 혼란 때문에 가치관이 외부에서 형성되어 개인에게 주어진 것이 아니고 작가가 내부에서 구축해나가야 했던 시대임을 고려한다면 1950년대 문학이 그 이전의 문학 이상으로 중요한 몫을 담당하는 것은 그들이 현장의 증인으로서 단편적이나마 기록을 남겼다는 데 있으며, 그런 점에서 그들이 생활의 혼란에도 불구하고 가능한 최선의 방법을 택하려고 노력했다는 점을 인정해야 한다. 그리고 동시대의 몇몇 비평가에 의해 전쟁의 비극, 인간성의 옹호, 고발의 문학 등 화려한 어휘를 통한 소박한 휴머니즘 이론의 뒷받침을 받았다.

그러나 그들이 1950년대의 중요한 문제를 전부 내포하고 있는 듯 생각하는 것은 잘못이다. 왜냐하면 전쟁이라는 엄청난 그림자에 가려 정작 썼어야 할 뛰어난 전쟁소설을 남기지 못했고, 전쟁의 피해의식 못지않게 근본적인 문제를 다룬 장용학이나 최인훈의 문학을 뒷받침해주지 못했던 것이다. 문학의 다양성을 인정한다면 한 시대에 손창섭·이호철·장용학·서기원·최인훈이 서로 다른 면을 소유한 채 동시적으로 존재한다는 것을 인정했어야 한다.

문제는 상황의 변화에도 불구하고 몇몇 작가가 경직된 의식을 소유한 채 바람직한 관심의 변모를 문학 속에 용해시키지 못한 데 있으며, 동시에 자기의 관심 밖의 문제에 천착하고 있는 다른 작가의 문학을 도외시하려는 데 있는 것이다.

4

'1960년대 문학'이란 한마디로 말해서 지금까지 도외시되었던 부분의 개척에 깊게 뿌리박고 있다고 할 수 있다.

그렇다면 '1960년대 문학'이란 어떤 것이며 그들의 문학이 그 이전의 문학과 어떻게 다르고, 1960년대의 정신의 풍속이란 무엇인가?

1962년 「생명연습」으로 등장한 김승옥은 '1960년대의 문학'의 전개 과정에서 중요한 몫을 담당했다. 그것은 '왕국의 신기루'를 잃어버린 개인이 타인과 만나지 못하는 선교사의 행위에서 현대인의 비극을 인식하고 자기 존재에 대한 질문을 던짐으로써 시작되었다. 이러한 태도는 전쟁의 뒷이야기로 10여 년을 보내온 당시에 새로운 소설이었으며 그 후 김승옥이 쓴 「무진기행」 「서울 1964년 겨울」은 소설의 새로운 세계의 개척이라는 찬사를 받을 만큼 획기적인 것이었다.

① 조는 러닝셔츠 바람으로, 바지는 무릎 위까지 걷어붙이고 부채를 부치고 있었다. 나는 그가 초라해 보였고 그러나 그가 흰 커버를 씌운 회전의자 위에 앉아 있는 것을 자랑스러워하는 듯한 몸짓을 해 보일 때는 그가 가엾게 생각되었다. "바쁘지 않나?" 내가 물었다. "나야 뭐 하는 일이 있어야지. 높은 자리라는 건 책임진다는 말만 중얼거리고 있으면 되는 모양이지." 그러나 그는 결코 한가하지 않았다. 여러 사람들이 드나들면서 서류에 조의 도장을 받아갔고 더 많은

서류들이 그의 미결함에 쌓여졌다. "월말에다가 토요일이 되어서 좀 바쁘다." 그는 말했다. 그러나 그의 얼굴은 그 바쁜 것을 자랑스럽게 여기고 있었다. 바쁘다. 자랑스러워할 틈도 없이 바쁘다. 그것은 서울에서의 나였다. 〔……〕

"참 엊저녁 하 선생이란 여자는 네 색싯감이냐?" 내가 물었다. "색 싯감?" 그는 높은 소리로 웃었다. "내 색싯감이 그 정도로밖에 안 보이냐?" 그가 말했다. "그 정도가 뭐 어때서?" "야, 이 약아빠진 놈아, 넌 빽 좋고 돈 많은 과부를 물어놓고 기껏 내가 어디서 굴러온 줄도 모르는 말라빠진 음악 선생이나 차지하고 있으면 맘이 시원하겠다는 거냐?"
　　　　　　　　　　　　　　　　　　　　　　　　　—「무진기행」

② 나는 심각한 이야기를 좋아하는 이 친구들을 골려주기 위해서, 그리고 한편으로는 자기의 음성을 자기가 들을 수 있는 취한 사람의 특권을 맛보고 싶어서 얘기를 시작했다.

"평화시장 앞에 줄지어 선 가로등들 중에서 동쪽에서부터 여덟 번째 등은 불이 켜 있지 않습니다……" 나는 그가 좀 어리둥절해하는 것을 보자 더욱 신이 나서 얘기를 계속했다.

"……그리고 화신백화점 육 층의 창들 중에서는 그중 세 개에서만 불빛이 나오고 있습니다……" 〔……〕

"을지로 삼가에 있는 간판 없는 한 술집에서는 미자라는 이름을 가진 색시가 다섯 명 있는데 그 집에 들어온 순서대로 큰 미자, 둘째 미자, 셋째 미자, 넷째 미자, 막내 미자라고들 합니다."

"그렇지만 그건 다른 사람들도 알고 있겠군요. 그 술집에 들어가 본 사람은 꼭 김 형 하나뿐이 아닐 테니까요." "아 참, 그렇군요 난

미처 그걸 생각하지 못했는데, 나 그중에서 큰 미자와 하루 저녁 같이 잤는데 그 여자는 다음 날 아침, 일수(日收)로 물건을 파는 여자가 왔을 때 내게 팬티 하나를 사주었습니다. 그런데 그 여자의 저금통으로 사용하고 있는 한 되들이 빈 술병에는 돈이 백십 원 들어 있었습니다."

"그건 얘기가 됩니다. 그 사실은 완전히 김 형의 소유입니다."

—「서울 1964년 겨울」

①은 서울에서 '출세'한 한 청년이 고향 무진에 돌아가서 만나는, 몇 년이 지나도 변하지 않는 거리, 세무서장이 되어서 만족하고 있는 친구, 유행가나 부르면서 시골의 속물들과 생활하는 데 권태를 이기지 못하는 음악 선생 등을 통하여 자신의 쓰라린 과거의 편린을 발견하고 현재의 삶의 허위성을 인식하고 있는 주인공의 존재론적 갈등을 드러내준다.

②에서는 자기의 존재를 확인하고, '어떤 것'이든 자기 소유의 무엇을 발견하고 싶어서 무의미한 말놀음을 하고 있는 주인공의 괴로움을 이야기해준다.

이 두 예문에서 볼 수 있듯이 김승옥의 주제는, 자기가 살고 있는 삶이란 무엇이며, 자기가 던져져 있는 이 세계란 어떤 것인가 하는 근본적인 질문의 세계를 추구하며, 그의 역할은 문학의 관심을 사회 전반의 개조와 역사의 흐름 전체의 파악으로부터 개인의 발견으로 회전시켰다는 점에서 주목의 대상이 되었다. 이런 작가의 관심과 함께 그의 문체의 현란함은 문학이 언어를 매체로 한 정신의 표현이라는 점에서 그의 문학적 업적으로 기록되었다. 이러한 김승옥의 역할은 그가 최근에 작품을 발표하지 않았다고 해서 전혀 줄어들 수도 없는 것이다.

이 사회에서 토론될 만한 몇몇 상황과 만나면서 자아와 관련된 현실의 단면을 예리하게 파헤친 「미로」 서정인의 문학도 생의 지주를 자아의 외부에서 찾으려다가 실패하고 자기 존재의 내면으로 돌아오지만 이것은 그의 「강」에서 보여준 '하나의 천재가 열등생으로 변모해가는 과정들'이라는 점에서 자기발견의 문학임이 분명하다.

"일등을 했다구? 좋은 일이다. 열심히 공부해라. 기회는 얼마든지 있다. 미국, 영국, 불란서, 어디든지 갈 수 있다. 내 돈 한 푼 안 들이고 나랏돈이나 남의 돈으로 얼마든지 공부할 수 있다. 돈 없는 건 걱정할 필요가 없다. 흔한 것이 장학금이다. 머리와 노력만 있으면 된다. 부지런히 공부해라, 부지런히. 자신을 가지고."

그러나 그의 말을 듣고 있는 사람은 아무도 없다. 또 알아들을 수도 없다. 그는 입을 다물고 흥얼거렸다. 그 말이 끝나자 그의 머릿속에는 몽롱한 가운데에 하나의 천재가 열등생으로 변모해가는 과정들이 하나씩 떠오른다. 너는 아마도 너희 학교의 천재일 테지. 중학교에 가선 수재가 되고, 고등학교에 가선 우등생이 된다. 대학에 가서는 보통이다가 차츰 열등생이 되어서 세상에 나온다. 결국 이 열등생이 되기 위해서 꾸준히 고생해온 셈이다. 차라리 천재였을 때 삼십 리 산골짝으로 땔나무꾼이 되었던 것이 훨씬 더 나았다. 천재라고 하는 화려한 단어가 결국 촌놈들의 무식한 소견에서 나온 허사였음이 드러나는 것을 보는 것은 결코 즐거운 일이 못 된다. 그들은 천재가 가난과 끈질긴 싸움을 하다가 어느 날 문득 열등생이 되어버렸다는 사실을 몰랐다.　　　　　　　　　　　　　　　　　　　　　　　—「강(江)」

학교에서는 우등생이 사회에서는 열등생이라는 통속적인 이야기가 한 개인의 삶에 끼어들었을 때, 그것은 삶의 의미와 사회 속에서의 개인의 위치에 대한 심각한 회의를 동반한다. 교과서적 가치 기준으로부터 선악과 우열의 판단에 확고한 신념을 길러온 개인은, 교과서의 범주를 벗어나면서부터 끊임없는 배반을 경험하게 되고, 여기에서 개인은 지식의 원점으로 되돌아온 자아를 발견하게 된다. 그것은 개인이 존재할 수 없는 상황, 그리고 그 상황 속의 삶의 어려움에 대한 작가의 예리한 관찰력의 소산인 것이다.

「강」「분열식」「나주댁」의 주인공이 단순한 시골 생활의 좌절을 그리고 있는 것이 아니라, 그것을 통해서 보다 많은 부분을 암시한다고 생각할 때, 작가의 삶에 대한 인식이 시골 생활의 좌절을 통해서 주인공의 아픈 과거의 편린으로 재현되고 있는 것이다. 그 때문에 이 작가의 자아 인식은 더욱 절실한 바 있다.

노인은 갑자기 힘이 빠진 얼굴이 되어 딸과 소년을 불렀다. 소년은 과녁판으로 골짜기를 건너갔고 여인은 모시옷에 옥색 궁대를 띠고 나와 활을 쏘았다.

사건이란 그것뿐이었다.

그것을 사건이라 할 수 있을지 모르겠다는 것은 그 때문이다. 석주호까지도 여인이 석양을 빗기고 화살을 건네 보내는 모습과 맞은편 언덕 부채를 든 소년의 판정 동작을 번갈아보면서 "아, 아름답습니다. 정말 아름답습니다" 하고 취한 듯 감탄하다 북호정을 내려갔으니 말이다. 그들은 애초의 동기야 어쨌든 다같이 만족했다. 〔……〕

노인은 이날 밤 통 저녁을 들지 않았으며 여인은 또 상을 들여놓고 방으로 들어오지도 않고 어두운 부엌에 쭈그려 앉은 채 말이 없었다. 다만 소년만이 여느 때처럼 열심히 숟갈질을 하고 있었다. 노인은 이따금 딸아이를 불러들이려는 듯 한두 번 마른기침을 했으나 이내 눈을 감고 깊이 상처받은 짐승처럼 낮은 신음 소리를 냈다. 하기는 그것이 그들에게 깊은 상처를 주는 사건이었다고 해도 아무도 그 깊은 곳을 알 수 없었다.　　　　　　　　　　　　　　　　—「과녁」

　과년한 딸과 어린 아들을 둔 궁사가 검사인 석주호의 간청에 못 이겨 딸로 하여금 대중 앞에서 활을 쏘게 한 뒤의 이야기인 이 예문에서 보는 것처럼, 오늘날에 와서는 장인들의 존재도 커다란 위험 속에 놓여 있다. 외부에서 볼 때에는 아무것도 아닌 일이 장인들에게는 생사의 문제까지 좌우하는 것이다. 그럼에도 불구하고 장인들은 그들의 세계를 고수하려고 한다. 이청준은 서커스단의 줄 타는 광대, 무지와 미신에 사는 어부, 어느 시골 정자에서 활만 쏘고 있는 궁사, 전설적인 인물이 된 매잡이 등 현대에서 사라져가는 장인의 운명을 그리고 있다. 그것은 장인에 대한 회고적 감상주의라기보다는 장인과 현대인의 삶의 조응을 통해서 왜소해지는 자아의 비극을 인식하기 위한 과정을 보여준다. 따라서 그의 현대적 주인공은 사라져가는 장인의식을 통해서 비극적인 삶을 인식하고 개인이 현대의 풍속에 끼어들었을 때 역사나 현실 앞에서 얼마나 무력한지 의식하고 있다.
　도시의 일부 풍속과 한 개인의 가치관에 대한 의식을 주제로 다채로운 작품을 보여주는 박태순의 문학은 사회의식을 가진 인물의 진위, 배금주의의 미망, 자기비하를 일삼는 자의 자위행위 등을 통해서 대사회적 의식의 확산을 포함하고 있다. 특히 오늘의 풍속이라고 할 수 있는 그의 작품들이 외촌동 주민의 일상이라든가 젊은이의 연애 감정을 대상으로 한 점은 복합적인 의미를 지닌다. 그것은 단순한 풍속의 의미를 넘어 일면으로 적극적인 의지를 보여주고, 일면으로 그것을 도외시하려는 속물에 대한 각성을 나타낸다.

「뙤약볕」으로부터 박상륭이 시도하고 있는 것은 우화와 상징을 통한 개인의 인식 방법이라고 할 수 있다. '말'을 찾아 헤매던 섬사람들이 유토피아를 향해 떠났다가 문득 죽는다든가(「뙤약볕」), 왕의 전단(專斷)에 대해 적극적인 태도를 취하지 못하다가 왕과 함께 죽는 대목수의 이야기라든가(「열명길」), 7일 동안의 산란기에서 죽음으로써 새로운 생명의 탄생을 이룩하는 비취새의 운명(「7일과 꿰미」) 등은 하나의 개인이 자기의 존재를 확인하기까지 지불해야 했던 고통의 과정이었으며 그 점에서 우화적 발상을 빌린 그의 방법론은 성공적인 듯하다.

이상에서 본 1960년대 작가들의 공통점은 일상적인 자아를 추구한 점에서 그 이전의 문학과 구분된다. 김승옥의 주인공은 시골 출신으로 무애(無愛)의 생활을 하면서 허무의 거리를 방황하고, 서정인의 주인공은 시골 출신의 천재가 서울에서 열등생이 되어 시골에서 그러한 자아를 재발견하고, 박태순의 주인공은 '외촌동' 주위에서 서성거리는 무의미한 '정'에 얽매이거나 음악 감상실에서 여자와 지껄이고 있다.

이 작가들은 왜 이처럼 흔히 볼 수 있는 인물을 그리고 있을까? 그것은 개인이 사회나 현실에 관해서 전체 개념 내지는 실체 개념으로 파악하지 않고 관계 개념으로 파악한 데서 연유한다고 할 수 있다. 한 개인이 진정으로 아프게 생각하는 것은 일상적 현실의 조그마한 부분이며 이런 것을 도외시했기 때문에 '1960년대 문학' 이전에는 문학이 사회나 현실에 대하여 전체적인 파악 내지는 그 전체 '위'에서 그것을 바라보게 되었고 개인은 존재하지 않고 전체만이 문제가 되는 인습을 낳았던 것이다. 따라서 한 작가가 자기의 문제보다는 모든 사람의 문제를 이야기하고자 했기 때문에 겉으로는 정당해 보이면서도 내적으로 정작 실감을 안겨주기는 어려웠던 것이다. 이것은 개인 능력의 한계에 대한 투철한 인식 없이 일제 초기에 있었던 춘원의 태도를 답습하는 결과를 초래하여 문학의 다양화를, 그리고 삶의 복잡화를 이해하는 데 획일적 태도를 취하게 했던 것이다.

그러므로 '1960년대 문학'의 가장 두드러진 현상은 일상적 자아를 문학에 도입함으로써 개인 능력의 한계와 문학의 역할에 대해서 투철한 의식을 갖고 개성의 보존과 존재의 확인을 하려고 들었다는 데 있다. 따라서 이 작가들은 문학의 다양성을 인정하고, 의식의 복합적인 발전에서 오는, 다시 말해 개념의 복잡화에서 오는 혼란을 극복하기 위해 자기 능력이 미치는 범위 안에서 고통스런 모색을 한다.

그들은 그들 개인에게 현실의 어느 부분이 가장 아파오는지 정직하게 인식하고 그것을 가장 합리적으로 나타내기 위해 그들의 작품을 우리에게 제시해주었으며, 그것이 시대정신의 일면을 정신의 풍속으로까지 보여줄 수 있었던 것이다.

그다음으로 중요한 문제는 '소시민 의식'의 자각이라는 점이다. 이것은 작가가 일상적인 자아를 다루게 될 때 필연적으로 만나는 문제로 개인의 한계를 의식한 것부터가 이에 속하는 사실이다.

'소시민 의식의 자각'이란 19세기적 시민의식의 범위를 뛰어넘은 보다 높은 차원에서 말해져야 한다. '소시민 근성'과는 구분되는 것으로 이 문제에 대한 해답을 얻기 위해 속물근성과 비교하는 것이 필요한 일이리라. 박태순의 소설에 자주 등장하는 '속물'이라는 말이나, 김승옥의 「무진기행」에서 조그마한 출세주의의 성공으로 만족하고 있는 인물의 의미나, 서정인의 일련의 작품에서 세무서 직원 이 씨, 초등학교 선생 박 씨, 애국을 전문으로 하는 교장 선생의 의미는 거의 동질의 것으로 '속물근성'과 다르지 않다. 그리고 최근의 박태순의 「정처(定處)」에서 '정처'를 마련하고자 하는 '이지석'은 모든 것을 실리적이며 공리적인 타산 아래 제단하여 얼핏 보기에 그 나름대로 타당한 길을 밟고 있는 것 같지만 그러나 그에게는 모든 현실과 너무 빨리 타협해버리는 비굴성과 속물성을 동시에 갖고 있다.

이러한 인물을 통해 작가가 말하고자 했던 바는 그러한 비굴성과 속물성이 일종의 '소시민 근성'이라는 점과 그것은 곧 의식 자체의 지나친 폐쇄성과 순응성 때문에 사회나 개인의 개선에 저해될 뿐이라는 사실이다. 소시민이 자신의 안이한 생활과 소시민으로서의 권리만을 주장하게 될 때 그것은 '소시민 근성'이 되고, 그러한 소시민이 자신의 소시민이라는 위치에 대해서 자각했을 때 그것은 '소시민 의식의 자각'이 된다. 따라서 '소시민 근성'이 속물근성이라면 '소시민 의식의 자각'은 이에 대해 '반속(反俗)주의'인 것이다.

'1960년대 문학'에서 말하는 소시민 의식의 자각은 말하자면 반속주의에 근거를 두고 있다. 그러므로 이 작가들의 작품에 나오는 속물들에 대하여 작가가 분석하고 표현하는 것은 소시민 의식의 자각에서 나왔다. 소시민이 자신의 위치를 자각했을 때 일상적인 자아에 대한 관심은 대(對)사회적 확산의 의미를 내포하게 되며 그것이 역사의식으로 확인된다.

그렇다면 '1960년대 문학'은 다른 세대와 어떤 혈연관계도 없이 갑자기 이룩된 것일까. 그것은 결코 아니다. 1950년대까지 한국 문학이 개인의 문제에 대해서 지나치게 소홀했고, 특히 전쟁으로 인해 작가들이 전쟁의 뒷이야기에만 관심을 두었기 때문에 상황의 변화에 따른 작가의 관심 변화는 불가피해졌던 것이다. 게다가 1930년대에 이미 찢긴 자아를 붙들고 그 시대의 절망을 가장 절실하게 표현했던 이상이 있었고, 전후에 개인의 무기력함 때문에 자조적 태도를 취했던 손창섭이 있었고, 폐쇄된 내면의 세계와 대중의 광장 사이에서 괴로운 방황을 하던 끝에 패배한 자아를 인정하고 자신의 밀실 속으로 들어오고 마는 최인훈이 있었다. 이처럼 단편적으로 나타났던 자아 인식의 노력이 1960년대로 이어졌다는 것은 주목할 만한 사실이다. 그러므로 반속주의로서의 소시민 의식의 자각을 주축으로 한 '1960년대 문학'은 1950년대 문학이 결여하고 있던 많은 부분을 보완하고 있으며, 이상, 손창섭, 최인훈으로 이어지는 자아의식의 노력을 성공적으로 보여준다.

그다음에 김승옥의 의식의 심연을 보이는 듯한 문체를 필두로 서정인의 응축되고 의인화된 문체, 박태순의 일상적인 구어체의 문체, 이청준의 정통적이면서 복합적인 문체, 박상륭의 우화적인 문체 등은 지금까지 보아왔던 소설의 문체에 새로운 가능성을 입증한 것이라고 할 수 있다. 그러나 이러한 문체가 이야기하고자 하는 내용의 필연성에서 이루어졌다는 것을 감안하면 이들의 새로운 문체란 당연한 것이라고 할 수 있다. 내용과 형식의 이원론적인 해석은 사물의 인식에서 가장 잘못된 해석이기 때문이다.

1960년대의 문학은, 시대정신의 반영이라는 문학의 고전적 주제에서도 멀리 떨어져 있지는 않다. 춘원이나 염상섭, 채만식의 문학이 일제시대에 이룩된 것이고, 1950년대 문학이 6·25동란이라는 상황 아래서 이룩된 것처럼 1960년대의 문학은 4·19, 5·16이라는 두 번에 걸친 혁명 뒤에 이룩된 것이다. 두 번의 혁명을 통해서 작가들은 개인의 역사의 흐름에 작용할 수 있는 한계 같은 것을 의식하고 있는 듯하다. 그리고 6·25동란이 있은 후 10년의 세월이 경과했기 때문에 전후의 외적 혼란기보다는 자신의 내적 갈등을 경험하고 있는 작가들이 자신의 삶에 대해서 관심을 갖게 되는 것은 당연한 일일는지도 모른다. 그것이 바람직한 일이냐는 뒤에 검토할 문제이다. 하여튼 일제시대와 같은 외침도 없었고, 6·25동란과 같은 혼란도 없으면서도 4·19와 같은, 사회 속에서의 자아 발견의 움직임을 경험한 시대에서 문학이 역사에 대해 할 수 있는 것이 무엇이고 개인이 할 수 있는 것이 무엇인지, 그리고 이 시대의 정신이 두 번의 혁명을 통해서 어디로 움직이고 있는지 1960년대 문학이 질문을 던지고 있는 것은 어쩌면 문학의 본질과 기능에 대한 재검토의 태도라고 보아야 한다.

5

그렇다면 이 '1960년대 문학'이란 극복해야 할 어떤 문제도 갖고 있지 않을까? 그렇지는 않으리라. 문학의 다양성을 생각하면 이들의 자아 인식의 문학은 그것만이 전부라는 관념을 탈피한 것이기 때문에 스스로의 문학이 극복해야 할 점을 내포하고 있는 것은 사실이다. 그리고 문학이 어떤 것이라는 굳어진 형태의 것이 아니고, 활동적인 것이기 때문에 항상 바람직한 방향으로의 극복을 필요로 한다. 그렇다면 이들이 극복해야 할 것은 무엇인가, 일상적인 자아로 돌아온 이들의 문학은 역사나 현실이라는 거대한 힘 앞에서 개인이 얼마나 무기력하고 왜소하다는 것을 인식하게 만들기 때문에 항상 패배한 인물을 그린다. 그것은 바로 현대인의 패배의 풍속도이고, 오늘날 인간의 비극적 운명이다. 사실상 문학이란 옛날부터 이러한 인간의 비극을 주제로 삼아왔고 패배한 개인이란 이들 비극성에 근거를 두고 있지만 문학은 그 비극성을 극복하려고 노력할 때 더욱 의미를 띠게 되고 새로운 단계로의 형상화가 가능해진다.

이처럼 패배한 개인의 인식에 도달한 '1960년대 문학'은 앞으로 어쩌면, 아니 필연코, 보다 많은 패배의 쓰라림을 겪게 될지 모르겠지만 패배주의의 극복을 위해 지금까지 우리의 작가가 지불한 노력 이상의 천착을 필요로 한다. 특히 그렇게 되었을 때 60여 년 동안 우리 작가들이 남긴 문학적 업적 위에 1960년대 문학이 서게 될 것이고 새로운 전통의 창조가 가능해질 것이다.

그때까지 '1960년대 문학'이 전통을 부인하고 있다는 비난을 보류하자. 왜냐하면 어떤 문학이든지 새로운 문학은 그 앞의 것을 부정하고 나오는 것이 원칙이고, 그 부정을 통해서 그 앞의 문학을 긍정하며 동시에 전통을 형성하게 되는 것이니까 말이다. 문학에서 전통이란, 아버지가 자식을 낳아서 대를 잇는 것과 같은 생리적인 것이 아니고 하나의 작가 혹은 한 시대의 작가들이 이룩한 업적이 하나의 봉우리를 이루고 그 단절된 봉우리를 엮는 것이며, 따라서 그 업적은 전혀 이질적인 것이라고 해도 전통의 형성에 지장을 주는 것이 아니다.

그리고 염상섭·채만식의 문학이 일제라는 조건부적 상황 아래서 역사의 흐름을 전체적으로 보여주려고 했다는 점에서 한국 문학의 리얼리즘을 가장 성공적으로 보여주었다면, 남북이 분단된 오늘의 상황에서 역사적 흐름의 전체상을 드러내줄 만한 문학이란 어떤 것이어야 하는지의 문제도 1960년대 문학 속에 포용되어야 한다. 그것은 곧 한국인의 정신사가 어떻게 전개될지의 문제로 직결될 것이기 때문이다. 이러한 모든 문제를 동시대의 한국 문학이 포용하게 될 때 1960년대 문학은 한 시대를 올바로 정리하는 단계에까지 도달한 것이 되리라.
(1969)

1960년대 작가에 대한 별견(瞥見)

상식적인 이야기에서 출발하자. 문학이 항상 새로운 것, 새로운 면을 추구하는 것이라면 여기에서 볼 수 있는 젊은 작가들의 작품에서 어떤 '새로움'을 발견할 수 있을까. 만약 그들의 작품에 새로운 점이 있다면 그것은 얼마나 보편타당한 가치를 얻고 있을까. 이러한 질문은 문학작품을 대하는 대부분의 사람이 갖게 되는 원초적인 질문이면서 동시에 쉽게 규명될 수 없는 중요한 질문이다. 사실상 우리의 소설은 그것이 지닌 역사적인 연륜과 함께 얼마나 달라졌을까 하는 문제는 새로운 작가의 계속적인 등장과 함께 아무리 논의되어도 지나칠 것이 없다. 최근 몇 년 동안에 많은 신인 작가를 보게 되었고, 그들의 많은 작품은 비평의 대상이 되어왔다. 거의 비슷한 연배라는 외형적인 공통점을 갖고 있기 때문에 함께 수록된 듯한 이 작가들에게는 그렇다면 얼마나 공통적인 사고의 반경을 갖고 있으며, 얼마나 다른 소설적 방법론을 구사하고 있는지, 몇몇 작품을 중심으로 규명해보는 것도 한국 소설의 변모 정도를 파악하고 작품을 이해하는 데 도움이 될는지도 모른다.

최근에 주목할 만한 작품들을 발표하고 있는 서정인은 그 문학적 출발을 「후송」으로부터 시작했다. 응축된 문체로 삽화적인 수법을 사용하면서 주인공이 만나는 외부적인 상황과 내적 갈등을 다룬 「후송」에서 서정인은 문학적 관심을 분명히 하고, 다음 작품들과의 혈연관계를 나타내준다. 티나이투스라는 희귀한 귓병을 앓고 있는 「후송」의 주인공 포병 장교 성 중위는 귀에서 소리가 나는 자기 병을 다른 사람이 인정하지 않는 데서 타인과의 사이에 갈등을 느낀다. 시설이 좋은 병원에서라면 자기 병을 알게 되겠지만, 전방의 형식적인 병원에서는 그것을 알아주지 않는다. 그래서 후송의 수속을 밟지만 군의관들의 무성의한 태도 때문에 후송이 지연된다. 성 중위는 개인적으로 큰 병원에서 청력검사를 받아 그 진단서를 가지고 후송이 된다. 말하자면 귓병 때문이 아니라, 큰 병원의 권위에 의해 후송되는 셈이 되지만, 결국 이비인후과 전문 병원이 아닌 다른 계통의 병원으로 후송된다는 것으로 이야기는 끝난다.

이 작품에서 볼 수 있는 것은 한 개인의 타인과의 의사소통이 어려워진 단절된 상황의 설정이다. 귀에서 소리 나는 병 같은 '자각 증상'은 의사의 성의와 시설이 없이는 진단이 불가능하다. 그럼에도 불구하고 전방의 의사는 진단 기구를 이용하지 않고 엄살로 단정해버린다. 얼핏 보기에 사회의 어떤 모순 같은 것을 그린 듯하지만—사실 자신이 진단한 것도 아닌 권위 있는 병원의 진단을 믿고 후송을 결정한 전방 의사의 태도는 무책임하기 짝이 없다 —— 현대사회에서 개인의 불행을 그린 것이다. 개인에게는 심각한 증상임에도 불구하고 타인에게 인정되지 않고 실감을 주지 못하는 것은 타인의 불행에 인사를 할 줄 아는 과거의 풍속과는 다르다. 타인의 인사가 개인의 불행을 전혀 가볍게 해주지 못한다는 사실을 인식하면서도 그러한 형식 속에서 복잡한 인간관계가 유지될 수 있다는 '인정론'마저 배제된 하나의 사회를 생각하면 끔찍하기 짝이 없다. 여기에서 귓병은 귓병이 아니어도 좋다. 오늘날 모든 사람은 자신이 가장 불행한 사람이라고 생각할 만큼 자기 나름의 심각한 병을 하나씩 갖고 있다. 그러나 그러한 병을 타인에게 인정받고자 하는 사람은 성 중위처럼 자기 병과는 상관없는 엉뚱한 방향으로 가고 만다. 이것은 서정인이 현대사회에서 개인의 올바른 인식에 도달했다는 것을 입증한다. 말하자면 자신이 살고 있는 자기 삶-자아를 인식했다는 의미이다. 이러한 서정인의 태도는 그 뒤에 발표된 작품에서도 뚜렷이 나타난다.

주인공이 이 사회에서 토론될 만한 몇몇 상황과 만나는 장면을 상징적으로 보여준 「미로」도 얼핏 보면 사회의 모순을 보여주고 개인의 왜소함을 인식시켜주는 것이지만, 자세히 보면 주인공이 생의 지주를 자아의 외부에서 찾으려다 실패하고 자기 내면으로 돌아오는 것으로 끝난다. 마지막 부분에서 주인공이 박사를 찾아가다가 박사는 없고 박사의 묘지만을 만나게 되는 장면은 바로 생의 지주를 자아의 외부에서 찾으려다 실패한 것이다.

이것은 「강」에서 보여준 '하나의 천재가 열등생으로 변모해가는 과정들' 중 하나임이 분명하다. 군대에서 타인과의 관계가 끊긴 뒤 도시의 「미로」를 헤매고 난 주인공은 프티 인텔리로 도시에서도 견디지 못하고 시골로 내려가고 만다. 「강」「분열식」「나주댁」의 주인공은 바로 그 권태로운 시골 생활의 좌절을 그리고 있다.

세무서 직원 이 씨, 초등학교 선생 박 씨와 함께 '군하리' 잔칫집에 가는 늙은 대학생 김 씨는 버스 안에서부터 시골 풍속의 권태로움을 의식하고 그러면서도 자신이 어쩔 수 없이 그 속에 끼여 살고 있음을 인식한다. 순수하다기보다는 음흉한 시골 사람의 대화, 여관의 소년을 보면서 "천재라고 하는 화려한 단어가 결국 촌놈들의 무식한 소견에서 나온 허사였음이 드러나는 것" 등은 즐거운 일이 되지 못하지만 주인공의 권태와 좌절을 잘 표상한다. 특히 "애국을 전문으로 하는 사람들은 서울에만 몰려 있는 것이 아니라, 종종 벼랑에 핀 꽃처럼 대단한 벽지에도 산견되는 수가 있다"는 시니컬하면서도 능청스런 표현은 「후송」 이후 이 작가의 주인공이 겪어야 했던 비극적인 소외감을 적절히 보여주며, 생의 지주를 찾아 내면으로 돌아올 수밖에 없는 작가의 상황을 말해준다.

이청준의 「병신과 머저리」는 동인문학상 수상작이면서 장인을 주로 다룬 일련의 작품과 대조되는 젊은이의 모럴을 추구한 작품이다. 군대에서 패잔병이 되었다가 동료를 죽이고 적진을 탈출한 '형'은 의사로서 착실한 시민 노릇을 하면서 환자를 성실하게 치료해준다. 그런데 어느 날 한 소녀의 죽음이 있은 뒤부터 환자를 돌보지 않고 소설을 쓰기 시작한다. 그러나 소설을 시작해놓고 그다음을 계속하지 못하는 형은 매일 술을 마신다. 이 패잔병 시절의 이야기를 쓰고 있는 형의 소설을 훔쳐보면서, 그림을 그리는 '나'는 그때부터 화폭에 손을 대지 못하고 만다. '나'는 매일 형의 소설의 진전이 없음에 안타까워하면서 '형'이 괴로워하고 있는 만큼 무엇인지 모르게 괴로워하고 있다. '형'은 전쟁의 피해자로서 6·25 때 당한 정신적 타격이 소녀의 죽음으로 인해 재생된 것이며, 그러한 자책을 보상하고자 소설을 쓰고 있었다. 그런데 '나'는 전쟁의 피해자도 아니면서 무엇인지 괴로워한다. 그리고 이 괴로움은 실연과 우연히도 동시에 진행된다. 소설의 끝을 맺지 못하고 있는 '형'을 '나'는 안타까워하다가 드디어 '나'가 생각한 방향에서 형 몰래 소설을 끝맺는다. 소설의 끝이란 '형'이 동료를 죽인다고 '나'는 생각하고 있다. '형'의 소설의 진전 때문에 '나'는 그림에 약간씩 손을 댈 수 있게 된다. 그러나 '형'은 전혀 다른 방향에서 '나'가 써놓은 부분을 찢어버리고 소설을 끝낸다. 그리고 '형'은 자신을 어느 정도 변명하고, '나'를 꾸짖는 것으로 이 소설은 끝난다. 어떻게 보면 '형'의 전쟁 피해의식을 이야기하고 있는 것 같은 이 소설은 사실상 '나'의 의식을 위해 쓰여진 듯하다. 왜소해진 개인에 대한 인식으로부터 현대인의 비극이 처절한 상황에 놓인다는 것이다.

'형'과 '나'의 팽팽한 대립관계를 보여주면서도 '나'가 그림을 그리지 못하는 것은 바로 '나'가 '형'의 삶을 함께 살고 있기 때문이다. "형은 언젠가 자기가 동료를 죽였다고 말했지만 형의 약한 신경은 관모의 행위에 대한 방관을 자기의 살인 행위로 받아들인 것인지도 모를 일이었다. 그렇다면 형은 가엾은 사람이었다. 그리고 미웠다. 언제나 망설이기만 하고 한 번도 스스로 행동하지 못하고 남의 행동의 결과나 주워 모아다 자기 고민거리로 삼는 기막힌 인텔리였다……" 그리고 관념화한 하나의 사건을 순전히 자기 것으로 만들어 되씹으면서 자신을 확인하는 이상한 방법으로 힘을 얻으려는 것이었다고 하는 '나'의 비난은 형에 대한 것이라기보다는 인텔리인 자기 자신에게 하는 말이다.

'나'는 형의 이야기를 '자기 것으로 만들어' 그림을 그리지 못했다. 다시 말하면 '나'라기보다 현대의 인텔리들이 갖고 있는 고민을, 모럴을 추구한 작품이라는 말이다. 현대의 인텔리가 어떻게 해서 이렇게밖에 될 수 없었는지 이청준은 「줄」「과녁」「매잡이」에서 보여준다. 그는 이 작품들에서 서커스단의 줄 타는 광대, 시골 정자에서 활만 쏘고 사는 궁사, 전설적인 인물이 된 매잡이 등 현대에서 사라져가는 장인들의 운명을 그린다. 그러나 좀더 자세히 보면 그것은 회고적인 센티멘털리즘이라기보다 그것이 현대사회에서 통용될 수 없다는 비극의 인식이다. 우리 사회에서 비교적 인텔리에 속하는 사람이 폐쇄된 장인의 세계를 찾아가는 형식으로 되어 있는 것은 그 인텔리의 현대적 삶과 장인의식 사이에 메울 수 없는 갭이 있음을 보여주기 위해서이다. 인텔리는, 폐쇄된 사회에서 장인의식으로 살아갈 수 있었던 장인이 행복한 시대의 소유자임을 의식하고 따라서 끊임없이 외부의 간섭을 받는 현대에서 왜소해지는 자아를 인식한 것이다. 이 작품들이 장인과 인텔리의 조응을 보여준 것이라면 「굴레」나 「병신과 머저리」는 장인의식이 존재할 수 없는 현대에서 인텔리의 존재가 외부의 간섭을 어떻게 받고 있으며 왜소해지는가를 보여준다. 「줄」「과녁」「매잡이」에서 장인과 인텔리가 소설의 이중적 구조를 형성하는 것은 「굴레」「병신과 머저리」에서 주인공이 자신의 삶에 대해 투철한 인식을 했기 때문에 명확하게 설명될 수 있다. 따라서 전자의 작품은 단순한 장인의식의 미화를 기도하는 것으로 끝나지 않고 후자의 주인공을 끌어들임으로써 장인의식이 현대의 개인의 삶에서 어떠한 역할을 하는지 보여준다. 이청준의 이러한 특성은 정통적인 소설의 방법론을 택했으면서도 그의 소설이 '새로움'을 갖게 했다.

박태순의 「서울의 방」은 그의 소설을 「정든 땅 언덕 위」로부터 「저녁밥」에 이르는 계열과 「형성」 「뜨거운 물」 「연애」 등의 계열로 나누었을 때 후자에 속하는 작품이다. 전자는 우리가 시내버스를 타고 30분만 가면 얼마든지 볼 수 있는 외촌동의 이야기이고, 후자는 도시 젊은이들의 가치관과 풍속을 보여주는 연애담이다. 「서울의 방」에서 주인공은 하숙방을 옮기고 있는데 사실은 그의 이도(移徒) 도중에 주인공의 내적인 갈등과 연애담을 통해서 '방'이 지닌 기존의 관념이 허물어지는 것과 여기서 주인공이 당해야 했던 허탈감을 그린다. 이때 주인공의 허탈감이란 "나는 그 창으로 길거리를 내다보곤 하였다. 도시는 거기서 잘 전망이 되었는데, 그러자 어느덧 내 방은 아늑한 맛을 잃어버렸다. 떠들썩하고 추잡하기 한이 없는 시장 한복판에 내 방이 있는 것 같은 기분이 들기 시작했다. 밤새껏 소음이 그치지 않았고 어느 때 저 아래의 기와집의 내실에서 하고 있는 일들을 목격이라도 하고 나면 마치 망루에라도 올라서 있는 듯한 기분이 들곤 하였다" 라든가 "나는 내 하숙방 속에서 거리를 보았고 소음을 들었고 내 쪼들린 직장의 풍경이 나타나고 있음을 느꼈다. 나는 그것이 싫었다. 거의 수치스러운 기분이었다. 내가 나 아닌 다른 것들에 의하여 너무나도 박탈당해 있음을 깨달았다"라는 문장에서 볼 수 있듯이 개인의 보존이 불가능해진 현대의 비극인 것이다. 이런 절망적인 상황에서 주인공은 여자를 통한 구원을 기도하지만 그것도 실패로 끝나고 만다. 이것은 「형성」 「뜨거운 물」 「연애」 등 같은 계열에서 보여준 것과 같은 연애감정으로서 그것이 단순한 사랑의 이야기가 아니라 자기존재의 확인을 위한 젊음의 아픔으로 나타나고 있으며, 따라서 작가의 문학적 관심의 저변을 이야기해주는 것이다. 개인의 방조차도 소유할 수 없는 젊은이들이 어디에서 구원을 받아야 할까 하는 문제는 박태순 소설의 주제 중의 하나임이 분명하다. 그리고 그러한 개인의 보존을 위한 노력은 외촌동의 주민에 대한 애정과 함께 이 작가의 새로운 면이라고 할 수 있다.

사소한 인연으로 서로 얽혀 사는 외촌동 주민들은 '정'이라는 것은 별로 심각하지도 않고, 그러면서도 그것을 인간관계의 유지 수단으로 삼음으로써 삶의 무기가 되고 있다. 이것은 별로 친하지도 않은 사람들이 만났을 때 나누는 상투적이고 형식적인 대화의 무의미성을 나타낸다. 그러면서도 작가는 그들의 대화를 사용함으로써 그들의 풍속을 보여주며 거기에 따뜻한 애정까지 갖고 있다. 그것은 그 사회를 유지시키고 인간관계를 맺어주는 최후의 선(線)으로 '정'을 파악한 데서 연유한다. 다시 말하면 그러한 정이란 이해관계로 인해 힘없이 무너지고 때로는 상당한 배반의 의미를 갖고 있지만 그것은 사회 조직을 최소한 유지시켜준다. 그러나 현대의 풍속은 그 정의 개입마저도 막고 있기 때문에 작가는 사회조직의 위기를 막으려는 노력으로 '정'이란 풍속을 받아들인 것이다. 박태순이 자주 쓰는 '속물'이란 단어는 그런 의미에서 상당히 복합적인 의미를 지닌다.

이러한 두 가지 태도 외에 박태순은 일상어를 지문에 도입시킨 새로운 스타일을 낳음으로써 우리말의 새로운 가능성을 보여준다. 그것은 지금까지의 소설 문장이 갖고 있는 지나친 미문화라든가 질서화로부터의 탈피를 뜻한다. 무질서하게 쏟아놓는 듯한 그의 문장은 문학과 일상의 적당한 질서를 형성한다. 아마도 이 세 가지의 독특함은 박태순 문학의 새로움이라고 말할 수 있으리라.

홍성원의 「불의」는 「D데이의 병촌」「동행」「영점지대」 등에서 다룬 군대의 이야기가 아니다. 어떤 마을에 살고 있는 소년은 할아버지가 동삼(童蔘)을 캐냄으로써 마을에서 가장 큰 부자가 될 찰나에 놓인다. 이 갑작스런 횡재에 할아버지는 일말의 불안을 느끼면서 마을 사람들의 건의대로 읍내 약방으로 간다. 그러나 교활한 읍내의 약방 주인은 동삼에 대한 욕심과 촌로에 대한 경멸로 '병든 삼'이라고 속이려고 든다. 그렇지 않아도 읍내 사람들의 교활과 사기에 반감을 갖고 있던 촌로는 다시 산삼을 싸 들고 다른 약방에 들러보았으나 적당한 평가를 받지 못한 채 마을로 돌아온다. 남의 행운을 부러워하지만 시기하지 않는 마을 사람에 비해 읍내 사람들은 촌로를 그냥 돌려보내지 않고 도중에서 괴롭힌다. 그리고 그날 밤 노인은 요지경꾼의 패거리로부터 동삼 때문에 습격을 받아 집을 불태운다. 다행히 빼앗기지 않은 동삼을 노인은 마을 사람들이 보는 앞에서 종축장의 소에게 먹이고 만다. '불의(不意)'로 횡재한 노인은 불의의 습격과 수난을 당한 뒤, 마을에서 가장 큰 부자가 될 수 있는 행운을 소에게 던져주고 만다. 아주 소박한 이 이야기는 홍성원의 다른 작품들과 상황 설정에서 다르지만 그의 본질적인 관심은 충분히 나타내준다. 이 소설은 한 촌로의 횡재를 통해서 읍민과 마을 사람의 대립관계를 보여주면서 동시에 이 작가가 다른 작품에서 추구했던 어떤 조그마한 세계의 질서를 보여준다. 사실 「D데이의 병촌」「동행」 등에서 보여준 군대 속의 질서가 개인의 '왜소함과 비열함'을 강요하고 있다면 이 읍내와 마을 사이에 있는 질서도 똑같은 역할을 하고 있는 것이다. 그러나 군대 이야기의 주인공이 그러했던 것처럼 이 소설의 주인공인 촌로도 그 '왜소함과 비열함'

을 강요하는 질서에 정면으로 도전하지 않으면서도 인간의 내면에 본질적으로 갖고 있는 항거 정신을 갖고 있다.

이 작가가 군대의 질서라든가, 뱃사람들의 질서라든가, 시골의 질서 등 소박하면서도 중요하고 타기하면서도 무시할 수 없는, 사회의 곳곳에 있는 질서를 추구하는 것은 참으로 필요하고 값 있는 노력인 듯하다.

양문길의 「돌연」은 '정아'를 잃어버린 '훈'의 아주관광회사에서 해고되는 이야기가 경쾌한 문장으로 묘사되었다. 경쾌한 문장이라고 하지만 분위기는 칙칙하다. 관광회사에 온 손님인 한 남자와 여자의 이야기를 통해 훈과 정아의 관계가 설명되고 있는 이 작품은 기계적인 임무를 수행하면서도 사랑의 꿈을 아름답게 간직하고 있는 훈의 구제 가능성을 보여준다. 아니 지배인과 대화가 단절되고 정아도 가버린 훈의 절망을 적당히 응축시키다가 그의 해고에 이르러 절정에 도달하게 한다는 말이 정확하리라. 평범한 소시민으로서 훈을 확인시키는 이 작품은 그러나 소시민이기 때문에 엄살을 부리지만 삶을 포기하지 않고 새로운 일자리를 찾아가게 한다. 이것은 어떤 의미에서 이 작가가 주인공의 구제를 통해서 자신이 구제받고자 한 것일는지도 모른다. 그러나 한 개인이 구제받기 위해서 이 정도의 노력이나 갈등을 가지고 살아가는 것이 가능할까. 이것은 보다 깊고 괴로운 과정 없이는 불가능하다. 왜냐하면 개인의 구제란, 구제라는 목표를 향해 달려감으로써 가능하기보다는 자신의 고뇌를 극복하기 위한 피나는 노력의 과정에서 얻어질 수 있는 것이기 때문이다. 이러한 태도는 서승해의 작품에서도 볼 수 있는데, 소설을 '타인의 이야기'로 읽도록 한다.

서승해의 「기아·허망」은 소읍의 신문사 지부장 박철수 내외가 모처럼 서울 구경을 떠나려다가 실패한 이야기이다. 기차를 기다리는 동안 박철수는 아내의 촌스런 모습에 자책과 연민을 느끼면서도 아내의 절약을 기특하게 생각한다. 그러나 그들의 선의가 한 고구마 장수 여인에게 배반을 당하여 아직 아이가 없던 그들은 아이를 떠맡게 되고 그 대신 모처럼 서울에 가려던 꿈이 깨어지고 만다. 한 시골 사람의 에피소드에 불과한 이 소설은 그러나 읽는 사람의 입에 웃음을 흘리게 한다. 그것은 이 작품이 지닌 페이소스 때문이리라. 그러나 이 작품은 '남의 이야기'를 듣는 재미 이상을 주지 않으므로 읽는 사람에게 전혀 감동을 주지 못한다. 오히려 '치사하고 외진 곳'에서 보여준 이 작가의 능력이 소설적 가능성을 제시해준다고 할 수 있다. 이 작가가 극복해야 할 것은 바로 '남의 이야기'를 남의 이야기로 쓰지 않도록 하는 문제이다.

그런 점에서 박상륭의 「열명길」은 전혀 다른 감동을 준다. 「열명길」은 「뙤약볕」으로부터 우리 관심을 끌었던 작가의 관심을 뚜렷이 보여준다. '말'을 잃어버린 섬사람들의 이야기인 「뙤약볕」에서 아주 상징적으로 쓰여진 '말'의 상실로 인해 섬사람들은 큰 혼란에 빠진다. 그리하여 그들은 여러 가지 혼란과 질병을 피해 새로운 유토피아를 향하여 떠난다. 족장은 보다 좋은 세계를 찾기 위해 당분간 고통을 참고 공동생활을 영위하도록 강요하지만, 개성을 빼앗긴 그들은 모두 죽고 만다. 이것은 사회의 일부에서 전체와 미래를 위해 일시적 모순과 부정을 감수해야 한다는 비개성적 논리에 대해 자아의 보존을 부르짖는 작가의 외침이라고 할 수 있다. 이러한 태도가 말하자면 「열명길」에 연장되고 있다.

백성을 구원한다는 명목으로 백성들의 감각을 마비시키고 백성들을 무기력하게 만들려는 왕은 「뙤약볕」의 족장과 똑같은 의도를 갖고 있다. 그리고 대대로 왕을 섬겨온 '대목수'는 왕의 시의(侍醫)이며 동시에 '말'의 의미와 왕의 내심을 아는 인텔리이다. 그는 그 사회의 근대화가 어떻게 이루어질 수 있는지 알면서도 왕의 논리에 이끌려가는 창백한 인텔리인 것이다. 여기서도 왕과 대목수의 죽음으로 모든 것은 끝나고 만다. 말하자면 개성을 보존하려는 그의 태도는 개성을 빼앗김으로써 파멸에 이르도록 하는 것이다. 이 소설은 풍자적인 사회소설의 성격을 띠면서 동시에 개인이 자기 삶을 어떻게 유지함으로써 존재 이유를 찾게 되는지 보여준다. 「뙤약볕」의 족장이나 「열명길」의 왕이 상징하는 것 이상을 '대목수'는 표상하고 있으며, 그의 죽음이야말로 오늘의 개인이 가장 두려워해야 하는 것이다. 이 소설이 지닌 우화적 배경 설정은 이 소설의 분위기를 살려 주는 데 성공한다. 관념적인 어휘와 상황을 동원하여 상징적으로 작품을 구성하는 것이 문학과 현실의 개성화에서 그의 능력으로 평가될 것이다.

이상에서 살펴본 몇 작가의 작품들은 작자가 거의 동시대이지만 그들의 관심은 전혀 다른 길을 걷고 있다는 것을 보여준다. 이것을 작가의 개성이라고 부른다면 작가의 개성 중 과연 어느 것이 바람직하며, 보편타당한 가치를 지니는지 규명하고 발전시켜야 한다. 그러나 이들이 지금까지 발표한 작품들로써 그들의 세계가 확정되었다고 말할 수 없기 때문에 작품 자체가 지닌 속성만을 이야기하는 것이다. 이들의 새로운 관심들이 자아와의 끊임없는 대결과 갈등 속에서 발전할 때 한

국 소설의 장래는 밝아질 것이다. 따라서 젊은 작가들의 장래를 우리
는 주목하지 않을 수 없다. (1969)

작가와 반항의 한계

이 글의 제목에 사용된 '반항'이라는 말은 얼핏 보기에 상당히 과격한 의미를 갖고 있을는지도 모른다. 그러나 작가나 예술가에게 이 말은 상당히 다양하고 복합적인 내용을 갖고 있으며 그 정의에 따라서는 뜻이 전혀 다를 수도 있다. 그러므로 그것이 무엇을 이야기하고 있는가부터 밝힐 필요가 있다.

넓은 의미에서 볼 때 작가가 글을 쓴다는 행위는 그 자체로서 반항의 의미를 지닌다. 작가가 글을 쓸 때 선택한 대상은 작가의 입장에서 보면 도전의 대상인 것이다. 작가가 무엇을 쓰기를 선택했다는 것은 이미 그 대상으로부터 도전을 받고 있다는 말이다. 그리고 그 대상을 문학적으로 형상화한 것이 작품이며, 따라서 작품은 대상의 도전에 대한 응답, 즉 반항의 의미를 띠게 된다. 인간은 누구나 자기 아닌 모든 것으로부터 끊임없는 도전을 받고 있으며, 작가는 그 도전에 대해 언어예술이란 방법을 통해 반항하기를 선택한 사람이다. 이 경우에는 반항의 대상이 인간의 구원의 문제일 수도 있고 사랑의 아름다움이나 슬픔일 수도, 운명일 수도 있으며 현실이나 역사일 수도 있다. 이것은 소극적인 넓은 의미의 반항이다.

일반적으로 '작가와 반항'에 관해서 이야기할 경우는 그 대상을 '현실'이나 '역사'로 국한시켜 말하고 있으며, 이것은 앞에서보다 적극적인 의미를 띤다. 따라서 '작가와 반항'이라는 말을 '작가와 현실참여'라는 말로 바꿀 수 있다.

'작가와 현실참여'의 문제는 오랫동안 우리 문학 논쟁의 이슈가 되어왔으며 지난해 말부터 올해 초에 재론되어 많은 문학인의 주목의 대상이 되었었다. 그러나 어떤 합의점도 없이 갑론을박하다가 끝나고 말았다. 이것은 지금까지의 참여 논쟁이 여러 번 일어났지만 논리의 발전이 없었다는 점을 의미하며 동시에 그것이 한국 문학 발전에 별로 기여하지 못했다는 사실을 입증한다. 문학이론의 전개에서 중요한 것은 그 논리의 든든한 뒷받침이 될 수 있는 작품의 존재이다. 지금까지 어떤 논쟁도 우리 작품 가운데서 구체적인 예를 들지 못했던 것은 논쟁의 한계를 스스로 드러낸 것이었으며 한국 문학의 현실이 어느 정도인가 말해준 것이다. 신문학 60년의 짧은 전통과 다채롭지 못한 작품을 지닌 우리의 문학적 현실을 생각하면 문학작품의 다면화란 절대적으로 필요한 우리 문학의 과제이다. 따라서 문학 안에 존재하는 여러 가지 측면 중 어느 것이 중요하지 않다거나 어느 것만이 필요하다고 주장할 근거란 없다. 특히 폐쇄된 한국적 상황에서 질서가 잡히지 않은 문화적 풍토에서는 더욱 그렇다. '작가와 반항'에 관해서 이야기할 때 이러한 전제로부터 출발하는 것이 필요하다.

'작가와 반항'의 문제를 '작가와 사회참여'로 바꾸어서 이야기할 때 우선적으로 필요한 작업은 '참여'의 범위를 설정하는 것이다. 크게 두 가지 경우로 나누어서 말할 수 있다. 하나는 작가가 한 시민으로서 사회적인 문제, 혹은 역사적인 문제에 끼어드는 것을 말한다. 프랑스어의 앙가주망engagement에서 온 '참여'의 뜻은 자유로운 상태로부터 자기 자신을 구속하여 끼어들게 하는 것이다. 따라서 이 경우에는 건전한 시민이면 누구나 조금씩은 참여하고 있다는 뜻이 된다. 이것은 아주 상식적인 의미를 포함한다. 따라서 개인적인 상황에 자기 자신이 구속되는 경우도 있고 집단적인 여건 속에서 집단의식과 자아의식의 상호 관계의 발전을 의미하는 경우도 있다. 여기에서는 '반항의 한계'라든가 '사회참여의 한계'가 문제시되지 않는다. 그 예는 우리나라의 역사에서도 많이 찾아볼 수 있다. 가령 독립협회 회원들의 구국운동이라든가, 조선시대의 많은 선비의 상류는 여기에 속한다고 볼 수 있다. 최근에는 4·19 당시 많은 작가가 반독재·반부정의 항의에 참가한 경우도 바로 이 예에 속한다. 그리고 프랑스의 경우에는 제2차 세계대전 때 카뮈가 레지스탕스 운동에 참가했다거나 생텍쥐페리가 연합군에 소속하여 항독 전쟁에 참여한 예를 찾아볼 수 있다. 이것은 작가에만 해당되는 문제가 아니고 양식 있는 시민이면 누구에게나 해당되는 문제이다. 이런 예는 국가라든가 민족이라는 집단을 의식하고 집단의 안위에 위협을 느끼는 것을, 개인이 문학을 통해서가 아니고 데몬스트레이션demonstration이라든가 참전이라든가 하는 적극적인 방법을 택한 것이기 때문에 구태여 '작가와 사회참여'라는 문제로 집약시켜 이야기할 필요는 없다.

둘째는 작가가 작품을 통해 하는 사회참여의 문제이다. 지금까지 작가와 반항에 관한 논쟁은 바로 이 경우를 이야기한 것이다. 이때의 '사회참여'란 작가가 사회적 개인으로서 사회라는 집단을 의식하며 그 집단의 이념에 대립하는 고민을 언어로써 표현하는 것이며 동시에 여기에서 야기되는 스스로의 위험을 무릅쓰는 것이어야 한다. 흔히 사회 참여를 말할 때 사르트르의 이론이 문제시되곤 한다. 그러나 사르트르의 참여론과 우리나라의 참여론을 같은 차원에서 이야기할 수 없는 우리의 문학적 상황을 인식하는 것이 더욱 중요한 문제이다. 사르트르의 이론을 정확하게 파악하고 그것이 우리나라라는 상황 속에 들어왔을 때는 어떤 의미를 가져야 하는가를 검토해야 한다는 말이다. 우선 사르트르의 이론은 시간적으로 1947년에 발표된 것이며 장소적으로는 프랑스라는 상황 안에서의 이론이라고 할 수 있다. 1968년 한국적 현실을 염두에 두고 보면 이것은 엄청난 논리의 수정을 필요로 한다. 어느 문학 이론이든지 그것이 시간과 장소의 변화에 따라 재검토되어야 함은 두말할 필요도 없다. 그럼에도 불구하고 논쟁이 나올 때마다 사르트르를 꺼내는 것은 그만큼 외래사조에 대한 검토가 결여되었다는 것을 의미하며 동시에 이런 경향은 문화적 사대주의를 낳을 위험이 있다. 물론 문화란 경제계획처럼 어느 시기까지는 서양의 어느 단계까지만 수입하고, 그다음 단계는 어디까지만 수용할 수 있는 것은 아니다. 문화란 여러 가지 사조가 끊임없이 무질서하게 혼합되고 혼류함으로써 하나의 보편타당한 가치 체계를 얻게 되는 것이 사실이다. 그러므로 낭만주의 문학은 우리에게 필요한 문학이니 수용하고, 누보로망은 우리와 거리가 멀기 때문에 배격해야 한다는 말은 무의미하다. 여기에서 이야기하고자 하는 것은 어떤 이론이든지 정확하게 이해할 필요가 있다는 말이다. 가령 사르트르의 참여론은 실존주의의 바탕으로부터 나온 것이다. 다시 말해서 개인이 끊임없이 존재에 대한 회의와 탐구를 계속하다가 존재의 벽에 부딪혔을 때, 즉 존재의 한계상황에 도달했을 때 그것을 초월하고 극복하는 방법으로 '참여'라는 문제와 만나게 된다는 것이며 이 참여를 통해 인간은 존재의 벽을 뛰어넘을 수 있다는 것이다. 따라서 사르트르의 '참여'는 상당히 철학적인 근거를 갖고 있다.

이러한 철학적인 근거 없이 사르트르의 반항이론을 끄집어낸다는 것은 거의 무의미한 이야기가 된다. 그러므로 여기에서 사회참여를 작가가 사회적 개인으로서 사회라는 집단을 의식하므로 집단의 이념에 대립되며, 그 집단의 안위에 영향을 미치는 '세계'를 언어예술로 표현하는 것이라는 규정 밑에서 논의해야 할 듯하다. 이때 '문제'에 해당하는 것은 개인의 힘보다 큰 어떤 세력, 다시 말하면 정치적인 문제라든가 역사적인 문제라든가 종교적인 문제라든가, 사상적인 문제를 말한다. 왜냐하면 이러한 문제들이 항상 개인의 현실이기 때문이며 그것이 곧 집단의 이념에 대립될 경우가 많기 때문이다.

그러나 집단의 이념이란 각 민족이 국가라는 구체적 상황 안에 놓여 있기 때문에 그 카테고리가 정해져 있는 것이다. 다시 말하면 한국의 참여문학은 한국이 어떤 정치 체제를 갖고 있으며 어떤 경제구조로 형성되었으며 어떤 문화적 이념을 갖고 있는가를 인식하고 그 범위 안에서 참여를 선택한 작가에게만 가능하다는 것이다. 그러므로 참여란 상황의 의식으로부터 출발한다. 가령 사회집단의 이념 가운데 가장 중요한 것은 자유의 개념인데 한국인이 말할 수 있는 자유란 프랑스나 일본이나 영국 사람이 말하는 자유와 같은 것이라고 말할 수는 없다. 그것은 작가가 요구하는 자유가 현실적으로 한 국가의 존재상황 밖으로 뛰어나간다는 것은 불가능하다는 말이다. 이 말은 작가가 반항할 수 있는 한계를 설정하는 것이다. 어느 나라의 작가든지 자기 나라나 민족의 존재를 부인하는 반항을 문학작품을 통해서 기도하지는 않는다. 그것은 작가가 평화를 사랑하는 언어예술가이기 때문이다.

그다음으로 작가가 사회참여의 작품을 쓸 때 그 작품의 가치가 어느 정도로 계속될 수 있느냐 하는 문제이다. 문학이 하나의 창조적 행위의 결정이라면 모든 창조적 작품이 그러하듯 가치의 영속성이 중요하다. 위대한 작품이란 시대와 장소를 어느 정도 초월하고 있으며 그 때문에 몇 세기 동안 인류의 감동을 얻고 있는 것이다.

가령 셰익스피어의 희곡을 읽으면서 혹은 발자크의 작품을 읽으면서 그들이 그 시대에 훌륭한 참여를 했기 때문에 오늘날 그들의 작품을 걸작이라고 이야기하지 않는다. 그리고 참여를 주장한 사르트르의 희곡이나 소설도 참여문학이기 때문이 아니다. 말하자면 문학이라는 것이 영원한 가치의 추구이며 인류 정신의 구원을 위한 창조적 노력이라는 것을 말한다.

작가가 무엇에 반항한다는 것은, 작가가 작품을 통해서 참여한다는 것은, 시사적인 의미를 갖게 된다. 그러므로 반항의 대상이 없어졌을 때, 시대적 상황이 바뀌었을 때 그 작품의 존재 이유는 희박해진다. 말하자면 작품은 그 작가가 한 시대에 살았다는 알리바이를 증명하는 증명 서류로 떨어지고 마는 것이다. 이때 작가는 영원한 가치 창조의 길보다는 그 시대에 존재했다는 알리바이를 남기는 길을 선택할 용기를 갖고 있어야 한다. 왜냐하면 집단의 이념을 위협하는 정치적 상황, 종교적 상황, 사회적 상황이란 시대의 변천에 따라 끊임없이 변화하는

것이기 때문이다. 반항의 대상이 유동적일 때 작가의 자세도 유동적이
될 수밖에 없다. 사회정의의 실현을 위한 문학의 한계라는 것을 염두
에 둔다면 사회정의의 유동성 때문에 문학작품의 가치의 유동성을 인
정해야 하는 모순은 참여문학의 한계로서 받아들여져야 한다. 이 말은
참여문학의 존재를 부정하는 것은 아니다.

그다음으로 작가가 하는 '반항' 그 자체가 참여문학이 될 수 있는 것
은 아니다. 참여문학이 문학의 범주에 속하기 위해서는 언어예술로도
성공해야 한다. 그렇지 못했을 때 참여문학은 한 개인의 연설로 타락
할 수밖에 없다. 어떤 정객의 정치 연설이나 어느 혁명가의 구호와 다
른 점은, 참여문학이 언어예술로서의 가치를 지녔을 때이다.

고도의 지적인 감수성을 지녀야 하고 그것을 문학적으로 형상화시
키는 데 필요한 통제력을 소유한다는 것은 모든 문학의 필수 조건이
다. 따라서 사회참여를 내용으로 하고 있기 때문에 어떤 작품을 걸작
이라고 이야기할 수 있지는 않고 언어예술로 성공했기 때문에 우수한
작품이라고 말할 수 있는 것이다. 그렇게 되었을 때 한 작가의 작품이
오래도록 많은 독자에게 감동을 줄 수 있다. 그것은 작가가 무엇을 썼
기 때문에 작가인 것이 아니라 무엇을 어떻게 쓰기를 선택했기 때문에
작가라는 말로 통한다. 우리 문학사에서도 사회성을 띤 작품은 많다.

가령 「홍길동전」이나 「춘향전」, 「허생전」 등을 이야기할 때 그것이
조선시대의 부정과 부패를 고발한 참여문학으로서의 가치만을 이야기
하지는 않는다. 그리고 오늘날 불후의 명작이라고도 평가하지 않는다.
그것이 또한 그 시대에 얼마만큼 영향을 미칠 수 있었던가도 의심스
럽다.

그다음으로 참여문학이 문학의 전부는 아니고 오히려 문학의 여러

가지 측면 중 하나에 지나지 않는다는 것이다. 예술 기원론으로부터 출발하는 문학의 서정성이 오히려 문학의 주류를 형성하고 있는 것이다. 아름다움이라든가 모럴의 추구, 그리고 현상학적 기술을 추구하는 현대의 미학 등 많은 측면을 갖고 있는 문학은 그 일면에 반항적인 참여문학을 포용하고 있다. 그리고 이때의 참여문학은 앞에서 말한 여러 가지 조건을 구비하고 있는 것이어야 한다. 이러한 문학의 다양성은 한국처럼 문학의 유산이 적은 나라일수록 더욱 인정되어야 한다. 따라서 참여문학이므로 인정할 수 없다거나 참여문학이니까 걸작이라는 태도는 옳지 못한 듯하다. 다시 말하면 참여문학만이 문학의 전부이며 모든 문학은 참여문학이어야 한다는 태도는 시정되어야 한다.

이것은 문학의 개방성을 폐쇄하는 독단론에 지나지 않는다. 작품을 통해서 사회참여를 하고자 하는 작가는 그것이 문학의 여러 가지 측면 중 하나라는 것을 인정하고 앞에서 말한 그것의 한계성을 인식한 다음에 '참여'를 선택할 필요가 있다. 문학이 사회정의의 실현에 어느 정도 기여할 수 있는가는 차치하고 작가 스스로가 올바른 방식이라고 생각하는 방법을 택하는 수밖에 없다. 다만 작가는 사회의 정확한 모습을 그리려고 노력하기만 하면 그가 어떤 방법을 택했거나 상관없이 작품이 사회의 모습을 얻어 예술로서 형상화했는지 못했는지 평가받게 될 것이다. 이처럼 여러 가지 방법의 문학이 함께 꽃을 피울 때 우리 문학은 보다 다채로워질 것이며 보다 풍요로워질 것이다.

'작가와 반항'이라는 문제는 이론적으로 이상의 몇 가지 원칙-한계를 전제로 한 것이라면 그것에 관해서 부정적인 태도를 취할 수 없다. 그것이 우리 문학의 다양화와 우리 문학의 발전을 위해 기여할 수 있다. 그러나 이것이 한계를 벗어날 때는 그것에서 야기되는 오해와 곡

해로 좋지 못한 결과를 빚을 우려가 있으며 동시에 반항문학의 역할에 혼란이 생길 수 있다.

이러한 모든 이론에도 불구하고 중요시해야 할 점은 작가가 자기의 작품을 충실히 하도록 피나는 노력을 기울여야 하고, 비평가는 이러한 작품을 밑받침으로 자신의 이론을 전개하면서 우리 문학의 현실을 위해 어느 것이 필요한 방법인가 판단하도록 노력해야 한다. 이렇게 되었을 때 한국 문학의 폭은 넓어지고 내용은 충실해질 것이다. (1968)

비평 단상

"예술은 그 자체를 초월한 목적에 이바지하고 있다"고 T. S. 엘리엇은
말한다. 지적 경험이나 시대적 상황이나 정신적 풍토가 끊임없이 변화
함으로써 문학의 역할이 복잡해졌고 다양해진 오늘날, 이 말은 더욱
타당한 것 같다. 특히 우리나라처럼 모든 분야가 미분화되지 않고 그
분야의 한계가 불분명한 경우 그 분야 자체가 지닌 가치 이외의 다른
분야에 이용되는 정도가 높이 평가되고 있으며, 따라서 창조적 작품에
도 많은 것을 요구하게 된다. 그러나 작가는 그와 같은 목적을 의식할
필요가 없다. 작가가 그와 같은 공리적인 생각을 갖게 되면 그의 창조
적인 정신은 많은 제약을 받게 되고 그 제약은 작가가 선택한 자유를
구속하며 따라서 그 작가는 이류로 떨어질 위험성이 있다. 그러므로
작품은 그 기능이 어떻든 그와 같은 목적에 무관심하고 새로운 가치

창조에 충실함으로써 훨씬 그 기능을 잘 수행할 수 있다.

정명환이 분명하게 말한 것처럼 문학은, 인류 문화에 이바지한다는 점에서 다른 분야──정치·경제·철학 등──와 동등한 계열에 놓여야 한다. 그러나 문학 속에 다른 분야가 들어왔을 때 문학 외적인 분야는 그 속에 용해되어야 하며, 문학 외적 요소는 그리하여 새로운 가치의 창조에 이바지하게 되는 것이다.

1930년대의 우리 비평가가 말한 것처럼 작가의 생명은 가치의 창조에 있고 그 가치의 재창조에 비평가의 사명이 있는 것이다. 그러므로 비평가는 언제나 의도하는 바를 뚜렷이 해야 된다. 간단히 말하면 비평은 작품에 대한 고급스런 해설과 일정한 평가를 담당하는 데 중요한 기능을 가지고 있다. C. E. 마니 여사의 표현을 빌리면, 비평가는 작가의 몫과 신의 몫을 발굴하는 데서 해설의 임무를 수행할 수 있다. 작가의 몫이란 작가의 의식적 전언을 말하며, 신의 몫이란 작가의 무의식적 전언을 말한다. 리샤르는 전자를 무의식적 의도, 후자를 의식적 의도라고 한다. 작품에 나타난 작가의 의도와, 의도된 것은 아니지만 작품이 전해주는 의미를 발굴하는 것은 해설의 기능으로 가장 중요한 비평의 일이다. 그다음으로 이러한 의식적 전언이 어떠한 가치를 창조했으며, 그것이 왜 중요한지를 말함으로써 비평은 작품에 대한 평가를 꾀해야 한다. 왜냐하면 창작의 가치는 비평의 가치 재창조에 의존하는 경우가 많기 때문이다.

물론 작품을 제작할 때 작가가 지불하는 노력의 대부분도 비평적 노력인 것은 사실이다. 작품을 구상한다든가, 에피소드의 연결을 생각한다든가, 작가가 지적 통제를 거친 경험의 실체를 보여주기 위해서 노력한다든가, 지적 통제를 가능하게 하는 여과기의 구멍을 작게 하여 새로운 가능성을 모색하려고 한다든가, 이런 노력과 함께 창조적 정신의 노력이면서 동시에 비평적 노력인 것이다. 어떤 작품이 독자에게 던져졌을 때 이와 같은 작가의 의식적 전언이 직접적으로 모두 전달된다고 말할 수는 없다. 따라서 작품의 가치는 겉으로 드러나지 않은 작가의 비평적 활동을 방출시킴으로써 더욱 잘 전달된다.

또한 작가의 의도와는 상관없이 작품 자체가 지닌 문제성이라든가 그 작품의 조화에서 오는 묘한 효과라든가 작가가 생각지도 못했던 성과는 그 작품의 가치를 더욱 높여주며, 이것은 비평가에게 맡겨진 또 하나의 중요한 임무이다. 이처럼 작품 속에서 그 으뜸가는 두 가지의 참된 성과를 찾아내는 것이 비평의 임무에 속한다.

사르트르의 말마따나 작가는 저마다 암암리에 제도나 풍속에, 또는 탄압과 항쟁의 어떠한 형식에 의존하며 나날의 지혜나 덧없는 광증이나 오래 계속되는 정열과 고집, 또는 미신 등에 의존하며, 최근에 양식이 전취(戰取)한 것과, 명증과 무지와 과학이 유행시키고 모든 영역에 응용되고 있는 추리의 특수한 방법에 의존하며, 희망, 공포, 감수성, 상상, 지각 등의 습관과 풍속과, 공인된 가치와, 요컨대 작가와 독자가 공유하는 세계 전체에 의존하고 있다는 것이다. 바로 그 잘 알려진 세계를 작가는 자기 자신의 자유로서 침투하고 생기를 주는 것이며 비평은 그 세계에서 출발하는 것이다. 따라서 모든 사물이 문학에 들어왔을 때 그것은 문학 속에 용해되어야 하며 그리하여 영원으로 향한 가치를 추구해야 한다. 이것은 작가와 비평가가 공동으로 지는 문학의 짐이다. "작가란 자기 영토를 보존하며 영원한 영토를 정복하려는 꿈을 갖고 있어야 한다"고 말한 이청준의 말은 작가로서 가장 중요한 문제를 제시한 것이다. 문학에서 무엇이 중요한가 하는 문제가 자주 대두되고, 작가가 무엇을 써야 하는가가 늘 문제돼왔다. 또한 비평도 창작인가 하고 말해져 왔다.

비평은 창조된 가치를 판단하는 직능(職能)을 가지고 있기 때문에 이미 창조된 가치를 재판단함으로써 제2의 새로운 가치체를 창조한다. 따라서 작품의 그것보다 더 높은 가치를 추구하여 어떤 성과를 얻었을 때 비평은 대상(작품)과는 별개의 가치체로서 제2의 창작인 것이다. 그것은 마치 하나의 나무가 무성하게 성장했을 때 그 나무의 좀더 완전한 결실을 보기 위해 유능한 정원사가 쓸데없는 가지를 자르는 것과 비슷하다. 이때 정원사는 완전한 결실의 창조자가 될 수 있다. 그러므로 만약 우수한 작가가 비록 예측하기 힘든 형태를 가지고 출현했을 때 그를 곧 인식하고 분석하고 해석하고 평가할 수 있는 유능한 비평가가 필요한 것이다. 비평가는 사실에 대해서 고도로 발달한 비상한 감각을 갖고 있지 않으면 안 된다. 흔히 말하는 자그마한 재능을 말하는 것은 아니다. 비평가는 정원사처럼 많은 지적 경험을 통해 이룩된 가치 판단의 여과기의 소유자여야 한다는 것과 창조적 정신의 유능한 기수여야 함을 말한다. 그러나 사실에 대한 감각의 진보나 지식의 축적은 더딘 것이어서 비평가 스스로의 단련이 필요하다.

왜냐하면 잘 알아야 할 많은 사실의 영역이 비평가에게 있으며, 사실의 영역, 지식의 영역, 통제의 영역은 영원한 과제에 속하는 영역으로서 최면적인 것과 공상적인 것으로 가득 차 있기 때문이다.

매슈 아놀드에 따르면 비평 정신의 근원은 호기심이라고 한다. 이 말은 앞의 이야기와 잘 결부된다. 그러나 이 호기심은 단순한 호기심이 아니라 인류 문화에 이바지한 영원한 영토에 대한 꿈의 표현이며 창조적 정신의 발단이다. 따라서 비평은 인간 정신의 이상적 형태를 발굴하고 추구하는 역할을 하게 된다.

머리Murry에 따르면 참된 비평이 지니는 본질적인 행위는 예술에 의한 예술의 조화적 통제이다. 그리고 예술이 생명의 의식이라면 비평은 예술의 의식이라는 것이다. 이 말은 문학과 기타 분야의 관계를 설명하는 데 가장 중요한 것을 이야기해준다. 앞에서도 말했지만 문학 속에 다른 과학이 들어왔을 때 그것은 이미 문학 속에 용해된 것이어야 한다는 점이다. 가령 어떤 소설이 사회나 역사에 대해 많은 관심을 보여주었다고 해서 우리는 그것을 우수한 작품이라고 말할 수는 없다. 왜냐하면 역사나 사회에 대해서 보여준 관심만으로 그 작품의 우수성을 말할 수 있다면 정치가의 연설이나 어느 정당의 구호만큼 우수한 작품은 없을 테니까 말이다. 사르트르가 말했듯이 "작가가 어떤 것을 말하기를 선택했기 때문에 작가인 것이 아니라 바로 그 사물을 어떤 방법으로 말하는 것을 선택했기 때문에 작가"인 것이다. 문학에서 무엇을 썼다는 것보다 그 무엇을 어떻게 썼느냐는 점에 그 중요성이 있다. 가령 현실이나 역사에 관해서 상당히 신랄한 비판과 관심을 가진 작품이 있을 때 그 작품의 가치를 그 관심과 비판 때문에 높이 살 수만은 없다. 이것도 중요하지만 그 작품이 얼마나 고도의 통제를 겪었는가 혹은 그 작품이 현실이나 역사를 어떠한 방법으로 파악하여 현실의 문학적 승화를 가능케 했는가가 더욱 중요하다.

다시 말하면 정치에는 정치의 법칙과 가치가 있고 문학에는 문학의 법칙과 가치가 있다는 말이다. 그런데 인류 문화를 형성하고 있는 것들에는 서로 침범할 수 없는 질서가 있다. 여기에서 여러 분야는 각각 그 독자적인 가치를 잘 발휘하게 되고 각 분야는 상호 간에 관련을 맺고 있으면서 독립할 수 있는 것이다. 그러므로 문학은 다른 분야와 동등한 지위를 갖고 있지만 다른 영역을 문학 속에 '소화'하고 '포옹'하여 문학의 범주 안에서는 문학의 우위성을 보여줄 수 있어야 한다. 문학의 본질적인 가능은 모든 대상에서 다각적인 의식의 파악이며 이때 비평이 사용하는 여러 가지 방법은 여러 과학(현상학·심리학·정치학·사회학)으로부터 빌려올 수 있다. 그것은 이 모든 과학이 현대적 인간 인식의 공통된 터전을 형성하고 있기 때문이다. 1930년대의 우리 비평가가 말한 것처럼 "정치나 사상이나 사회나 종교는 그것이 문학 속에 나타날 때 그 본래의 목적이나 사명을 버리고 문학에 봉사하지 않으면 안 된다. 다시 말하면 선전이나 교화의 역할을 버리고 사람을 감동시키고 기쁘게 하지 않으면 안 된다."

문학과 사회정의 사이에는 그렇다면 아무런 연관성을 찾을 수 없을까? 아니다. 문학은 그 자체로서 이미 인류의 정신에 공헌하고, 또한 문학작품의 대상이 현실이 될 수 있다. 최인훈의 말처럼 우리가 언어를 택한 것은 다만 평화를 사랑하기 때문이지 현실에 무관심한 것은 아니다. 우리가 현실에 직재(直載)적인 반응을 보이기 위해서는 우리 모두 정치가가 되어야 하고 사회사업가가 되어야 하고 혁명가가 되어야 한다. 하지만 평화를 사랑하고 피를 싫어하기 때문에 우리는 언어를 택한 것이다. 문학인이 개인적으로 사회정의를 실현하기 위해 어떠한 행동에 뛰어들어도 상관없다. 그러나 평화를 사랑하여 언어를 택한 이상 문학인은 완벽한 문학작품을 만들기 위해 피나는 노력을 하지 않으면 안 된다. "말한다는 것은 행동하는 것이다"라고 사르트르는 말한다. 작가가 무엇을 어떻게 썼을 때 그 무엇은 순수한 것이 아니고 거기에는 이미 작가의 의견이 개입된 것이어서 작가는 자신의 모습을 타인에게 보이는 것이다. 그렇다. 작가란 모든 사물에 자기가 이름을 붙여주어 순결을 잃게 하는 것을 선택한 사람이다. 이때 작가는 여러 가지 의미에서 시대상을 반영하며 그 시대를 가장 절실하게 사는 것이다. 이렇게 함으로써 작가의 성격과 태도를 보이는 것이며, 따라서 작가가 글을 쓴다는 것은 이미 현실에 참여를 하고 있는 것이다. 작가가 글을 쓴다는 것이 사회 구성원으로서 사회참여가 되지만 그러나 그것을 정치참여라고 말해서는 안 된다. 우리나라에서는 흔히 '현실'이라는 말이 왜곡되게 쓰여왔다. 도대체 현실이란 무엇인가? 정치적 현실, 사회적 현실만이 현실이라고 할 수 있을까. 아니다. 이것이 바로 현실에 대한 우리 문학의 편견인 것 같다. 우리에게는 정치적 현실, 사회적 현실 외에도 인간 조건의 현실도 있고 보다 형이상학적 현실도 있다. 그러므로 어느 하나만을 가지고 현실이라고 주장하는 것은 옳지 않다. 백낙청의 말처럼, 우리의 상황 속에서 만나는 가장 절실하고 가장 진지하고 가장 심각한 문제가 바로 현실의 파편들이다. 문학이란 이와 같은 문제의 파편을 언어로서 다루는 것임은 두말할 필요도 없다. 여기에 문학의 비밀이 있다.

따라서 비평은 이런 문학작품이 어떠한 가치를 형성하고 있는가 밝혀내야 한다. 그것은 문학비평은 우선 한 작품이 주는 감동과 기쁨을 말해야 하고 그다음에 그것이 우리의 정신세계에서 갖는 가치를 규명해야 함을 한다.

그리고 리샤르의 말처럼, 작품의 심층 속으로의 탐험, 작품 내용의 밑바닥을 통한 해명, 요컨대 잠재의식을 캐내는 일에 힘을 기울이는 것이다. 이렇게 함으로써 비평가는 작가가 창작에서 느끼는 자기표현의 고통을 겪게 되며 정연한 논리를 세우는 데 그치는 것이 아니라 가치 창조의 기쁨을 느끼게 된다.

그러므로 작가의 창작 방법을 가르치고 어떻게 하여 하나의 작품이 만들어졌는가를 찾아내는 것이 비평이 아니라 작가의 창조적 힘을 길러주고 발전시켜주는 데 필요한 분위기와 신념을 제시할 수 있는 것이 비평이다. 좋은 비평가가 있고 우수한 작가가 있을 때 그 나라의 문학은 발전한다. 카뮈의 『이방인』이 나왔을 때 사르트르의 「이방인 해설」이 쓰여졌다는 것은 우리가 부러워하는 프랑스의 문학적 상황이다. 비평가가 작가의 좋은 협동자가 될 때, 그리고 그 작품에 잠재되어 있는 방향을 찾아 그것을 재구성하는 창작가가 되었을 때 비평의 기능은 커지며 그 한계점에 도달하게 된다. 이때 비평가는 그의 일상적인 고통의 진실성과 그 고통의 존재 이유처럼 되어 있는 관념상의 세계와 접한다고 자부할 수 있다. 비평이 대상으로 하는 것이 작품이고, 작품은 모든 사물을 대상으로 하여 가치 창조에 이르는 것이므로 문학의 발전적 상황은 우수한 작품이 있고 이 작품에 대한 우수한 비평이 있어야 한다. 우수한 작품이 없는 우수한 비평이란 어려운 일에 속한다.

이상과 같이 작가나 비평가의 태도가 결정되었을 때 우리는 작가와 비평가에게 또 다른 이면을 요구하게 된다. 그것은 모든 대상을 한발 뒤로 물러서서 보는 심미적 거리의 유지이다. 마치 우리가 하나의 화폭을 볼 때, 너무 가까이 서서 보거나 너무 멀리 서서 보지 않고, 대상으로부터 한발 뒤로 물러서서 볼 때 정확한 전체의 모습을 파악할 수 있으며 편견이나 감정의 지나친 개입을 막을 수 있는 것과 같다. 이렇게 되었을 때 현실이 직설적인 정치 연설이나 선전 구호와는 다른 문학적 현실로 승화될 수 있는 것 같다. 이때 현실은 인간의 근원적인 문제와 결부되면서 문학적 추구를 받게 된다. 비평가가 이와 같은 태도를 취할 때 예리한 관찰력과 냉정한 평가를 얻을 수 있을 것이다.

그러나 우리는 이와 같은 점에 상당히 소홀한 것 같다. 최근의 참여 논쟁은 이를 단적으로 보여주었다. 사르트르의 '참여'라는 말은 1947년 프랑스의 문학적 상황 아래서 적용될 수 있는 것이다. 장소가 프랑스라는 것과 시대가 1947년이라는 것을 인식하지 않고 오늘의 우리나라에 그 이론을 적용하려고 한 것은 근본적으로 모순을 포함한다. 문학의 이러한 논리는 시대적인 상황의 변화에 따라, 장소의 변화에 따라 수정되지 않으면 안 된다. '참여'라는 말이 우리에게 어떠한 것이 되어야 한다는 개념 설정도 없이 논한다는 것은 무의미하다. 1947년 과 1968년의 시간적 차이와 프랑스와 한국이라는 장소적 차이에서 오는 상황의 변화를 인식할 수 있는 능력이 오늘 우리의 비평가에게 요구된다. 이렇게 되었을 때 사르트르의 '참여'와 우리 비평가가 주장하는 '참여'에 구분이 있을 수 있으며, 그다음에 참여문학의 타당성 여부가 문제되었어야 한다. 그렇지 않았기 때문에 1930년대의 논쟁에서 발전하지 못하고 있다. 따라서 외국 문학의 이론을 받아들일 때는 항상 그 수용 자세가 필요하다. 시대적이거나 장소적 상황의 변화를 인식하지 못한 이론의 수입이란 전혀 무의미한 것에 지나지 않는다. 사실 이러한 상식론을 모른다는 것과 무시한다는 것은 엄청난 차이가 있으면서도 결과는 상당히 유사하게 나타난다.

이번 논쟁에서 또 하나의 문제점은 메시아적 정신으로 일관하고 있다는 것이다. 건전한 논쟁을 하기 위해서는, 그리고 그 논쟁을 문학의 발전에 기여하게 하기 위해서는 논쟁의 승부에 지나치게 급급해서는 안 된다. 논쟁하는 작가나 평론가는 감정의 개입을 적극적으로 통제해야 하며 서로 상대편을 어느 정도 인정할 수 있어야 된다. 상대편 논리의 어느 점을 인정하면 그 인정한 논리 위에서 다음 단계의 문제로 넘어가는 데 발전이 있다. 그렇지 못했기 때문에 논쟁의 진전이 없었고 문제의 핵심이 흐려졌다. 말하자면 '나' 혼자 옳고 상대편은 전혀 그르다는 메시아적 정신, 그리하여 모든 사람은 나를 따르라는 메시아적 의식이 이번 논쟁에서 너무 뚜렷이 드러나고 있다는 것이다. 이것은 우리로 하여금 그들이 개인의 명성을 위해서 논쟁을 하든지, 한국 문학의 발전을 위해서 논쟁을 하든지 구분할 수 없게 만들었다. 참여문학만이 우리에게 필요한 것이라든가 순수한 문학만이 우리에게 필요한 문학이라고 누가 감히 단언할 수 있겠는가. 앞에서도 말했지만 무엇을 썼다는 사실보다 어떻게 썼느냐 하는 문제가 문학에서 중요하지 않겠는가. 우리처럼 문학의 전통이 짧고 작품의 폭이 좁은 현실에서는 완벽한 문학이면 모두 우리에게 필요한 것이다. 도대체 완벽한 문학의 평가 기준이 어디 있는 것이냐고 묻는다면 나는 이렇게 대답할 것이다. 당신은 셰익스피어의 작품을, 발자크의 작품을, 프루스트의 작품을, 카뮈의 작품을 모두 인정하십니까라고. 왜냐하면 완벽한 작품이란 한마디로 말할 수 없으며 어떠한 틀을 갖고 있는 것도 아니기 때문이다. 이들은 한 시대의 어떤 부분을 언어로 잘 보여주며 고도의 눈을 통해 현실을 문학적으로 포착한 것이다. 프루스트의 작품을 패배한 개인의 폐쇄된 기록이라는 이유로 비난하거나, 발자크의 작품을 19세기 프랑스의 사회상의 반영이라는 이유로만 높이 평가할 수는 없다. 그들이 가장 절실하고 진지하게 그들 나름의 현실을 파악하고 그것을 문학적 현실로 끌어 올렸기 때문에 그들의 작품은 인류 정신에 공헌했다고 높이 평가받는 것이다. 이들이 각자의 문학적 상황에서 자기의 작품을 썼다면 우리는 우리의 상황에서 우수한 작품을 가져야 하며, 우리의 비평도 우리 상황에 필요한 것으로 확립되어야 한다.

그러므로 우리에게 가장 불행한 사태는 이번 논쟁에서 그 논쟁을 뒷받침해줄 만한 작품이 없다는 것이다. 논쟁의 구체적인 근거가 될 만한 작품 없이는 발전적 논쟁이 될 수 없으며 공론으로 떨어지게 된다.

지금까지 말한 것은 문학에서 봉상스bon sens에 속한다. 그러나 이러한 양식조차 무시하는 일이 비일비재하기 때문에 우리의 비평가들은 문학에서 가장 근본적인 문제를 말한 다음, 차원을 하나씩 높여야 하는 이중의 짐을 지고 있는 것이다. 그러므로 우리의 비평가들은 보다 많은 참을성과 보다 큰 설득을 필요로 한다. 이러한 문학의 양식 위에서 문학적 활동이 이루어져야 차원 높은 새로운 가치를 창조하게 되고 우리 문학의 풍토도 개선될 것이다. 이런 양식의 문제를 넘어설 때 우리 문학의 새로운 풍토는 이룩되고 당신은 왜 언어를 택했느냐는 물음을 받았을 때 평화를 사랑하기 때문이라고 대답할 수 있으리라.

문학사에서 전통 문제

얼마 전 나는 우리나라 철학계의 원로이신 어느 학자 한 분을 찾아뵌
일이 있다. 그분의 말씀이 우리나라에서 철학을 한다는 것이 얼마나
어려운 일인가 하는 이야기였다. 평소에 주로 서양 철학을 강의하던
그분이 이래서는 안 되겠다 싶어 한국 철학이라는 제목으로 강의를 시
작했다. 그랬더니 한 학생이 찾아와서 "선생님께서 평소에 강의하시
던 하이데거 철학을 선생님은 진리라고 생각하시죠"라고 물었다. 그
분이 그렇다고 대답하니까 그 학생이 다시 묻기를 "진리는 하나뿐인
데 선생님은 왜 그 고리타분하고 사대주의적인 퇴계니 율곡이니 하고
또 다른 진리가 있는 것처럼 한국 철학 강의를 하시는지요"라고 묻더
라는 것이다. 그래서 "자네는 무엇을 전공하려느냐"고 물으니까 "저
는 하이데거를 전공하고자 합니다"라고 대답하더라는 것이다. 그분은

다시 "듣기 싫으면 강의실에 들어오지 않으면 되지 무얼 그렇게 생각하느냐"고 하면서 "자네가 하이데거를 전공하는 것은 사대주의가 아니고 퇴계나 율곡이 중국 사상을 받아들인 것은 사대주의라는 말이냐"고 퇴박을 주었으나 그 학생은 계속해서 그 강의를 듣더라는 것이다. 들을 뿐만 아니라 한 학기가 지난 뒤에 다시 찾아와서 "선생님, 제가 선생님의 강의를 듣고 보니 한국 철학을 전공하고 싶어졌습니다"라고 고백을 하더라는 것이다. 그래서 그분이 "도대체 학문을 하려는 사람이 그따위로 갈팡질팡해서 되겠는가. 내가 한국 철학을 강의한 것은 이 땅에 그것에 관한 강의가 없다 보니 학생들이 서양 철학만이 철학인 것처럼 오해를 할까 봐 시작했을 뿐인데 그 정도로 자신의 전공을 바꾸어서야 되겠느냐. 상식과 교양의 범주는 넓혀도 좋지만 전공은 한곳에 깊이 천착하는 것이 좋다. 외국의 문화를 무조건 숭배하고 추종하는 것이 사대주의이지 그것을 우리 것으로 소화시키는 일은 사대주의가 아니다" 하고 타일러 보냈다는 것이다. 얼핏 보기에 이 에피소드는 스승과 제자 사이에 흔히 있는 사제 세시기(歲時記)같이 보이지만 이것은 우리 문학 혹은 우리 문화계의 일반적인 현상을 드러내주는 좋은 본보기가 아닌가 싶다.

신문학의 개화와 함께 우리 문학은, 지금까지 있어왔던 지나치게 서정적인 음풍영월의 사조로부터 급격한 변화를 감수하지 않으면 안 되었다. 우리 역사가 개항으로 인해서 겪었던 급격한 변화 이상의 것이 문학에도 있었던 것은 사실이다. 그와 함께 형식상으로는 우리 문학이 서구 문학과 거리를 좁힌 것으로 나타나며 동시에 서구적 문학이론의 원용이 급격히 대두되었던 것이다. 사실상 1930년대의 우리 문학을 보면 서구에서 2~3세기에 걸쳐 바뀌었던 수많은 '주의'가 불과 십

몇 년 동안에 한꺼번에 나타나고 있는 현상을 보게 된다. 그리고 그런 현상이 작품의 뒷받침을 받지 못하여 상당히 공허한 이론으로 끝나고 있다. 여기에서 그 이론이 서구의 그것과 꼭 같아야 할 이유는 희박한 듯하다. 왜냐하면 우리의 상황과 서구의 상황이 같을 수 없고, 한 나라의 이론이 어느 곳에서나 적용될 수 있는 것은 아니기 때문이다. 다만 문제되어야 할 것은 그런 이론을 뒷받침할 만한 작품이 얼마나 되며 그 작품이 어느 수준에 도달해 있느냐, 그리고 그 이론이 과연 얼마나 보편타당한 가치를 가지고 있느냐이다. 다시 말하면 외국의 사조를 취사선택하고 좋은 방법론을 도입함으로써 우리 것의 해석에 이바지할 수 있었느냐 없었느냐 하는 문제로 귀착되는 것이다.

그런 점에서 볼 때 우리 문학이론의 일천성(日淺性)은 금방 드러나고 만다. 불과 몇 권의 책을 통해서 외국의 사조에 귀를 기울이게 되고 몇 줄의 신문기사를 통해서 사조를 알고 있고 몇 마디 말로 자신이 지금까지 지향해왔던 방향을 전환할 수밖에 없었던 우리의 과거란, 앞에서 말한 철학 전공의 학생의 태도에서 크게 멀지 않은 자리에 위치하고 있는 것이다.

신문학이라 이름하는 새로운 형식과 내용의 소설이 춘원의 「무정」을 출발점으로 대두된 뒤부터, 주로 '권선징악'의 사상을 통한 평가가 가능했던 우리 문학은 그 가치 체계의 흔들림으로 인해 새로운 기준에 따라 평가되었다. 그러나 그 새로운 평가라는 것이 주로 서구적 가치 기준에 의거했고 또한 그 시대 이전의 문학에는 미치지 못하고 당대의 문학을 설명하는 데서 그치고 말았다.

분명히 서양에서는 현대적 이론으로도 기원전 혹은 중세문학까지 평가가 가능했고, 따라서 현대문학 이론과 고대문학 이론이 구분되지 않고 있지만, 우리나라에서는 국문학 하면 고대문학을, 다시 말해서 신소설 이전을 의미함으로써 고대문학과 현대문학을 전혀 다른 차원에서 다루어지도록 구분되어 있다. 그러나 여기에서는 그것의 옳고 그름을 이야기하자는 것이 아니다. 고전에 대한 현대적 평가마저 되어 있지 않은 우리의 현실에서 문학을 한다는 것이 얼마나 어려운 일인지 알고 넘어가자는 말이다. 어떤 분야 혹은 어떤 곳에 대해서는 어느 정도의 수준으로 정리되었으니 그것을 전제로 하고 그것을 바탕으로 연구하고 설명하고 발전시키려는 태도가 문학의 단계적 발전을 가능하게 한다. 그러나 우리 문학에서, 특히 최근의 참여 논쟁에서 본 바와 같이 무엇을 이야기하기 위해서는 과거의 많은 성과를 무시하고 근본으로부터 설명을 시작해야 하는 어려움, 그렇지 않았을 때는 커다란 오해가 개재되는 상황의 어려움이 너무 많이 존재하고 있다.

게다가 어떤 개인의 문학이나 어떤 경향의 작품들에 대해서 무슨 주의니 무슨 이즘이니 하는 이름을 붙여버림으로써 지나치게 조급한 개념화를 서두르게 되고, 그럼으로서 '주의'를 깊고 폭넓게 하지 못하게 만들어버렸다. 도대체 하나의 주의가 그처럼 쉽게 혹은 간단하게 만들어질 수 있는지 알 수 없는 일이다.

최근에 어떤 문학작품을 '참여'니 '순수'니 하여 직재적으로 나눔으로써 그 작품을 평가하려는 태도도 바로 그러한 경향과 크게 다를 바 없는 것 같다. 그리고 이러한 상황에서 문학을 한다는 것은 한편으로부터 어떠한 비난이 쏟아진다 하더라도 자신이 가고 있는 길을 성자적 정신으로 가지 않는 한 지난한 일인 것 같다.

흔히 이야기되는 한국 문학에서 전통의 문제는 비단 어제 오늘에 제기되고 있는 것이 아니다. 작가 자신이 사회와 문화 전반에 걸쳐 스스로의 역할에 깊이 개의치 않았던 근세 이전의 시대는 그만두고라도, 사회와 문화 전체에 관하여 자신의 역할과 사명을 지나칠 만큼 의식했던 춘원 이후의 시대에서도 이 문제는 끊임없이 제기되어왔다. 그러나 '전통'이 무엇인지 한마디로 말할 수 없었던 것처럼 '전통의 계승 문제'도 절대적인 의미에서 해결할 수 있었던 것은 아니다.

5천 년의 역사와 문화를 가지고 있다는 이야기 속에서 우리는 한민족 고유의 문화가 무엇인지 자기 나름대로 판단한다. 그러나 여기에서 '고유의 문화'라고 했을 그것이 절대적인 의미에서 독창적인 것이라고 말할 수 있을까? 한 나라의 역사가 끊임없이 외세에 의해 도전을 받는 것과 마찬가지로 고유의 문화도 외래문화의 부단한 도전을 통해 형성된다. 여기에서 외래문화의 질과 양에 따라 고유문화의 변화 내용도 달라지게 마련이다. 따라서 문학에서 전통도 영구불변의 절대적인 내용을 가질 수 없다. 그러나 5천 년의 변하지 않는 전통을 주장하는 것이 오류인 바와 마찬가지로, 한국인의 문학 정신을 모방적이라고 하는 것도 오류이다.

1920년대 혹은 1930년대의 문학에서 계몽주의다 자연주의다 낭만주의다 하는 것들이 서구 문화에서 수입해 온 것이 아니냐는 반문을 쉽게 받아들일 수 있지만 그러나 순수하게 고유한 문학이란 어느 나라의 문학에서도 찾아볼 수 없다. 그렇게 본다면 서양에서 헤브라이 문학·그리스 문학·로마 문학이 후세에 미친 영향을 좋은 의미에서 받아들일 수밖에 없는 것과 똑같이, 현대에 와서 우리 문학이 서양 문학의 일면을 수용한 것으로 해석해야 한다. 문제는 새로운 경향의 수용과 함께 그 문학이 어느 수준에 이르렀느냐 하는 데 대한 검토와 평가가 있었어야 한다.

우리말에 '유신'이라는 것이 있다. 다른 말로 바꾸면 역사의식의 재 창조라는 말일 것이다. 그러나 역사의식이란 자기 것의 보존이라는 보 수적 태도를 의미하지는 않는다. '자기 것'에 대한 냉철하고 예리한 관 찰로부터 그것을 발전시키는 방향의 제시로까지 발전할 수 있어야 한 다. 우리 문학의 중요한 정신에 다른 문학의 우수한 방법론을 접합시 킬 줄 아는 진취적 태도가 진정한 의미에서 문학적 전통의 유신에 해 당하는 것이리라.

우리 문학에서 '전통'의 문제가 제기될 때마다 곁들여서 이야기되고 있는 것이 '단절이냐, 계승이냐' 하는 문제였다. 이 단절과 계승의 문 제는 여러 차례 논의되기는 했지만 그것은 우리 문학에서만 문제되는 특수한 것이었다. 그 나라의 문학사가 제대로 정리된 나라에서는 이 러한 문제는 제기되지도 않는다. 불행히도 우리나라에는 올바른 문학 사 하나도 정리되어 있지 않기 때문에(지금 있다고 하는 문학사는 문단 사라 이름하는 것이 마땅하며, 게다가 현대문학을 하는 사람은 대부분 고 대문학을 외면하고 고대문학을 전문으로 하는 사람은 대부분 현대문학을 도외시하는 태도를 취한다) 문학의 전통 문제를 마치 게임에 관한 관심 과 비슷한 태도로 다룬다. 게임의 승부에 대한 관심과 전통의 계승이 냐 단절이냐에 관한 관심이 다를 바 없는 것이다. 도대체 어느 나라에 서 그 시대의 문학과 다른 내용의 문학이 등장했다고 해서 전통의 단 절 운운할 수 있는지 생각해볼 필요가 있다.

서구에서 문학적 전통은 그다음 세대에서 어떤 이질의 경향이 대두 된다고 하더라도 그것은 그 속에 포용된다. 전설 혹은 설화문학에서 근대적 형태의 문학이 등장했을 때에도 전자와 후자가 동시에 문학적 전통을 형성했고, 초현실주의니 다다이즘이니 하는 파격적인 문학 형

태도 그들의 전통 속에 포함되어 있으며 현대 소설(예를 들면 사르트르의 『구토』나 알랭 로브그리예, 미셸 뷔토르 등의 작품들)의 새로운 혁명도 전통의 계승자로 받아들여지고 있다. 이것은 문학적 전통의 광의성을 뒷받침해준다. 그러나 우리의 경우 「홍부전」 「춘향전」 등의 고대 소설이나 연암의 소설에서 이인직 등의 신소설로 넘어오는 과정, 그리고 춘원 이후의 소설로 발전하는 과정이 문학의 튼튼한 전통으로 받아들여지지 않고 있는 것 같다. 아마도 여기에서 전통의 계승이니 단절이니 하는 문제가 제기되고 있는 것 같다. 하지만 이것은 크게 보았을 때의 문제이고, 작게 보면 세대론에서 보는 바와 같이 그 이전 세대를 부정함으로써 새로운 전통의 성립을 주장하는 것으로 나타난다. 전통 문제를 크게 본 전자의 경우는 지금쯤 그 문제가 운위되지 않도록 이미 정리되고 인식되어야 할 문제이다. 사실상 여기에서는 전통이 단절되었다고 주장하는 것은 무의미한 듯하다.

그러나 최근의 세대론에서 본 바와 같이 앞 세대에 대한 부정적인 태도는 전통의 계승 문제와는 크게 관계되지 않는다. 전통이란 부정함으로써 재창조되는 것이다. 앞에서 말한 '유신'이라는 것도 그러한 의미를 지닌다. 항상 새로운 것은 앞의 것, 혹은 기존의 질서를 부정하는 것이며, 그 부정을 통해서 기존의 업적을 인정하는 것이다. 초현실주의라든가 실존주의 문학이 그 이전 세대의 문학을 긍정하지 않았던 것과 마찬가지로, 새로운 문학은 바로 앞 세대의 문학을 부정함으로써 탄생한다. 이 경우에는 부정을 통한 긍정이라고 이야기하는 것이 더 정확할는지 모른다. 앞 세대의 문학을 부정하려는 태도 속에서 항상 앞 세대의 문학이 이루어놓은 업적과 전통을 인정하는 일면이 있다. 그렇지 않다면 그것을 부정하기보다는 묵살하는 태도를 취했을 것이다. 부정함으로써 새로운 문학의 형성을 가능하게 하는 데 전통의 올바른 계승 태도가 있는 것 같다.

둘째, 이러한 부정의 태도는 모든 기존 업적에 관한 새로운 연구와 평가를 수반해야 한다. 누구의 어떤 작품은 자연주의 작품이고, 누구의 어떤 작품은 권선징악 사상에 따라 쓰여진 것이라는 지금까지의 평가가 인상적이라든가 비논리적인 기준에 따라 이루어진 게 아닌가를 검토하는 것도 중요하지만 어떤 작품에 대해서는 거의 완벽하게 연구되고 평가되었다 하더라도 새로운 연구와 평가를 시도하는 것이 더욱 중요하다. 문학작품의 가치는 어느 시대에나 공감을 얻을 수 있는 다면성에 있는 만큼 시대의 변화에 따른 가치 기준의 변화에 맞도록 끊임없이 새로운 해석을 필요로 한다. 우리나라만큼 문학의 폭과 깊이가 좁고 얕을수록, 이러한 작업을 통해서 반성하고 새로운 영향을 모색하는 일이 중요하다. 그리고 이러한 태도에서 전통의 재창조—다시 말해서 전통의 새로운 계승이 가능하다.

셋째, 앞에서도 이야기했듯이 우리 문학에서는 너무 많은 '주의'와 '파'에 의해서 작가와 작품을 구분해놓았다. 그러나 '주의'나 '파'는 사실상 그 문학 내용이 도달한 성과에 대해서 그것을 설명하고 그것을 선명히 하는 데 도움을 주며, 따라서 성과가 괄목할 만한 것이 아닐 때에는 아무런 의미를 지니지 못한다. 그러므로 작가의 동인 활동이나 인간관계는 문단적인 의미를 넘어서 문학 내용에 집약되어야 한다. 그럼에도 불구하고 아무런 유보 사항 없이 어느 작가는 무슨 주의, 어떤 파에 속한다고 단정하는 태도는 지양되어야 한다.

최근에 새삼스럽게 논의되었던 참여 논쟁이 그렇다. 어떤 작품은 참여파에 속한 것이니까 좋은 작품이고 바람직하다든가, 어떤 작품은 순수파에 속한 것이니까 좋은 작품이고 바람직하다는 태도야말로 지금까지 한국 문학의 발전을 저해시켜왔던 가장 암적인 면을 대변해준다. 그것은 바로 외래사조는 무조건 배격해야 한다는 배타주의와, 외국의 것은 무조건 좋은 것이라는 사대주의와 같은 차원이다. 지드의 사랑만이 사랑의 본질적 양상이라고 믿는다거나 톨스토이의 휴머니즘이 가장 진실하다고 믿는 소박성과 우직성이 문학에서는 가장 위험한 독단론을 낳는다. 이러한 고정관념으로부터 탈피하지 않는 한 문화 표현의 상대적 관계와 역사적 배경을 도외시하는 결과를 낳을 뿐이다. 문학적 참여가 무엇이며 일정한 사회적·역사적 조건 아래서 문학이 참여할 수 있는 한계 등 근본적인 개념 규정에 노력을 제공하지 않고 추상적으로 이해하고 있는 값싼 참여관이나 순수관을 가지고 마치 만능의 지팡이나 되는 듯 모든 작가, 모든 작품을 평가하려고 드는 태도야말로 전통의 올바른 계승에서 가장 멀리 떨어진 태도이다.

그리고 참여·순수가 문학작품의 절대적 평가 기준이 아닌 것은 두말할 필요도 없다. 여기에서 우리는 보다 많은 문학의 다양성을 인정하고, 한국 문학의 우주에 대한 안목을 넓히도록 외국 문학도 소화하면서, 우리의 문학적 전통의 현대적 인식이 어떻게 가능한가, 지금까지 한국 문학에서 인정되지 않는 부분이 무엇인가, 정말 좋은 작품은 어떠한 것인가, 새로운 작품은 어떤 면에서 좋은 점이 있는가 등의 문제들이 우리 문학의 다양화에 큰 역할을 담당할 것이다.

이렇게 되었을 때 한국 문학은 그 폭도 넓어지고 깊이도 있어지며 따라서 전통의 새로운 계승도 가능해질 것이다. 그리고 우리 문학의 변증법적 발전도 가능한 것이다. (1970)

Ⅱ

'이즘'과 작가
— 김동인

최근에 와서 한국 문학은 과거의 작가에 대한 재검토를 통해서 한국 문학의 독창적인 흐름을 발견하려는 노력이 보인다. 그것은 문학이 고정되어 있는 것이 아니라 끊임없이 변형·생성되고 있음을 의미하는 동시에 문학의 흐름을 문학 자체에 국한시키지 않고 우리의 정신사의 맥락으로 파악하려는 노력의 표현이다. 이러한 태도는 문학작품이나 작가에 대해 새로운 해석을 시도하고 있다는 점에서 이론의 다양성에 기여할 수 있을 뿐만 아니라 한국 문학의 새로운 가능성의 발견에도 도움을 줄 수 있을 것이다. 특히 우리나라처럼 작가에 대한 연구가 많지 않은 경우에는 문학이론 자체가 일종의 가설로 떨어질 뿐 그 구체성을 상실하게 된다. 어느 사회에서나 문학이론은 작가론으로부터 출발하지 않으면 안 된다. 그런데 그 작가에 대한 평가가 몇 개의 용어로 결정되어 있다면 그것은 그 용어 자체에 대한 재고로부터 출발하지 않으면 안 된다.

왜냐하면 그 용어가 어떠한 문맥 속에서 사용되었으며 그것이 한 사회의 문학의 변화 법칙을 제대로 파악했는지 알지 않고는 그 작가에 대한 해석이 정당한 것으로 인정될 수 없기 때문이다. 김동인에 대한 평가도 그러한 데서부터 출발하는 것이 타당한 일이라고 생각된다.

김동인에 대한 지금까지의 평가는 대개 세 가지로 나눌 수 있다. 첫째는 김동인을 탐미주의 작가로 보는 경우이고, 둘째는 그의 작품을 자연주의 계열로 보는 경우이고, 셋째는 김동인을 중심으로 문장 혁신을 높이 평가하는 경우이다. 이러한 태도는 그 구체적인 예로써 얼마든지 찾아볼 수 있다.

〔예 1〕

이러한 김동인의 낭만적인 경향은 1925년대의 「감자」나 「명문」의 자연주의적 경향을 거쳐 1930년대에 이르러서는 탐미주의적 경향으로 심화 혹은 발전하였다. 물론 「배따라기」에도 탐미주의적인 특성은 그 강한 낭만주의적 분위기와 함께 이미 싹터 있었다. 〔……〕「배따라기」의 낭만적인 분위기 속에 이미 싹터져 있었던 이러한 그의 탐미주의적 경향은 「광화사」와 「광염 소나타」에서 그 절정을 이루었다.

〔예 2〕

「감자」「명문」「수양」「김연실전」 등은 김동인의 자연주의적 경향을 대표하는 작품들이다. 「감자」와 「명문」은 1925년대 작품이요, 「김연실전」「수양」 등은 1940년대의 작품인 것을 보면, 1940년대의 「광염 소나타」나 「광화사」를 통한 탐미주의적인 경향의 우세에 앞서 1930년대의 「배따라기」의 낭만적 분위기에 뒤이어 곧 자연주의적인 경향에 들어섰던 것을 짐작해볼 수 있으며 1930년의 탐미적인 경향의 우세기에 있어서는 「발가락이 닮았다」로 대표되는 인도주의적 경향과 「운현궁의 봄」「붉은 산」 등으로 대표되는 민족주의적 경향의 혼류를 거쳐 1940년대에 이르러서는 다시 자연주의적인 경향으로 귀일된 경로를 짐작해볼 수 있다.

〔예 3〕

그것(자연주의)은 1919년, 우리 신문학이 김동인, 전영택 등의 창조파에서 싹트기 시작하여 1920년 이후의 약 10년 동안에 걸쳐서 전성기를 이루었다. 따라서 우리가 한국의 자연주의를 이야기하기 위해선 이 1920년대를 중심해서 그 작가와 작품들, 가령 김동인의 「감자」, 전영택의 「화수분」〔……〕을 대상으로 삼아서 그 내용을 검토하는 일이 되겠으나〔……〕 그 부분에 대한 토론을 생략한다.

〔예 4〕

김동인 등의 창조파가 신문학운동을 일으킨 또 한 가지의 중요한 조건은 문장운동이었다. 문장은 전 시기에 있어서 육당·춘원 등에 의하여 이미 기초적인 것이 개척되었으나 말할 것도 없이 신문학의 문장됨이 그것으로 족할 수 없었던 것이며 신문학의 딴 문제가 그러한 이상으로 문장은 실로 그 뒤의 대담한 개척과 꾸준한 노력을 기다리던 사실이었다.

이와 같은 예문에서 볼 수 있는 것처럼 김동인의 「배따라기」「광염 소나타」「광화사」 등의 작품은 탐미주의로 규정되고, 「감자」 등의 작품은 자연주의로 규정되고 있으며, 그 밖에도 인도주의·민족주의 등여러 가지 주의가 등장한다. 그러나 여기에서 생각하지 않으면 안 되는 것은 그러한 터미놀로지terminology가 과연 무엇을 의미할 수 있는가 하는 문제이다. 여기에서 우선 탐미주의에 관한 이들의 정의를 보면 "인생의 목적을 유토피아에 두고 그 유토피아의 개념이 인생에의 향락인 점을 보여주고 있는 것은 무엇보다도 탐미적인 특성을 보여주는 것이 아닐 수 없다"고 되어 있다. 이 글은 이어서 "「광화사」는 천하의 추물인 천재적 화가 솔거가 천하의 미인이었던 그의 어머니를 그려보려고 하는 탐미적인 노력이 그 일관된 주조로 되어 있다"고 쓰고있다. 여기서 탐미주의라는 말이 어떤 아름다움을 작가가 의식적으로 추구한 경우를 이야기한다는 것을 알 수 있게 한다. 또한 인생에 대한 향락을 탐미적인 특성으로 파악하고 있는 것이다. 그렇게 되면 이때의 탐미주의는 일종의 소재주의에서 나온 것이므로 이 작가나 작품에 대해서 아무런 평가도 내리지 못하고 있는 것이다. 다시 말하면 탐미주의 작가가 되기 위해서는 주인공으로 하여금 아름다운 음악, 아름다운 그림을 얻도록 노력하게 하는 것만으로 충분하다는 점이다. 이것은 아름다움에 관한 인식 체계가 극히 소박한 단계에 머물고 있음을 의미한다. 문학작품에서 아름다움은 주인공이 그것을 추구함으로써 나타나는 게 아니라, 주인공의 고뇌와 갈등 그리고 비극적인 삶 자체가 아름다움으로 나타날 수 있는 것이어야 한다. 이러한 태도는 민족주의에서도 나타난다. "김동인의 민족주의적인 경향을 대표하는 것은 「붉은 산」으로 만주에 유랑된 동포들의 고난을 그림으로써" 나타난다는 것이 그렇다. 어떤 문학작품이나 그것이 그 민족에 대한 이야기를 하는 것은 사실이다. 따라서 민족주의는 민족을 주인공으로 내세움으로써 가능하기보다는 작가가 작품 안에서 민족의 수난과 의지를 보여줌으로써 가능하다. 다시 말해 작가의 의식을 강조한 것으로 작가에게는 일종의 역사의식인 것이다. 그렇기 때문에 작가의 세계관을 이야기하는 것임에도 불구하고 여기에서는 작가가 다룬 소재에 불과하다. 또한 "「발가락이 닮았다」와 「K박사의 연구」는 그의 인도주의적인 경향을 대표해주는 작품이다"라는 구절에서 인도주의도 아무런 내용을 담고 있지 않는 말이다. 왜냐하면 자신의 생식 결함으로 인한 아내의 부정(不貞)에 대한 주인공의 태도를 인도주의라고 한다면 그것은 아무런 내용이 없는 것이다. 이와 같이 소박한 차원에서 인도주의를 이야기하게 되면 인도주의 작품이 아닌 것이 없으리라.

그리고 앞의 예문 2와 3에서 볼 수 있는 자연주의에 관한 내용도 마찬가지이다(자연주의에 관해서는 졸고 「염상섭 재고」에서 자세히 설명한 바 있다). 모든 터미놀로지는 그 외연과 내포에 관한 철저한 인식 없이 사용되었을 때 그 의미를 잃게 된다.

김동인에 관해서뿐만 아니라 일제시대의 대부분의 작가에 관해 이야기할 때 지금까지 너무나 많은 용어가 남용되어왔다. 특히 그 용어의 한국적인 의미가 무엇인지 검토하지 않는 태도는 앞으로 지양되어야 한다.

이처럼 도식적인 용어로 파악하지 않은 김동인의 세계는 그러면 무엇일까. 첫째, 식민지시대의 한국인의 정신적 상황에 관한 것이다. 한 예수교인의 삶을 그린 「명문」에서 주인공 전주사는 전통적인 가문——

양반이요 부자요 완고한 자기 아버지의 집안 출신으로 우연히 기독교의 교리를 듣고 일종의 맹신자가 된다. 그리하여 그는 아버지와의 충돌을 경험하면서 자기 신념대로 살아나가다가 결국 어머니를 살해하고도 아무런 죄의식을 느끼지 않는다. 이것은 이른바 기독교의 전래 이후 한국인의 정신 속에 잘못 자리 잡은 정신의 샤머니즘을 이 작가가 인식하고 있었음을 이야기한다. 전주사의 이러한 태도는 기독교를 알게 됨으로써 이 땅에서 미신을 추방하려고 하지만 또 하나의 미신을 갖게 되는 과정에 관한 고찰임을 알 수 있게 한다. "평화롭고 점잖고 엄숙하던 이 집안에는, 예수교가 뛰쳐 들어오자부터 온갖 파란이 일어나"는 것은 바로 전통적인 것과 외래적인 것의 상충에서 오는 정신의 혼란기를 이야기하는 것과 다르지 않다. 사실 한말에 전개된 기독교는 이 땅에서 새로운 종교로 받아들여졌지만 그러나 그것을 수용하는 자세는 기독교의 본질에 대한 탐구의 과정을 거쳐서 얻어진 것이 아니라 지금까지 있어온 토속적 신앙의 질서 속에서 대상만을 바꾼 것이기 때문에 기독교의 전래는 처음부터 그 모순을 드러낸다. 따라서 전주사가 미신을 싫어하는 아버지와 충돌하게 되는 것은 불가피한 경우가 된다.

전통적인 것과 외래적인 것의 충돌은 「약한 자의 슬픔」에서도 적나라하게 드러난다. 이름부터 '엘리자베트'라는 외래적인 이 작품의 주인공은 '상놈' 출신으로 신문화 이후의 교육열에 힘입어 '조선의 선각자로 자부하는' K남작의 집에 가정교사로 있으면서 학교에 다닌다. 그녀는 전통적인 여자로서는 불가능한 일(거리에서 만난 남자에 대한 연모의 정)로 괴로움을 느끼다가 어느 날 '내외의 절과 안방과 사랑의 별을 폐'한 바 있는 남작과 정을 통하게 된다. 그리하여 임신을 하고는 시골의 숙모집으로 간다. 거기에서 자신의 행위가 자기 삶에 어떤 비극을 가져올 것인가를 생각하게 되자 K남작을 고소한다. 그러나 변호사 하나 없는 그녀는 재판에서 패배하여 자기 신세를 한탄하며 돌아온다. 유산 뒤에 그녀는 "나도 시방은 강한 자이다. 자기의 약한 것을 자각할 그때에는 나도 한 강한 자이다"라고 고백한다. 이러한 고백은 엘리자베트가 지금까지 자기 삶을 착각하고 살고 있었음을 이야기하는 것이다. 이를테면 남녀평등, 자유연애, 신식 교육 등으로 대표되는 것으로 외래적인 것의 오도된 수용 자세를 말함과 동시에 두 이질(異質) 문화의 상충에서 야기되는 정신적 풍속의 혼란을 말하는 것이다. 이러한 도덕관의 변천에 관한 고찰에다 외국 유학 권장의 풍속의 모순을 이야기하는 작품이 「김연실전」이다. 1920년대 한국의 신여성임을 자처하는 김연실은 평양 감영의 이속(吏屬)이었던 김영찰과, 그의 소실이었던 퇴기(退妓) 사이에서 태어나 신식 학교인 진명(進明) 여학교에 다닌다. 그러나 그 학교가 운영난으로 문을 닫게 되자 김연실은 동경 유학을 준비한다. 동경 유학을 위해 일어를 배우다가 열다섯의 나이로 처녀성을 빼앗긴 그녀는 그러나 아무런 정신적 타격을 받지 않는다. 집에서 돈을 몰래 빼낸 그녀는 일본에 가서 유학생의 연설을 듣고 감동하고 "선각자가 되리라. 우리 조선 여성을 노예의 처지에서 건져내리라. 구습에 젖어서 아직 눈뜨지 못하는 조선 여성을 새로운 세계로 끌어내리라"고 결심한 다음 새로운 학문에 대한 아무런 인식 없이 자유연애 사상에 젖어 여러 남자에 대한 편력을 거친다. 귀국한 그녀는 여류 문학자와 여성 선각자로 행동하다가 모든 남자로부터 버림받고 최초의 '이성'이었던 사람과 동거하게 된다. 그녀가 보여주는 삶은 전통사회에 대한 아무런 인식 없이 새로운 문물에 대한 맹목적인 동경과 형식적인 수용에서 야기되는 이 땅의 비극, 그것이다.

이와 같은 기독교의 수용과 자유연애의 구가와 외국 유학의 동경은 춘원 문학의 기본 테마였었지만 김동인에게는 이 땅의 정신적 풍속 속에 자리를 차지하게 되는 이질 문화의 상충과 모순을 야기하는 원인이 었다. 그것은 바로 김동인 자신이 춘원 문학의 압도적 영향력에 힘입은 서양 문화의 피상적 인식을 깊은 우려의 눈으로 보았고, 동시에 그 시대의 모순을 꿰뚫어보았음을 의미한다.

둘째, 식민지 조국의 현실에 대한 인식이다. 「감자」에서 가장 극명히 드러나는데, 생존권을 박탈당한 식민지 백성의 비극적인 삶이다. 원래 농민 출신이었던 복녀는 농토를 빼앗기고 소작농 생활을 하다가 평양의 막벌이꾼으로 전전한다. 남편의 게으름 때문에 스스로 벌어야 했던 복녀는 송충이 잡기에서 편안하게 돈을 벌 수 있는 방법을 발견하고 그때부터 자기 몸을 파는 것이다. 일종의 배금주의에 의해 남편은 복녀의 매춘 행위를 묵인한다. 복녀는 중국인 왕 서방의 고구마를 훔치다가 왕 서방과도 똑같은 관계를 유지한다. 그러나 왕 서방의 결혼을 계기로 그녀는 질투의 본능을 발휘하다가 왕 서방에게 살해당한다. 이것은 식민지시대의 농촌 출신의 한 여자가 생존권을 박탈당한 채 비극적인 삶을 살고 있음을 이야기한다. 그들에게는 생명 자체에 대한 아무런 보장도 받을 수 없었던 식민지시대에서 복녀의 죽음은 30원으로 거래되었던 것이다. 김동인의 이러한 세계는 「붉은 산」에서도 드러나지만 식민지시대를 산 많은 작가——최서해·채만식·나도향 등과 같은 현실 인식에 속해 있음을 이야기한다. 그러나 이 작품에서 더욱 주목해야 할 것은 복녀라는 한 개인의 비극을 통해서 민족적 빈곤의 비극을 이야기한다는 사실이다. 삶의 기본적인 바탕 자체가 박탈당한 그들에게는 윤리도 도덕도 있을 수 없으며 생존 자체에 도움을 줄 수 있는 일이라면, 다시 말해서 한 끼니를 먹을 수 있는 일이라면 어떤 행위도 감수할 준비가 되어 있는 것이다. 이러한 사람들에게는 생존의 문제를 해결해주는 것이 급선무였음에도 불구하고 식민지시대에서는 이러한 것이 도외시되었을 뿐만 아니라 오히려 민족적 빈곤을 가져오도록 만들었던 것이다. 그러나 이러한 비극이 아름다움으로 느껴지는 것은 비극 자체의 철저성을 이 작가가 그릴 수 있는 능력 때문이리라.

셋째, 장인의 세계에서 하나의 작품을 만드는 데 필요한 고통의 세계이다. 「광염 소나타」에서 한 천재 음악가의 아들은 가난으로 인해 도둑질을 하다가 어머니의 임종도 보지 못한 채 복수심에 사로잡혀 불을 지르기 시작한다. 그리고 그 불을 통해서 자신의 광기를 음악으로 표현한다. 이렇게 시작한 그의 야성은 방화에서 살인으로까지 발전한다. 이것은 자기의 모든 욕망이 금지된 상태의 인물이 범죄를 통해서 자기의 욕망을 발산하면서 그 발산을 하나의 아름다움으로 표현한 경우에 해당한다. 정상적인 사고를 하는 사람에게 그의 행위는 정신병자의 그것에 지나지 않지만 자기의 욕망을 발산할 수 없었던 그 당시의 상황으로 보면 본능적인 자기 표현이다. 물론 이때 그의 범죄적 행위가 정당한 것이라는 이야기는 아니다. 그러나 타고난 자신의 재질이라든가 본능적인 욕망이 발산될 수 없는 폐쇄된 상황에서 그의 정신병적인 자기 발산은 바로 그러한 상황 때문에 갈등의 소산이 될 수 있으며 그 때문에 아름다움으로 느껴질 수 있는 것이다. 그러한 경우는 「광화사」에서도 잘 드러난다. 자기 얼굴의 추함 때문에 여러 여자로부터 버림받은 화공은 자기 어머니와 같은 미녀의 그림을 완성시키기 위해 왕후의 친잠에 쓰이는 뽕밭에서 오랜 세월을 두고 절세미인을 보기 위해 기다리다가 어느 소경을 만난다. 그 소경을 통해 아내상으로서의 미녀를 그리다가 그녀의 죽음과 함께 마지막 눈동자를 그리게 된 그는 결국 광인이 된다는 이야기이다. 일종의 장인으로서 예술가를 파악한 이 작품에서도 현실적으로 자기의 욕망을 충족시킬 수 없는 자의 고통스런 창작 과정을 보여주고 있는 것이다. 그런 점에서 이 작품도「광염소나타」와 같은 계열의 작품임을 알 수 있다. 여기에서 작가의 예술에 대한 태도가 드러난다. 즉 하나의 작품은 자기 안에서 나오는 욕망의 소산이라는 것이다. 그리고 그 욕망이 하나의 작품으로 실현되기 위해서는 정상적인 정신의 단계를 넘어 미치는 것이 필요함을 이 작가의 창작 태도를 설명한다. 물론 이러한 태도가 전적으로 옳은 것은 아니지만, 그러나 자기 자신을 던진다는 점에서는 주목할 만하다. 특히 예술가나 문학에 대한 태도가 확립되지 않은 그 당시로 보면 이 작가가 전통사회의 예술인을 정확하게 포착한 것임을 알 수 있다.

이상 김동인의 작품을 보면 춘원에 대한 안티테제로서의 자아 인식을 김동인 자신이 너무 지나치게 의식하지 않았나 하는 생각을 갖게한다. 그러나 그런 시각은 동인의 세계를 춘원 위주로 파악하는 것이된다. 작품들을 통해서 동인이 보여준 가장 주목할 만한 것은 식민지사회에서 우리 민족의 각 계층이 어떤 변화를 감수하지 않으면 안 되었나 하는 점이다. 다시 말하면 전통사회에서 자리를 잡았던 계층 가운데는 기독교에 의해서 혼란을 경험하게 되었고(전주사, 엘리자베트는 전통사회에서 제대로 자리 잡지 못한 계층 출신으로 자유연애와 신학문에 대해 동경하다가 자기 파멸의 길로 되돌아가는 계층을 이야기하고, 김연실은 서자 출신으로 자유연애와 외국 유학의 노예가 되어 자신을 선각자로 자처하다가 원점으로 되돌아가는 이야기이다. 결국 전통적인 것과 외래적인 것의 상충이라는 혼란 속에서 식민지 사회가 우리 민족으로 하여금 계층적인 이동을 불가능하게 만들었다는 것이다. 엘리자베트가 시골의 촌모에게 돌아가는 것이라든가, 김연실이 그의 오랜 남성 편력에도 불구하고 마지막에는 첫번째 사내에게 돌아간다는 것이라든가, 복녀가 더 잘 살지 못하고 죽고 만다는 것이 그렇다.

이러한 작가의 관찰은 상당히 정확하다. 그런 점에서 김동인은 보수주의의 성격을 띤다고 할 수 있다.

그러나 그의 작품들이 외래적인 것과 전통적인 것의 충돌에서 객관적 입장을 취할 수 있으면서도 이러한 사회 계층에 관한 고찰을 동반할 수 있었던 것은 전적으로 작가의 뛰어난 관찰력에 힘입고 있음을 주목해야 한다.

이때에는 그에게 탐미주의라든가 자연주의라든가 민족주의라든가 인도주의라든가 하는 어떠한 주의를 부여하는 것이 그의 문학 내용을 호도하는 결과를 가져온다는 사실을 알 수 있다. 그는 그가 산 시대의 고민을, 지금 보면 소박하지만 그 시대로서는 정당하게 표현하려고 노력한 작가인 것이다. (1972)

자연주의 재고

자연주의란 말이 언제부터 이 땅에서 쓰이기 시작했는지 자세히 알 수
없지만 염상섭의 「표본실의 청개구리」가 발표된 1920년대가 아닌가
생각된다.

 "염상섭의 「표본실의 청개구리」는 염상섭의 초기 소설을 대표하는
작품으로서 그의 문학적인 성가를 확립시킨 한국 최초의 자연주의 계
열의 소설이었다"라는 조연현의 말이나 그와 유사한 백철의 소견은
이것을 아주 타당한 듯 밑받침해준다. 그러나 작품을 읽어가면서 제일
중요한 것은 모든 반대 가정을 해보는 일이다. 그래서 이미 'O/X' 문
제로 출제될 정도로 확고한 문학상의 명제가 되어 있는 염상섭＝자연
주의 작가라는 명제를 재고해보려는 것이 이 소고의 목적이다. 그러므
로 나는 여기에서 자연주의 개념의 확립을 위한 종래의 이론을 검토하

고, 동시에 문학사적인 입장에서 본 자연주의의 위치를 찾고, 그리고 염상섭은 과연 자연주의의 작가인가를 살펴보려고 한다. 이렇게 함으로써 새로운 가치 체계가 세워질 수 있다면 한국 문학을 위해 그것은 얼마나 다행한 일이겠는가.

　자연주의의 사상은 자아 각성에 의한 권위의 부정, 우상의 타파로 인하여 유인된 환멸의 비애를 호소함에 그 중요한 의의가 있다. 세인(世人)이 이 주의(主義)의 작품에 대하여 비난·공격의 목표로 삼는 성욕 묘사를 제재로 택함은 정욕적 관능을 일층 과장하여 독자로 하여금 열정을 유발케 하고 저급의 쾌감을 만족시키는 것이 목적이 아니다. 인생의 암흑, 추악한 일면을 여실히 묘사함으로써 인생의 진상(眞相)은 이러하다는 것을 표현하기 위한 것이다. 〔……〕 자연주의는 이상주의 혹은 낭만파 문학에 대한 반동적으로 일어난 수단에 불과하다.　　　　　　　　　　　　　　　　—염상섭, 「개성과 예술」

　프랑스의 자연주의란 제2제정 말에 플로베르의 『마담 보바리』, 텐의 문학이론의 영향, 생리학자들과 의사들의 위대한 업적의 영향 아래 이루어졌다.　　　　　　　　　　　　　　　—랑송, 『불문학사』

염상섭은 말한다. 자연주의란, 이상주의와 낭만주의에 대한 반동으로 일어난 문학이라고. 이 이론은 틀린 것이 아니다. 프랑스의 자연주의가 『마담 보바리』로부터 출발할 때 그 작가들은 지나치게 이상과 환상에 대한 치우침과 세기말 병이라는 퇴폐적 풍조에 대한 싫증을 느끼고 새로운 문학사조의 등장을 꾀했던 것이다. 하지만 보다 직접적인 원인은 랑송이 말하고 있는 여러 가지 원인에 있음을 주의하지 않으면 안 된다. 그 당시 경험적인 사실을 기초로 삼고 있는 실증주의와 어떤 현상에서 사람의 의지는 항상 선택의 자유가 없고, 어떤 원인에 따른 결과로 나타난다는 결정론이 대두되어 철학에까지 과학적 방법이 적용되었던 것이다.

이것은 허구와 환상에 사로잡힌 정신세계에 새로운 풍조를 가져오게 했다. 그러므로 프랑스의 자연주의는 역사적 필연성을 갖고 있다. 졸라는 이 필연성의 결과로 염상섭의 말마따나 "인생의 암흑, 추악한 일면을 여실히 묘사"한 작가였다. 그에 반해 개화기 초의 자연주의는 어떠한가?

우리나라에서는 이광수의 「무정」이 발표된 1917년에야 비로소 근대적 형식을 갖춘 소설에 대한 개념이 도입되고 있어서 서구적 개념의 문학사조에 대한 인식이 이때부터 일어났고, 이후 10년 동안에 프랑스에서 2세기에 걸쳐 일어났던 계몽주의, 낭만주의, 사실주의 자연주의 등의 문학운동이 혼합되어 일어났다. 이것은 당시 우리보다 먼저 서양문화를 받아들였던 일본으로 유학을 간 우리나라의 지식인들이 처음으로 서구 문학과 접할 수 있는 기회를 갖고 문학에 대한 인식을 새롭게 하게 된 데서 연유한다. 서구 문학과 접한 그들은 전통적인 한국 문학을 그 형식적인 차이에서 매도했고, 당시 외국 유학생 출신 지식인들이 대부분 그러했듯이 서구 문학을 무조건 받아들였다. 그래서 그들은 19세기에 이미 유행했던 서구의 여러 문학사조의 이론을 자기 나름으로 소화하고, 자신의 작품에 그 이론의 의미를 부여하려고 했다. 그중 염상섭은 자연주의 문학에 특히 관심이 있었던 것 같다.

자기 민족이 처한 시대, 환경, 자기 민족이 가지고 있는 사상, 감정, 호소, 희망을 떠나서는 세계적일 수도 없고 인생을 위한 것일 수도 없으며 심하면 예술적인 가능성도 없을 것이다: 이것은 반드시 애국적이라는 편협한 의미가 아니라 널리 인생을 위한 예술이라는 견지에서 주장하는 것이다.　　　　　—『조선일보』(1926. 10. 6.)

나라를 빼앗긴 한국의 지식인 염상섭은 졸라가 『나는 고발한다』는 글을 대통령에게 보낼 만큼 사회운동에 참여한 바로 그 점에 호감이 가서 졸라의 자연주의를 표방했을는지도 모른다. 염상섭 자신이 경응대학(게이오기주쿠 대학)에 재학 중 독립운동을 하다가 옥살이를 하기도 했으며 1920년대의 지식인들은 누구나 나라 없는 상황에 고민했을 테니까.

이와 같은 사실은 그의 소설 「표본실의 청개구리」「만세전」「삼대」 등에 나타난 것만으로도 충분히 증명된다. 「표본실의 청개구리」의 '나'가 현실에 대한 고민과 권태로 인하여 삶의 의의를 찾지 못해 시베리아 넓은 벌판으로 달려가고 싶다고 고백하는 장면이라든지, 「삼대」의 덕기·병화 등의 고민거리와 현실적으로 받는 박해라든지, 「만세전」의 '나'가 좌절감 속에 빠져 있는 것도 바로 그러하다. 작가는 그 가슴 아픈 식민지 현실을 인식하고 소설을 썼음에 틀림없다. 하지만 그것이 자연주의 문학 자체는 아니었다. 물론 여기에서 '자연주의'의 개념이 프랑스의 그것인지 한국적 새로운 개념인지 명백하게 하지 않으면 안 된다. 염상섭뿐만 아니라 당대의 문학사가들도 그것을 명확하게 구분 짓지 않아 확실히 알 수는 없지만 졸라 이야기가 나오고 실험 이론이 나오는 것으로 보아 프랑스 이론의 수용이라고 볼 수 있을 듯하다. 여하튼 동시에 많은 문학사조의 범람이 이루어진 사실에서 그의 '자연주의 선언'과 함께 시작된 자연주의 문학운동은, 그러므로 서구적 자연주의 문학운동의 역사적 필연성과는 거리가 너무 멀다. 그렇지 않고 그것이 문학적 방법이었다면 더욱 거리가 먼 얘기가 된다. 왜냐하면 그때까지 자연주의가 필연적으로 요구되는 문학적 여건 혹은 사회적 요구는 전혀 없었기 때문이다.

졸라가 가장 깊은 감명을 받았다는 루카스의 이론이나 베르나르의 『실험의학 서설』이 소개되기도 전에 우리나라에 자연주의가 나타났다는 것은 염상섭 자신이 서구의 자연주의 문학이론과 형식을 빌려 자신의 문학에 어떤 설명을 부여함으로써 당시 '1인 문단'으로 일컬어지던 이광수 문학을 극복하려고 시도했다는 인상을 받는다. 그러므로 좁은 시야에서 볼 때 한국에도 자연주의를 표방한 작가가 있었다는 점에서는 작은 의의를 찾을 수 있을는지 모르나 좀더 시야를 넓혀보면 이런 문학이론의 무비판적 수용은 거의 무의미한 것이 되고 만다. 문학이론을 받아서 문학작품에 반영시킨다는 것은 거기에서 하나의 수확을 얻는다는 게 얼마나 어려운 일인가를 도외시한 논리와 다르지 않다. 대개의 경우 이론이 이론으로 끝나게 되고 작품에 반영되기는 어렵다. 왜냐하면 문학에서 사조는 작품에 선행하는 것이 아니고 어떤 작품들을 바탕으로 해서 나올 수 있는 것이기 때문이다. 역사적 필연성과 정확한 이론을 뒷받침하지 않은 사조, 그것은 언제나 하나의 공론과 모방으로 끝나고 만다(독일의 자연주의가 그 나라 특유의 의미를 갖고 있음을 상기하기를 바란다).

그러므로 한국의 자연주의 이론은 1920년대의 한국 작가와 문학이론가들이 급작스럽게 받아들인 외국의 문학사조에 지나지 않는다고 우선 생각할 수 있을 것이다.

"실험소설은 추상적 인간, 형이상학적 인간의 연구를 자연적 인간의 연구로 대치시키는 일이다"라고 졸라는 자신의 『실험소설론』에서 말한다. 그리고 이러한 실험소설론을 바탕으로 쓰여졌다는 루공 마카르 총서에 관해서 졸라 자신은 이렇게 말하고 있다.

① 나의 작품은 사회적이라기보다는 과학적이다.

② 나는 현대사회를 묘사하려는 게 아니라 장소에 의해 변경된 종족의 유희를 보여주기 위해서 한 가족만을 그릴 작정이다.

③ 왕당파, 가톨릭파 같은 어떤 원칙을 갖는 대신, 나는 유전이나 선천성 따위의 법칙을 세운다. 나는 발자크처럼 인간사에 대하여 정치인, 철학자, 도덕가 등의 결정을 내리지 않는다. 나는 박학한 것만으로 내적 이유를 찾으며 '있는 것'을 말하는 것으로 만족할 생각이다. 우선 그러므로 결론이 없다. 그 가족을 움직이게 하는 내적 메커니즘을 보여주면서 한 가족의 사건들을 제시하려고 할 뿐이다.

④ 그리하여 그것은 '19세기의 한 가족사, 아니 '제2제정하에서의 한 가족의 자연사 및 사회사가 될 것이다.

이러한 졸라의 얘기는 자연주의 소설에 대한 매우 좋은 설명이 된다. 그에 따르면 존재자란 ① 생리학적 요소(특히 유전, 선천성)와 ② 장소의 사회적·생리적 작용으로 되는 것이라고 한다. 물론 이러한 결정론적 해석은 그 당시를 휩쓸고 있던 텐의 세 가지 요소("내가 텐을 읽은 것은 25세 때였습니다"라고 그는 루이 트레보에게 말한다)와 오늘날에는 오류로 밝혀진 유전이론에서 많은 영향을 받고 있기는 하다. 여하튼 이러한 인간 해석을 기저로 하여 졸라는 '아델라이트 푸크'라는 어머니를 통해서 내려오는 '어머니 편의 신경병'과 루공을 통해 내려오는 '아버지 편의 알코올리즘'이라는 이 두 개의 인자를 중심으로 하여 루공 마카르가의 그 침침한 얘기를 전개시킨다.

그러므로 졸라의 인물이란 완전히 동적인 개체로 환원되어 모든 것이 그 육체적 유전 현상과 사회 환경에 따라 적응하고 반응하는 '인수(人獸)'가 되어 있다. 그렇지 않다면 한 가족사를 그리는 것은 얼마나 지난한 일이겠는가.

그러면 염상섭의 경우에는 어떻게 자연주의 이론이 적용되고 있는가.

북국의 철인 남포의 광인 김창억은 아직 남포 해안에 증기선의 검은 구름이 보이지 않던 30여 년 전에 당시 굴지하는 객주 김건화의 집 안방에서 고고(呱呱)의 첫소리를 울리었다. 그의 부친은 소시부터 몸에 녹이 슨 주색 잡기를 숨이 넘어갈 때까지 놓지를 못한 서도(西道)에 소문난 외도객. 남편보다 네 살이나 위인 모친은 그가 3~4세 되던 해에 죽은 누이와 단 남매를 생산한 후에는 남에게 말 못 할 수심과 지병으로 일생을 마친 박복한 여성이었다. 이러한 속에서 자란 그는 〔……〕 7~8세부터 신동이라고 들을 만큼 영리하였다. 그러나 3~4년급 되던 해 봄에 부친이 장중풍으로 졸사하기 때문에 유학을 단념하고 내려오지 않으면 아니되었다. 〔……〕 모친도 그해 겨울을 넘기지 못하였다. 전 생명의 중심으로 믿고 살아가려던 모친을 잃은 그에게는 아직 어린 생각에도 자살 이외는 아무 희망도 없었다.

—「표본실의 청개구리」

창억은 왜 미쳤을까. 그의 부친은 장중풍으로 죽었다. 분명히 그는 부계에서는 미칠 요소를 받고 있지 않았다. 그의 모친은 '남에게 말 못 할 수심과 지병으로 일생을 마쳤다.' 그렇다면 그 모친의 말 못 할 지병이란 무엇이었을까. 소설에 나타난 것만으로는 그것을 미친 병이라고 단정할 수 없다. 오히려 그의 부친이 외도객이어서 성병 같은 것을 지니고 있었던 게 아닐까 하는 생각이 사실에 더 가까울 것이다. 여하튼 이 소설에는 그가 미칠 인자를 물려받고 있다는 예증이 하나도 없다. 이건 분명히 자연주의의 공식으로 풀 수 없는 소설이다(하기야 지금 와서 그런 자연주의 유전이론이 오류인 것은 널리 알려진 사실이다). 더구나 그의 선조(부모대 이전)의 기질은 전혀 찾아볼 수 없었으므로 우리는 여기서 자연주의 이론과 합치되지 않고 있음을 본다.

내가 살피고자 한 것은 성격이 아니라 기질이다. 그것이 이 소설의 전부라고 할 수 있다. 나는 오직 신경과 피에 의해서 지배되는 두 인물을 주인공으로 삼았다. 그들에게는 자유의지란 없고 모든 행동에 있어 육체의 필연성에 끌려갈 뿐이다.　　—『테레즈 라캥』2판 서문

『테레즈 라캥』의 주인공 테레즈와 롤랑은 인간의 탈을 쓴 짐승에 불과했다. 졸라가 그들에게서 찾으려고 노력한 것은 특성에 의해서 식별되는 개개인의 성격이 아니라 유전 또는 신체의 특질에 의해서 한정된 심적 조직의 현저한 상태, 즉 기질이었다. 졸라에 따르면 성격이란 당대에 결정되어 나타나는 현상이지만, 기질이란 생리적 현상이 대를 내려오면서 결정되는 것을 말한다.

부친 —부친도 가엾다. 때를 못 만났고 이런 시대에 태어났기 때
문도 있다. 그러나 실상은 자기의 성격 때문인지도 모른다. 같은 시
대, 같은 환경, 같은 생활 조건 밑에 있으면서도, 부친이 걸어온 길과
병화 부친이 걷는 길이 소양지판으로 다른 것을 결국 성격 나름이다.
돈 있는 집 아들이라고 모두 부친 같은 생활을 할까! 그것을 생각하
면 사람의 숙명이니 팔자니 하는 것은 결국 성격에서 우러나오는 것.
성격 그것을 말하는 것이다.   —「삼대」

그러나 염상섭은 주인공의 성격에 더욱 관심이 깊다. 자연주의 소설
의 가장 큰 특성인 기질에 대해서는 별로 말이 없고, 그는 항상 성격
에 관심을 보일 뿐, 그 이상의 진전을 보여주지 않는다. 그것은 작자
염상섭이 졸라류의 과학적인 사고를 하지 않았다는 증거이며 자연주
의에 대한 이해가 부족했다는 예증이다.

그렇다면 프랑스 자연주의 소설가와 염상섭은 닮은 점이 없을까.
나는 한 가지 닮은 점이 있다고 생각한다. 졸라의 소설은 결정론의 소
산이며 어떠한 환상도 없이 인간을 냉혹하게 관찰하려는 태도의 표현
이다.

특히 모든 인물의 행위와 사상은 방금 말한 바와 같이 순전히 생리
적인 원인으로 환원될 수 있는데, 그중에서 결정적인 요인을 이루는
것이 성적 본능과 걸신 들린 듯한 탐욕과 정신적 균형의 상실인 듯하
다. 그리고 이런 병적인 인간들이 사회의 여러 분야에 진출하여 그 해
독을 전염시키고 사회를 와해시켜나간다. 이런 의미에서 졸라의 루공
마카르 총서는 무너져가는 시민사회의 역사라고 할 수 있다.

마찬가지로 염상섭의 「표본실의 청개구리」의 주인공 '나'나 '김창억'은 환경(봉건사회가 무너져가고 일본에 나라를 빼앗겼던)에 의해서 희생된 생리 현상을 나타낸 사람들이다. '나'는 '무거운 기분의 침체와 한없이 늘어진 생(生)의 권태'를 느낀다. "나의 몸 어디를 두드리든지 알코올과 니코틴의 독취를 내뿜지 않는 곳이 없을 만큼" 썩었기 때문에 외적으로 사회를 와해시키고 내적으로는 정신적 균형을 찾지 못하고 있다. 김창억이 광인이 되고 만다는 데도 그와 같은 뜻이 있을 것이다. 또 「만세전」의 주인공 '나'도 "구더기가 끓는 무덤이다! [……] 공동묘지 속에 살면서 죽어서 공동묘지에 갈까 봐 애가 말라 하는 갸륵한 백성들이다! 에잇! 망할 대로 망해버려라!"고 자포자기를 할 만큼 정신적 균형의 상실자이다.

그리고 「삼대」의 상훈이나 그의 서모나 김의경 사이에서 일어나는 성의 난무는 졸라의 소설과 조금은 같다. 앞에서 본 바와 같이 '성욕 묘사'를 제재로 삼은 것은 독자에게 저급한 쾌감을 주려기보다는 '인생의 암흑면'을 보여주려는 의도가 있었던 듯하다. 인생의 암흑면을 그렸다는 점에서 졸라와 매우 가까운 염상섭은 그러나 자연주의 작가는 아니다. 오히려 그는 사실주의 작가에 가깝다. 시대상을 나타낸 점에서나 그 밖에 여러 가지 점에서 그는 더욱 사실주의 작가이다. 이 점에서 조연현은 자연주의와 사실주의를 다음과 같이 구분한다.

자연주의는 자연현상을 현상 그대로 해부하는 데 그치지만 사실주의는 자연현상의 내부에까지 추구해 들어간다는 뜻이며, 그 둘째는 전자의 실험주의적 과학적 요소가 강한 데 비해서 후자는 체험주의적인 생활적 요소가 강한 점이며, 그 셋째는 전자가 언제나 현상 그 자체를 중시하는 데 비해서 후자는 언제나 현상 그 자체보다도 현상의 전형화·성격화를 중시하는 점이며, 넷째는 전자가 반(反)이상주의일 수 있다면 후자는 친(親)이상주의일 수 있다는 점 등이다.

염상섭이 후기에 사실주의로 발전했다는 통념을 엄밀히 생각하고, 서구적 사실주의와 자연주의의 구분을 참고하면 조연현의 구별에 커다란 오류가 있음을 알게 된다. 가장 큰 오류는 다음과 같다.

"사실주의는 자연현상의 내부까지 추구해 들어간다"는 조연현의 말은 사실주의 작가는 현실의 관찰자라는 말인데, 그가 말하는 관찰자는 훨씬 앞에 인용한 졸라의 자연주의의 이론에서 본 바와 같이 '다만 순수히 눈앞에 있는 현상만을 확인'하는 자라는 말이 되고 만다. 이렇게 되면 졸라의 자연주의 이론과 조연현의 사실주의 이론은 동일한 것이 된다. 이것이 조연현의 전기 부분이 가지고 있는 가장 큰 오류인데, 그것이 우리나라에서는 통념이 되어 있는 듯하다(여기서 이야기하는 사실주의라는 말이 누보로망에서 말하는 그것과 그 단어의 내포에 큰 차이가 있다는 점을 알아야 한다). 그리고 당시의 사실주의 이론의 대가로 알려진 뒤랑티의 사실주의관을 참고로 적어보면 다음과 같다.

① 예술은 생(生)의 재현이다.
② 예술가는 사회의 단면을 그리는 데 성실하고 객관적이어야 한다.
③ 낭만주의는 배척되어야 한다.
④ 역사소설은 단순히 '거짓말'이다. 그것의 사건들은 가까이서 관찰되지 않았기 때문이다.

⑤ 예술가들의 목적은 사회적으로 공리적이어야 하고 도덕적으로는 교훈적이어야 한다.

⑥ 스타일은 별로 중요하지 않은 것으로 생각되어야 한다.

그리고 우리나라에서는 정반대로 자연주의가 발전해서 사실주의로 나타나는 것처럼 기록되어 있다. 뿐만 아니라 자연주의 문학은 사실주의 문학에 선행해서 일어났다는 것이다. 엄격한 의미에서 불문학사를 살펴보면 사실주의가 자연주의보다 먼저 일어난 것은 누구나 다 아는 사실이다. 플로베르나 발자크가 졸라보다 먼저인 것처럼. 이런 점에 비추어볼 때 염상섭의 자연주의에서의 출발이 「임종」에 이르면서 사실주의로 변모했다는 것은 매우 우스운 논리의 발전이라고 할 수 있다.

염상섭의 소설은 대부분 역사적 배경이나 사회적 배경과 항상 밀접한 관계를 갖고 있다. 주인공들의 고민 자체도 근대화 과정에 들어가는 한국의 20세기 초라는 시대라든가 광복 전후에 있었던 역경과 울분, 한국전쟁을 통해서 당한 곤란과 비애에 국한되어 있다. 개인은 사회의 한 톱니바퀴에 지나지 않는다. 그 주인공들은 개인이 있기 전에 사회와 국가가 있어야 하며, 개인은 그 하나의 구성원이라는 의식을 늘 갖고 있다. 「삼대」의 병화, 덕기, 상훈 등의 고민을 바로 그 당시의 사회상을 나타내주고, 「표본실의 청개구리」의 '나'와 김창억의 상황과 「만세전」의 상황은 3·1 운동 전에 있었던 일들에 대한 '나'의 고민이었고, 「신혼기」의 결혼 전후에 일어난 사건도 재래의 모럴과 새로운 모럴 사이에 일어나는 갈등이었다.

단편집 『일대의 유업』에 수록된 여러 작품도 모두 주인공들의 시대를 반영한다. 40여 년을 통한 염상섭의 작품 면모는 그러므로 현대를 향한 우리나라의 사회상 그것이었다. 그의 인물을 구분해보면 ① 구시대의 전형인 지주 혹은 부르주아 ② 서구 문물의 피상적·무비판적 수용자 ③ 전통과 신문화의 비판적 수용을 노리는 지식인 ④ 그리고 그들 사이에서 시대의 변화에 민감하지는 않지만 그때에도 조금씩 변해가는 서민으로 구분된다.

전형 1: 「삼대」의 할아버지. 「절곡」의 영탁 영감. 「법 없어도 사는 사람」의 아버지. 「만세전」의 아버지. 「굴레」의 영감. 「택일하던 날」의 아버지. 「신혼기」의 아버지. 「돌아온 어머니」의 어머니와 외할머니 등.

전형 2: 「삼대」의 상훈.

전형 3: 「삼대」의 덕기, 병화, 경애. 「표본실의 청개구리」의 '나'와 김창억. 「택일하던 날」의 명선. 「만세전」의 '나'와 형. 「법 없어도 사는 사람」의 정식. 「신혼기」의 순택, 영희. 「그 그룹과 기녀」의 윤수, 정구, 한상.

전형 4: 「삼대」의 참봉, 창훈, 서조모, 의경. 「만세전」의 김의관, 을라. 「두 파산」의 문방구 모녀. 「일대의 유업」의 지주부댁. 「굴레」의 개성집. 「해 지는 보금자리」의 정원, 만영. 「순정의 저변」의 봉희.

염상섭의 주인공은 모두 이상의 전형으로 구분된다. 그의 작품들이 발표된 연대에 따르면 30여 년에 걸친 시대를 살고 있으면서도 그들이 같은 전형 속에 들어간다는 것은 발자크적인 인물의 전형화가 이루어졌음을 의미한다. 앞에서도 사실주의의 특성이 인물의 전형화에 있음을 말한 바 있는데, 이것은 염상섭의 주인공이 발자크적 인물임을 암시한다. 발자크의 '인간극'에 등장하는 몇천 명의 인물은 그들 하나하나가 그들의 인생을 살면서도 발자크의 전형 속에 구분되고 있다는 사실을 주의 깊게 관찰하면, 염상섭이 발자크적 사실주의에 접근하고 있음을 쉽게 알 수 있다.

'전형 1'은 봉건적이어서 구습을 고집하거나 재래적 사회에서 경제적 여유를 누리는 부르주아 계급이며, '전형 2'는 경제적으로는 '전형 1'에 속하면서도 서구 문물을 피상적으로 수용하고 무비판적이어서 실패한 인물들이다. '전형 3'은 시대감각에 예민하고 사회의식이나 역사의식을 갖고 있는 지식인들이다. '전형 1'은 '전형 2' '전형 3'과 항상 대립한다. 「삼대」의 덕기의 조부와 부, 병화 부친과 병화의 대립은 신구 세대의 가장 두드러진 대립이었으며, 「신혼기」의 부자간 반목 역시 (그것이 신식 결혼식과 구식 결혼식을 각각 주장하는 것으로 나타나지만) 아주 심각한 것이었다. '전형 4'는 항상 '전형 1'에 따라다니며 그것의 영향 아래서 피해자의 입장이나 기생하는 입장에 위치한다. 그러나 그들은 당대 사회의 필수적 구성 요소이다. 이와 같은 소설 인물의 전형화는 필연적으로 마치 발자크가 그러했듯이 인물의 순환을 초래한다. 말하자면 동일한 성격을 가진 인물이 다른 소설에서 이름만 바꾸거나 때로는 동명으로 분장해서 나온다. 「삼대」의 조부는 「만세전」과 「신혼기」에서 아버지로 나온다. 그는 한결같이 환경이나 외래사조에 의한 변모를, 신세대와의 타협을 거부하는 보수주의자이다. 그가 아들 상훈에 대해서 갖고 있는 불신과 비타협은 「신혼기」에서 순택과 부친 사이의 신·구식 결혼에 대한 이견으로 나타나서, 조부가 부친과 화합하지 않은 채 세상을 떠난 것처럼, 순택의 부친은 폐백을 받지 않고 기어이 시골로 내려가버린다.

그리고 「삼대」의 병화는 그 이전의 「만세전」에서도 똑같은 이름으로 등장한다. 물론 얼핏 보면 그들은 서로 다른 성격을 지닌 듯하지만 「삼대」에서 병화는 이미 「만세전」의 그로 변할 기질을 충분히 가지고 있다. 그는 사회의식을 갖고 구세대에 심한 반발을 느끼지만, 경애와의 사건에서 심리적 추이를 볼 때, 속물적인 성격을 가지고 있었다. 그것은 「만세전」에서 패기를 잃고 안이한 생활을 하면서도 친구에게 자기를 전부 내보이지 않는 성격으로 「삼대」의 병화와 더욱 같음을 보여준다. 그 병화가 더욱 최근에 나타나는 것은 「늙은 것도 설운데」의 장희로서이다. 그들이 아주 모순된 성격과 사고방식을 지녔지만 1950년대의 장희나 1920년대의 병화에 별 차이가 없음을 우리는 알수 있다. 사상적으로 진보주의자인 것 같지만 자기의 행복을 위해서는 능히 남을 배반할 수 있는 성격, 그것이 병화의 성격이다. 그다음 「삼대」의 덕기는 「만세전」의 '나'와 「표본실의 청개구리」의 '나'나 김창억과 표면적으로는 다르지만 똑같은 성격을 지닌 인물이다. 덕기는 겉으로 보기에 이지적이지만 그는 항상 자기 행위에 회의를 느끼며 생의 의미를 발견하지 못하고 있음을 주의 깊은 독자는 알 수 있으리라. 「표본실의 청개구리」가 먼저 발표되었지만 뒤에 발표된 『삼대』의 덕기는 결국 "사람이 보기 싫어서 [……] 영원히 흘러가고 싶은" 자포자기한 인물이 될 가능성을 충분히 보여준다. 그리고 「삼대」의 참봉은 「만세전」의 김의관과 동일인임도, 그들이 사기와 협잡을 통해서 그리고 '전형 1'의 계급에 더부살이하고 있는 점에서 알 수 있다. 말하자면 김의관은 참봉이 발전된 인물인 것이다.

이와 같이 염상섭의 몇몇 중요한 인물은 여러 작품에서 동일한 성격

의 동일한 인물로 등장한다. 이와 같은 현상은 발자크의 소설에서 극
명히 보이는데, 누보로망의 작가들은 그것을 '인물의 순환'이라고 부
른다.

  그러나 이러한 분석은 사실주의 문학의 형식적인 측면에 너무 많은
비중을 둔 것에 지나지 않기 때문에 그 자체만으로는 그 작가가 도달
한 문학적 성과를 알 수 없다. 문학작품은 내용과 형식으로 구분된다
는 도식적인 해석을 떠나서 내용과 형식의 표리관계, 즉 내용에 의해
형식이 결정되고 형식에 의해 내용이 드러나는 문학작품 특유의 성격
을 도외시해서는 어떤 작품도 어떤 작가도 분석하거나 평가할 수 없
다. 그런 점에서 염상섭의 작품이 이룩한 성과는 그가 자연주의 작가
라거나 사실주의 작가라는 사실로서 좌우되는 것은 아니다. 작가로서
염상섭의 존재는 「표본실의 청개구리」 「만세전」 「삼대」로 대표되는 그
의 작품이 설명해주고 있을 뿐이다. 식민지시대에서 지식인의 괴로움
과 울분을 내면화시키고 있는 「표본실의 청개구리」, 그리고 식민지시
대에 의해 전통적인 것과 외래적인 것이 급격한 속도로 교차되고 있는
사회 속에서 한국인이 경험하게 되는 정신사적 변화의 일면을 보여주
는 「만세전」, 그리고 그 모든 것을 종합하고 있는 「삼대」는 그것이 어
떤 사조에 소속되든 상관없이 한국 문학의 중요한 전통으로 남아 있는
것이다. 특히 「삼대」에서 보이는 중요한 사실, 즉 전통적인 지주의 질
서관, 서구 문물에 대해서 피상적으로 관찰하고 수용하려고 한 상훈의
실패, 온건한 개화주의자로서 전통과 외래문화를 한국적 현실 속에서
접합시킬 수 있는 길을 모색하지 못해 망설이고 있는 덕기의 우유부단
함, 급진적 개혁파로서 새로운 사회 건설을 위해 과격한 행동을 하려

다가 개인적인 인간관계에서 실수하는 병화의 모순은, 식민지시대 한국 사회의 한 계층을 꿰뚫고 있다는 점에서 염상섭의 문학이 도달한 성과라고 말할 수 있다. 사실 염상섭은 그 후의 단편들에서 보이듯 서울의 중산층(이 말은 서구적 개념에 일치하는 것이 아니다)의 정신 구조를, 그리고 정신사의 맥락을 보여주었다. 그것을 자연주의다 사실주의다라는 구분으로 평가하는 것보다 한국의 작가로서, 식민지시대의 작가로서 훌륭한 몫을 탁월하게 보여준 사실로써 평가되어야 한다. 특히 동시대의 많은 문학인이 서구 문학의 무비판적 수용, 새로운 문물에 대한 찬양으로 일관하고 있는 데 반해 염상섭은 이론적으로는 그것을 받아들임으로써 실패하고 있지만 작품에서는 독창적인 세계를, 문학인으로서 정당한 사고를 보여준 점에서 실패와 성공의 양면성을 지니게 된다. 그러나 작가에게 중요한 점은 이론적인 글에서 작가가 무슨 주의를 주장한 것에 있는 게 아니라 작품에서 무엇을 말했느냐에 있다. 작가는 작품으로 말하는 것이기 때문이다.

이상과 같은 검토를 통해서 우리가 추출해낼 수 있는 것은 무엇인가.
첫째, 염상섭은 인간을 완전히 생물학적 개체로 환원시키고 마치 플라스코 속에서 일어나는 화학변화를 보는 듯이 그 생물학적 개체가 작용하고 수용하는 변화를 지루하리만큼 쫓아가는 졸라의 자연주의 이론에는 전혀 합당하지 않다는 것이다. 이것은 그가 생각하고 있었던 자연주의 이론이 서구적 자연주의와 일치하지 않는다는 사실을 말하는데, 이것으로 그의 문학작품이 틀렸다고는 할 수 없다.
둘째, 염상섭은 한국적인 여러 상황 속에서(특히 식민지시대에서) 자기가 선택한 몇 개의 전형을 통해 당시 한국 사회가 부딪친 정신사적·

문화사적 변화의 중요한 측면을 관찰함으로써 그의 문학이 설 자리를 분명히 했고, 그렇게 함으로써 한국 소설의 새로운 전통을 형성했다. 이것은 염상섭이 자연주의 작가라기보다 사실주의 작가임을 말해주며, 동시에 한국 문학에서 사실주의 문학의 가능성을 보여주는 것이다.

셋째, 염상섭은 한 시대의 작가로서 정신사의 전통을 형성하는 과정에서 서구 문화에 대해 작품 속에서는 비판적 수용 태도를 보여주었다는 것이다. 여기서 '비판적'이란 소설 기법과, 소설에서 무엇을 이야기해야 하는 문제를 서구적 방법론을 가지고 한국 소설에서 쓰면서도, 서구 문화에 대한 일방적인 찬사가 아니라 한국의 상황을 의식하고 그 속에서 파악해야 했던 사회변동 혹은 가치관의 변화를 포착하고 있다는 점에서 다른 작가나 지식인과 태도를 달리한 데서 하는 말이다.

넷째, 문학사를 정리하고, 한 작가나 작품을 평가하는 데 비평가나 문학사가가 서구식 개념을 그대로 한국 문학에 적용하거나 서구식 사조 속에 한국 작가나 작품을 적용시키는 일은 오류에 속한다는 것이다. 한 나라의 문학사를 정리할 때에는 그 나라 안에서의 필연성, 그 나라 문학 자체에서의 필연성을 발견해서 그것에 따라 정리하지 않으면 안 된다는 것을 의미한다.

다섯째, 외국의 문학사조를 이 땅에 도입하기 위해서는 그 사조의 개념을 정확하게 파악하고 그것의 굴절 가능성에 관한 고찰을 통해야 한다는 것이다. 문학에서 중요한 것은 구체적인 작품을 들지 않은 문학이론의 관념성이다. 한 작가의 입장에서 볼 때 좋은 작품을 남기면 그 작가의 주장이 어떤 것이든 남을 수 있다는 사실로 설명되고, 비평가에게는 문학사의 정리가 구체적인 작품을 예증함으로써 그 작품 속성의 새로운 발굴을 통해 올바른 사조를 발견할 수 있는 것이고, 전통으로서의 작품을 역사적으로 정리할 수 있을 것이다. (1965)

채만식의 유고

—「소년은 자란다」

1

「탁류」와 「태평천하」로 대표되는 채만식의 세계는 식민지시대에서 한국의 역사적 탁류의 인식으로 요약될 수 있었다. 그것은 이 땅이 일본의 식민지로 전락한 시대에 한국인의 삶이 어떠한지 보여주고 동시에그러한 상황이 한국인과 한국 사회의 구조에 어떠한 변화를 가져오게하는가에 관한 탐구였다. 전통사회에서 '뿌리 뽑힌 자'들의 삶이 새로운 식민지 사회에서 어떻게 대처하는지 보여준 「탁류」에서 채만식은,그들이 새로운 문물(은행·약국·미두장 등 자본주의의 새로운 물결)에접하게 됨으로써 보다 큰 혼란을 경험하게 되고, 그리하여 전통사회에서보다 더 비극적인 삶을 영위하게 되는 것을 보여준 반면에, 전통사회에서 뿌리를 박은 사람들의 이야기 「태평천하」에서는 그들이 새로운 식민지사회에서도 뛰어난 적응력을 보임으로써 그 시대에 대처해 나가는 것을 보여주었다. 「탁류」의 주인공들은 '뿌리 뽑힌 자'의 삶을 벗어나기 위해 생존의 몸부림을 치고 있는 데 반해 「태평천하」의 주인공은 기존의 질서에 뿌리박은 자기의 위치를 고수하기 위한 몸부림을 보인다. 그렇기 때문에 후자는 '화적(이 시대의 역사적 조응에 따르면 이들이 한말의 의병임을 알 수 있다)도 독립군도 없어진 식민지시대의 그 가혹한 상황을 태평천하로 파악하게 되고 반민족적 언행을 서슴지 않는다. 그러나 전자는 민족을 의식하기에 앞서 생존 자체의 문제와 씨름하고 있는 것이다. 식민지시대는 그러나 전자에게 또다시 실패한 삶을 가져다준 반면에 후자에게는 성공적인 삶(윤직원 영감의 재산은 전보다 더욱 많아진다)을 가져다준다. 채만식은 이러한 두 계층의 이야기를 통해 역사의 모순과 상황의 배반감을 지적하면서 식민지시대의 구조적 모순을 제시했다. 즉 식민지시대를 산 지식인의 날카로운 역사의식에서 출발한 것으로, 순응주의가 득세하는 윤리적 타락의 시대에서 주어진 상황을 그대로 받아들이는 순응주의 태도가 아니라 그 상황을 논리적으로 극복하려는 지적인 태도를 보이는 것이었다. 그리고 여기에서 이야기하고자 하는 바는 식민지시대의 현상적 모순뿐만 아니라 그것이 가져온 민족의 정신적 허무주의의 요인에 관한 것이었다. 국권을 빼앗기고 경제권을 박탈당한 식민지시대에서 이 작가가 더욱 괴로워하고 아파한 것은 정신의 식민지화였다. 이것은 전통사회에 뿌리박은 사람이나 뿌리 뽑힌 사람에게서 똑같이 발견되는 현상으로 그들이 그렇게 행동하는 것은 민족이나 역사에 대한 신뢰감을 가질 수 없었던, 다시 말해서 사회적 윤리가 파괴되어버린 상황 때문이었다. 권력에 아첨하고 금전에 복종하면 잘살 수 있다는, 그리하여 정직하게 노력한다는 것은 항상 개인의 손해만 가져온다는 도덕적인 타락은 무력을 통한 식민지화보다 근본적인 식민지화였던 것이다. 이러한 현실적인 태도를 갖고 있던 채만식의 유고 「소년은 자란다」를 분석한다는 것은, 그러므로 단순한 작품 해설의 범주를 벗어나는 일이다. 뛰어난 작가는 언제나 한 시대에만 국한되는 이야기를 하는 것이 아니기 때문이다.

2

「탁류」와 「태평천하」가 한말에서부터 1940년대까지의 한국적 상황에 관한 이 작가의 관찰력으로 이루어진 것이라고 한다면 「소년은 자란다」는 그 뒤로부터 8·15광복을 전후한 시대까지 이르는 사이의 상황의 변동에 관한 이야기이다. 이 시기는 물론 시간적으로는 단순한 연속에 지나지 않지만 이 작가의 눈으로 파악된 바에 따르면 이 민족이 경험하게 되는 또 하나의 시련이었던 것이다. 문학사적으로 보면 식민지시대의 많은 민족이 조국을 떠나서 간도로 이민을 간 사실을 최서해의 작품에서 찾아볼 수 있다. 일본의 압제 속에서 견딜 수 없거나 일제에 농토를 빼앗긴 무수한 지사들과 농민들이 식민지적 상황으로부터 벗어나 새로운 삶의 터전을 찾아 간도로, 시베리아로 이민을 갔던 것이다. 삶의 터전을 빼앗긴 식민지시대에서 이들의 이주는 그들에게 '약속된 땅'이 있었던 것도 아니요, 요즘처럼 재산을 가지고 떠나는 이민도 아니었다. 그렇기 때문에 여전히 궁핍이 따라다녔고 나중에는 일제의 손길이 미쳤던 것이다. 그러한 상황 속에서의 삶이란 이 땅의 삶보다 나을 것이 없었으리라. 최서해는 간도의 이민을 통해서 식민지시대의 비극성을 인식하고 있었다(여기에 관해서는 홍이섭의 「1920년대 식민지적 현상──민족적 궁핍 속의 최서해」,『문학과지성』7호 참조).

이렇게 보면 채만식의 이 작품은 조국에서 추방당한 간도 망명인의 뒷이야기에 해당된다. 그러므로 이 작품의 인물들이 조국의 광복을 염원하고, 기름진 땅으로의 복귀를 바라고 있는 것은 당연한 일이리라. 간도의 박토를 개간하여 잡곡을 상식(常食)으로 하는 어려운 생활을 영위하면서 그들은 조국으로 돌아갈 날을 손꼽아 기다리고 있는 것이다.

"조선이, 우리 조선이 애들아, 독립이 됐단다. 독립이! 우리 조선이 독립이 됐어요! 일본이, 일본 천황이 항복을 했어. 전쟁에 졌어. 그리구 우리 조선이 독립이 됐어, 독립이, 우리 조선이."
벌겋게 상기된 시꺼먼 얼굴에, 종작할 수 없는 흥분의 표정을 띠우고, 여승 미친 사람 납디듯이 소리소리 지르면서 그러다 두 팔을 기얼러 번쩍 쳐들고
"만세! 조선 독립 만세!"
하고 드리 목청이 터지라고 외치는 것이었다.

처음에 그들은 '해방'을 믿으려고 하지 않는다. 그러자 정작 해방의 사실을 깨닫게 되면서 오윤서를 비롯한 간도의 이민들은 귀국 길에 오른다. 그들에게 해방의 기쁨은 추상적인 어떠한 것에서 기인한 게 아니고 당장의 궁핍으로부터의 해방이 되리라는 희망에서 기인한 것이다. "아니꼽고 보기 싫던 일본 사람들이 하나도 남지 않고 다 쫓겨간 고국으로 돌아가서 토지는 농민이 차지하고 노동하는 사람과 농민이 새 조선의 주인이 되어 가난과 압제가 없는 세상을 살아간다"는 그들

의 희망은 그러나 그들이 간도를 떠나기 전부터 벽에 부딪힌다. 그것은 만주인들의 약탈로부터 시작되는데 오윤서는 간도를 떠나자마자 아내와 젖먹이 자식을 잃어버린다. 여기에서부터 채만식은 어떤 역사적인 사건이 항상 문제의 해결이 아니라 새로운 문제의 제기라는 비극적 역사 인식의 태도를 보인다. 이를테면 해방과 같은 민족적 감격이 단순히 기쁨만을 가지고 받아들일 수 없음을, 그리하여 어떤 역사적 사건도 받아들이는 과정에서 그것이 비극일 수도, 발전의 계기일 수도 있다는 것으로 나타나고 있다. 그렇기 때문에 해방으로 모든 문제의 해결이 이루어질 것으로 모든 사람이 생각하고 있을 때 작가는 그것을 문제의 제기로 파악하게 되었다. 그 첫번째 문제로 제기된 것이 바로 오윤서 일가의 비극이다. 즉 이미 고향을 떠나기 전에 가정 파탄을 경험한 오윤서는 간도에서 생활의 궁핍을 느끼면서도 단란한 가정을 이끌고 나갈 수 있었으나 해방이 되면서 조국으로 돌아오는 길에 또다시 아내와 자식을 잃어버리고 영호와 영자까지도 생이별하게 되었던 것이다. 물론 여기에서 조국의 독립을 이루는 데 이러한 사소한 개인의 문제란 있을 수 있는 일이 아니냐는 반문을 받을 수도 있겠지만, 그러나 이러한 가정적 파탄은 비단 오윤서 일가에 한하는 것이 아닐 뿐만 아니라, 많은 사람의 파탄을 통해서 얻어진 해방이라면 그들의 파탄에 대한 역사의 대가가 있어야 할 것이므로 간과할 수 없는 문제이다. 그러나 그들이 아무런 대가도 받지 못한 채 낯선 역에서 두 고아는 자신의 새로운 삶을 찾아 괴로운 삶을 살아가는 것이다.

둘째로 제기된 문제는 조국의 분단이 가져온 비극의 출발이라는 점이다. 이를테면 '민주주의'와 '공산주의'가 외부에서 주어진 것이라는 이 작가의 인식에서 찾아볼 수 있다. 일반 국민에게는 그 진의조차 밝

158

혀지지 않은 이 정치 체제는 그렇기 때문에 이 땅에 토착화하는 데 있어서 무수한 시행착오가 있을 것임을 암시한다. 바로 그 뒤에 오는 역사의 혼란(정치 파동을 비롯해 4·19와 5·16 등)이 입증해준 작가의 역사적 안목을 이야기하는 것이다. 이 작가는 그 당시 상황에서 그러한 정치 체제가 국민들에게 융화되지 못하고 있는 사실에서 그것을 발견했다.

민주주의는 참 좋은 것이라고 세상에서는 말하였다. 그리고 조선은 지금 민주주의로 되어 있고 앞으로 더욱 민주주의로 되어 나가리라고 말하였다.

그러나 모르는 백성들 ─ 이를테면 전재민들이 보기에는 민주주의란 건 사람 사람이 당장 저 좋은 대로만 하면 그만이요, 뒷엣일은 아랑곳을 않는다. 이것이 민주주의였다.

"저기 경상도서랑, 아랫녁(全南)서랑, 들구 일어서서 사람 죽이구 관공서 부시구 불지르구, 그리고 이완용이가 일본 팔아먹끼 노서 아에다가 조선 팔아먹을라고 그 야단 꾸미는 공산주의 몰라?"

이와 같은 민주주의와 공산주의에 대한 일반 국민의 인식에서 이 작가는 한말에 있었던 외래사조의 무비판적 도입이 이 땅에 가져온 정신적 혼란을 새로운 시대에서도 인식하고 있었던 것이다. 이것은 이미 「탁류」의 고태수를 통해서, 「태평천하」의 윤직원 영감을 통해서 전통적인 것과 외래적인 것의 상충을 이 작가가 보여준 것과 연장선상에 있다. 그렇기 때문에 상황은 항상 하층 생활을 하는 사람들에게 삶의 개선의 여지를 제공하지 않는 것이고, 따라서 작가는 여기에서 괴로움을 느끼는 것이다.

셋째로 제기되는 문제는 윤리적인 타락의 새로운 전개이다. 일제시대에 친일해서 잘살던 사람은 해방 후에도 여전히 잘살고 있다는 사실은, 결국 정당한 방법으로 살려고 노력하는 사람은 항상 역사로부터 소외되고 수단과 방법을 가리지 않고 부(富)를 쫓는 사람은 언제나 편안한 삶을 살게 된다는 도덕적 타락상이 곧 이 땅의 국민들에게 순응주의만을 강요하는 결과를 낳고 있다는 것이다. '오 선생'의 구속과 38선을 넘나드는 '잠상'의 이야기가 그러하다. 그들은 38선이 자신들의 돈을 버는 데 이용되는 것을 기화로 38선의 영구화를 바라거나, 일제가 공출로 빼앗아간 놋그릇을 부정으로 불하받아 거금을 번다든지, 자신들은 잘살면서 전재민을 우습게 보는 서울 사람들의 행동이 결국 이 사회에 아무런 책임도 지지 않는 윤리적 타락상으로 발전했던 것이다. 이것은 6·25 때 많은 사람이 밀수와 불법적인 상행위로 새로운 부를 누린 것과 상응되며, 이 작가의 전기 작품들과도 혈연관계가 있는 것이다. 「태평천하」에서 윤직원 영감이 온갖 수단을 통해 돈을 벌면서 사회적인 대우를 받는 것과 이러한 사실들은 모두 같은 차원이다. 그는 '우리만 빼놓고 모두 망해라'는 극단적인 이기주의를 보이는데 이것은 도덕적 타락의 극단적인 태도로서 '잠상'들과 다를 바 없다.

넷째로 제기되는 문제는 어떤 정체가 정략의 수단으로 사용된 데서 야기되는 것으로, 앞에서 민주주의와 공산주의가 국민과의 일체감이 없는 것이기 때문에 이 땅에 뿌리박을 수 없었던 것을 이야기한다. "호랑이 한 마리를 내쫓고, 사자하구 곰하구 두 놈이 앞마당 뒷마당에 들앉는 형국"이라는 말이 이야기하듯, 이북은 소련을 배경으로 하고 있기 때문에 공산주의를 내세우고, 남쪽은 미국을 배경으로 민주주의를 내세우는 것이기 때문에 일반 국민이 여기에 대한 인식의 부족을 나타내고 있다고 해서 그것이 국민 자신의 책임일 수가 없는 것이다. 이와 같은 정체와 국민 간의 위화감은 정체 자체가 항상 정략적인 수단으로 등장할 수 있는 가능성을 내포하고 있다. 그리고 그러한 면에서와 같은 비극을 이 작가가 충분히 내다볼 수 있었다는 가능성도 여기에서 발견된다.

다섯째로 제기되는 문제는 이상의 모든 문제의 결과로서 나타나는 일제의 잔재에 관한 것이다.

> 딱따거리고 반말 찌거리로 욕하고, 함부로 때리고 붙잡아 가두고 하면서 백성을 압제 주는 순사는. 왜(倭)사람들이 쫓기어 감과 함께 없어졌으리라는 것은 허망한 생각이었다.
>
> 되었다던 독립은 어디로 가버리고 옛날 왜사람이 앉아서 왕 노릇을 하며 조선 사람을 못살게 굴었다는 총독부 거기에는 왜사람 대신 미국 사람들이 들어앉았는 것과 마찬가지로 순사는 여전히 백성에게는 무거운 물건인 채로 있었던 것이다.

여기에서 볼 수 있는 것과 같은 일제의 관료주의와 제국주의의 잔재는 도처에서 여러 가지 방식으로 살아남아 있어서 이 사회의 구조적 모순으로 드러나고 있었던 것이다. 광복 후 4년 만에 쓰여진 이 작품에서 그러한 여러 가지 현상을 볼 수 있었다는 것은 이 작가의 놀라운 관찰력에 힘입고 있다. 그렇기 때문에 채만식은 8·15를 독립으로 보지 않고 해방으로 지칭하고 있는 것 같다.

그러나 이와 같은 비관적 역사 인식에 도달하고 있음에도 불구하고 그것을 극복할 수 있는 새로운 가능성을 찾고 있는 것이 이 작가의 특성이라고 할 수 있다. 이미 「탁류」의 남승재나 「태평천하」의 종학에게 이 작가가 새로운 희망을 부여하고 있는 것처럼, 이 작품에서는 「소년은 자란다」는 제목에서 말하듯 영호 남매에게 그 모든 희망을 부여하고 있는 것이다. 영호 남매가 고아가 되어버린 것이 상징하듯 그들은 선조로부터 아무런 정신적 유산을 물려받지 못했다. 그러나 그렇기 때문에 그들은 자기 안에서 새로운 가치관을 정립해가면서 새 시대에 대처해나갈 수 있는 가능성을 갖고 있는 것이다. 작가는 이들이야말로 일제의 잔재에 더럽히지 않은 사고에서 새로운 미래를 개척할 것이라고 이야기함으로써 역사에 대한 작가의 애정을 피력하고 있다. 참으로 이들이 역사를 이끄는 순간에 보다 좋은 내일이 약속될 수 있을지도 모를 일이다. 왜냐하면 이들은 일본의 제국주의에 물들지 않은 순수한 세대이며 역사에서 순응주의만을 배워온 선배들로부터 아무런 정신적 유산을 물려받지 않을 것이며 자유로이 자신의 가치 체계를 세울 수 있을 것이기 때문이다.

3

이미 작고한 지 20여 년이 지난 지금에 와서 이 작가의 마지막 작품이라고 할 수 있는 이 작품을 읽게 된 것은, 신문·잡지에 소개된 저널리스틱한 관심에서가 아니라 한 작가의 연구, 한 시대의 연구에서 중요한 의미를 띨 수 있으리라고 믿기 때문이다. 원래 한 시대의 정신의 본질을 파악하기 위해서는 그 시대 문학의 본질을 파악해야 하며, 그 시대 문학의 본질을 파악하기 위해서는 그 시대 작가의 연구가 선행되어야 한다. 그리고 그 작가에 대한 연구는 그 작가가 남긴 모든 작품을 발굴·정리하고 그 작가의 일기·편지 등에 이르기까지 조사함으로써 그 작가의 정신을 파악하는 데 도달할 수 있는 것이다. 이 실증적 연구 방법론이 발달한 나라에서는 대부분 그 나라의 모든 문화적 유산이 풍부하게 보존되고 있으며 역사에서 작가의 중요성이 널리 인식되고 있는 문학을 통해서 그 나라의 정신을 일깨워가고 있다. 그렇기 때문에 작가의 신화는 하나의 허구로서 존재하는 것이 아니라 정신의 상징으로서 존재한다. 유럽 문학이나 미국 문학에서 우수한 작가론은, 그러므로 이러한 실증적 연구 방법론으로부터 출발해서 시대정신의 발굴을 거쳐 새로운 정신사의 전개에 도달한 것임을 알 수 있게 된다. 우리나라에서 작가론의 빈곤은, 그러므로 우리 문학의 현실을 반영한 것이라고 생각할 수도 있다. 바로 이 점이 한국의 정신사가 혼란의 와중에 빠졌음을 이야기하는 것이고 한국 문학의 맹점은 무엇인지 이야기하는 것이다. 문학에서 원칙론만이 성행하고 구체적인 작가, 혹은 작품을 들 수 없을 때 원칙론은 하나의 허구적 상상으로 떨어지게 되고 독자에게 실감을 주지 못한다. 또한 원칙론에서 비슷한 의견을 가지고 있으면서 작품 적용에서 판이한 태도를 보이는 오늘의 문학적 현실은 독자를 혼란 속으로 몰아넣을 우려를 내포하고 있을 뿐만 아니라 참다운 문학의 역할을 포기하는 것이다.

결국 채만식은, 문학이 참다운 역할을 하기 위해서는 민족이나 인간에 대한 인식을 감상적 주체로 파악하지 않는 데 있음을 이야기해주는 것이었다. 식민지시대의 다른 작가들이 정치적 패배를 문학작품으로 보상하려는 데 반해 채만식은 문학의 본질에 대한 신뢰를 버리지 않음으로써 작가로서의 생명을 지켰다. 그래서 그는 역사의 진행과 함께 상황이 바뀔 때마다 한국의 지식인이 무엇을 괴로워해야 하는지 보여주었다. 그것은 상황이 바뀔 때마다 고민의 대상은 바뀌지 않는 것으로 드러난다. 말하자면 그의 문학이 시사적인 성격을 띠지 않고 역사적 성격을 띤 것임을 말하며, 오늘의 한국 작가, 혹은 지식인 사회에서 가장 절실히 요구되는 자세이다. 즉 해방을 문제의 해결로 보지 않고 문제의 제기로 보는 그의 태도는 다른 역사적 사건에 적용될 수 있는 탁월한 견해인 것이다. (1972)

'외로움'과 그 극복의 문제
—황순원의 「일월(日月)」

구원은 인간이 해결하고자 하는 영원한 문제이다. 인간은 항상 자신의 구원, 인간 전체의 구원을 염원해왔고 그것을 위하여 '사랑' '종교' '학문' '예술' '사업'에 일생을 바쳐왔다. 오늘날 많은 작가가 또한 이 문제를 소설의 주제로 삼아왔다.

그러면 왜 인간은 구원을 받으려고 하는가. 이것은 근본적으로 인간의 유한성 때문이라고 말할 수도 있겠지만, 좀더 구체적으로 말하면 인간이 어떤 것에 의해서 침해를 받고 있기 때문인 듯하다. 현대 작가들은 어떤 것에 의해서 침해를 받고 있는 소설의 주인공들을 그곳으로부터 벗어나게 하려고 노력한다. 베르나노스의 주인공은 악의 유혹과 신의 침묵에 의해서, 쥘리앙 그린의 주인공은 육체의 욕구에 의해서, 카뮈의 주인공은 부조리에 의해서 침해를 당한다. 그런 의미에서 작가란 피해의식 속에 사는 인간이다. 그러므로 소설 주인공의 구제받기 위한 노력은 작가의 고뇌의 결정이라고 말할 수 있다. 작가가 글을 쓴다는 것, 그것도 작가 자신이 구원을 받기 위한 행위일 것이다. 작가 황순원도 분명히 인간의 구원의 문제에 집념하고 있는 듯하다. 1960년에 발표된 「나무들 비탈에 서다」에서는 6·25동란으로 인해 절망적인 상황에 놓인 한국의 젊은이들의 찢어진 정신세계를 그리면서 그들에게 압박을 가하는, 죽음이 앞에 놓인 상황을 "두꺼운 유리 속을 뚫고 간신히 걸음을 옮기는 것 같다"고 표현한다. 이처럼 느낀 주인공들은 이 소설의 중간 부분에서 "우리는 피해잘까 가해잘까"라는 자문을 제기한 다음 "모두들 피해자밖에 될 수 없다"는 대답을 하고, 마지막 부분에서 "큰 의미에서 이번 동란에 젊은 사람치구 어느 모로나 상처를 받지 않은 사람은 없다"고 한 것처럼 전쟁으로 인한 피해의식으로 그들은 절망 속에 빠져 있다. 이들에 대해서 전쟁으로 인해 피해받은 한 여인은 "당신네들은…… 동호 씨나 당신이나 모두 구원받을 수 없는 인간들"이라는 무서운 선고를 내린다. 여기에서 구원의 문제는 극도로 타락한 인간을 전전(戰前)에 있었던 상태로 끌어 올리는 것을 의미하며 작가인 황순원의 관심은 여기에 있었던 듯하다. 이처럼 「나무들 비탈에 서다」에서 보이던 황순원의 구원에 대한 관심은 그 뒤에 나온 「일월(日月)」에서도 보임으로써 이 작가가 구원의 문제에 어느만큼 집념하고 있는가를 말해주며 그의 작품 세계를 나타내준다. 자신이 백정이라는 사실을 알기 전후로 타인과의 관계를 맺음으로써 외로움을 풀려다가 모든 사람을 떠나는 인철, 처음부터 외로움을 받아들이고 그것을 쉽게 극복하는 듯한 기룡, 가정에 대한 애착을 잃고 신에 귀의하려는 인철 어머니 홍 씨, "언제나 내가 나하고 같이 있는 이상 외로울 수 없다"는 나미, 인철이 곤란을 겪게 될 때마다 인철을 감싸주면서도 한 번쯤은 누구를 때리거나 맞고 싶다는 다혜, 연극에 자신을 던짐으로써 불행한 자기를 이기려는 인주, 사업에 전념함으로써 사회와 소외된 자신을 구제하려는 상진 영감, 모든 등장인물이 한결같이 불행의 언저리를 맴도는 사람들뿐이다. 그러면서도 그들은 각자 자기 나름으로 살아가는 길을 열심히 찾고 있다. 어떤 것에 자신의 정열을 쏟고 그리고 그것을 성공시킴으로써 자기 존재를 확인하려고 드는 것이 「일월」 속 주인공의 태도이다. 작가에게 중요한 것은 어떤 문제를 어떻게 해결했느냐가 아니고 얼마나 진지하게 그 문제를 추구해나갔느냐에 있다. 「일월」의 작가 황순원은 앞에서 말한 여러 등장인물에게 뚜렷한 개성을 부여하는 한편 그들이 이 소설에서 해야 할 역할, 즉 이 소설의 주제를 추구하는 역할을 잘 이행하게 하는 데 성공한다.

이 소설은 백정 출신의 신흥부자 상진 영감 일가족의 몰락 과정을 그리면서 인간 내부에 자리 잡고 있는 비극적 요소를 잘 묘파한다. 인철 일가의 비극은 백정이라는 그들의 원래 신분이 밝혀짐으로써 시작된다. 자기가 백정의 자손이라는, 그리고 자신의 백부와 사촌형이 아직도 백정 노릇을 하고 있다는 사실은 대륙상사 사장 아들인 인철에게 충격적인 사실이었다. 이런 사실이 밝혀진 뒤부터 인철 일가에는 마치 암종이 몸속에서 퍼져가듯이 몰락의 그림자가 드리워진다. 부모와 동생들에 대한 인호의 결별 선언에 뒤이어 인문의 뱀 사건, 어머니 홍씨의 가출, 인철의 자기고백, 아버지의 사업 부진, 인주의 교통사고 등등 계속적으로 일어나는 불운이 필연성을 띤 듯한 사건들과 함께 몰락을 심화시키고 있기 때문에 이 소설에서의 몰락은 불길하면서도 집요하게 추구되어 읽는 사람을 긴장시킨다. 이 소설에서 가장 높이 사야 할 부분 중 하나는 이 긴장이 생성하고 있는 재미일 것이다. 다음을 기다리게 하는 긴장과 그것에서 연유한 재미가 일련의 함수관계를 갖고 있다는 사실은 탐정소설이 아닌 이 소설의 뛰어난 작품성을 말해준다. 그렇다고 이 소설이 '재미 중심의 소설'이란 말은 아니다. 말하자면 타인의 몰락에서 '재미'를 느낀다는 통속적인 이야기가 아니고 미(美)가 우리에게 주는 정서적·정신적 희열과 같은 것으로 이 소설이 높은 경지에 도달해 있다는 말이다. 또한 이 소설에서 비극은 아주 상징적으로 예고된다. 이 도령과 춘향이라고 불리는 노인과 노파의 등장이나 인주가 입원해 있는 병실에 얼굴 전체에 흰 붕대를 감은 환자의 출현은 이미 종말을 예고하고, 크리스마스이브에 인주가 읽는 남준걸의 희곡 대사도 죽음을 말해준다. 그리고 건축설계사라는 인철의 이미지는 함축적인 의미를 띠고 있는 듯하다. 인철이 설계한 나미네 집이 크리스마스이브의 파티를 위해 2층에만 불이 켜져 있을 때 인철은 그것이 공중에 붕 떠 있다고 생각한다. 얼핏 보기에 이것은 대단히 화려하고 아름답게 느껴지지만 그 건물이 땅에 굳건히 발붙인 것이 아니고 공중에 떠 있는 착각을 불러일으켰다는 점에서 장차 있을 인철 집안의 몰락을 상징적으로 예시하는 듯하다. 이와 같은 몰락으로 집약된 여러 가지 사건의 동기는 어디에 있으며 무엇으로 인해 주인공은 침해를 받고 있을까.

「일월」에서 별로 자주 나오지는 않지만 가장 주의 깊게 받아들여야 할 말은 '외로움'이다. 한두 번을 제외하고 대부분 이 '외로움'에 관한 말은 기룡을 통해 표현되고 있지만, 이 말은 「일월」에 등장하는 인물들의 심리 상태와 갈등의 요인을 한마디로 나타내고 있는 듯하다. 이 소설의 모든 드라마는 말하자면 이 외롭다는 감정에서 출발한다.

"지금 전 다른 사람 아닌 나하구 같이 있어요. 바루 내 방에서 내가 나하구 같이 있단 말예요. 그러니까 조금두 **외로울** 리 없죠. 아까 인철 씬 저더러 **외로워** 보인다구 하셨지? 그건 천만의 말씀. 언제나 내가 나하구 같이 있는 이상 **외로울** 수 없어요."

"놀다 가세요. 이쁜 색시 있어요."

어두운 그늘 속에 한 소년이 어느새 두 사람 앞에 와 서 있었다.

"응."

마침 기룡이 기다리고나 있었던 듯이 소년을 따라 걸음을 옮기기 시작했다. 인철은 잠시 그 자리에 선 채 십잣길 맞은편 골목으로 소년과 함께 사라지는 기룡을 바라보았다. 그 뒷모습에서 어떤 꺾을 수 없는 **외로운** 의지 같은 게 느껴져 왔다……

"괭이(고양이) 임잔 채석장 일꾼이었지. 젊은 사람이…… 조놈을 꽤는 사랑했던 모양야. 죽기 전에 자꾸 찾았다니. 그런데두 조놈은 내가 이리루 이사온 첫날 아무 거리낌 없이 상귀에 붙어 앉아서 먹을 것을 바래구, 밤엔 이불 속으루 기어들거든. 그러면서도 누구에게나 정을 주는 법이 없어. 언제나 자기 **혼자**야."

"잘 있지. 아니 잘 있겠지. 얼마 전에 한 번 만났어. 몸도 아주 좋아졌더군. 이제는 완전히 그곳 '마리아의 집' 사람이 됐다구. 그러면서 나더러 감사하다나. 만약 그때 내가 자기를 돌려보내지 않았던들 지금 같은 마음의 안정을 얻지 못했을는지도 모른다는 거지. 말하자면 그 여자는 자기의 **외로움**을 짧은 시일 안에 처리해버린 셈이지."

"인간이 소외당한 자기 자신을 도루 찾으려면 우선 각자에 주어진

외로움을 참고 견뎌 나가는 데서부터 시작해야 할 거야."(강조는 필자)

　이처럼 이 소설에서 외롭다는 말이나 외로움을 뜻하는 말은 모든 행위의 동기가 된다. 외롭다는 감정은 이 소설에 등장하는 인물들의 일반적인 감정이며 그들은 이 외로움으로 인해서 침해당하고 있다. 그 외로움은 타인과의 관계에서 자신을 바라보는 데서 야기된다. '외로움'이란 「일월」에서 황순원의 서정성과 통하는 듯하다. 하지만 외로움의 감정은 누구에게나 다소간 있는 것이기 때문에 그것이 보편적인 경우로 사용된다면 소설에서 전혀 깊이가 없는 유행가에 지나지 않을 것이다. 「일월」에서 그것은 지나가는 말로서가 아니라 그 전체적인 분위기로 파악된다. 기룡을 통해서 하는 외로움이란 말, 그것이 전연 생경하다거나 서툰 독백으로 들리지 않고 삶의 본질인 것처럼 느껴지는 것은 작가에 의해서 기술적으로 기술된 이유도 있겠지만 철저하게 육화되었기 때문이다. 물론 기룡이 그런 말을 하는 것은 이 소설의 요체를 독자에게 쉽게 전달하려는 작가의 친절한 의도가 다분히 수반된 듯하긴 하다. 이와 같은 외로움은 여러 가지 방법으로 우리에게 전달된다. 가령 아주 상징적인 인물인 춘향과 이 도령으로 불리는 노파와 노인의 경우, 노파가 이따금 노인 영감을 회초리로 때리는 것을 사랑의 표현방법 내지는 외로움의 소산이라고 말한다. 또 다혜가 나미를 만나고 돌아와서 "누군가를 때리거나 맞고 싶다는 생각"을 하면서 이런 외로움을 느껴보기는 "처음이었다"고 말하는 점은 이 주인공들의 감정 상태가 어느만큼 '외로움'에 젖어 있는가를 알려준다.
　이처럼 '외로움'으로 인해 존재가 침해당하고 있는 인물들에게 구원이란 이 외로움의 해소에 있다고 볼 수 있다. 황순원은 「일월」에서 외로움의 해소에 인간의 구원이 있다고 본 것 같다. 왜냐하면 이 소설의 등장인물들은 한결같이 이 외로움의 처리 방법을 자기 나름으로 찾고 있기 때문이다.

인철의 아버지 상진 영감은 어렸을 때 형인 본돌과 함께 산에 나무하러 갔다가 그들이 백정이라는 이유 때문에 같은 동네 어린애들로부터 죽을 때까지 그의 기억 속에 자리 잡게 될 모욕을 당한다. 또 단옷날 씨름대회에서 당한 아버지의 무기력한 패배는 상진 영감에게 혈연까지 끊을 결심을 하게 하고 이때부터 그는 사회에서 소외된 백정의 세계를 떠난다. 그는 수단과 방법을 가리지 않고 사업에 몰두하여 돈을 번다. 그는 사회에서 소외되지 않고 '외로움'을 해소시키기 위해 돈 버는 사업에 심혈을 기울인다. 그는 한때 외로움이 어느 정도 해소되었다고 생각할 만큼 돈을 벌었으나 사업이 실패로 돌아가게 되자 결국 자살하고 만다. 사업은 그에게 하나의 종교였다. 그가 구원을 받을 수 있는 길은 돈을 벌고 그래서 그의 자식들은 백정 출신이라는 사실을 모르고 완전히 사회 속에서 자유롭게 생활하는 데 있다고 생각했으나 자식들에게 백정 출신이라는 사실이 밝혀지고 사업은 실패하게 되자 그는 자신이 구제받을 수 없다고 판단한 듯하다. 말하자면 사업 실패에서 그는 외로움의 해소 방법을 잃게 되고 그리하여 그는 자살한다. 그의 죽음은 그런 의미에서 아주 상징적이다.

상진 영감은 약을 입에 넣고 남은 술을 한꺼번에 들이마셨다. 누군가가 자기의 다리를 걸고 넘어뜨렸다. 무거운, 말할 수 없이 무거운 짐을 진 채 앞으로 고꾸라졌다. 앞에 있는 큰 돌을 움켜쥐었다. 이

걸로 때려눕혀야지. 아무도 말리는 사람은 없었다. 본돌 형님도 없었다. 인주 어미도 없었다. 그리고 큰아들도 작은아들도…… 그는 움켜쥔 돌을 힘껏 던졌다. 그의 눈앞에 맞아 쓰러진 것은 상진 영감 자신이었다……

어렸을 때 본돌과 함께 나무를 지게에 지고 산을 내려오다가 같은 동네 아이가 다리를 걸어 상진 영감이 넘어졌다. 이때 일어나서 큰 돌을 집어 들고 동네 아이를 때리려고 했으나 형 본돌이 말렸기 때문에 의지가 꺾였던 상진 영감은 마지막에 그 환상이 살아나 결국 자기가 던진 돌에 자신이 맞아 쓰러진다. 이것은 살기 위해서 자기가 선택한 길, 그것 때문에 인간은 결국 죽는다는 상징적인 이야기이다. 이 상진 영감의 상징적인 죽음의 환상은 그것이 얼마나 그의 의식 속에 자리 잡고 있었는가를 말해주고 사업으로 해소시키려고 했던 그의 외로움은 해소될 수 없는 것, 그러므로 인간은 사업으로 구제받을 수 없다는 것을 의미하고 있는 듯하다.

인철 어머니 홍 씨는 인주가 들어오면서 남편이 외도를 했다는 사실을 알게 되고 이때부터 남편과의 부부 생활을 그만둔다. 그녀는 그래서 소외감을 느끼고 있다. 남편과는 부부 생활을 하지 않음으로 해서 장벽이 생긴데다가 다른 가족이 아무도 홍 씨에게 속 이야기를 하지 않는다. 가족 전체가 그런 것처럼 홍 씨에게도 의식의 문이 닫혀 있는, 그리하여 타인과 타협할 수 없는 자신의 성이 있다. 인주와 인철이 춤추는 광경을 엿보고 "저것들이 그예 무슨 일을 저지르려"는가 하며 "죄의 씨"인 인주가 밤에 "오빠 되는 인철이하고 붙안고 돌아가는 망측한 꼴을" 보았다고 생각한다. 이때 홍 씨는 "하나님 아버지시여,

이 일을 어찌하면 좋겠나이까. 이 미련한 여종은 어찌하면 좋을지 모르겠나이다. 무소불능하시고 무소부재하신 하나님 아버지시여, 굽어 살피시사 이 불쌍한 죄인을 생각하셔서라도 저애들을 죄악에서 건져 내시어 하루 속히 하나님 앞으로 인도해주시옵소서" 한다. 이처럼 그는 자신과 유리된 가정에서 불길하다고 생각되는 일이 일어날 때마다 같은 교인 '고 씨'에게 가거나 '삼각산 기도원'에 간다. 그는 성경을 읽고 기도를 함으로써 종교적 구원을 바라고 있다. 하지만 홍 씨가 찾고 있는 구원의 방법은 종교적 신앙이라기보다 미신에 가깝다. 삼각산 기도원에서 기도하고 있는 홍 씨의 모습은, 그가 만약 종교적 구원을 바랐다고 우리가 인정한다면, 종교에 대한 근본적인 태도가 틀렸다는 것을 우리에게 확인시켜준다. 신의 환상을 본 듯한 나무에 기도의 처소를 마련하는 그녀의 신앙은 종교적 구원과는 거리가 먼 이야기일 것이다. 말하자면 그는 신에 대한 맹신 속에 자신의 외로움을 풀려고 했으나 그에게도 구원은 없다는 것이 작가의 결론인 듯하다.

외로움의 해소를 위한 노력은 인주나 인문에게서도 나타나는 현상이다. 인주는 연극에 몰두함으로써 사생아로서 애정결핍증에 걸려 있는 자신의 외로움을 풀려고 하고 인문은 자기 방문을 닫고 그 속에 갇혀 새로운 자기 세계, 즉 동물을 기름으로써 자신의 외로움을 풀려고 노력한다. 하지만 이들에게도 구원은 있지 않다. 인주는 자신의 유일한 대화자로 생각했던 인철과 의식의 소통이 불가능해졌을 때 남준걸에게 달려가다가 교통사고를 일으켜 다리 하나를 잃게 되고 더욱 비극 속으로 빠져들어간다. 인문은 그를 이해하지 못하는 어머니의 가출이 자기 때문임을 알고 자기 성을 무너뜨리고 구원받지 못하는 가족의 일원이 되고 만다. 인호는 자신의 신분이 밝혀지자 이제까지 갖고 있던 사회적 지위를 버리고 자존심(아내에 대한)을 살리기 위하여 부모와 동생에게 혈연관계를 끊는다는 결별 선언을 하고 사라진다. 1대 자손 부터는 그런 고민을 하지 않고 살게 하기 위하여 그는 제2의 상진 영 감이 된다. 앞으로 제3, 제4의 상진 영감이 나타날 것이고, 그들은 아 무리 노력해도 백정의 출신임을 그만둘 수 없다는, 말하자면 외로움을 피할 수 없다는 결론에 도달할 수 있으리라. 이상에서 본 「일월」 속 등 장인물들의 외로움은 타인이나 외부와의 관계에서 생긴 외적인 외로 움에 속한다. 그러면 이제 이 소설의 주인공 인철과 기룡에게서 외로 움은 어떻게 나타나고 구원의 문제는 어떻게 처리되었나 살펴보자.

백정이란 주인공 인철과 기룡에게는 하나의 한계상황이다. 하지만 이 존재의 한계상황을 처리하는 방법의 출발점에서 두 사람은 길을 달 리하고 있었다. 기룡은 이 한계상황 안에 자신이 머물러 있으면서 현 실적인 외로움을 감내하는 태도를 보이고 있는 반면 인철은 자신의 외 로움을 해소시키기 위해서 여러 가지 노력을 기울인다. 인철은 자신 이 백정임을 알기 전부터 여자를 통해서 외로움을 해소시키려고 한 듯 하다. 하지만 이것이 이루어지기도 전에 그는 자신이 백정 출신이라 는 놀라운 사실을 알게 된다. '소'라는 대상과 자기와의 관계를 인식 한 때부터 인철의 의식은 일종의 강박관념에 사로잡힌다. 그는 꿈속에 서 계단을 내려가며 자신이 밟은 플라타너스 잎이 커다란 소의 발자 국으로 나타나는 것을 보았고, 거울 속에 비친 자기 얼굴에 입이 없고 눈이 충혈되어 있으며 귀만이 소 귀처럼 커다랗게 생긴 것을 보았고, 심지어는 해운대 호텔에서 나미와의 성교 직전에 백정과 연관된 일련 의 생각에 사로잡혀 예정을 바꾸어 다음 날 서울로 올라온다. 이와 같은 강박관념은 불행한 그의 가정과 함께 외로움을 더해준다. 가정에서 그의 불행은 "아버지와 어머니 사이에 가로놓인 장벽이 아주 높고 굳은 것임을 인철은 이날 새삼스레 느꼈다. 그러나 사실 그 같은 상태가 비롯된 것은 오래전부터의 일이었다." "인철은 생각했다. 동생이 문짝을 잘 짜고 못 짜고가 아니라, 얼마 동안일는지는 알 수 없으나 어머니가 계시게 될 곳의 문을 동생이 손수 짬으로 해서 어머니와 동생 사이만이라도 모자의 감정 소통이 유지돼주기를 바랐다. 그러기를 진정으로 바랐다"로 잘 나타난다. 그의 외로움은 존재자의 본질적인 것과 타인과의 관계에서 나온 외적인 것으로 형성되어 있는 듯하다. 그는 이 외로움을 풀기 위하여 처음에 나미와의 '시선의 마주침'을 시도했지만 그들 사이는 만날 때마다 타인인 인간관계의 근본적인 비극이 작용한다. 인철을 둘러싸고 있는 다혜의 그림자 때문에 좀처럼 인철과 접근하기가 어렵다는 나미에 대하여 인철은 자신이 백정 출신이라는 자의식 때문에 가까워지지 못한다고 생각한다. 지식인이면 지식인일수록 자의식이 강하고, 자의식이 강하면 강할수록 자기결백증에 사로잡힌다. '진실'을 말하려는 지식인의 내적 욕구와 '진실'을 말함으로써 외로움을 해소시키려는 의지 때문에 인철은 자기 주위 사람들에게 자신이 백정 출신임을 밝혀간다. 이것이 그의 가정에 몰락을 가져온다는 사실을 모른 채, 하지만 그의 외로움은 해소되지 않고 그에게 타인은 여전히 타인으로 느껴진다. 또 하나 나미와 인철 사이를 막고 있는 장벽은 "솔직히 말해서 인철씰 둘러싸구 있는 다혜라는 여자의 두꺼운 벽을 뚫구서까지 들어가구 싶은 욕망은 없어요"라고 하는 나미의 말처럼 서로 '성' 속에 갇혀 의식이 소통되지 않기 때문이다. 마치 카프카의 그레고르 잠자나 이상의 주인공들처럼 그들은 자기 성을 갖고 있고 그 성을 뛰어넘으려고 하지 않는다. 그러므로 박혜연이 구상한 연극 팬터마임인 것처럼 그들에게는 대화가 성립되지 않는다. 인철은 또한 다혜와도 '시선의 마주침'을 이루지 못한다. 외로움을 초탈한 듯한, 어떤 의미에서는 기독교적 구원에 도달한 듯한 다혜도 "누구를 때리거나 맞고 싶다"라거나 "전엔 인주 오빠를 히로루 여러 가지 긴 꿈 같은 걸 그려보군 했잖아. 근데 요즘 와선 통 그게 안 돼"라고 말함으로써 이들에게 인간의 구제가 얼마나 어려운 것인가, 그리고 구원이란 정말 있는가 하는 회의를 갖게 한다. 그녀는 자신이 인철에게 자신의 결백성을 주장할 만큼(전경운과 만난 뒤 다시 인철과 똑같이 만났다는 사실), 인철이 해수욕장에 간 뒤 인철의 환상을 그린 만큼, 나미를 만나면서 나미에게 묘한 반발을 느낄 만큼 인철에게 마음을 허락하고 있었다. 또한 인철의 내부에도 다혜를 향한 마음이 상당히 지배한다.

내가 나미와의 사이에 어떤 결정을 지어야 한다고 생각하면서두 주춤거리는 건 내 핏줄이 이어진 어둔 그림자 때문인 건 말할 것두 없지만 내 몸 한가운데에 숨쉬고 있는 다혜 너 때문이기도 해. 그러고 보면 나미와의 사이에 결말을 지어야 한다구 생각하는 자체부터 내심 다혜 널 의식하구 있었기 때문이구……

그럼에도 인철과 다혜 사이에 '시선의 마주침'이 일어나지 않는 것은 다혜의 인철에 대한 사랑이 모성적이기 때문인 듯하다. 인철에게서 다혜는 자신이 곤경에 빠졌을 때 본 기억으로 남아 있다. 어려서 학교에서 인철이 졸도했을 때처럼 인철이 위기에 처해 있을 때 다혜가 나타났다고 인철은 기억한다. 항상 그를 감싸고 있는 다혜는 그에게 하나의 절대처럼 인식되었던 것이다. 이 때문에 그들의 열망에도 불구하고 그들 사이에 '시선의 마주침'이 일어나지 않는다. 사랑을 통해서 구원은 이루어지지 않는다는 것은 황순원의 통념인 듯하다. 「나무들 비탈에 서다」에서 '두꺼운 유리 속을 뚫고 간신히 걸음을 옮기는' 것 같은 죽음의 전쟁터에 있는 동호는 여자를 통한 구원을 갈구하다가 결국은 자아 폭발의 결과를 초래하고 말았으며, 현태는 처음부터 여자를 구원의 방법으로 생각하지 않고 육체적인 욕구, 혹은 이지러진 심리를 만족시키는 것으로만 받아들인 듯 보인다. 이들에 대하여 가장 반론을 들고 나온 '숙'이도 타인을 통한 구원이 불가능함을 안 것처럼 「일월」에서도 여자를 통한 구원이 이루어지지 않는다. 타인을 통한 구원은 상대편을 서로 '인식'하는 데서부터 출발한다. 타인과의 관계에서 오는 외적인 '외로움'은 타인을 인식함으로써 가능하다. 타인에 대한 인식은 존재의 근원에서부터 출발해야(함께 태어나) 하지만 인간은 함께 태어날 수 없는 것이다.

이 소설에서 관건이 되는 말인 '외로움'을 말과 행동으로써 보여주는 인물은, 앞에서도 말한 것처럼 기룡이다. 백정의 아들로 태어나 타인의 모멸과 굴욕 속에서 생활해온 그는 백정으로서 당당하게 살아간다. 그는 백정이란 이유 때문에 사회에서 소외된 '외로운 의지의 화신' 같은 인물로 이 소설의 주제가 무엇인가를 항상 체현해준다. 그의 육체와 정신은 외로움의 집약체인 것처럼 보인다. 그의 외로움은 장정 서넛이 바닷가에 구덩이를 파고 민간인을 거기에 묻어 죽이는 것을 보고 병사 한 사람이 나타나 장정들을 죽였다는 이야기로 잘 표현된다. 이때 박해연이 그 병사는 왜 민간인이 죽는 것을 보고 난 다음에 장정들을 죽였느냐, 민간인들을 살려주어야 하지 않겠느냐고 물었다. "그 병사는 외로웠던 것뿐이요"라고 기룡은 조용히 대답한다. 이 대답은 그의 외로움이 보편적인 의미에서가 아니라 인간존재의 본질에서 나온 외로움임을 알려준다. 마치 카뮈의 『이방인』에서 아랍인을 쏘아 죽인 뫼르소에게 왜 죽였느냐고 물었을 때 태양 때문이었다고 말한 뫼르소의 대답처럼 기룡은 그것을 외로움 때문이라고 한다. "사람은 외롭게 마련이야, 그래서 역사가 이루어지구 사람을 죽이구 또 죽이게 하는 게 아닐까. 본시 인간이, 그리고 땅과 하늘이 피를 요구하구 있다구 봐. 어떤 외로움에서 벗어나려구 말야. 그 피란 반드시 붉은색의 유형의 것만을 말하는 건 아냐. 보이지 않는 가슴속에 흐르는 피를 의미할 수 있지"라고 하는 기룡의 절규는 외로움에 떠는 인간들의 가슴속에서 얼마나 많은 살인이 행해지고 있는가를 보여준다. 이 무서운 생각은 인간성의 위기가 절정에 도달한 우리의 현재라고까지 말할 수 있으리라. 이 외로움을 그는 결코 해소시키거나 피하려고 들지 않는다. 그는 본질적인 외로움이란 어떤 방법을 통해서도 해소될 수 없다는 확신을 갖고 있는 듯하다. 그렇기 때문에 타인에게 정을 주고 서로 의지해서 살려는 인간의 약한 면을 거부하려고 든다. 그는 필요에 따라서는 창녀에게 찾아갈 수 있지만 창녀의 외로움을 풀어주는 인정적인 것에는 질색이다. 말하자면 외로움의 세계인 백정이라는 한계상황을 부질없이 뛰어넘으려고 하지 않고 그 속에서 외로움을 견디고 처리함으로써 해탈의 상태에 도달하려고 한다. 그러므로 그는 여자를 통한 구원이나 종교적 구원, 그 밖에 외로움을 해소시키는 어떠한 방법에 대해서도 생각하지 않는다. 인간의 본질이 외로움인 것처럼 외로움을 긍정한다. 그는 자신이 하나의 절대요 구원이라고 믿는 것 같다. 그는 누구에게나 정을 주지 않는다는 이유로 고양이를 좋아한다. 그는 외로움을 풀기 위해 노력하는 인간을 강경하게 거부한다. "어쨌든 인간이 소외당한 자기 자신을 도루 찾으려면 각자에 주어진 외로움을 우선 참구 견뎌나가는 데서부터 시작해야 할 거야. 그런데 많은 사람이 예수의 피에 의해 이런 것을 잊어버리려구들 하지. 그리고 그들 거의가 다 이미 자기 외로움은 해소된 걸루 착각하구들 있어"라고 쏘아 뱉는 기룡의 말 가운데 "예수의" 피라는 말은 "마리아의 집"에 들어간 최에스더를 두고 한 말이지만 그것은 외로움을 해소시킬 수 있다고 오해된 모든 방법을 말하는 것으로 인철을 향해서, 아니 작가가 이 소설을 읽는 대부분의 독자를 향해서 하는 말인 듯하다. 기룡은 술과 관념의 유희에 외로움을 풀려는 박해연에게 병사가 장정들을 죽인 이야기를 들려준 뒤 그 이야기를 빌려달라는 박해연의 가슴을 밀쳐버리고 "사람이란 고양이만큼 되기두 힘들어"라고 한다. 그가 백정이기를 그만두지 않는 것은 바로 이와 같은 이유인 듯하다. 그는 아버지인 본돌처럼 종교적 백정(본돌이 소나 칼에 대해서 취하는 태도는 분명히 종교적이다)도 아니고 작은아버지 상진 영감처럼 백정임을 숨기려는 일상적인 백정도 아니다. 그는 인철이 고민에 빠져서 술을 마실 때 술에다 외로움을 풀 수 없다고 분명히 말한다. 인철은 이와 같은 기룡에게 점점 가까워진다. 기룡과 인철이 가까워질 수 있었던 근본적인 이유는 두 사람이 사촌이라는 혈연관계가 많은 작용을 했겠지만 외로움을 풀려는 인철의 방법적 오류를 기룡이가 지적했기 때문이다. 어렸을 때 곤경에 빠진 인철을 다혜가 찾아다닌 반면 장성한 인철은 그의 의식에 분열이 올 때마다, 고민 속에 빠져 있을 때마다 기룡을 찾아간다. 이렇게 기룡을 만나면서부터 인철은 외로움을 해소시키는 그의 방법이 잘못이었다는 사실을 알게 된다. 구세주를 만난 듯이 바둥거리는 박해연의 가슴을 기룡이 밀쳐버렸을 때 인철은 "박해연이 아닌 자신이 떠밀림을 당한 것 같은 기분이었다. 박해연이 말하는 인간극의 등장인물 전체가 떠밀린 기분이었다." 외로움을 풀려는 자에 대한 기룡의 거부에서 인철은 자신의 정확한 모습을 알아낸다. 이것은 '외로움을 빨리 처리'해야 한다는 기룡의 지론에 인철이 접근하고 있음을 말해준다. 인철이 나미를 대할 때 '그네를 대하는' 데 옛날처럼 신경을 쓰지 않고 '늘 너는 너, 나는 나라는 거리를 둘 수 있었던 것'은 인철이 여자를 통해서 외로움을 풀려는 것으로부터 벗어났고 이것이 기룡의 영향임을 말해준다. 나미가 인철과 성교 후 '이상한 여운에 취해 있'을 때 인철이 나미와 거리를 두고 편안히 잠에 떨어질 수 있었던 것도, 그리고 이튿날 아침 무표정한 채 저만큼 서 있을 수 있었던 것도, 외로움을 피하지 않으려는 그의 새로운 태도——기룡 식의 태도(마리아의 집에 있는 최에스더의 태도) 때문인 것이다. 말하자면 단조로운 흰 독방에서 "언제부터인가 자기의 불행에 익숙해져 가고" 있는 인주처럼 진실로 그리고 여러 번 절망하게 되면 누구나 불행에 익숙해지고, 그리하여 외로움이나 불행을 이겨가는 힘이 생긴다. 이와 같이 기룡에게 접근하는 인철은 크리스마스이브에 많은 파티객과, 약혼을 발표하려는 나미를 뒤에 두고 모든 사람을 떠나 기룡에게 감으로써 외로움을 처리할 수 있는 또 하나의 기룡이 된다. 말하자면 그의 떠남은 외로움의 처리를 의미하고 있지만 외로움의 해소를 위하여 인철이 추구하는 기룡의 방법이 과연 그의 구원의 길인지는 아무도 모른다.

이상에서 본 바와 같이 「일월」에서도 분명히 인간의 구원 문제를 다루고 있지만 결국 구원이란 '사업'에서도 '사랑'에서도 '종교'에서도 얻을 수 없다는 것이 황순원의 결론인 듯하다. '사랑'과 '종교'에서 구원을 얻을 수 없다는 것은 이미 「나무들 비탈에 서다」에서도 보여준 결론으로 '동호' '숙' '안 이동 중사' '선우 상사' 등을 통해 보여준다. 황순원은 종교적 구원을 너무 고식적이고 관념적인 방법으로 추구해 오고 있다고 보인다. 부모의 학살을 본 선우 상사가 커다란 마음의 상처를 받았을 것은 인정되지만 그것으로 인해 신을 저주하는 술주정을 한다는 것은 안이한 처리라고 생각된다. 선우 상사를 따라다니는 안형식 중사의 태도에서도 현대인이 요구하는 종교적 구원의 길을 우리는 발견할 수 없다. 더구나 인철 어머니 홍 씨의 태도는 종교를 통한 구원이 아니라 종교에 대한 자기도피에 지나지 않는다. 좀더 합리적인 방법으로 종교적 구원에 접근하는 작가적 자세가 아쉽다. 이 밖에도 이 소설에서 느낄 수 있는 결심은 여러 곳에서 보인다. 인주가 남준걸을 찾아 달려가다가 교통사고를 일으킨 것은 지나친 센티멘털리즘이고, 기룡의 입에서 '외로움'이라는 말이 튀어나오는 것은 비록 독자의 이해를 돕기 위한 부분이라고 하지만 독자에게 생각할 여지를 주지 않는 점에서 불만이다. 하지만 이와 같은 결점들은 황순원의 감격적인 문장으로 덮여진다.

기룡을 찾아가는 인철로 이 소설을 끝맺는 것이 황순원의 구원에 대한 추구에서 결론이라고 나는 생각하지 않는다. 구원이 있다, 없다라는 안이한 결론에 도달하기 전에 황순원의 다음 작품을 기다려보자. (1966)

작가와 문학적 변모
—장용학

　서툰 소설가는 인물을 꾸며내어 그들을 조종하고 그들에게 이야기
를 시킨다. 진정한 소설가는 인물들의 이야기에 귀를 기울이고 그 행
동을 지켜본다. 소설가는 인물을 알기 전에 벌써 그들의 이야기를 듣
는 것이며 인물들이 하는 말을 들음으로써 그들이 어떤 자인가를 깨
닫게 되는 것이다.[1]

1

소설은 사물 그 자체를 주는 것이 아니라 사물의 기호를 주는 것이다.[2]
말하자면 소설은 외관만을 가지고 있는 것이 아니라, 그 내부에 '무엇

1　André Gide, *Le journal des faux monnayeurs*, 1924. 5. 27.
2　Jean-Paul Sartre, "Situation I", *F. Mauriac et Liberté* 참조.

인가'를 암시해주는 기호를 지녀 독자로 하여금 그들 마음대로 그것을 판독하도록 해야 한다는 말이다. 그러므로 거기에는 존재자의 의식이 있는데, 의식은 존재하는 게 아니라 만들어지는 것이다. 마찬가지로 소설은 존재하는 것이 아니다. 그것은 생기(生起)되며 생성되는 것이다. 말하자면 소설은 계기가 되어야 한다는 것이다. 주인공은 얼어붙지 않고, 미래의 행위가 예측될 수 없어야 하고, 언제나 살아 있는 인물로 사르트르가 말하는 바의 자유를 지녀야 하며, 그리하여 소설 자체가 설명이나 결정론이 아닌 행동과 유동과 생성이어야 한다는 것이다. 우리는 카뮈의 『이방인』에서 그 예를 읽었고, 지드가 자기의 유일한 소설³이라고 칭한 『사전꾼들』에서 그 예를 찾아볼 수 있다. 우리는 작가와 마찬가지로 뫼르소가 무슨 말을 하게 될지, 베르나르가 어떤 행동을 하게 될지, 그리고 프루스트의 의식이 어떻게 흘러가는지 알지 못한다. 우리는 늘 '그다음을' 기다리면서 약간 조바심을 갖고 소설을 읽게 된다.

이것은 최근의 반(反)소설에 이르기까지 통용된다.

우리는 이렇게 미리 하나의 결론을 끌어냈다. 이것은 하나의 소설 이론을 전개하기 위한 것이라고 해도 좋고, 작가 장용학을 자세히 검토하기 위해서라고 해도 좋다. 확실히 장용학에게는 다른 작가와는 달리 19세기의 탈을 어느 정도 벗은 면이 있다. 그는 이미 스토리텔링의 소설가가 아니며 훌륭한 솜씨로 의식을 추출해내고, 근대를 사는 인물들의 고뇌를 그려낸다. 그럼에도 불구하고 어찌하여 우리는 앞에서 소설에 대한 정의로부터 시작하지 않으면 안 되었고, 하나의 결론부터

---

3 지드는 그의 다른 소설을 이야기récit라고 규정하고 『사전꾼들』을 처음으로 소설roman이라고 이름 붙인다.

끌어내지 않으면 안 되었나, 그 문제를 이해하기 위해 이제 장용학의 작품을 읽어보자.

2

장용학이 「현대의 야(野)」「요한 시집」「비인 탄생」「원형의 전설」 등에서 주제(테제)로 삼고 있는 것은 레알리테réalité(현실)의 거부와, 레알리테로부터의 탈출의 기도──그것의 실패의 연속인 것처럼 보인다. 「현대의 야」의 현우나 「요한 시집」의 동호나 「비인 탄생」의 지호, 그리고 「원형의 전설」의 이장──이 모두가 그들의 생존 방법을 달리하고 있지만 똑같은 과정을 거쳐 똑같은 결과로 끝나는 것은 마찬가지이다.[4] 모든 현대 소설의 주인공들처럼, 그들은 현대의 탕아로 탄생한다. 성경이 전해주는 바에 따르면 탕아는 돈 많은 부모와 형을 함께하고 종을 거느리며 살았다. 매일 그는 호화로운 생활을 했는데, 어느 날 갑자기 자기 생활에 권태를 느꼈다고 한다. 그는 그것을 참기가 무

---

4 현우는 엉뚱한 사건들이 뛰쳐나오는 현실(가령 사변이 일어나고 어머니가 돌아가시고, 그 부고를 돌리다가 노력 동원을 당했다든가 하는 것은 카뮈의 『이방인』을 연상시킨다)에 어처구니없도록 무능하여 마음으로 반항을 부르짖지만 현실=주검인 곳에서 탈출하지 못하다가 타율적으로 탈출하게 되자 그는 이미 현우가 아닌 박만동이라는 타인으로 바뀌었고 거기에서 또다시 딜레마에 빠져 레알리테로부터의 탈출은 불가능해진다. 그는 자기가 범죄를 저지르지도 않은 재판을 받으면서 변호사가 그를 구하려고 들지만 『이방인』에서처럼 변호사의 요구를 거부함으로써 레알리테에 대한 거부를 한다. 누혜는 레알리테를 벗어나기 위해 자살하는데 작가는 여기서 자살을 "하나의 시도요 마지막 기대"라고 쓰고 있지만 결국 모든 것은 실패로 끝나고 만다. 그것은 「비인 탄생」의 지호에게서도 마찬가지이다. 어머니가 죽을 때까지 모든 현실을 긍정의 시선으로 보려고 해도 그는 현실에서 언제나 타자였던 것이다. 「원형의 전설」의 이장은 사생아라는 레알리테 속에서 늘 피해의식에 사로잡혀, 그것에 대한 갚음을 하려고 시도한다. 그는 사생아이면서 그것을 확인하기 전까지는 그렇지 않기를 은근히 바라다가 근친상간의 사생아임이 발견되자 자학적인 행동으로 발전, 죽음의 길을 택한다.

척 힘들어, 며칠을 두고 그 권태로부터 벗어날 수 있는 방법을 찾다가, 우연히 창밖을 내다보면서 지평선을 따라 보이지 않는 곳에 신비의 세계가 있을는지도 모른다고 생각한다. 그는 갈증을 느꼈던 것이다. 그 갈증을 풀어줄 물이나 술이 그의 주위에는 없었다. 그는 물질적인 부가 자기를 해갈시켜주지 못할 것을 알았다. 그는 그의 의식이 매일, 똑같은 현실 속에 갇혀 있다는 새로운 발견을 했던 것이다. 그는 미지의 세계를 향한 의식의 추이를 따라 부친 밑에서의 편안한 레알리테를 거부하게 된다. 그리하여 그는 아버지에게 재산 분배를 요구했다. 그리고 그는 미지의 세계를 향해서 길을 떠난다. 그렇다. 길을 떠나는 것이다. 이리하여 드라마는 이루어진다. 길을 떠난다는 것, 그것은 상승이며 도약인 것이다. 그것은 소설의 움직임이며 생명이다. 이처럼 장용학의 주인공들도 있었던 자리에서 길을 떠난다. 가령 현우가 매일 시체 속에서 사는 레알리테에서 모든 인간관계를 끊고 박만동이라는 새로운 상황 속에 사는 인간으로 된다는 사실이라든가, 누혜가 어느 날 학교 교정에서, 1천여 명의 학생이 모두 교복 저고리에 5개의 단추를 달고 있는 걸 보고 깜짝 놀라서 새로운 의식을 가지고 출발하려는 것 같은 토끼의 우화[5]를 닮은 그들의 모습은 이제 새로운 세계를 향해서 출발하려고 하는 것을 말해준다. 누혜는 철조망 내부에서 자기가 '있었던' 상황을 벗어나려다가 철조망에 걸려 죽었던 것이며, 「비인 탄생」의 지호는 9시병으로부터 길을 출발한다. 마찬가지로 「원형의 전설」의 이장은 의부 이도무의 죽음으로부터 새로운 레알리테로의 길

---

5 「요한 시집」맨 앞에 토끼의 우화가 나온다. 토끼가 빛을 보았다는 것은 새로운 레알리테를 본 것이며 굴을 빠져나온 것은 새로운 레알리테를 향해서 길을 떠난다는 것을 의미한다. 결국 그는 탕아처럼 옛날의 레알리테를 그리워한다.

을 떠나는 것이다. 이처럼 장용학의 주인공들은 자기의 한정된 개념으로부터, 세계로부터, 굳어 있는 의미로부터 길을 떠난다. 이 점에서 그들은 탕아를 닮기 시작한다. 그들은 길을 떠나고 그리고 말한다.

어쨌든 나는 현재를 살고 있는 것이 아니라는 것만이 명백하다. 나는 나를 산 적이 없었다. 내 밖에서 살았다. 따라서 거기서 나는 없었다. 부재였다. 나는 부재였다. 그래서 부재 증명의 생(生)인 줄을 알았다. 부재 증명을 하는 것이 산다는 것인 줄 알았다. 우선 나는 나를 살아야 할 것이 아닌가. 〔……〕 그는 의식의 어느 가장자리를 간지러워하고 있는 것을 느꼈다.　　　　　　—「현대의 야」

〔……〕 우리는 열심히 인간(人間)을 살고 있다. 내가 없는 무대에서 나는 울고 웃고 하면서 나의 배역을 열심히 담당하였다.
　　　　　　—「비인 탄생」

탕아는 자기를 산〔生〕 적이 없었다. 그건 아버지 앞에서의 그리고 형 밑에서의 생활이었다. 이제까지 그는 자의식 없이 살아왔다. 어느 날 탕아가 갑자기 길을 떠나기로 한 것은 그때에 비로소 그의 의식이 눈을 떴기 때문이다. 말하자면 자기의 존재를 인식하기 시작한 것이다.
　　장용학의 주인공들도 자의식을 갖게 되었을 때 "나는 나를 산〔生〕 적이 없다"고 외친다. 그들은 비로소 존재의 문제에 눈을 돌리게 된다. 그렇기 때문에 장용학의 주인공들은 '나'에 대한 질문을 끊임없이 하고 이율배반적인 이야기를 거침없이 하게 된다.

그래서 아무리 나를 꽉 붙잡으려고 나를 꼭 껴안아도 어디론지 내가 흘러나가버리고 마는 것인지도 모른다. 나는 나의 땅이 아닌 땅에서 나의 땅을 살고 있는 것이다! 그러면서 나는 거기서 살고 있는 것이 아니라 분명히 여기서 살고 있는 것이다! 이것이 나의 신앙이다! 여기서 여기가 아닌 이 괴리! ―「비인 탄생」

지호의 의식의 이와 같은 불투명성은 모친의 시체가 불 속에서 탄 후에 비로소 없어진다. 그는 그때 어머니와의 관계가 끊어지고 하나의 자아가 된다고 장용학은 쓰고 있다. 또한 「현대의 야」에서도 현우는 자의식의 혼란을 가져와, "……그런데 아무리 생각해봐도 나는 훔쳐낸 기억이 없다. 그렇지만 이 저금통장은 분명히 박만동의 것이다. 그럼 나는 박만동이 아니란 말인가. …… 나는 박만동이면서 박만동이 아니다. 나는 훔치지 않았으면서 훔쳤다"라고 소리친다. 작가는 현우=박만동임을 의식하면서 '과거와의 마지막 고별'을 말해주고 의식의 혼란을 일으켜주었던 것이다. 이런 현상은 「요한 시집」에서도 나타난다. 동호는 자기 이름을 가만히 불러놓고는 "나는 나의 일부분을 살고 있는 셈이 된다. 나는 나의 일부분에 지나지 않는다. 그림자에 지나지 않는다. 그래도 동호는 내인가? 나는 내인가 아까 동호를 불렀는데도 내가 끝끝내 대답하지 못한 것은 이 때문이 아니었을까" 하고 자문한다. 작가 장용학 자신도 사실은 그런 고민을 하고 있었던 것이 아닌지 모른다. 「원형의 전설」에서도 그는 똑같은 이야기를 한다.

나는 왜 이런데 와서 이렇게 졸고 싶어 해야만 하는가. 어쩌다가 이 지경에 끼어들었을까…… 오라. 나는 전쟁이라는 야구 시합에서

빗타에 잘못 맞아 빗나간 공이고 보니 나는 내가 아닌지도 모른다. 그저 내 같은 것이 여기에 누워 있는 것에 지나지 않는지도 모른다.

이처럼 장용학의 주인공들은 탕아로서의 고민을 함께한다. 물론 그들은 현실에서 괴리된 상상에서 일치한다. 그리하여 우리는 미지의 세계를 향하여 우선 장용학과 함께 출발한다.

확실히 장용학에게는 다른 작가와 달리 19세기의 탈을 벗은 면이 많다. 그의 어투가 또한 그렇다. 그는 우리가 직면하는 많은 문제, 정말, 너무나 많은 문제를 제기한다기보다는 퍼부어주고 있으며, 새로운 방향으로 전개시킨다. 그런데, 그런데 말이다. 어찌해서 장용학의 소설은 독자로 하여금 작품 속에 빠지도록 하지 못하며 왜 그 작품에 도취하게 만들지 못하고, 그리하여 함께 길을 가다 보면 갑자기 주인공이 낯설어지고, 떠난 때는 우리와 같이 떠난 작가가, 장용학의 탕아들이, 도착할 때는 홀로 되는가?

3
우리는 놀라지 않을 수 없다. 그것은 아마도 그의 소설이, 독자가 기다리는 시간의 연계성을 작가가 자기 식의 '틀' 속에 잡아 넣지 못한 소설, 주인공의 의식 대신에 작가의 의식이 독자들 앞에 자꾸 개입되어 나타나는 소설, 의식의 추이가 아주 관념적이고 지리멸렬하여 괜히 독자들을 혼란 속에 집어넣는 소설이기 때문이다. 주인공이 자유로이 그의 생애 혹은 그의 생의 일순간의 전모를 살 수 있게 하지 못하고 다만 작가가 그 앞에 나타나, 그를 인도하고 해석하고 설명하고 정의

하려는 소설이기 때문이다. 이 때문에 독자들은 그의 소설 앞에서 현기증을 일으키는 것이다.

그것은 과거와의 마지막 고별이었다. 성희에게 보여준 그의 말에는 과장이 있었는지 몰라도 한번 공기에 닿게 되면 그것은 권리를 지니게 된다. 그리고 인간은 그 권리에 이끌려 다니게 마련이다. 이렇게 해서 인간성이라는 것이 이룩된다. 인간성이란 인간의 과장이다. 과장된 인간, 이것이 인간이다. 처음에는 전매 특허품이던 과장된 인간은 공기에 오래 묻혀 있는 동안 색이 낡아져서 경매장의 신세가 되는 것이다. 이리하여 인간성 속에 인간은 망실되어간다.

—「현대의 야」

이렇게 그는 그의 소설에서 모든 것을 다 설명하고 작중인물 하나하나의 언행에 그의 철학—그것은 약간 실존주의 냄새를 풍기기도 하지만, 조금만 잘못 표현하면 유행어가 되어버릴—을 말하게 하고, 거기에 의미까지 붙여준다. 그러므로 장용학의 소설에서는 아주 주제가 혼란되어 나타난다. 물론, 오브제와 레알리테를 그대로 재현시키는 것은[6] 좋다. 하지만 여기서는 독자에게 그런 느낌이 드는 것이 아니라, 약간 현학적인 느낌이 들고 있다는 사실이다. 그리고 시간의 불가역성이 자주 나타나게 되는데 그것은 자신이 내레이터가 되기 때문인 것 같다. 그러므로 그는 '시간이 없어 죽어간 인간'이라든가 '과거와의 마지막 고별'이라는 표현을 한다. 그리고 '마치 운동회 때 반대 방향으로

---

6 여기서 재현한다는 말은 représenter라는 말로 누보로망의 작가들, 특히 알랭 로브그리예가 쓰는 말이다.

달리는 아이'처럼 작가의 의사는 우리의 그것과 단절되어 있다. 그는 대화 도중에도 대화를 중단시키고 철학을 말하고 결론까지도 내린다. 주제의 혼란, 시간의 불가역성, 단절된 의식, 이것들은 독자로 하여금 어느 정도 유식한 독자까지도 스스로 무식한 독자라는 어처구니없는 자격지심을 갖게 한다. 반면에 그에게는 또 독자에게 너무 친절을 베풀기도 하는 면이 있어 자기가 쓰고자 했던 것을 끊임없이 설명해준다. 그것은 독자를 무시하는 결과가 되지 않을까? 이미 작품이 세상에 나오면 그 작품이 독자의 것이 된다는 사실을 잊은 듯 '의식의 흐름'에 대한 설명. '의식의 단절에서 존재가 고독하니' 하는 식은 완전히 장용학의 소설에 흥미를 잃게 한다. 그것은 그에게 속물주의snobisme적 요소가 있기 때문이 아닌지. 그리고 그는 존재와 본질 문제도 철학서에서처럼 소설 속에 직접적으로 설명한다.

멘델 이전에도 멘델의 법칙은 작용했고 파스퇴르가 발견하기 전에도 세균은 인체와의 관계가 있었다. 그런 역사의 교훈이 있는데도 상기 우리는 '발견' 이전에는 '존재'는 존재하지 않고 있는 줄 안다. 존재가 먼저 있고 다음에 발견이 있는 것이다. 그런데 우리 의식은 발견을 존재에 선행해 있는 것으로 보는 그런 투로 되어 있다.

이처럼 독자들에게는 엉뚱하게 들릴, 그런 철학 강의를 수없이 그는 소설 속에서 한다. 그렇다면 문학작품의 필연성은 어디에 있는 셈인가. 그리고 그는 독자가 그의 소설을 읽을 때 자기의 의도대로 독자가 사유하고 판단하도록 한다. 그는 전지전능한 입장에 서 있다는 말이다. 그는 신이 되는 것이다.

이리하여 한 인간의 역사는 끝났다. 가을밤의 싸늘한 공기에 조는 듯한 등불 빛 아래, 사지를 가두고 기도 드리는 듯 쓰러져 있는 죄인, 그것은 화석도 태아도 아니요, 다 자란 현대인의 주검이었다.

―「현대의 야」

장용학은 객관적 입장에 있으면서 ―「요한 시집」을 제외하고는 그의 소설은 대부분 3인칭으로 쓰여졌다 ― 모든 것을 너무나도 잘 안다. 그는 늘 "이리하여 인간성 속에 인간은 망실되어간다"든가 "이리하여…… 그것은…… 다 자란 현대인의 주검이었다"라고 결론짓는다.

작가=신이 되는 것이다. 그는 신의 전지전능을 택했다. 하지만 그는 이것을 모른다. "외관에는 정지하지 않고 그것을 뚫으려는 신의 눈에는 소설도 없고 예술도 없는 것이다. 왜냐하면 외관은 예술의 양식이기 때문이다. 신은 예술가가 아니다"[7]라는 것을 말이다. 장용학은 그가 만든 카테고리 속에 작품을 완전히 고정시켜버림으로써 현대소설의 특성을 무시해버린다. 그리하여 작가 장용학은 신으로 남아 있게 된다. 서구의 작가들이 자기 소설의 주인공으로 남아 있게 되는 것과 정반대로.

4

이처럼 장용학의 소설은 작가가 신의 위치에 있음으로 해서 언제나 작가가 생각한 주체 속에 신의 의도에 따라, 마치 찰흙을 손에 넣고 주

---

7 Jean-Paul Sartre, "Situation I", *F. Mauriac et liberté*.

물러서 공작품을 만들 듯이 만들어지기 때문에, 언제나 그는 그의 소설에 하나의 정의를 내린다. 그의 소설에 나타난 바에 따르면 그의 작품은 언제나 제목을 설명하는 논설문 같은 것으로, 가령 「원형의 전설」을 예를 들면 근친상간으로 인해 벼락으로 태어난 사생아 이장이 이복동생과의 근친상간을 벌이면서, 태어날 때처럼 벼락으로 인해 죽는다는 이야기로 「원형의 전설」에 대한 표면적인 이유를 삼고 있는 것을 볼 수 있다. 마찬가지로 「현대의 야」는 "……다 자란 현대인의 주검이었다. 어머니의 부음을 손에 들고 나온 이래, 무덤에서 기어 나와 겪은 일, 경찰에 붙잡혀가서 당한 수모, 그리고 거기서 받은 상처, 그 아픔"을 겪은 현대인, 현우의 편력기로서 '현대에 생이 주어진 모든 인간이 깊거나 얕거나 당하고 있는 수모'와 상처를 그렸다고 장용학은 쓴다. 그리고 「비인 탄생」은 재래의 사고방식으로는 인간이라고 할 수 없는 현대인, 그것을 장용학이 소설에서 자주 쓰는 역설적 논리를 빌려 이야기하자면, 비인이면서도 어쩌면 가장 인간적인 인간의 탄생을 말하는 것으로, 이 비인인 지호는 자기 모친의 죽음으로 인해 비로소 어머니의 탯줄로부터 떨어져 나와 비인인(어머니를 죽이고 태어났다는 의미에서) 인간으로 태어나, 존재에 대한 첫 의식을 갖게 된다는 것이다. 그것이 우리로 하여금 그의 소설을 테제 소설roman à thèse이라 이름하게 만든다. 그렇다. 확실히 그의 소설은 테제 소설이다. 그것은 톨스토이나 부르제Paul Bourget나 모리아크의 경우처럼 어떤 테제만을 노리고 쓴 것에 지나지 않는다. 그러면 장용학 소설의 테제가 카뮈의 『이방인』과 매우 닮은 데가 있으면서도 왜, 정말 왜 장용학은 테제 자체로 끝난 것처럼 보이는데 카뮈의 것은 테제 소설이 아닌 것으로 느껴지는가. 말하자면 장용학은 너무나 많은 말을 하고 있기 때문이고, 카뮈는 언어를 통해서 감성으로 느끼도록 하고 있기 때문인 듯하다. 테제 소설이란 작가가 자기의 소설 주제에 관해서 감성을 통한 느낌이 있기 전에 너무 많은 말을 하여, 말한 것 이외에는 아무것도 없는 소설을 말하는 것이 아닌가. "대소설가들이 그들의 소설을 추론의 힘을 빌리지 않고 영상으로 그려내려고 했던 그 선택이야말로 그들에게 공통된 어떤 생각, 다시 말해서 모든 설명의 원칙의 무용성을 알고 감상적인 표상으로써 남에게 무엇인가를 전달하려는 생각을 명시하려는 생각이다."[8] 이런 면에서 장용학은 카뮈와 다른 점을 갖게 되고 카뮈나 그 밖의 서구 작가들에게 미치지 못하고 있는 것 같다. 이렇게 해서 장용학의 소설에서 대화는 그 주제를 맞추기 위한 방편으로 삼게 되어 처음에 말한 탕아와 다른, 독자와 먼 길을 가게 된 듯하다. 우리는 가령 지드가 쓴 『탕아 돌아오다』에서 작가가 탕아의 의식을 추적하여 창조적 자유liberté créatrice를 보여준다는 것과, 소설의 생명을 느끼도록 하고 있음을 안다. 거기에는 대화를 통해서 독자로 하여금 그들과 함께 호흡하게 하고 '그다음'을 기다리는 초조와 기대를 갖게 한다.

"……이제 내게 말해보아. 네게 집을 떠나게 한 것이 무엇이냐?"
"이 집이 세계의 전부가 아니라는 것을 절실히 느꼈어요. 나는 형님이 원하고 있는 그런 유형의 인간으로는 온전치 못해요. 나는 다른 밭들, 다른 땅, 그리고 달려가기 위한 길, 아무도 밟지 않은 길을 생각했지요. 그곳을 달음질치는 듯한 새로운 존재를 나는 가슴속에 그리고 있었어요. 그래서 나는 도망했어요."[9]

---

8 Albert Camus, *Le mythe de Sisyphe*.
9 André Gide, *Le retour de l'enfant prodigue*.

이렇게 돌아온 탕아와 그의 형과의 대화는 계속된다.

"⋯⋯승리한 사람을 나는 나의 성전 속의 기둥으로 삼을 것이며,
그는 그곳에서 다시 나오지 않게 될 것이다."
"다시 나오지 않게 될 것이다. 나를 두렵게 하는 것은 바로 그것이
에요."

그들의 대화 속에는 작가의 의식적인 꾸밈이 들어가지 않았다는 것
을 우리는 알 수 있다. 그리고 작가는 독자의 사고를 한정시키지 않는
다. 그저 있는 그대로 내어놓고 독자가 아무렇게나 사유하도록 내버려
둔다. 또 우리는 프루스트의 『잃어버린 시간을 찾아서』를 읽으면서 깜
짝깜짝 놀라곤 한다. 우리는 이따금 그 소설에서 충격적인 사건들이
전연 예기되지 않은 채로 나타나는 것을 보기 때문이다. 도스토옙스키
의 「죄와 벌」에서 라스콜리니코프에 대한 기대는 우리가 그에게 빌려
준 우리의 기대인 것이다. 우리는 책을 읽는 도중에 결론을 얻지 못해
다음 페이지에 어떻게 전개될는지 알지 못한다. 그렇기 때문에 우리는
다음 페이지를 늘 기대하고 이야기 속에 말려들어가고 만다. 독자에게
이런 초조가 없으면 그 소설에는 권태로운, 아주 권태로운 표상밖에
없을 것이다. 그를 심판하는 예심 판사에 대한 라스콜리니코프의 증오
는 내부에서 흘러나오고, 그것에 의해서 도취된 독자의, 바로 우리의
증오인 것이다. 예심 판사도 라스콜리니코프를 통해서 우리가 그에게
보내는 증오가 없으면 그는 존재하지 않을 것이다. 그에게 생명을 불
어넣어준 것은 우리, 즉 독자의 증오이며, 그의 육체, 실존이며, 그의

레알리테인 것이다. 그것은 탕아의 경우도 마찬가지이다. 그가 황야의 메마름 속에서 자신의 갈증을 가장 증오하면서도 사랑했던 것처럼 바로 우리가 갈증을 풀기 위해 존재의 피안에서 목이 빠지도록 탕아를 쫓아갔으며 그리하여 존재에 대한 심연을 넘으려고 하게 되기까지 했던 것이다. 그러므로 우리는 작품을 읽으면서 흥분하기도 하고 분개하기도 하고 실망하기도 하며 안타까워하기도 한다. 우리와 환경이 다른 외국 작가들에게 우리가 이렇게 동화되면서 작가 장용학에게는 그러지 못하는 이유는 그의 테제에 무리가 갔든가, 그렇지 않았을 경우는 소설의 전개(테제의 전개)에 무리가 갔을 경우가 대부분이다. 그의 주인공들은 독자와 호흡할 수 없는, 작가가 억지로 꾸민 작가의 꼭두각시에 지나지 않는다. 그들의 철학도 그들의 행위도 독자에게는 낯설고 힘든 것이다. 아주 급박한 현실(주검과 같은 것이 그를 따르고 있을 때)에서도 그는 절박한 긴장에 싸여 있는 듯한 것을 독자에게 보여주다가 인간의 자유라든가 시간 개념의 애매성이라든가 존재의 문제 등 지나치게 형이상학적인 이야기를, 작가의 테제를 말하기 위해 자주 사용하기 때문에 우리는 피곤하고 어지러워져 그의 작품으로부터 곧 떠나버리게 되는 것이다. 독서가 방향이 정해진 창조라면 문학적 대상은 독자의 주체성 이외에 다른 실체를 갖지 못하므로 독자가 떠나게 되는 작품은 존재할 수 없는 것이다. 확실히 작가에게 창조적 자유가 부여된 것처럼 독자에게도 창조적 자유가 부여되어 있다는 것을 작가는 알아두어야 할 것 같다. 그러므로 장용학은 논리적인 철학을 말하는 것을 그만두고 감성으로 느낀 철학을 말해야 한다. 소설에서 언어란, 우리의 감정을 불러일으키고 감정이 잠길 수 있는 호수를 만들어주어야만 하고 우리의 가지가지 인상을 그 자체로서 형상화하도록 하고 주인공들은 우리의 인생을 작품 속에서 살아야 하며 우리한테서 빌린 정열을 살아야 하는 것이다. 이렇게 함으로써만이 그의 소설은 테제 소설로 끝나지 않고 우리의 진정한 소설이 될 것이다.

5

작품은 바로 독자 능력의 정확한 수준에 따라 오직 그 한도 내에서 존재하고 생기될 뿐이다. 독자는 읽고 또 창조하는 동안에 항상 작가가 창조한 것보다 더 깊이 발견할 수 있다. 그것은 독자가 스스로 작품 속에서 표현된 것은 물론, 표현되지 않은 부분까지 탐색recherche하기 때문이다. 그러므로 작품은 보는 각도에 따라 달라지고 새로운 의미를 갖게 된다. 이렇게 해서 우리는 하나의 작품을 놓고 두 가지 면으로 구분해서 볼 수 있다. 하나는 작가가 의도하고 쓴 의식 면이며, 또 다른 하나는 작가가 자기도 모르고 쓴 것이 어떤 의미를 나타낸 무의식 면이 그것이다. 이것을 마니[10]는 작가의 몫part de l'auteur과 신의 몫part de Dieu이라고 명명한다. 작가의 몫이 작가가 노린 작가의 의도요 신의 몫이 독자, 티보데가 쓰는 의미의 리죄르liseur(독서가)가 개척해야 할 분야인 것이다. 그러므로 신의 몫은 작가도 알지 못하는 부분이어서 작중인물에 의식이 있고 생명력이 있고, 소설에 유동과 생기가 있으면 반드시 이 신의 몫을 많이 가지게 되며, 이런 작품은 오래도록 독자의 창작 대상(읽는다는 의미에서)이 되고 그 작가는 생명이 긴 작가가 된다고 한다. 프루스트와 조이스가 그러한 것처럼 말이다. 그런데 작가 장용학은 어떠한가. 앞에서도 자주 말해왔지만 그는 그의 소설 속에서

---

10 *Les Sandales d'Empedocle.*

너무나 많은 것을 말해버린다. 그러므로 거기에는 작가의 의식적 전언 Le message conscient만이 있을 뿐이어서 독자의 몫인 '신의 몫'은 적어지게 되었던 것이다.

죽음이란 끝나는 것이 아니라 중지였다. 중도에서 모든 것이 그쳐 버리는 것이었다. 중지된 채로 영원히 그리고 있어야 하는 무료 — 이것이 죽음의 자태였고 그 의미였다. 그것은 모든 것에서 버림을 받고 있는 무료였다. 그를 그 도랑창에다 굴러 떨어뜨린 시간은 지금 천리 밖을 분주히 달음질쳐 가고 있는 것이다. ──「비인 탄생」

그는 이렇게 지호의 의식을 움직여가고 있는 것이다.

그는 지호라고 부를 수 없었다. '지호'라고 불러 그가 돌아본다 해도 그것은 소리가 나서 그런 것이지 이름으로서가 아닐 것이다. 그는 '이름'을 상실한 것이다. 거기를 걸어가고 있는 것은 그림자였다. 시간과 공간의 좌표에서 떨어져 나온 파편이었다. ──「비인 탄생」

그는 이처럼 모든 것을 잘 아는 작가이다. 그는 신이어서, 무의식적 전언Le message inconscient이란 그에게 없는 듯이 보인다. 그는 그리하여 정의와 결론을 내려, 모든 것에 대한 독자의 사고력이 필요 없음을 말해준다. 독자는 창조적 자유를 가져서는 안 되는 것처럼 모두 설명해 버린다. 독자는 작가의 사고의 틀 안에서만 생각하고 생활하고 사유하게끔 유도되고 인도될 뿐이다. 그는 19세기의 작가들이 소설을 쓸 때 앞에다 서문을 써서 작품을 독자에게 이해시키려고 한 것처럼 서문 대신에 작품 속에서 설명을 하여 하나의 결론까지 내버리는 것이다.

이리하여 한 젊은이는 '시간이 없기 때문에 그만 이 세상에서 말살되어버리고 만 것이다. ……아, 내가 왜 이 지경이 되었을까. 설마 이렇게 될 줄은 몰랐었다. ……엄살 부리다가 이 지경이 되었다. 아무리 기진맥진되어 힘 한 방울 남은 것이 없었다 해도 이 지경이 될 줄을 조금이라도 알았다면 벌떡 뛰어 일어났을 것이다. 그런데 나는 그것을 하지 않았다. 왜? 어리광이다. ……자업자득이다. 인간 자업자득이다.　　　　　　　　　　　　　　　　　　—「현대의 야」

그는 늘 '왜?' 했다가 스스로 해답을 주고 정의를 내린다. 그의 인물들은 인간 스스로의 의식 속에서 행위를 하는 것이 아니라 완전히 작가의 의식 속에서 행동한다. 그의 인물은 그리하여 생명이 없고 오직 장용학의 조정에 춤추는 괴뢰에 지나지 않는다. 그러므로 작중인물을 지나치게 작가의 의도에만 국한시켜 춤을 추게 한다든가, 작가가 설명을 많이 한다든가, 해답을 붙여버리면 신의 몫이 작아지게 되며 그 작가는 우리의 뇌리에서 사라지고 만다. 장용학의 소설은 다른 우리의 작가들보다 앞서면서도, 보다 많은 것을 말하고 있으면서도 이 점이 경시되었기 때문에 잘 읽혀지지 않는 것 같다. 이렇게 해서 그의 소설은 생성devenir의 소설이 아니라 존재être의 소설로 남게 된다. 그것은 생명력이 없어 생성되어가지 않고 사물화되어 그냥 존재하는 데 지나지 않는 소설로 장용학은 소설 밖에 존재하고, 소설의 인물보다 높은 자리에 앉아 자기의 소설을 움직이고 있는 것이다. 그것은 모리아크 F. Mauriac가 인물과 동화하지 않고 인물들의 고뇌를 결정론적인 입장에서 보는 것과 마찬가지이리라. 사르트르가 모리아크의 소설을 평해 "의식은 존재하는 것이 아니라 만들어지는 것이다. 따라서 모리아크는 영원한 자태 밑에 있는 테레즈를 조각하면서 그것을 물건으로 만든 것이다. 그다음에 두꺼운 의식의 벽을 발라놓지만 아무 소용도 없다"[11] 고 말하고 있는데, 이처럼 작가가 작중인물들 '위에' 군림하면 문제 해결은 간단하고 언제나 어떤 결정을 내릴 수 있겠지만, 독자들은 그들 속에 빠져들지 못하고 그들과 거리감을 갖게 되는 것은 당연한 일이다. 우리의 삶 자체가 다만 '우리'에 의해서 제기되고 해결될 수 있기 때문에 우리가 아닌 소설 인물이 우리와 거리를 갖는 것은 당연한 셈이다. 다시 말해서 소설적 '자유'가 없다는 것이다. 현대소설에서 서문이나 발문을 쓰지 않는 것도 이 소설적 자유가 침해받기 쉽고 신의 몫을 줄어들게 하여 독자에게 작자의 눈을 주기 때문이 아닌가. 작품이 한번 탈고되어 나오면 그것은 이미 작가의 것이 아니라 독자의 것이 되므로 작가는 그 작품이 독자에게 어떻게 해석되든지 그대로 놓아두는 수밖에 없다. 여기에 소설의 자유가 있고 생명이 있는 것인데 장용학은 소설의 자유를 인정하지 않는다. 가령 「비인 탄생」의 지호나 「현대의 야」의 현우, 「요한 시집」의 동호, 누혜, 그리고 「원형의 전설」의 이장이 이미 자기의 운명에 동의하지 않았다면 어떻게 자기 운명을 짊어지고 있는지 알고 있었을까? 그리고 장용학은 어떻게 그런 것을 알 수 있었을까?

또 그는 3인칭의 소설을 갑자기 1인칭으로 '그'를 '나'로 바꾸어 그

---

11 Jean-Paul Sartre, "Situation I", *F. Mauriac et liberté* 참조.

걸 아주 자연스런 것처럼 사용하여 작자=주인공을 꾀하고 독자에게 협동을 의뢰하지만 이것이 때때로 소설의 자유를 침해할 뿐이다. 왜냐 하면 거기에 그래야 될 내적 필연성이 없기 때문이다. 소설적 인물은 그들의 생활을 갖는다고 한다. 그러므로 소설가는 인물의 증인이나 협동자의 둘 중의 하나는 될 수 있지만 신처럼 두 가지 다 겸할 수는 없다. 그의 문학적 오류도 이와 같이 신이 되고자 하는 데 있는 것이 사실인 것 같다.

고대 그리스 신화를 읽으면 제우스는 자신이 원하는 요정, 혹은 여인, 혹은 여신을 범하기 위해 몸을 숨기고 혹은 독수리로, 혹은 백조로, 혹은 황소로 변모하여 그 요정, 혹은 여신 앞에 나타났다고 한다. 목적은 물론 단 한 가지 —그들을 범하기 위해서이다. 그러나 제우스는 그 형상 그대로 나타나지 않고, 변모하여 나타난다. 제우스는 그들이 자신의 본 형상을 보고 놀라고 당황하여 그를 곧 떠나버릴까 두려워했던 것이다. 아마도 장용학도 이렇게 행동했어야 할 것이다. 작가란 결국 몸을 숨길 줄 아는 자이기 때문에. 아마 그도 독자를, 리쾨르를 범하기 위해, 혹은 백조로, 혹은 황소로 변했어야 한다. 그런데도 장용학은 늠름한 모습으로 손에 벼락과 번개를 들고, 눈을 번득이며 독자 앞에 나타날 뿐이다. '그리하여' 그는 설교를 시작할 뿐이고, 혹은 독수리가 혹은 백조가 되는, 그러한 드라마는 그 주위에서는 일어나지 않는다. 정말로 그러나 작가가 되기 위해 필요한 것은 이 제우스의 변모 —그리하여 여인들이 기꺼이 그에게 몸을 맡기는 그런 변모가 필요한 것이 아니겠는가. (1964)

지식인의 망명
—최인훈의 「회색인」 「서유기」

1957년 「Grey 구락부 전말기」로 문단에 등장한 최인훈은 1960년대 한국 소설의 가장 중요한 일면을 담당했다. 여기에서 가장 중요한 일면이라 함은 그의 문학이 한국 소설에서는 독창적인 기술 방법을 도입하고, 그의 세계가 한국 지성의 가장 아픈 부분을 대변했다는 점에서 일컫는 말이다. 물론 이처럼 막연하게 이야기를 해서는 그의 문학의 중요성이나 의미를 추상화시키는 것밖에는 되지 않기 때문에 구체적인 검증이 필요하다. 사실 1960년에 발표한 「광장」은 남북분단의 비극을 최초로 다루면서 민족의 비극을 가장 근본적인 문제로 파악하고 있으며, 「가면고」나 「구운몽」 「열하일기」 등의 작품은 그의 정신세계를 보다 심화된 상태에서 보여주었고, 「크리스마스 캐럴」 연작, 「소설가 구보 씨의 1일」 연작, 「웃음소리」 「총독의 소리」 등의 단편은 한국인의 고민을 기술 면에서 새로운 시도를 통해 형상화했고, 「회색인」(원제는 「회색의 의자」)은 「광장」에서 보여주었던 '지성'의 보다 세련된 모습을 제시했다. 이러한 작품들을 통해 그는 한국인의 역사적·현실적 콤플렉스를 규명하고 현실의 모순을 자신의 아픔으로 파악하여 그 모든 것을 극복할 수 있는 방법이 무엇인지 찾으려고 했다. 이러한 그의 노력에서 어떤 사상가나 철학자에게서와 같이 논리적인 해답을 얻는 것은 대단히 어려운 일에 속한다. 여기에서는 한 시대를 산 작가가 얼마만큼 그 시대의 지성으로서 성실한 삶을 살았는지 하는 사실만이 의미가 있다.

「서유기」의 서두는 「회색인」의 마지막 부분에서 '이유정'의 방에 들어갔던 독고준이 그 방에서 나와 자신의 방으로 들어가기 직전의 장면으로 시작된다. 그리고 이 작품의 마지막 부분은 독고준이 자기 방에 들어온 것으로 끝난다. 이것은 이 작품의 내용이 극히 짧은 순간 동안의 상상의 세계였음을 이야기한다. 사실상 최인훈의 주인공들은 대부분 '공상'이나 '환상'이나 '상상'을 즐기는 편에 속한다. 「회색인」에서도 독고준은 혼자서 생각에 잠기는 것을 좋아하지만 「광장」의 이명준이나 「구운몽」의 독고민이나 「가면고」의 민이나 모두 자신의 의식 세계 속에서 타인이 알 수 없는 사념 속에 빠진다.

이런 사회에서 혁명의 흥분을 가장하는 자는 위선자다. 혹은 쟁이다. 혁명쟁이다. 혁명을 팔고 월급을 타는 사람들. 아버지도 그런 쟁이가 돼 있었다. 아버지는 취직 문제를 해결하기 위해서 월북한 것일까. 하하하, 정말 혁명을 느낀 건 로베스피에르와 당통과 마라와 레닌과 스탈린뿐이다.　　　　　　　　　　　　　　　　　　　—「광장」

만일 이 세상에 악이면 악, 선이면 선, 그런 식으로 한 가지 성질의 사물만 있다면 인간의 괴로움이란 있을 수 없을 것이다. 그 옛날 우리 조상이 아직 소박한 생활을 해나가고 있을 때만 해도 이 같은 자연의 아름다움은 절대한 교화력을 가질 수 있었을 것이다. 배고픈 사람도 이 산을 보고 한 끼쯤은 위안할 수 있었을 것이요, 사람에 실패한 사람조차 이 자연 속에서 대안을 찾을 수 있었겠고, 권력의 싸움에 진 사람도 여기서 운명을 깨달을 수 있었을 것이다.　―「회색인」

심오한 학문을 연구하면 할수록 내 표정은 점점 맑아가고, 수정처럼 영롱해가야 할 터인데 그 반대로 되어가는 까닭은 무엇인가? 무지한 탓으로 소박한 표정을 가지는 것은 아무런 가치가 없다. 들꽃이 자기 미모에 아무런 긍지도 가질 수 없음과 같다. 〔……〕
무지한 데서 오는 단순하고 소박한 표정은 악귀의 유혹에 견딜 수 없고 별처럼 무수한 이 세계의 번뇌에 대처할 힘이 없다. ―「가면고」

바다처럼 망망한 강을 빨리 건너야 한다. 그는 힘차게 헤엄쳐 나간다. 이른 봄 얼음 풀린 물처럼 차다. 한참 헤엄쳤는데도 피안은 아득하기만 하다. 그러자 민은 보는 것이다. 그의 왼팔이 어깻죽지에서 훌렁 빠져나가는 것을. 저런, 그 팔 끝에 달린 다섯 손가락. 고물고물 물살을 휘젓는 다섯 손가락, 마치 다섯 발짜리 문어처럼 그것은 저 혼자 헤엄쳐 나간다. 오른편 어깨도 허전하다. 어깨를 보았다. 이런, 그 팔도 떨어져 단독 유영을 한다. 다음은 오른 다리. 그의 목이 훌렁 떨어져 물 위에 둥실 뜬다.　―「구운몽」

그의 주인공들은 자기 눈앞에 전개되는 사물이나 사건 앞에서 자기 나름의 의미 부여를 하거나 판단을 내리거나 공상을 하거나 꿈을 꾼다. 이 사실은 개인의 정신적인 체험 내에서의 것이지 '자기' 밖으로 확산될 성질의 것은 아니다. 그의 주인공은 끊임없이 '자기 세계'를 의식 속에 구축하고 있다. 자기 나름으로 하나의 가치 기준을 마련하고 그 속에 자기 자신을 투영시켜보는 것이 최인훈의 주인공이다. 그런 의미에서 그의 주인공은 '자기의시(凝視)적'인 성격을 가지고 있다. 따라서 「서유기」에서 주인공이 상상의 여행을 하는 것은 그의 앞 작품들에서 단편적이었던 것들이 전체적인 것으로 확대되었음을 의미한다. 그의 작품을 주의 깊게 읽는 독자라면 사실과 사념의 세계가 교차되던 그의 작품에서 갈수록 사실의 세계는 줄어들고 사념의 세계가 큰 분량을 차지하게 되는 것을 알게 된다. 바꾸어 말하면 상황에 대해서 관찰하고 반응을 보이려고 하던 태도에서 자기 자신의 관찰과 그것의 합리화란 태도로 변모되었음을 의미한다. 여기에서 '도피'니 '순응'이니 '관념'이니 하는 속단을 내리기 전에 보다 더 이해의 편을 택하는 것이 한 작가를 올바로 파악하는 길이 되리라.

　자신을 둘러싸고 있는 상황에 대해서 항상 '자기'가 무엇인지 알려고 하고 그런 상황 속에 비친 자신의 모습을 자괴(自愧)의 입장에서 바라보고 또 변명을 하기도 하는 그의 주인공은 처음부터 그러한 성격을 가지고 있었다. 「Grey 구락부 전말기」에서도 그렇지만 「광장」에서 주인공 이명준은 광장과 밀실 사이를 방황하다가 광장도 밀실도 아닌 죽음을 택했다. 밀폐된 자기세계 속에서 사념을 하기도 하고 분단의 역사적 비극을 안고 있는 현실 속에 뛰어들기도 한 주인공은 그러

나 '부르주아적' 안일과 타락만이 있는 이남에서도 전근대적 구호와
비인간적인 조직만이 있는 이북에서도 자신이 생각해온 세계를 발견
하지 못한다. 여기서 자신이 생각해온 세계라는 말은 그의 주인공들이
대부분 지식인이라는 사실로써 설명을 얻는다. 어떤 주인공을 지식인
이라고 하기 위해서는 지식인에 대한 여러 가지 전제가 있어야 하겠지
만 외면적으로 그의 주인공들이 철학도이거나 박사이거나 대학생이라
는 점에서 지식인이라는 것이다. 그들은 자신이 배워서 알고 있는 세
계를 현실에서 발견하지 못하고 자신이 이상으로 가지고 있는 세계가
현실로부터 배반당하는 것을 경험하게 된다. 여기에서 주인공의 의식
세계와 주인공 밖의 현실이 충돌하게 되고 그때마다 의식 세계는 패
배를 경험하게 되며, 따라서 현실은 그의 소설에서 무대 뒤로 숨 쉬게
되고 의식 세계만이 표면으로 나서게 된다. 이 점이 「서유기」에서 상
상의 세계만이 압도적인 비중을 차지하게 되는 이유인 것 같다.
　현실과의 충돌에서 패배한 경험을 가진 주인공은 그러므로 「서유
기」에서는 주인공 밖의 어떤 도전에 대해서 아무런 응답을 하지 못한
다. 독고준은 일본 헌병에게 이끌려 의사에게 갔을 때 의사들로부터
그들의 논쟁에 끼어들도록 강요당한다.

　　"우리는 밤낮 이렇습니다. 도무지 결론이 안 나는 논쟁입니다. 노
　　형. 어디 제삼자로서 의견을 좀 말씀해 주세요. 제삼자로서 말입니다."
　　"저는 모르겠어요."

이처럼 그는 의사들의 논쟁에 끼어들지 않으려고 한다. 말하자면 자
신의 의사를 밖으로 표현하지 않으려고 한다. 이것은 그가 현실의 음

모에 빠져들면 패배한다는 결론을 갖고 있기 때문에 자기 자신을 보호하기 위한 수단이다. 그는 다시 논개를 만나서 그녀로부터 구원 요청을 받지만 여기에서도 그는 거절한다.

"……당신이 이 여자와 결혼하신다는 조건으로 이 여자가 석방된다는 걸로 알고 있습니다. 아니 그렇습니다."
"제가 논개와 결혼한다는 말인가요?"
"안 그렇습니까?"
이때 논개가 끼어들었다.
"당신은 너무해요. 제가 겪은 괴로움을 생각하신다면 이러실 수 없어요. 자 빨리 저하구 결혼한다구 이 사람 앞에서 그 종이에 서명하세요."
[……]
"저는 지금 그럴 사정이 못 됩니다."

말하자면 지하의 논개가 일본 헌병들에게 고통을 당하고 있는 것을 보면서, 거짓으로라도 그녀와 결혼해주겠다고만 하면 그녀가 구원받을 수도 있음을 알면서 그는 그마저도 거절한다. 그리고 그는 어느 역에 도착해서 그 역장으로부터 떠나지 말고 자기들과 함께 살자는 요구를 받지만 또한 거절한다. 이러한 거절을 통해서 그는 현실이 숨겨놓은 무수한 함정으로부터 자신을 보호하고자 하는 것이다.

사랑과 시간. 그러나 얼마나 기다려야 하는가. 언제 우리들의 가슴에 그 성령의 불이 홀연히 댕겨질 것인가. 그것은 기다리면 자연히 오는 것인가. 만일 너무 늦게 온다면, 사랑과 시간. 이것이 스스로를 속이는 기피가 안 되려면 무엇이 있어야 하는가. 무지한 백성. 몽매한 역사. 그런 것일까. 아니, 문제는 그런 데 있지 않다. 나는 그럴 생각이 없는 것이다. 나는 진리를 믿고 싶지 않은 것이다. 천 사람, 만 사람에게 하나같이 꼭 들어맞는 그런 진리를 믿고 그 때문에 가슴을 태울 만한 순결은 이미 내 몫이 아닌 것이다. 어떻게 하다 이렇게 된 것일까. 내 나이에 어떻게 하다 이런 인간이 된 것일까. 이것은 시대가 나를 거세한 것일까?

「회색인」에서 볼 수 있는 이러한 독고준의 사고방식을 생각한다면 「서유기」의 독고준의 행동을 이해하게 된다. 바꾸어 말하면 그것은 독고준이 가지고 있는 역사에 대한 순결벽 때문이다. 한국을 구원할 예수는 오늘날 존재하지 않고 그렇기 때문에 독고준은 구세주로서 나타나지 않겠다는 것이다. 이것은 도피도 겸손도 아닌 현실 그 자체의 올바른 인식이다. 그는 「광장」의 이명준이나 「가면고」의 독고민이 경험했던 패배를 되풀이하지 않으려고 그들보다 훨씬 더 자기 세계를 지키려고 한다. 그러나 그러한 자기방어의 의지가 강하면 강할수록 현실은 교묘한 방법으로 주인공을 이끌어들인다. 독고준이 도중에 춘원·이순신·조봉암을 만나고 유령 방송을 듣고, 극장이니 토치카니 하는 것들의 붕괴를 가져오는 것이 그러하다.

「서유기」는 주인공 독고준이 상상으로 석왕사로부터 W시로 가는 이야기이다. 이때 W시로 간다는 것은 무엇을 의미하는가. 이 작품을 주의 깊게 읽은 독자라면 작품 곳곳에서 W시로 간다는 사실이 강조되고 있음을 발견하게 될 것이다. 논개와 결혼한다고 약속하지 못하는 이유를 독고준은 "저는 지금 어디로 가는 길입니다"라고 말하고, 역장에게도 "기차는 언제 떠납니까" 하고 물으면서 자신의 갈 길이 바쁨을 이야기한다. 이때의 목적지는 W시다.

"살아보면 여기 재미를 알게 될 거야. W로 가보았자 자네 소망은 이루어지지 못할 걸세." 독고준은 아까부터 두려운 생각이 들어 있었다. 역장은 내가 W로 가는 길이라는 것을 어떻게 알았을까?

그곳에는 석왕사라고 돼 있었다. 흠 하고 독고준은 약간 회포에 잠겼다. 그는 수학여행을 그곳에 갔을 때 어느 큰 벚나무에다가 이름을 새긴 일을 생각하였다. [……] 떠나는 기차가 있으면 그곳으로 가는 것이 제일 좋을 것이다. 그리고 나는 비로소 지금 자기가 고향인 W로 가는 길이라는 것을 알았다.

이 W시는 독고준의 고향이다. 그런데 이북에 있는 이 W시에 그는 갈 수가 없다. 「회색인」에서 그는 이미 그의 어머니와 누나가 거기에 있음을 이야기해주었다. 그는 「회색인」과 「서유기」에서 그 W시에 관한 이야기를 무수히 한다. "북한의 고향 집. 항구 도시에 연한 작은 마을. 멀리 제련소 굴뚝이 바라보이고 왼편으로 눈을 돌리면 저 아래로 만의 해안선이 레이스 주름처럼 땅을 물고 들어온 지방. 과수원을 하는 집이 그의 고향이었다." 독고준은 「회색인」에서 친구를 보내고 혼자 남자 이러한 생각에 잠긴다. 여기에서 그는 또한 "지금의 독고준에게 한 가지 희망이 있다면 언젠가 한번은 자기 고향에 가보고 싶다는 생각이었다"고 고백한다. 이것은 현실적으로 불가능하기 때문에 「서유기」에서 상상적인 여행으로 실현되는 것이다.

그러므로 「회색인」 「서유기」로 이어지는 최인훈의 세계는 '향수'를 배경음악으로 삼고 있다. 이 두 작품의 어디를 보아도 이 '향수'가 개입되지 않은 곳은 없다.

그러나 왜 최인훈에게 '향수'는 다른 사람에게서처럼 '감상'이라는 옷을 입고 나오지 않는가.

이 두 작품을 읽으면 고향에 관한 이야기가 나올 때마다 연상하는 장면이 있다.

W시의 그 여름 하늘을 은빛의 날개를 번쩍이면서 유유히 날아가는 강철새들의 그 깃 소리가. 태양도 그때처럼 이글거렸다. 둥근 백금의 허무처럼, 기체의 배에서 쏟아져 내리는 강철의 가지, 가지, 가지, 그곳으로 독고준은 가고 있었다. 왜냐하면 학교에서 소집 연락이 있었기 때문에. 〔……〕 나의 운명을 만난 날. 폭음의 여름, 저 강철의 새들이 잔인한 계절의 장막을 열고 도시의 하늘에 날아온 그날을, 오 나는 얼마나 사랑하는가. 나의 생애의 자북(磁北)을 알리던 그 바늘의 와들거림을 나는 생각한다.

'W시의 여름, 뜨거운 태양'으로 표현되고 있는 그 추억의 집념은 독고준의 머릿속을 떠나지 않는다. 여기에는 독고준의 어린 시절의 가장 인상적인 장면이 그의 마음속에 각인을 찍고 있기 때문이다. 그것은 바로 「회색인」에서 자세히 설명해준다. 부르주아 출신인 그는 학교 생활에서도 완전히 소외되었다. 자신의 밀실 속에서 배운 지식을 수업 시간에 발표했다가 소(小)부르주아의 사고방식을 가졌다는 비난을 받는 등 독고준은 부르주아 출신이라는 이유로 항상 자아비판의 대상이 되었다. 그래서 그는 폭격이 심한 6·25전쟁 중에 '소년단 지도원 선생님'이 학교에 나오라고 했을 때, 어머니와 누나의 만류에도 불구하고 학교에 갔던 것이다. 이것은 어렸을 때부터 현실에서 소외당하지 않으려고 하는 그의 노력 때문이었다. 그런데 학교에는 그를 제외하고는 아무도 나오지 않았고, 그래서 그는 이상한 배반감을 맛보며 거리를 산책한다. 그때 공습을 받고 방공호 속에 들어갔다가 최초의 경험을 한다.

그때 부드러운 팔이 그의 몸을 강하게 안았다. 그리고 그의 뺨에 겹쳐지는 뜨거운 뺨을 느꼈다. 준은 놀라움과 흥분으로 숨이 막혔다. 살 냄새, 멀어졌던 폭음이 다시 들려왔다. 준의 고막에 그 소리는 어렴풋했다. 뺨에 닿은 뜨거운 살. 그의 몸을 끌어안은 팔의 힘. 가슴과 어깨로 밀려드는 뭉클한 감촉이 그를 걷잡을 수 없이 혼란하게 만들었다. [……] 준은 금방 까무러칠 듯한 정신 속에서 점점 심해져 가는 폭음과 그럴수록 그의 몸을 덮어 누르는 따뜻한 살의 압력 속에서 허덕였다. 폭음. 더운 공기. 더운 뺨. 더운 살. 폭음.

이 사건이 준의 삶에서 가지고 있는 의미는 우선 준이 집안 식구의 반대에도 불구하고 몰래 학교에 나왔다는 죄책감과, 그렇게 함으로써 자아비판을 당하지 않고 지도원 선생으로부터 칭찬을 받고 싶은, 현실에 뛰어들고 싶은 욕망이라는 대립적인 세계의 동시적 경험이었다. 그 다음엔 죽음의 공포가 강한 곳에서 생명의 희열인 섹스를 경험한다는 죽음과 삶, 공포와 희열의 동시적 체험이었다. 이 서로 모순되는 이중

210

적인 인상이 하나의 사건으로 인해 그의 마음속 깊은 곳에 각인을 찍었기 때문에 최인훈은 「회색인」에서나 「서유기」에서 '향수' 혹은 고향에 관한 이미지를 그 사건으로 표현했고, 그래서 W시의 여름, 강철새, 폭음, '살 냄새'는 무수하게 되풀이된다. 그러면 왜 이 사건이 그토록 그의 가슴에 깊은 각인을 찍었을까. 물론 그것은 최초의 성적인 경험이 인상적이었기 때문이라고 말할 수 있다. 그러나 그 경험은 그의 에고ego가 패배하지 않은 최초의 유일한 케이스였기 때문인 것 같다. 사실 이 두 작품에서뿐만 아니라 다른 작품에서도 최인훈의 주인공이 군중 속에서 내면 세계의 패배를 맛보지 않은 경우는 거의 없다. 혼자 있을 때나 여러 사람 속에서나 사념의 세계를 즐기던 그의 주인공들은 그들이 현실이나 공중 앞에 나섰을 때 그들이 사념 속에서 쌓은 성들이 현실의 거대한 힘 앞에서 여지없이 무너지는 것을 체험했다. 그러나 그 사건만은 그런 힘 앞에서 더 놀라운 힘을 발휘했다. 독고준이 그 사건을 상기하고 그 사건으로서의 돌아감을 생각하게 되는 것은 그러한 '패배하지 않은 경험'에 대한 '향수' 때문이다. 현실의 힘이 커지면 커질수록 그의 에고는 답답함과 좌절감을 맛보게 되고, 그렇기 때문에 그는 '향수'를 느끼게 되고, 「서유기」를 본다면 이북으로 상징적 여행을 하게 된다.

이때의 'W시'는 '과거'에 속한다. '과거'에 대한 그리움은 그것만으로는 '감상'의 범주를 벗어나지 못한다. 「서유기」에서 '과거'에 관한 이야기 중 어머니나 누나에 관한 동경이 나타나지 않고 방공호 속의 여자에 관한 추억만이 되살아나는 것은 그것이 단순한 '과거', 단순한 '감상'을 의미하지 않음을 말하는 듯하다. 그렇다면 '향수'를 배경음악으로 가지고 있는 사실은 무엇을 의미하는가. 그것은 어쩌면 최인훈의 논리적 세계에 문학적 감성의 세계를 가미하려는 의도일는지도 모른다. 하지만 이 문제는 이 작품을 보다 자세하게 검토함으로써 드러날 것이므로 여기서는 그다음을 읽을 수밖에 없다.

독고준의 괴로움은 이북에서의 자아비판으로부터 시작된다. 그는 자신이 책에서 얻은 지식을 발표했을 때 '소(小)부르주아적'이라는 비난을 받으면서 현실의 이중성을 느끼게 된다. 이때부터 그 앞에 나타나는 모든 것은 대립적인 의미를 띠게 되고, 그 때문에 그는 갈등을 느끼고 괴로워하게 된다. 그가 논개의 요청을 들어주지 못했을 때 "그에 비해서 고독한 나의 성, 그것을 지키기 위해서 왜 남에게 아픔을 주어야만 하는가. 그러지 않고도 자기를 살리는 무슨 길은 없는가. 남과, 바라는 모든 사람과 자리를 같이하면서 서로 미워하지 않는 길은 없는 것일까. 상상도 할 수 없는 일이었다"고 생각하는 것도 그러한 이율배반적 현실에서 괴로움을 말하는 것이다. 현실의 그러한 속성은 이미 「회색인」에서 자세하게 밝혀진다. 독고준이 지도원 선생의 지시로 집을 나올 때 "고개를 뒤로 돌릴 적마다 거기 어머니와 형의 모습을 기대하는 마음과 그러지 말았으면 하는 마음은 무서운 이야기를 들을 때처럼 반반으로 작용했다"고 생각하기도 하고 "이곳까지 오는 동안 그는 집을 몰래 나왔다는 데서 오는 흥분과 그렇게까지 해서 학교의 명령을 지킨다는 자랑스러움"이 있기도 했다. 이런 갈등은 인생을 보는 눈에서도 나타난다. "인생은 두 가지 길, 투쟁과 체념 사이의 조화를 얻지 못하고 있는 우리들의 생활. 격식도 없고 믿음도 없는 시대"로 파악된 현실에서 주인공이 택한 길은 '체념' 쪽인 듯하다. 그렇지만 체념으로 끝날 수 없다는 것을 이미 앞에서 보여주었다. 자기의 밀실 속에 갇혀 있고자 하면 자기도 모르게 현실 속에 개입된다는 사실을 말이다.

그러므로 최인훈의 주인공이 남쪽을 택한다거나 북쪽을 택하는 것은 자기의 현실에 스스로 개입되고 있음을 말한다. 이 작품에서 가장 비극적인 현실 파악은 이 두 대립적 상황의 인식, 그리고 그것에 대한 괴로움이다. 그것은 「서유기」에서는 우선 현실적으로 불가능한 북한 여행을 상상 속에서 실현하고 있다는 사실로써 말한다. W시에 대한 향수를 가지고 있음에도 불구하고 거기에 가지 못하는 것은 분단의 비극이다. 이것이 「회색인」에서 보다 구체적으로 드러난다.

아버지가 사는 지역에서 들려오는 목소리는 이렇게 해서 그들 집안을 정신적인 망명 가족으로 만들었던 것이며, 소년 독고준은 일찍이 그 나이에 망명인의 우울과 권태를 씹으면서 자랐다.

이처럼 어려서 망명인의 우울과 권태를 배운 독고준은 남쪽의 군인들이 북한으로 진격해왔을 때 또한 환멸을 느낀다. "귀에 익지 않은 군가는 소년 독고준에게 무엇인가 형용키 어려운 고독을 맛보게 했다"든가 지게를 지고 가는 늙은 농부의 등에 군인들이 사과를 던졌을 때 "그는 표정으로나마 맞장구를 쳐야 했다. 그러나 그의 가슴은 슬픔과 아까 군가를 들으면서 느꼈던 것보다 비할 수 없이 강한 고독으로 울렁거렸다"로 나타난다. 그것은 뒤에 더 큰 환멸에 도달하게 된다.

형님과 어머니와 누님에게 우리들이 하고많은 밤의 의식에서 그리워하고 그곳에 살고지라 기도했던 귤이 익는 남쪽나라는 와 보니 실재하지 않는 허깨비더라는 것, 따라서 그 목소리 곱던 아가씨는 거짓 말쟁이라는 것, 누님이 이 세상에서 제일 잘나고 제일 훌륭한 남자라고 여겼던 사람은 치사한 새끼더라는 것.

이와 같은 남쪽과 북쪽에서의 실망은 「광장」 속 이명준의 방황의 연장선상에 놓여 있는 것이며, 동시에 최인훈이 현실의 가장 근본적인 모순으로 파악하고 있는 사실이다. "이남에 있을 땐 아무리 둘러보아도 제가 보람을 느끼면서 살 수 있는 광장은 아무 데도 없었어요." "있는 것은 비루한 욕망과 탈을 쓴 권세욕과 그리고 섹스뿐이었습니다." 그가 월북해서 본 것은 '이 무서운 공기, 어디서 이 공기가 이토록 무겁게 압착된'지도 모르는 '인민'이 없고 '당'만이 있던 사회였던 것이다. 이 두 모순된 현실에서 그는 한국인으로서의 비극적인 삶을 인식하게 되는 것이다.

「서유기」의 마지막 부분에서 주인공이 W시의 거리를 돌아다닐 때, 운동장·극장역·토치카 등 그가 들어갔다 나오는 곳은 모두 무너진다. 이 에피소드가 보여주는 의미는 무엇인가. '소부르주아적' 사고방식을 지닌 개인주의자인 독고준이 공산 세계에서는 일종의 세균과 같은 존재여서 그가 지나가는 곳마다 그의 부르주아적 영향력이 굉장한 힘을 갖고 전파된다는 것을 의미한다. 그러나 「회색인」에는 다음과 같은 부분이 나온다.

당증을 쥔 손이 떨렸다. 우연히 굴러나온 한 장의 낡은 증명서가 게으르고 주저앉은 그의 정신을 잡아 흔들었다. 지금 매부가 차지하고 있는 사회적 위치를 고려한다면 이 낡은 종이쪽지의 힘은 독을 묻힌

화살이었다. 내가 원한다면 이 화살을 그의 몸에 꽂을 수 있다. 반드시 심장이 아니라도 좋다. 아무 데나 닿기만 하면 그 부분은 썩는다.

이러한 상황에서는 남쪽이나 북쪽이나 표방하는 이데올로기는 다르면서도 본질적인 모순에서는 비슷한 입장에 놓여 있음을 의미한다. 독고준은 「회색인」에서 또 다음과 같은 생각을 한다.

해방 후 남의 숙제를 떠맡아 고민하는 어리석은 민주주의-공산주의 싸움 같은 어줍잖은 역할 대신에 해방된 그 기분으로 우직한 민족주의로 치달렸더라면 지금쯤은 훨씬 자리가 났을 것이다. 민중에게 제일 이해하기 쉽고 무리 없는 공감을 받을 수 있는 체계가 그것이었고 제일 가짜 아닌 일군의 재고(財庫)를 가지고 있던 방면도 그쪽이었다. 그랬다면 영감들은 자신을 가지고 무슨 일을 했을 것이고 새 세대는 그러한 노인들을 뚜렷한 벽으로 인식하고 값 있는 반항의 자세를 취할 수 있었을 것이다.

이 말은 공산주의나 민주주의가 한국 역사의 필연성 속에서 발기한 것이 아니고 외부에 의해서 주어진 것이라는 점에서 모두 현실의 모순을 대변하게 되었음을 의미한다. 사실 최인훈의 주인공은 여러 곳에서 서구적 질서가 한국 안에 잘못 수용된 것을 비판하고 있다. 위의 예문에서 보듯 독고준은 민주주의 토착화 문제에 상당히 회의적이다. 따라서 우리 민족이 가지고 있는 문제점을 근본적인 데서 제기하는 것이었다.

따라서 남북분단의 비극적인 인식은 감상적인 단계를 넘어선 것이다. 다시 말하면 역사의식의 한 표현이며 동시에 한 지식인의 존재론적인 상황 파악인 것이다. 표면적으로 남북분단에서 온 것임에 틀림없는 최인훈의 '향수'도 그런 의미에서 '감상'을 벗어나고 있다.

「서유기」에서 독고준이 이순신·논개·조봉암 등을 만나는 것은 무엇을 의미하는가.

앞에서 최인훈의 작품 속에 상상의 세계가 확대된 사실을 검토한 바 있지만, 그것을 개인적인 측면이 아니라 사회적인 측면에서 보게 되면, 한 사회의 지식인이 자기의 의사 표시를 제대로 하기가 어려웠을 때 지식인은 자신의 의견을 '이상한 거울'에 투영시키고자 한다. 그러므로 의사 표시의 수단으로 '상상의 세계'가 등장하기도 하고 '과거'가 문제되기도 한다. 현재의 상황에 대해 응답할 수 없을 땐 '과거'의 의상을 걸치는 것이다. 아마도 최인훈의 작품에서 '향수'라든가 '역사'라든가 '과거의 인물'이 등장하는 것은 그런 점에서 파악될 수 있을 듯하다. 과거가 현재화되지 않고 현재가 역사화되지 않는 현실에서는 과거를 현실 인식의 수단으로 삼게 된다. 특히 앞에서 본 것처럼 민주주의의 토착화나 분단에 대한 인식을 통해서 한국 사회의 정신사적 측면전반에 걸쳐 고민하고 있는 최인훈의 주인공으로서는 한국사에 남아있는 중요한 인물을 상상 속에서 다시 만난다는 사실이 어떤 점에서는 당연한 것일는지도 모른다. 독고준은 맨 처음에 논개를 만난다. 논개는 다음과 같이 이야기한다.

여기서 겪는 제 괴로움을 동정해주세요. 그들은 나를 잠자게 놔두지 않아요. 밤마다 총독이며 총독의 아전 나부랭이며 조선인 통변·첩자들의 더러운 방송을 틀어놓고는 듣게 합니다. 어쩌면 내 동포 중

216

에 그런 사람들이 있습니까? 뱔이 썩어 문드러지고 가슴에 곰팡이가 낀 작자들이 조선인은 성격이 나쁘니까 성격을 고쳐야 한다고 짖어 대더군요. 늑대를 책하지 않고 양을 타박하는 끔찍한 소리를 하는군 요. 그런 소리를 버젓이 하게 놔두는 바깥세상은 지금 어떻게 돌아가 고 있는 건가요?

이러한 논개의 호소 속에는 오늘날 일본의 재등장이 갖고 있는 한 국적인 위험이 있는 것이다. 그는 이 호소를 듣고도 자신은 그 역사를 어쩌지 못할 만큼 무기력함을 인식하고서 자기는 논개 같은 사랑의 천 재 앞에서 쓰레기요 벌레라고 고백한다. 이것은 그가 「회색인」에서 혁 명의 불가능함을 김학이라는 친구에게 역설한 것과 같은 논리 위에 서 있는 것이다. 그 논리는 그다음 이순신을 만났을 때도 계속해서 드러 난다. 이순신은 일본 본토에 상륙하지 않은 이유를 요구받자 자기는 고나시 유키나가(小西行長)가 될 수 없다고 대답한다. 그는 왜란의 이 유를 토요토미 히데요시(豊臣秀吉)가 글이 없어 국제 정세에 어두웠기 때문에 일어난 것임을 지적하고 "중원의 인심이 왜국의 히데요시가 부르지 않는데 가겠다 함은 무명지사(無名之士)요 패도가 아니겠소"라 고 한다. 또한 그는 조정에 많은 간신이 있었는데 혁명을 일으킬 생각 이 없느냐는 질문을 받았을 때 "간신이 있다 해서 사직을 바꿀 수는 없소. 선왕지도(先王之道)가 하나인데 무슨 명분으로 천하를 빼앗는단 말이요. 골탕 먹는 건 백성뿐이요"라고 대답한다. 이러한 이순신의 태 도에는 아직도 뚜렷한 경륜이 있고, 독고준의 태도와 상통하기도 한 다. 그런 이순신의 태도에 대해서 다음과 같은 해석에 주목해 볼 필요 가 있다.

이순신이 그렇게 행동한 것은 덕(德)·지(智)·인(仁)·용(勇) 같은 일반 개념이 아니라 구체적인 문화형의 종류에 따라서만 해석할 수 있다는 것이 결론입니다. 이순신은 한국인이었기 때문에 민족성에 따라서 그렇게 행동한 것이 아니라 당대 최고의 인텔리겐차로서 그렇게 행동한 것이었습니다. 그의 세계관은 유교적 세계관이었습니다.

여기에서 볼 수 있는 것은 민족성과 같은 결정론을 통한 역사 파악이 아니고 유교라는 이조사회의 이데올로기에 따른 역사 파악이라는 측면이다. '최고 수준의 인텔리겐차'라는 정의는 그런 이데올로기적 현실 파악에 근거를 두고 있다. 앞에 인용한 「회색인」 중 한 구절을 상기해보면 그러한 최인훈의 태도를 이해하는 데 도움이 된다. 즉 "해방 후 남의 숙제를 떠맡아 고민하는 어리석은 민주주의-공산주의 싸움 같은 어줍잖은 역할 대신에 해방된 그 기분으로 우직한 민족주의로 치달렸다면 지금쯤은 훨씬 자리가 났을 것이다"는 대목이 그것이다. 이조사회의 엄격성이 이데올로기로 지켜졌을 때 지금의 사회보다 훨씬 더 튼튼한 기반 위에 서 있음을 이야기하는 이 구절은 우리 사회의 전체적인 형태에 관한 지식인의 고찰에 속한다. 그러나 이러한 태도가 근대국가로의 발전을 가져올 수 있음을 그는 인식하고 있다. "아시아는 오랜 동안 민족국가의 분립이 안정돼 있던 지역이었지요. 제 땅에 제 사람이 살거니 하고 살아왔단 말이요"라는 이광수의 고백처럼, 기독교와 민주주의로 무장된 서구와, 군벌과 그들 고유의 종교로 무장된 일본 앞에서 유교적 이념의 무력함이 이조사회의 붕괴를 가져왔던 것이다. 이러한 이광수의 역사 인식에서 일제시대의 한국 사회가 가지고 있었던 고민을 파악하고 있는 최인훈은 그러나 이광수의 한계를 너무 잘 알고 있다. 앞에서 인용한 바 있는 "뼬이 썩어 문드러지고 가슴에 곰팡이가 낀 작자들이 조선인은 성격이 나쁘니까 성격을 고쳐야 한다고 짖어대더군요"라는 논개의 개탄은 바로 춘원에게 대한, 아니 일제 시대의 대표적인 지식인에 대한 힐난이었다. 그것은 곧 '민중을 선도'한다는 일이 그 사회의 정신사 전반에 걸친 문맥을 제대로 파악하지 않는 한 이광수 식 오류를 범하게 된다는 최인훈의 논리 체계이다. 그렇기 때문에 최인훈은, 이광수가 민중을 지도하겠다고 나서는 대신에 「흙」의 속편을 써야 했음을 강조한다. 최인훈이 '문화형'이라는 말을 사학자의 입을 통해서 사용하고 있는 점도 그러한 지식인의 역사 인식의 올바른 방향을 지적하는 것이다.

본인은 민족성이라는 실체의 존재를 부정하고 싶다는 것입니다. 이렇게 말할 때 저는 중요한 단서를 붙이고 싶습니다. 그것은 본인은 민족성의 논의를 생물학적 차원으로부터 문화사적 차원으로 옮기고 싶다는 것이 곧 그것입니다. [……] 논자들의 주장을 들으면 민족성이란 말을, 종돼지의 주둥이 모양이며 털 빛깔이며 새끼 낳는 힘 같은 걸로 알고 있는 경향이 있습니다. 차라리 문화형이라는 말로 바꾸는 것이 훨씬 이치에 맞습니다. 본인은 오랜 연구를 통하여 민족성이라는 개념이, 아무것도 풀이하지 못하는 불모의 개념이며 요화며 신기루에 불과하다는 것을 발견했습니다. 그러한 방황 끝에 문화형이라는 개념에 도달했을 때 본인은 비로소 현실의 지평선을 발견하였습니다.

그러나 이조시대의 지식인 이순신, 일제시대의 지식인 이광수 등 과거의 인물을 만났을 때 최인훈의 주인공은 자신의 의견을 표시하고 있으면서도 자유당시대의 지식인 조봉암을 만났을 때 아무런 이야기도 하지 못하는 것은 무엇인가. 최인훈은 '과거'를 통해서 이야기할 수는 있지만 동시대를 통해서 이야기할 수 없는 이유인 것이다. 그것은 바로 남북분단의 현실이 허용하는 것 이상을 작가가 말할 수 없기 때문이다.

최인훈의 작품을 읽어가면 서구의 문화형에 관한 이야기가 여러 곳에서 나온다. 이조사회·일제시대·해방 후의 한국 사회에 관해서 문화사적·정신사적 고찰을 시도한 최인훈은 "제 땅에서 제 사람이 살" 수 없는 현실을 극복하기 위해서 서구적 방법론과 전통사회의 속성이 악수할 수 있는 길을 모색하고 있는 것 같다. 기독교와 민주주의로 성격 지어진 서구 문화가 이 땅에서 한국적인 조작을 거칠 수 있는 길은 무엇인가. 이에 대한 해답은 최인훈의 개인적인 노력으로 가능한 것이 아니라, 오늘의 모든 지식인이 고민하고 괴로워함으로써 가능하리라. 오히려 최인훈에게는, 그 자신이 '혁명'의 불가능성을 믿고 있고, 그 대신 제안하고 있는 '사랑과 시간'이 어떻게 논리적인 귀결을 얻을 수 있느냐 하는 것이 중요한 문제로 남을 듯하다.
또 하나의 문제는 최인훈의 주인공들은 자신이 부르주아 출신이라는 점에 관해서 콤플렉스를 느끼고 있다는 점이다. 사실 그러한 점은 개인의 차원에서 보면 선험적인 것이기 때문에 그 자체를 콤플렉스로 생각할 이유가 없다. 그러나 우리의 현실이 그렇지 못하기 때문에 지식인으로서 그의 주인공은 그 때문에 고민한다. 이것은 오늘의 현실

가운데 개선될 점으로 남아 있다.

최인훈의 주인공들은 자신이 역사의 표면에 뛰어들지 않고 사변의 세계를 확대시켜간다. 그러나 이것은 역사 속에 끼어들지 않는 단순한 비겁자의 태도가 아니다. 그의 주인공들이 한국인으로서의 괴로움을 역사적인 측면에서 아파할 수 있었던 것은 어렸을 때부터 '책 속으로의 망명'이 가져온 결과이다. 사실 '혁명이 최고'의 예술이라는 논리에 도달한 것은 '책'과 '에고' 속의 자기탐구 때문이다. 그런 점에서 최인훈은 작가로서 특이하게 한국인으로서의 고민을 가장 정당하게 이야기할 수 있었을 것이다. 이러한 역사 파악의 전제조건 없이 현실 속에 뛰어들었을 때 이광수 식 오류를 범하게 된다. 따라서 그의 '에고'는 그 자체로 개인으로서 현실에 뛰어들 수 있는 한계를 나타낸 것이다. 그러나 보다 중요한 것은 그의 작품이 지식인의 대사회적 태도의 표명으로 받아들여져야 한다는 사실이다.

이상과 같은 사실에서 「회색인」과 「서유기」의 주인공을 볼 때 그들은 자신이 설 땅을 갖고 있지 못하다. 「광장」의 주인공이 상징적으로 보여준 중립국으로의 망명 시도는 이 작품들에서도 드러난다. 우선 독고준은 경제적으로 전통적인 지주 출신이었다. 그러나 해방 후 이북이 공산주의자의 점령 아래 들어가자 독고준과 같은 프티 부르주아 출신이 설 자리가 없었던 것이다. 그리고 그가 월남한 뒤에는 이미 부르주아 출신 성분이라는 것이 의미를 잃었다. 또한 정신적으로 그의 머릿속에 깊은 인각을 찍었던 'W시의 여름, 폭격, 여자의 살 냄새'의 추억을 이북에 남겨놓았다는 사실은 망명자로서 그의 의식을 더욱 심화시켰던 것 같다. 그러나 보다 심각한 사태는, 어려서부터 '책 속으로 망명'했던, 그리고 아버지가 월남함으로써 느꼈던 '망명 가족'의 일원이 되었던 사실이 암시해주는 것처럼, 그가 책 속에서 배웠던 그의 지성이 설 자리가 없었던 데 있다. 지식인으로서의 그의 의식은 '이북의 조직'에 견디지 못하고 월남의 경로를 밟게 되고, 남쪽의 부패와 타락은 그로 하여금 '공상'이나 '상상'의 세계로 떨어지게 했다. 이때 그가 광장의 주인공처럼 제3국을 택하지 못하는 이유는 이명준과 같은 결과를 가져올 수밖에 없다는 것을 알기 때문이다. 그는 한국인으로서의 괴로움을 감수하는 운명을 타고난 것이다. 최인훈이 남북분단과 '향수'를 작품의 모티브로 삼고도 그것을 감상주의로 이끌고 가지 않은 이유는 거기에서 한 지식인의, 한 한국인의 존재론적인 상황을 인식하고 있기 때문이다. 그것은 최인훈의 주인공이 느끼고 있는 고민의 비극성을 이야기해 준다. 독고준이 현실 속에 뛰어들지 않고 '상상'과 '공상'의 세계로 치닫는 것은 현실의 모순을 이야기할 수 없는 상황으로부터 내면세계로의 지식인의 망명을 의미한다. 독고준이나 김학이 역사의 인식에서 가정법을 많이 사용하는 것도 그러한 비극성을 대변해준다.

이제 최인훈에게 남아 있는 문제는 「광장」에서 이명준이 망명의 길을 택했다가 자살한 것으로 끝났는데 여기에서 볼 수 있는 정신적인 망명, 혹은 내면세계로의 망명이 어떻게 전개될 것인가 하는 문제이다. 그것은 오늘날 한국의 지식인이 해결할 당면 문제이기 때문에 그 귀추를 더욱 주목하는 바이다. (1971)

풍속의 변천

—김문수·홍성원

어느 시대를 막론하고 문학은 그 사회의 정신사적 일면을 담당해왔다. 그것은 문학이 그 시대의 정치적·사회적·경제적·문화적 현실에 대한 정신의 반응을 주축으로 한 것이라는 점에서 그렇다. 정치적·사회적·경제적·문화적 반응이라 함은 곧 정신적 풍속을 의미한다. 한 사람이 자신을 둘러싸고 있는 모든 상황을 관계 개념으로 파악하게 될 때 그는 자기와 관계된 상황에 대해서 사유하고, 그 속에 존재하고 있는 자기 자신을 의식하게 된다. 이때 상황의 불합리성에 대해서 본질적인 탐구를 하지 않고 그리고 그것의 인과관계가 역사의 풍화작용에 의해 다방면에서 야기되고 있음을 간과했을 경우, 상황의 어느 일면만을 개조하면 될 수 있는 것으로 생각하는 계몽주의 문학에 도달하게 되고, 풍속의 전체 상을 드러나게 할 때 사실주의 문학의 성공을 보여주게 되고, 상황과 자아 사이의 화해할 길 없는 갈등을 발견하게 되었을 경우, 존재의 허무함과 역사 속에서의 개인의 피해 상황을 동시에 드러나게 하는 자아 성찰의 문학에 이르게 된다. 그러나 우리나라에서 계몽주의 문학이 신문학 초기인 일제시대의 전반기에 이룩되었다든가, 사실주의 문학이 일제시대의 중반기에 나타났다든가, 자조적 자성문학이 일제시대 후반기와 1950년대에 보였다는 것은 여러 가지 면에서 우리의 주목을 끌지 않을 수 없다. 이런 경향을 표면적으로 관찰하게 될 때, 그것은 역사 발전의 일반적인 단계를 문학 쪽에서 받아들이고 있는 것으로 파악될 수 있으리라. 다시 말하면 음풍명월의 전근대적 문학관이, 한국사에서 개화시대의 도래와 함께 자연을 노래하던 것으로부터 인간의 삶과 역사를 의식하는 것으로 변화할 때 계몽주의 문학이 일어났고, 항상 독자들에게 무엇을 가르치고 깨우침으로써 문학의 역할이 수행될 수 있다고 생각한 교훈적인 문학이 — 새로운 지식을 배운 작가들을 통해 — 문학의 전부가 아니라는 사실과, 서구에서는 이미 18세기의 문학이라는 사실이 드러났을 때 사실주의 문학이 등장했고, 이 두 고전적인 문학에 싫증을 느낀 작가들이 새로운 내용의 문학을 의도했을 때 자아 성찰의 문학이 이룩되었다고 볼 수 있다. 그러나 이러한 태도는 문학이라는 것을 기계적인 산물로 보려는 도식적 관찰에 지나지 않는다. 이를테면 인간의 의식과 정신의 문제를 계산기로 해결하려는 오류를 내포하고 있는 것이다.

신문학 초기의 계몽주의 문학은, 개화운동 이후의 우리나라가 일본 제국주의의 침략을 받고 있을 때, 우리 민족의 비극적인 운명을 극복하기 위한 방법으로 한 지식인이 제시했던 문학이다. 그 시대의 문학 속에 '신식' 청년과 근대적 사고방식을 가진 인물이 주인공으로 등장하는 것은 개화의 물결이 이 땅을 휩쓴 뒤에 문학에서 보여준 개화의 의지였다. 그것은 곧 그 시대의 정신적 풍토가 그러한 인물을 요구하고 있었기 때문이며, 동시에 나라를 빼앗긴 민족이 새로운 지도자를 요구하고 있었기 때문이다. 물론 여기에서 주인공들이 올바른 개화의식을 소유했는지, 진정한 지도자일 수 있었는지에 대해서는 많은 검토가 필요하다. 사실 그 때문에 이 시대의 문학에 대해서 많은 사람이 그 한계성을 인정하고 있기도 하다. 그럼에도 불구하고 춘원의 문학에서 볼 수 있듯이 이 시대의 가치관이 문학작품 안에서 드러나고, 그것은 '신식'과 '개화'에 대한 동경으로 표출된다.

계몽주의 문학보다 약 한 세대쯤 뒤에 나타난 사실주의 문학에서는 '신식'과 '개화'에 대한 태도가 훨씬 비판적이면서 그것의 정당한 수용 태도가 검토된다. 이때가 되면 일제의 침략이 단시일 내에 중단되지 않을 것처럼 보이기도 했고, 또 새로운 문물이 외국으로부터 들어와서 이 땅에 발붙일 가능성을 어느 정도 보이기도 했다. 따라서 춘원과 같이 '신식'과 '개화'에 대해서 무비판적 열광을 보이지 않고, 그것이 이 땅에서 어떻게 받아들여져야 할지 상당히 고민하고 있었다. 다른 말로 바꾸면 춘원의 관념적 태도에서 염상섭·채만식의 구체적 태도로의 발전을 의미한다. 새로운 목표로 제시되었던 외국 유학이나 자유연애가 실제로 이 땅에 도입되었을 때 그것의 수용 태도가 확립되지 않았으므로 실감 있는 생활양식으로 이해될 수 없었던 것이다. 「삼대」나 「탁류」의 주인공들은 이러한 표피적인 목표 제시와는 전혀 다른 삶의 내용을 담고 있으며 그러한 점에서 1930~40년대 한국 사회의 풍속을 보여준다. 우선 「삼대」에서 아버지 조상훈은 미국 유학을 다녀왔지만, 자신의 새로운 지식을 제대로 사용하지 못하고, 실패한 삶을 사는 데 반해 아들 조덕기는 '개화'와 '보수'의 갈등 속에서 그것의 조화를 꾀했고, 급진적인 개화주의자 병화는 결국 자기모순을 드러내고 만다. 또한 「탁류」에서 은행원인 고태수는 근대적 금융기관에 다니면서 '근대'라는 것이 가져온 부산물 가운데 가장 나쁜 도시적 악(惡)만을 배우고, 초봉이는 이러한 '근대적' 악 속에서 비극적인 삶을 살아간다. 이 두 작품에서 조상훈은 형식적인 '신식'만을 배워옴으로써, 봉건적 인습보다 더욱 타락하고 보다 간교해져 버렸다는 점에서, 고태수는 근대적 기관이 사회적 책임을 수행하는 데에 대해서는 도외시하고 '사기'와 '횡령'이라는 '화폐'에 의해서 이룩되는 신악(新惡)을 저질렀다는 점에서 '근대화' 혹은 '도시화'에서 가장 나쁜 요소들만 보여주었다. 반면에 조덕기나 계봉이는 '근대화'에 조심스럽게 접근하면서도 그것이 가져올지도 모르는 악에 빠지지 않기 위해서, 그들의 행동에도 한계가 있지만, 상당한 주의를 기울인다.

이 두 인물의 유형을 통해 염상섭과 채만식은 개화 혹은 '근대화'에 대해 예리하게 관찰한다. 그것은 개항 이후 몇십 년이 지난 뒤 이 땅에서 일어나고 있는 삶의 여러 가지 양상을 목격해온 작가의 태도로 춘원보다 발전한 것이었다. 이들이 그렇게 되기까지는 춘원 문학의 약점이 그들에게 선행하고 있었기 때문이고, 그들의 주인공들이 그러한 삶을 영위하기까지는 그 당시 한국 사회의 많은 사람이 '개화' 혹은 '근대화'에 대해서 보다 냉철한 태도를 소유하게 되었기 때문일 것이다. 말하자면 이들의 문학을 통해서 우리가 확인할 수 있는 바는, 그 시대의 정신사적 풍속의 변천이라는 것이다. 말하자면 한국 사회의 가치관이 시대의 변천과 함께 움직이고 있음을 문학을 통해 보여주는 것이다. 특히 여기에서 주목하지 않으면 안 될 것은 이상의 문학이 반일

(反日)적 내용을 담을 수 없었던, 일제시대의 문학이라는 점이다. 따라서 이 시대에서 '개화'는, 나라 잃은 민족이 그것을 되찾는 힘을 기르는 방법으로서 의미를 지니면서도 동시에 그것의 서툰 모방을 통해 힘의 약화를 가져올 우려도 내포한다.

'개화'에 대한 이와 같은 태도는 해방까지 계속되고 있지만, 해방 후 그리고 1950년대에 들어오면 우리의 작가들에게서 찾아볼 수 없게 된다. 그것은 해방이라는 민족적 감격에 도취되었기 때문이기도 하며, 남북분단의 혼란 속에 묻혔기 때문이기도 하며, 6·25동란의 와중에 휩쓸렸기 때문이기도 했다. 그러나 보다 큰 이유는 '신식 문물'이 이 땅에 도입된 지 반세기 이상 됨으로써, 그것에 대한 맹종도 거부도 할 필요가 없어졌기 때문이다. 오히려 6·25동란의 비극을 경험하면서 전쟁이라는 거대한 힘에 피해를 받고 있는 '인간의 문제'가 작가들의 중요한 문제로 등장하게 되었다. 여기에서 이 시대의 정신적 양태를 보게 된다. 전쟁의 현장과 후방에서 '죽음'만을 제외하고는 어떤 것이든지 용납될 만큼 어려운 삶을 살고 있는 것으로 나타난다. 이 시대의 문학이란, 상황과 자아 사이의 화해할 길 없는 갈등을 이야기하고 있는 것이다. 전쟁에 참가한 주인공들은, 자신이 참가하고 있는 전쟁이 동족 간의 그것이라는 점에서부터 시작해 '방법'이 있는 사람은 군대에 입대하지 않아도 되었던 전쟁 중의 사회적 모순과 자기 자신은 항상 죽음의 강박관념에 빠져 있어야 했던 점에서 갈등을 느껴야 했고, 전쟁에 참가할 수 없었던 주인공은 미군부대의 주위를 맴돌거나 피난민의 대열에서 생명을 부지하기 위하여 안간힘을 써야 했고, 전쟁에 갔다 온 주인공은, 잃어버린 생활의 기반을 한탄하거나 자신의 육체의 일부분이 입은 상처를 통해서 운명을 저주하고 자학의 길을 택했던 것이다. 그들은 끊임없이 '도대체 산다는 것은 무엇이며, 나는 무엇인가'라는 어떻게 보면 허무주의적이고 어떻게 보면 존재론적인 질문 속에서 살고 있었다. 그들은 전쟁의 피해자들이었고 현실의 패배주의자들이었다. 그들은 시대적인 불안과 절망을 달래기 위해, 사창가를 찾아갔고, 스스로 창녀가 되었고, 정신병원을 드나들었고, 잔혹한 행위를 감행했고, 매일 술을 마시며 악을 썼고 전쟁을 저주했다. 그들은 일제시대처럼 상황의 어느 일면을 개조함으로써 그릇된 역사를 바로잡으려는 계몽주의적 태도도 취하지 않았고, 상황을 묘사함으로써 그 속에 내재한 모순을 발견해내려는 사실주의적 정신을 보여주지도 않았다. 그들은 '삶'과 '죽음'의 의미에 관해서 형이상학적 고민을 하고 있었다. 그들은 모든 것을 전쟁 때문이라고 생각하면서, 전쟁만 끝나면 그들에게는 어떠한 고민도 없어질 것처럼 생각했다. 그렇다면 이러한 형이상학적 패배주의는 어디에서 연유한 것일까? 해방의 감격과 해방 후의 혼란이 겨우 사라지게 되었을 때 또다시 전쟁을 경험하게 된 그들에게, 전쟁이란 너무나 큰 시련이었을는지도 모른다. 일제의 압박→ 해방→ 혼란→ 6·25동란으로 진행된 역사의 격동이 그들에게 전쟁을 객관적으로 바라볼 수 있도록 만들어주지 않았다고 말할 수도 있다. 그러나 보다 더 중요한 원인은 이런 격변하는 역사의 부산물인 모든 가치관의 변화에 있었던 것 같다. 일제시대에 있었던 계몽주의적 태도도 사실주의적 정신도 일제시대→ 해방→ 혼란→ 6·25동란 등의 역사적 사건을 경험하게 되면서 무기력해졌다는 것, 개인이 이러한 역사를 움직이기에는 너무나 무력하다는 것, 제2차 세계대전을 전후로 서구를 휩쓸던 실존주의 문학이 이 땅에 소개됨으로써(카뮈의 『이방인』이 우리나라에서 최초로 번역·소개된 것이 1951년이었다) 존재론적인 문제가 대두되었다는 것, 전쟁과 함께 서구의 문물이 급작스럽게 밀려왔다는 것에서 찾아볼 수 있다. 사실 해방 후에 있었던 지도자들의 분쟁과 암살과 1인 독재와, 중견 작가와 신진 평론가의 논쟁과, 윤리관의 변천과 외국 유학생의 격증은, '개항' 후인 19세기 말엽에 우리나라가 겪었던 것 이상의 사회적 변천을 의미한다. 전쟁의 와중에서 서구 사상의 영향을 급격하게 받아들인 1950년대의 문학에서 개인은 '나'의 문제를 앞세우게 되고 의식의 바깥으로 향하던 정신은 찢긴 '자아'를 붙들고 자조적 생활을 하거나 '자아'를 지탱하기 위해서 마지막 몸부림을 친다. '개인의 문제'가 문학에 등장한 것이 이상에게서 혈연 관계를 찾을 수 있다면, 이들의 문학은 상황과 개인 사이에서 갈등을 느끼고 있다고 말할 수 있다. 왜냐하면 그들의 주인공들은 대부분 전쟁이라는 구실을 갖고 있었고, 사회적 혼란기에 살았기 때문에 완벽한 개인의식을 소유하지 못했었다. 이와 같은 그들의 형이상학적 패배주의는 이 시대의 가치관이 어떤 것이었는지 말해준다.

그렇다면 '모든 것이 전쟁 때문'이라는 구실을 내세울 수 없는 최근의 문학에서 우리는 어떠한 풍속을 보게 되는가? 이것을 한마디로 말하기는 극히 어려운 일이겠지만 최근에 발표된 김문수의 「미로학습」, 홍성원의 「즐거운 지옥」, 이문구의 「덤으로 주고받기」 등은 이 문제에 대해서 상당히 시사적인 내용을 보여준다. 이 소설들의 주인공들이 '직장을 가진 인물'들이라는 점에서 그렇다.

「미로학습」의 주인공 '나'는 어느 잡지사의 기자이다. 그는 아침마다 연탄가스의 위험으로부터 무사여부(無事如否)로 하루 일과를 시작한다. 몇 차례 연탄가스로 인해 졸도하여 위험한 고비를 경험하면서도 그는 가난한 월급쟁이기 때문에 방을 옮기지도 못하고 그대로 위험을 무릅쓰고 있다. 그리고 아침마다 교통지옥을 겪는다. "보통 기운을 갖고 그런 무리에 끼었다간 밟혀 죽기 꼭 알맞을 노릇이었다. 차가와 닿았으니 우선 타야겠다는 생각은 앞섰지만 그것은 그저 생각뿐일 따름이었다. 도저히 결사적으로 앞을 다투는 승객들의 무리에 낄 엄두가 나지 않았다. 승차라기보다는 차라리 전쟁이라 함이 격에 맞는 말이었다. 그야말로 전쟁이었다. 저마다 제가 먼저 타야겠다고 기를 쓰며 밀려드는 승객들, 차장들의 악다구니……" 속에서 그는 '도저히 그 틈바구니에 낄 자신'을 갖지 못하여 거의 매일 지각을 한다. 직장에서는 출근하자마자 힐책을 듣는다. 그리고 직장의 일이라는 것이 '최신 물리 운동 기구'라는, 의학적인 신빙성이 없는 음성적으로 판매되는 음란한 기구의 광고를 싣는 일, '터키탕을 아시나요'라는, 탕 내에서의 불법적인 매춘 행위를 소개하는 일, 기사와 아무런 관계도 없는 나체의 남녀 사진을 수록하는 일 등이었다. 때마다 싸구려 밥집을 찾아다니며 끼니를 때우고 교통지옥의 버스를 타고 울화가 치밀 때 막소주를 마시는 것도 제대로 감당하지 못하는 박봉을 받는 그가, 직장에서는 선정적 동작과 말초신경을 자극하는 외설적인 일이나 하는 것은 그로 하여금 개인 삶에서나 직장의 일에서나 아무런 보람을 느끼지 못하게 한다. 그러면서도 그는 그 어느 쪽의 생활도 버리지 못하고 그대로 살아가고 있다. "기상·전차·사무소나 공장에서 네 시간·식사·네 시간의 근무·식사·수면, 월요일 화요일 수요일 목요일 금요일 토요일 언제나 같은 리듬으로" 똑같은 생활을 반복하고 있는 것이다. 그는 자기 자신의 삶을 새롭게 할 어떤 힘도 소유하지 못하고 불합리한 현실

230

의 피해자로 남아 있다. 이 소설의 마지막에 나오는 지하도에서의 방황은 이 주인공의 삶을 이야기해주는 중요한 에피소드이다. 그의 삶이 '미로학습'이었음을 이야기하고 있는 것이다.

「미로학습」이 직장인의 삶 가운데 피해자의 소극적인 생활을 그리고 있듯이 「덤으로 주고받기」도 적극적인 생활을 하지 못하는 한 월급쟁이를 이야기하고 있다. 잡지사의 광고부원으로 있는 신용갑은 자신이 좋아하는 '여자'를 두고 '일 년 가까이 눈치만 보며 밍긋거릴' 뿐 아무런 고백도 하지 못한다. 그는 사소한 일에도 신중과 숙고를 내세우고 주어진 분수에 맞추어 무리하지 않고 살아가려고 예금 한 가지에 열성을 기울인다. 그러나 그는 「미로학습」의 주인공과 달리 자신의 직업에 대해서 꿈과 신념을 갖고 있다. "현재의 이 상태, 낭비 조장에 지나지 않는 산업 혼란기가 한고비 넘어가고 건전한 소비 조장의 풍토만 마련되면 자기의 능력이 광고업자로서 성공할 확률도 크다고 스스로 믿고 있었다." 그는 '광고는 곧 투자'라는 인식이 부족한 실업계의 사고방식과, 뎁보(임의게재)라는 광고업계의 전근대적 치부를 거둬들여야 한다고 생각한다. 그는 또한 국내 광고의 변천 과정을 검토할 만한 능력을 갖고 있다. 즉 1940년대 광고계의 특징은, 잡지 광고가 본문의 기사와 비슷할수록 인기가 있었던 것으로 보아 광고가 읽힌 시대였고, 1950년대의 특징은, 시청각적인 요소들이 곁들여진 것으로 보아 직소(直訴)적인 효과가 있던 시대였고, 1960년대의 특징은 기계만능주의의 풍조로 창조적이고도 생생한 실감과 박력을 필요로 한 시기였기 때문에 섹스에 의한 자극의 시대였다는 것이다. 이러한 분석 능력을 갖고, '덤으로 주고받기'식의 광고계의 병폐를 꿰뚫고 있는 그는, 그러나 그런 현실의 모순을 시정하지도 못하고, 수입에서는 현상 유지나 하는 광고부원의 말단에 자리 잡고 있고, '미영'과 사랑의 결실도 맺지 못한다. 이것은 의식의 바깥쪽에서 오는 모순과 불만을 의식의 안쪽에서만 괴로워해야 하는 직장인의 소시민적 고민이다. 다시 말하면 현실을 정직하게 살려고 하는 사람일수록 현실의 끊임없는 배반을 경험하게 되고 그리하여 개인이 끊임없이 패배하는 오늘의 풍속인 것이다.

이 두 작품이 직장인의 삶을 이야기하고 있다면, 「즐거운 지옥」은 직장과 자유업의 중간 지점에서 헤매고 있는 한 인물의 갈등과 직장인의 비애를 보여준다. 소설가 H는 어떤 날 외출하면서 며칠마다 한 번씩 바뀌는 버스 정류장, 오 원짜리 동전만 꿀꺽 따먹는 고장 난 공중전화, 이중으로 물어야 하는 오물 수거료, 물 한 방울 먹지 못하고 지불해야 하는 수도요금, 손님에게 불친절한 버스 차장 등을 생각하면서 '대개의 서울 시민들이 그렇듯이 절대로 공중들 앞에서는 앞으로 나서지 않기로' 한 자신의 무감각한 태도를 발견한다. 이것은 자신의 신경이 무뎌서가 아니라 그런 사소한 것에까지 신경을 쓰기에는 산다는 것이 너무 어렵기 때문이다. 그렇다고 해서 그가 현실의 편리한 점만을 즐기는 소시민적 안락한 삶을 살고 있지는 않다. "빠찡꼬도 그렇고 포커 노름도 그렇고 술타령도 그렇고 문화 영화도 마찬가지였다. 그것들은 열심히 할 동안은 모르지만 하고 나면 모두 엄청난 웅덩이, 약간 우울하고 적당히 슬프고 구역질이 조금 나고, 한없이 깊고 끝이 없고 바닥이 없고 어둡고, 음습하고, 끈끈하고 치덕치덕한"것을 느낄 만큼 그는 자의식을 가지고 있다. 몇 날 밤을 새우고도 소설을 쓰지 못했을 때의 초조와 절망과 분노와 후회를 씻기 위해서 그는 친구들을 찾아간다. 그의 친구들은 "많은 말들을 의식적으로 생략하고 있었다. 피차가 잘 아는 번거로운 말들은 숨이 차고, 귀찮고, 부질없어서 생략하

는 것이었다. 그러나 그들은 그런 짧은 표현들 속에서도 피차 충분할
만큼 서로의 말들을 알아먹었다. 그들은 그런 짧은 말들을 깊고 폭넓
게 순식간에 이해했다." "친구인 그들 사이에도 때로는 맹렬하게 의견
들이 대립되었다. 그들은 그런 경우, 다시 안 볼 것처럼 용서 없이 단
호히 서로 다투었다. 〔……〕 그리고 그 맹렬히 다투는 것이 바로 그들
의 놀랄 만한 장점이기도 했다. 그러나 그들이 아무리 심하게 다투는
경우라도 몇 가지 룰을 지킬 줄 알았다. 그것은 그들이 좀더 진지하
게, 좀더 열심히, 정정당당히 싸우기 위해서도 반드시 지켜져야 할 룰
이었다." 그들 대화의 폭넓은 이해와, 언쟁을 쓸데없이 공전시키지 않
으려는 진지한 태도는 H가 친구를 찾는 즐거움이었던 것이다. 그들이
주머니를 털어 술을 마시게 되는 순간까지도 H는 즐거움의 상태를 누
린다. 그러나 그가 그들의 얼굴에서 자기 자신을 발견하는 순간, 그는
또다시 슬픔 속에 빠진다. "그들은 지쳐 있었다. 스물네 시간 지쳐 있
는 것이었다. H는 저들이 왜 지쳐 있는가 이유를 알았다. 저들은 글을
쓴다는 직업 외에 별도의 다른 직업들을 가지고 있었다. 그들의 직업
은 한마디로 말해서 소액의 생활비를 마련하려는 무지하게 권태로운
싸움이었다. 그들은 그러나 그 권태로운 싸움터를 버릴 수가 없었다."
직장 있는 친구들을 보면서 삶의 어려움을 느끼고 직장과 자유업을 저
울질하게 된다. "집안 구석구석에까지 웅크리고 앉은 가난, 소설의 어
려움 따위들이 한데 뭉친 괴로움이었다. 그는 다시 눈을 떴다. 취직을
할까? 취직을 해서 아늑하고 안전한 달팽이 껍질 속으로 기어들어갈
까?" 이것은 정신의 자유를 누리고 있는 한 소설가가 생활난에 지친
나머지 뱉고 있는 말이다. 이 말 속에는 가난한 대로 정신의 자유를
누릴 것이냐, 생활을 유지하기 위해 직장의 권태를 받아들일 것이냐

하는 것에 관한 질문이 숨어 있다. 1950년대의 작가들이 전쟁으로 인한 형이상학적 패배주의를 그리고 있다면 직장인들의 고민은 어디에서 연유하고 있는 것일까? 그 원인은 가치관의 변천에 있는 것 같다. 1960년대 후반 이후 이 땅에는 경제 발전의 움직임이 눈에 띄게 이룩되었다. 공장이 건설되고 국민소득이 올라가고 소비가 미덕인 풍조가 드러나는 등 근대화의 경제 풍토가 조성된 사회에서 볼 수 있는 여러 가지 현상이 노출되었다. 그러나 이러한 경제적 성장에 반하여 인간의 정신적 작업은 크게 후퇴하고 도덕적인 타락은 현저하게 증가하고 있는 것이다. 「미로학습」의 '나'가 직장으로부터 적당한 대우를 받고 있지 못한다거나, 직장에서의 일이, 독자들의 말초신경이나 자극해서 돈을 벌겠다는 배금주의로 인하여 아무런 보람도 느끼지 못하는 사실, 자신의 이해타산을 위해서는 남을 배반할 수도 있는 천덕규가 정직한 삶을 살아보려는 신용갑보다 경제적으로 성공하고 있다는 사실(「덤으로 주고받기」), 소설로서는 생활의 곤란을 받는 H가 지쳐 있는 친구들을 보면서도 직장과 자유업의 사이에서 헤매고 있다는 사실(「즐거운 지옥」) 등에서 정신적 작업의 후퇴와 도덕적 타락을 뚜렷이 보게 된다. 직장인들에게는 한결같이 '가난하다'는 것과 인간의 정신의 의미가 약화되고 있다는 공통점을 갖고 있다. 이것은 오늘날 사회적 윤리가 상업주의와 자유경쟁이라는 두 가지 기둥 위에 서 있는 데서 야기된다. 이들의 패배주의적 태도는, 1950년대의 작가들이 전쟁으로 인해서 그랬던 것에 반해 '돈'과 '정신의 위축'이라는 두 가지 요소에 근거를 두게 된 것이다. 말하자면 1950년대의 패배주의가 형이상학적인 것이라면 최근의 패배주의는 형이하학적인 것이라는 사실이다. 그리고 한국 사회의 음화(陰畵)적 특성이 이들의 문학으로 하여금 사회적 윤리의 변천을 드러내는 풍속적인 의미를 지니게 한다.

그러면 이 주인공들은 그러한 풍토에서 패배 그것만을 보여주기 위해 존재하는가? 그리고 작가들은 그것을 보여주기 위해서만 이 작품들을 썼을까? 아마도 그렇지는 않을 것이다. 「미로학습」의 '나'가 지하도를 방황하면서 출구를 찾으려고 노력하는 것이나, 「덤으로 주고받기」의 신용갑이 '미영'과 '천덕규'의 타산적인 삶에도 불구하고 자신의 꿈을 가꾸기 위해 착실하게 실력을 쌓아가고 있다거나, 「즐거운 지옥」의 H가 마지막에 '아니다'라고 외치는 대목도 그들의 삶이 패배로 끝나지 않을 것임을 보여준다. 그리고 이 작가들은 이러한 현실을 내보임으로써 극복하는 방법을 모색한다. 과연 그들이 앞으로 어떠한 삶을 보여줄 수 있을까 하는 문제는 오늘날 한국 문학이 어떤 방향으로 발전할 수 있을까 하는 문제에 연결된다. 그리고 그것은 곧 우리 자신의 문제가 될 것이다. (1970)

상황과 개인
―신상웅

1

1968년 「히포크라테스 흉상」으로 작품 활동을 시작한 신상웅은 그동안 10여 편의 작품을 발표함으로써 젊은 작가로서의 관심과 그 문학의 내용을 어느 정도 보여줬다고 할 수 있을 것 같다. 「히포크라테스 흉상」이 중편이라는 양감과 함께 그 내용 면에서 많은 주목을 받은 데 비하면 그 이후의 작품들이 별로 주목의 대상이 되지 못한 점은 어디에서 연유하는 것일까. 당선작이 출세작이라는 한국 문학의 고질적 풍토 때문일까. 혹은 「히포크라테스 흉상」만큼 긴 작품을 발표하지 못했기 때문일까. 아니면 그 이후의 작품이 당선작에 못 미치기 때문일까. 이러한 질문이 한국 소설 전반에 걸쳐서 던져졌을 때에는 관념적이고 추상적인 것이기 때문에 별다른 의미를 가질 수 없겠지만, 한 젊은 작가에게 던져졌을 때에는 구체적인 내용을 밝혀주지 않으면 안 된다. 위대한 작가가 동시대의 독자들(비평가를 포함해)로부터 부당한 대우를 받음으로써 비극적인 삶을 살아간 경우는 얼마든지 찾아볼 수 있다. 그러나 위대한 작가는 자기 작품에 대한 신념을 통해 동시대의 삶의 설움을 극복할 수 있는 힘을 가지고 있지만 젊은 작가는 자기의 작업 자체에 대한 회의 속에 빠질 우려가 있을 뿐만 아니라, 한 작가로서 자기완성의 상태에 도달하기 전에 좌절을 한다거나 자기완성의 방향을 잡지 못할 우려가 있다. 모든 가치관이 금전만능주의나 출세주의에 의존하고 있는 풍토 속에서는 글을 쓴다는 사실 자체만으로도 그것이 단순한 매문(賣文)이 아닌 한 평가받을 수 있는 일일는지도 모르지만, 그러나 일단 글을 쓰는 작업을 택한 이상, 그런 문학 외적인 감상주의로 자위할 수는 없다. 때문에 어떤 작품이나 작가를 논한다는 것은 그러한 애정을 전제로 하고 출발하면서도 보다 냉철한 분석과 평가를 동반하게 된다. 비평에서 비난과 찬사는 본질적으로 작가에 대한 애정으로부터 출발한다는 전제가 깔려 있다는 것을 생각해야 된다. 그럼에도 불구하고 한국의 문학 풍토는 그런 사실을 도외시하고 있기 때문에 비평가가 젊은 작가에 관해서 작가론을 쓸 때 여러 가지로 망설이게 되며, 작품이나 작가에 관한 활발한 논의가 어느 정도 저지되고 있는 실정이다. 그러나 문학에서 이러한 감정적 반응은 사실상 별로 중요한 의미를 지니지 않는다. 중요한 것은 비평가가 작품이나 작가를 논리적으로 정리하는 일이며, 작가가 작품으로써 비평가의 논리를 극복하는 일이다. 이러한 긴장관계 속에서만이 작가도 존재할 수 있고, 비평가도 존재할 수 있으며, 문학에서 변증법적인 발전도 할 수 있는 것이다. 문학 외적인 문제이면서 문학 자체의 문제이기도 한 이것이 중요한 이유도 여기에 있다.

2

신상웅의 처녀작 「히포크라테스 흉상」은 갑작스럽게 복통을 일으킨 송문집 일병의 이야기이다. 송문집은 동료 구영구 일병으로부터 하찮은 질문을 받으면서 구 일병은 "어쨌든 그렇게 쉬운 걸 못 알아내면, 넌 늘 움켜잡고 돌아가는 그 배앓이로 칵 뒈질 것"이라며 단정을 내린다. 그때부터 송문집은 예의 복통이 일어나 앓기 시작한다. 송문집은 이제 투병과 후송의 과정을 밟게 된다. 정 소위는 그를 연대 의무실로 후송하고, 연대의 군의관은 사고라도 날까 봐 그를 3포대 의무대로 후송시키고, 의무대 군의관은 그를 다시 제7이동외과 병원으로 후송한다. 그러나 이 이동외과 병원에서도 손을 댔다가는 사고 날까 봐 그를 제9야전 병원으로 후송하고, 야전 병원에서는 다시 78후송 병원으로 그를 보낸다. 여기에서 비로소 수술을 받은 그는, 그러나 그 수술 결과가 좋지 않아 재수술을 받는다. 그러고는 다시 한 번 후송이 된 그는 병발증 수술을 또다시 받는다. 그러나 결국 송문집은 죽고 만다.

송문집의 후송과 죽음을 통해서 만나게 되는 문제는 송문집 개인의 문제와 그를 둘러싸고 있는 상황의 문제로 나뉜다. 또한 상황의 문제는 병원 안의 세계와 병원 밖의 세계로 양분되는데, 그렇다면 이러한 것들의 의미는 무엇일까?

첫째, 송문집 개인의 문제는, 동료 구영구 일병과의 관계로써 그 실마리를 찾게 된다. 구영구가 대수롭지 않은 질문을 하면서 그것을 알아맞히지 못하면 "배앓이로 칵 뒈질 것"이라고 단언하면서부터 송문집은 배를 앓는 것이다. 이것은 육체적 아픔이 정신적 상처와 동시적으로 진행되는 송문집의 정신적 질환에 관한 부분을 설명해준다. 그렇기 때문에 송문집은 후송 과정에서 복통을 느끼면서도 기회가 있을 때마다 구영구의 질문의 해답이 무엇인지 찾으려고 노력하고, 그것을 찾지 못했을 때 '죽음'이라는 절망감에 사로잡히지만, 그 답을 찾게 되었을 때 '삶'에 대한 확신을 갖게 되는 것이다. 사실 그는 복막염 수술의 성공으로 일단 '죽음'의 위협에서 벗어난다. 그러나 마지막으로 후송된 병원에서 김환식을 만난다는 것은 다시 '죽음'의 위험 속에 있음을 이야기해준다. 왜냐하면 김환식은 또 다른 구영구이기 때문이다. 그는 김환식이 자신의 과거를 알고 있다는 사실에서 불안을 느끼고 드디어 병발증으로 죽어가는 것이다. 여기에서 그는 살기 위해 피나는 투병 과정을 보여주는데 사실은 그 투병이 구영구-김환식이라는 인물과의 대결이었고, 따라서 그것은 정신적인 의미를 지니고 있다. 삶을 내면적 의식과 상황에 대한 의식으로 양분한다면 그것은 전자에 속한다.

둘째, 후자에 속하는 문제는 송문집 개인의 질환을 둘러싸고 일어나는 병원 측의 반응으로 요약될 수 있다. 작품의 서두에서 인용하고 있는 "나는 내 능력과 판단에 따라 환자를 위해 치료할 뿐, 결코 그들의 상처나 질환을 위해 시료(施療)하지는 않을 것이다"라는 히포크라테스의 말처럼, 의사라는 직업이 가진 인간적 의지가 현대의 조직-군대 사회 속에서 어떻게 변질되고 있는가를 이 작품은 이야기해준다. 복막염 환자가 발생했을 때 송문집이 소속된 중대나 연대의 의무실에서는 그것을 치료할 만한 시설이나 의약품을 갖추지 못했기 때문에 환자를 후송함으로써 '급성'을 더욱 악화시키는 결과를 초래하는데, 그다음 후송 병원에서도 차례로 환자의 병이 너무 위급하든가 수술 결과에 대한 책임을 회피하기 위해 진통제와 같은 응급 치료만 한 다음 보다 큰 병원으로 계속 후송한다. 그들은 자신이 직접적인 책임을 지지 않게 되기를 바라고, 그래서 한 환자가 죽어가는 것과는 상관없이 후송만을 계속하고 있는 것이다. 환자가 수술을 받게 되는 것은 다섯 번째로 후송된 병원에서인데, 그러나 이때 수술하는 군의관의 자세는 "내 능력과 판단에 따라 환자를 위해 치료할 뿐, 그들의 상처나 질환을 위해 치료하지는 않을 것"이라고 하는 히포크라테스의 정신에 따라서가 아니라 자신의 의술에 대한 실험 과정이나 자신의 실력 향상을 위해서인 것이다. 다음과 같은 작가의 표현이 그것을 말해준다.

> 의사는 두 개의 얼굴을 가지고 있다. 하나는 이 세계 인류 가운데 살아 있는 사람은 자기 하나뿐이라고 단정하는 얼굴이고, 다른 하나는 자기를 제외한 모든 사람이 살아 있다고 생각하는 그런 변덕스런 두 개의 얼굴을 가지고 있는 것이다. 의사가 자기만 유일한 생명체라고 생각하기 때문에 환자를 상상해보는 일이란 없는 것이다. 환자의 제언이나 고통의 부르짖음은 들리지 않는다. 그런 유령의 소리는 참고로 할 필요도 없다. 그에겐 상처만 있는 것이다. 하찮은 감기로 해서 결근까지 했던 자신을 잊으려고 노력할 것도 없이, 그는 아무 거리낌 없이 마구 찢고 끊어내고 긁고 봉하고 한다. 그는 시체를 놓고 주무르기 때문이다. 그러나 다음 날이면 의사는 다른 얼굴이 되어 나타난다. 그는 모든 세상 사람들이 살아 있다고 생각한다. 그리고 자신은 그 모든 생명의 보증이라고 자부한다.

여기에서 의사의 두 개의 얼굴은 히포크라테스의 정신에 배반되는 것이지만, 환자 송문집의 상황에서 의사는 그 두 개의 얼굴을 갖고 있

는 것이고, 따라서 환자는 더 많은 고통과 더 많은 희생을 감수하게
된다. 말하자면 '의사'라는 직업이 히포크라테스 정신에 따른 인간에
대한 사람의 작업이 되지 못하고, 조직사회 속에서 하나의 '자리'를 지
키는 기능인으로 남아 있다는 이야기가 된다. 이때 '의사'를 하나의 인
간이라는 측면에서 관찰하게 되면 그들의 휴식이나 개인으로서의 고
민을 인정하지 않을 수 없지만 그러나 일단 하나의 '직업'으로 그것을
선택한 이상, 보편적인 인간이 가질 수 있는 휴식이나 오락이란 그들
의 '천직'에 선행하는 것은 아니다. 이 작품의 마지막 부분에서 송문집
이 통증으로 신음하는 동안 의사들이 크리스마스 축제에 빠져 있다는
사실, 진통제인 줄 잘못 알고 건네준 약을 먹은 것을 기화로 송문집의
죽음을 자살로 꾸민 사실, "내 책임이 아니란 말야"라고 외치는 박 대
위의 책임 회피 등은 환자 자신의 문제이면서 상황이 그렇게 만들어
준 것이다. 그것은 본말이 전도되고 있는 조직사회의 현대적 성격이며
모순이다. 이러한 사실이 또 하나의 상황으로 드러나고 있는 것은 환
자와 의사를 제외한 이 작품의 등장인물들에게서이다. 가짜로 의병제
대를 하기 위해 입원한 사람들, 파월 유족, 병원에 종사하는 사람들의
가족, 화염 방사기에 맞은 화상 환자의 부모, 병원의 시찰관 등은 그
런 것을 의식하게 되는 사람에게서 외적 현실로 나타나고 있는 것이
다. 이것은 하나의 조직사회를 둘러싸고 일어나는 모순이면서 동시에
상황을 의식하는 환자의 외적 아픔이다. 자기의 내적 아픔과 외적 아
픔을 동시에 가지고 있는 것이 신상웅의 주인공이라고 한다면 그것은
곧 이 작가의 현실 인식의 태도라고 할 수 있다. 이것은 현실의 모순-
아픔이라는 것이 자기 안에서와 자기 밖에서 동시에 일어나고 있다는
사실의 인식이다. 모든 것이 역사의 책임이라고 하는 자기책임의 회

피가 아니라 두 요소의 동시적 인식 속에 내재하고 있는 삶의 갈등이며 고뇌라고 할 수 있다. 그러한 모습이 작품 안에서 어떻게 드러나느냐 하는 문제를 다시 검토해보면, 우선 외적인 아픔은 앞에서 인용한 바 있는 '의사의 두 개의 얼굴'로 설명될 수 있다. 이때 '의사' 대신에, 오늘날 우리가 사는 데서 우리에게 압력을 주는 어떤 것이든지 대입시켜보면 모든 것이 명확해진다. 즉 우리가 사는 데서 정치라거나 경제라거나 권력이라거나 돈이라는 것은 의사가 두 개의 얼굴을 가지고 있는 것처럼, 본질적인 속성 외에 변질된 두 개의 속성을 가지고 있으며, 모든 사회적 태도는 그러한 성격을 지녔다. 그러므로 여기에서 '의사'라는 특수한 직업은 보편적인 어떤 것으로 환언될 수 있으며 현실의 모든 모순이 그 속에 요약될 수 있다. 그러나 그러한 현실을 그린 것만으로 이 작품을 보게 되면 현실의 여러 가지 모순을 고발했다는 피상적 관찰에 떨어지고 만다. 이때 피상적 관찰이라는 것은 '고발'이라는 어휘의 도발적 성격에 너무 치우치게 됨으로써 문학작품을 하나의 보고서로 떨어뜨릴 위험성 때문에 하는 말이다. 사실 6·25동란 이후 이런 종류의 전쟁 고발·현실 고발 소설은 얼마든지 있었다. 그러나 그러한 소설들은 현실 속에서 피해를 입었다는 사실에 대해서만 지나치게 의식한 나머지 자기 현실의 많은 부분이 자기 선택으로 이룩되었음을 도외시하고 있었던 것이다. 그러한 사실들이 문학을 일종의 보고서 수준으로 추락시킨 예를 우리들은 얼마든지 찾아볼 수 있다. 그러나 「히포크라테스 흉상」은 상황으로부터 주어진 그러한 외적 아픔만이 아니라, 자기 안에서 일어나는 내적 아픔을 동시에 그리고 있다. 첫째 자기 안에 복막염이라고 하는 육체적 아픔을 가지고 있다는 사실로 나타나고, 둘째 그 육체적 아픔이 구영서와 김환식을 통해서 정신

적 아픔으로 환치되고, 셋째 그러한 아픔을 극복하기 위해서 주인공이
피나는 투병 과정을 밟는 것으로 드러난다. 이러한 내적 아픔은 자기
에 대한 존재론적인 인식에서 출발한 것으로 나를 상황의 종속적 존재
로 파악한 것도 아니고 독립적 존재로 파악한 것도 아니다. 그것은 나
와 '상황'의 긴장관계 속에 존재하는 '자아'의 발견이다. 그렇기 때문
에 신상웅에게 현실은 모순된 상황의 고발만이 아니라, 거기에 대응하
는 '나'의 '앎'까지 포함하게 되고, 따라서 이 작품은 단순한 보고서의
차원을 뛰어넘고 있는 것이다.

3

그렇다면 그 이후의 신상웅의 작품은 어떠한가. 내가 읽을 수 있었
던 작품으로는 「병사의 휴가」 「추적」 「여름 나기」, 그리고 최근의 작
품 「이수일전(傳)」이 있다. 군대 생활의 이야기로부터 출발한 신상웅
은 이러한 작품들을 통해 작가적 관심의 폭을 넓혀가고 있다. 「병사의
휴가」는 2년 동안 군대 생활을 한 병사의 첫 휴가 이야기라는 점에서
「히포크라테스 흉상」과 마찬가지로 군대 이야기라는 것을 알 수 있지
만, 「추적」은 군대에서 자기가 잘못 쏘아 죽인 동료의 아들을 찾는 내
용이고, 「여름 나기」는 농촌에서 농민들이 여름을 보내는 동안에 경험
하는 비극을 다루고, 「이수일전」은 대학생들의 이야기이다. 그러나 문
학작품에서 무엇을 썼느냐 하는 문제에서 '무엇'을 지나치게 단순화시
켜버리면 그 '무엇'은 의미를 잃게 된다. 여기에서 '무엇'은 그 작가의
문학적 문맥과 작품의 전체적 구조 속에서만이 의미를 지닐 수 있다.
　「병사의 휴가」는 입대한 후 2년 만에 휴가를 나온 병사의 이야기이
다. 2년 동안에 달라진 거리에서 사업에 실패하여 이사가버린 집, 무

역회사의 소시민이 되어버린 친구, 여전히 전혀 변하지 않은 교수와 바둑집의 친구들, 교도소에 갇혀 있는 아버지, 이미 자기로부터 돌아서버린 옛날 연인, 마지막 주머니를 턴 헌병 등을 만나는 주인공은 외부로부터 주어진 아픔을 갖고 있다. 여기에서는 '군대'라는 누구에게나 주어진 의무 기간 동안에 모든 현실로부터 소외된 자의 아픔이 삽화적으로 그려지고 있지만, 그러나 「히포크라테스 흉상」에서 볼 수 있었던 것과 같은 내부로부터 솟아난 아픔은 없다. 외부로부터 주어진 아픔은 그 자체로서는 의미가 없다. 그것이 내부에서 앓는 아픔을 유발시켰을 때에만 외부로부터의 아픔은 상황 의식으로서의 의미를 갖게 되는 것이다.

그런 점에서 「추적」은 외적인 사건이 내적 질환을 유발한 작품이라고 할 수 있다. 휴전 협정 직전에 일선에서 싸우던 곽수원은 전쟁의 불안과 탁상에서의 휴전 협정 논의가 지닌 모순으로 인해 정신 이상의 상태에 몰입하게 된다. 그는 휴전 협정이 성립된 줄도 모르고 일선의 전투에서 백기를 든 적을 살해하게 되는데, 그 적의 유언이 어디에 사는지도 모르는 '건'이라는 이름을 가진 아들에 대한 부탁이라는 것을 알고 그 아들을 찾아 헤맨다. 그는 거의 정신 이상 상태에 있는 사람처럼 자수한 적의 아들을 찾음으로써 자신의 죄를 보상하고자 한다. 사실상 그는 적의 아들을 찾아서 어떻게 보살펴준다는 구체적인 계획도 없이 찾아다니는 것이다. 이것은 적의 아들을 찾음으로써 자기의 정신적 질환을 치유하려는 그의 내적 투쟁이다. 그는 자신의 실수 죄를 아무에게도 고백하지 못하고 그 사실을 알고 있는 다른 동료에게도 고백하지도, 그에게서 듣지도 못하고 있다. 이것은 그에게 내적인 아픔을 이룬다. 결국 그는 자기의 수공업 인쇄소 직공의 도움으로 지금은 배민상으로 변성명(變姓名)한 '김건'을 찾는다. 그리고 그에게 자신의 과거를 이야기함으로써 그는 정신적 질환으로부터 치유되는 것이다. 그가 자기 인쇄소가 철거되고 있다는 사실을 알고도 태연할 수 있었던 것이나, 옛 동료인 정건묵에게 이제는 헤어지자고 말할 수 있었던 것도 자기의 내적 아픔이 사라졌기 때문이다. 그렇다면 '김건'이 이름을 바꾸어 살고 미국으로 떠나려고 했던 것은 무엇을 의미하는가. 그것은 이 작가가 여기에서 그의 아버지와 어머니의 결혼에 관한 이야기를 털어놓게 함으로써 어떤 설명을 하려고 했던 것으로 나타난다. 항일 투사의 아들과 친일 모리배 딸의 결혼으로 나타난 김건의 혈연적 계보는 "당신들은 뭘 위해서 싸웠다는 겁니까. 도대체 당신들이 당신들의 후대에 남겨줄 건 뭡니까"라는 항의에서 말해주듯 '김건'의 내적 질환으로 나타나고 있다. 그렇기 때문에 김건은 배민상으로 성과 이름을 쉽게 바꿀 수 있었고 미국으로 영원한 도피를 꿈꾸었던 것이다. 그러나 곽수원의 자기 아픔을 극복하려는 노력은 '김건'에게도 영향을 미치게 되어 결국 그로 하여금 미국 도피를 중단하게 했다. 말하자면 「히포크라테스 흉상」에서는 치유되지 못하고 죽어간 주인공에 반해 이 작품에서는 두 주인공이 내적 아픔을 치유하는 것으로 끝난다는 차이가 있다. 이것은 작가가 상황의 의미를 앞에서보다 덜 비극적으로 파악하고 있다는 뜻으로 바꾸어 말할 수 있는 반면에, 질환—혹은 아픔 자체의 심각성이 더 심화되지 않았다는 것으로 받아들일 수도 있다. 작품 자체에서는 가정이 불가능하지만, 그 가정이 허락된다면 곽수원이나 김건의 치유 불능 상태가 그들의 삶에 보다 더 보편적인 의미를 부여할 수 있었을 것이다. 왜냐하면 그렇게 되면 그들의 삶이란 그들 개인의 특수한 삶으로 끝나지 않고 한국인의 비극적인 현실로 보편화할 수 있을 것이기 때문이다.

이러한 작품들이 새로운 상황 속에 처해 있는 사람들의 정신세계에 관한 고찰이라고 한다면, 「여름 나기」는 전통적인 세계(농사짓는다는 것, 그리고 농촌의 풍속을 전통적인 것으로 본다면)에 살고 있는 사람들의 비극적인 삶을 이야기해준다. 매년의 삶의 기후(비가 많이 오느냐, 적당히 오느냐, 혹은 가뭄이 드느냐 하는 문제에 삶을 의탁하고 있다는 점에서)에 의존하고 있는 농촌에서 가뭄 때문에 살인이 날 지경에 이르렀고 홍수로 인해 많은 사람이 죽어간 것이다. 여기에다 '김 의원'으로 대표되는 권력의 횡포와 '덕소 아들'로 대표되는 도시적 타락이 드러남으로써 농촌 삶의 어려움에 대한 여러 현상과 농촌의 정신적 변모 과정을 암시하고 있다. 그러나 이 작품에서 이야기되고 있는 것은 농촌의 가난과, 덕소 부인의 죽음으로 표현된 토속적 한(恨)의 세계라고 할 수 있다. 그러나 이러한 이야기는 지금까지 한국 소설의 한 측면을 담당해온 농촌소설의 변형으로 파악되지만 신상웅의 작가적 정신세계에서는 현실에 대한 관심의 다양성과 관계되고 있는 듯하다. 그것은 이 작품이 앞에서 살펴본 「히포크라테스 흉상」이나 「추적」과는 아무런 혈연관계가 없는 것으로 드러나기 때문이다.

「히포크라테스 흉상」과 「추적」으로 이어지는 신상웅의 작가적 세계는 「이수일전」에 의해 발전적인 모습을 보여준다. 대학생들이 서클 활동의 일환으로 농촌운동에 나설 때 「이수일전」을 연극화했다가 뒤에 영화화하는 도중, 여주인공의 죽음을 통해 모든 것이 중단된 것으로 나타나는 이 작품은 한국의 현실을 표상하면서 동시에 젊은이들의 정신세계에 자리잡은 내적 아픔을 보여준다. 여기에서 현실의 단면으로서는 우선 「이수일전」 자체가 대동강변을 무대로 하고 있다는 점에서 분단된 이 땅의 현실에 대한 인식이라고 할 수 있다. 그러나 이 분단에 대한 인식은 젊은 대학생들에게 6·25동란이라는 전흔(戰痕)으로서의 인식이 아니라 과거 추억의 장소로서의 인식이라는 것이다. "우리가 드디어 이 작품을 토대로 한 연극 대본을 만들고 배역을 짜서 연습에 들어가게까지 한 결정적인 작용을 한 것은 이 작품의 클라이맥스가 평양의 대동강변을 무대로 전개되고 있다는 점 때문이었다고 할 수있다. 우리는 모두가 한결같이 중얼거렸다. 아, 가볼 수 없는 땅 평양, 대동강, 모란봉, 부벽루 산보, 능라도, 을밀대…… 우리는 이미 우리가 태어나기도 전에 금을 긋고 경비병을 세워 출입이 막힌 땅, 그 선천적인 운명을 지닌 땅에 대한 집요한 마음 끌림을 떨쳐버릴 수가 없었다"는 점이 그것이다. 말하자면 젊은이들에게는 이북이라는 곳이 그렇게밖에는 인식될 수 없었던 것이다. 그들로서는 그 이상의 실체로서 이북을 인식할 수는 없었다. 그들은 이러한 사실로부터 출발해 현실의 모순을 그 작품 안에서 되풀이되고 있음을 알고 있는 것 같다. 그 당시의 배금주의가 오늘에 와서는 새로운 형태를 띠고 있다는 것을 암시하며, 연극에서 마지막 부분의 변형이 이야기하고 있는 것과 같은 오늘의 현실을 인식하고 있는 것이다. 그러나 여기에서 더욱 주목하지 않으면 안 될 점은 이 작품에 등장하는 젊은이들의 내적 아픔의 내용이다.

이 작품에서 김영후는 '어마어마한' 재벌집 아들이며 친구인 김중배를 혹독하게 비난한다. "너 같은 친일파 재산가의 피를 이어받은 놈이" "우리 클럽의 회원까지 되었다"고 매도하고 있는 김영후의 태도는 현실을 도식적으로 받아들이는 것을 의미하며 그 때문에 작가는 김영후의 태도를 이해하면서도 김중배의 편에 설 수 있었던 것 같다. 그러나 이 작품에서 보다 중요한 것은 그들이 '이수일전'을 상연하고 촬영한 사실이 의미할 수 있는 것이 무엇일까. 다시 말하면 유신혜의 죽음이 의미하는 것은 무엇일까 하는 문제이다. 그것은 현실의 어느 방면으로도 돌파구를 찾을 수 없었던 그들의 젊음의 정열이 연극을 통해서 발산될 수 있었음을 의미하며, '영화' 속의 삶을 현재적 삶으로 바꾸어놓음으로써 답답한 현실(그것은 외부로부터 주어진 아픔이 내적 아픔을 유발함을 뜻한다)로부터의 탈출을 시도할 수 있었음을 의미한다. 그것은 유신혜의 죽음뿐만 아니라 그 직전에 연극의 마지막 장면을 위커힐 근처에서 촬영할 때 김영후의 태도에서도 드러난다. 결국 김영후가 경찰 앞에서 자신이 살해했다고 나서게 된 것도 영화 속 삶을 현실적인 삶으로 바꾸어놓고 싶어 했던 자기 자신의 정신적 질환 때문이었다. 이러한 사실들은 그들의 내적 아픔과 외적 아픔이 긴장관계를 유지하고 있음을 말해주는데, 유신혜의 죽음은 그들의 허무주의(작품 안의 삶을 살고자 한)를 일깨워주었던 것이다. 그렇다면 이들의 허무주의는 어디에서 연유하는 것일까. 물론 김영후에게 그것은 김중배에 대한 비난과 적의에서부터 어떤 실마리를 찾을 수 있을 것이다. 그러나 다른 인물들에게 그것은 어디에서 연유하는가. 사실 이 문제에 관해서는 추측만이 가능하겠지만, 그러나 이 작품을 떠나 우리 사회의 정신사의 맥락을 찾는다거나 가치관을 세우는 과정에서 이 문제의 중요성은 얼마든지 강조될 수 있다. 그리고 이 문제는 가장 정당하게 구명되고 넘어갈 수 있어야 한다.

이상과 같은 신상웅의 작품들을 비교·검토함으로써 「이수일전」의 의미가 그의 세계에서 어떤 맥락을 이루고 있는 것이 사실임을 알 수 있다. 그러나 이 작가에게는 아직 10여 편의 작품밖에 없다는 것을 생각하면 앞으로의 여러 가지 가능성을 생각할 수 있다. 그에 관한 본격적인 평가는 그러한 작품들이 더 많이 발표된 뒤에야 가능할 것이다. 그때까지 이 작가에 대한 단정은 보류해야 될 것이다. (1971)

상황과 문체
—이문구

1966년 『현대문학』을 통해 작품 활동을 시작한 이문구는 그동안 20편에 가까운 작품을 발표함으로써, 그리고 그 작품 속에서 일관성 있는 작가의 세계를 어느 정도 암시함으로써, 그가 생각하고 있는 이른바 소설의 의미를 그 나름으로 보여주고자 한 작가의 경우에 속한다. 물론 한 사람의 작가가, 특히 젊은 작가가 자기 세계를 지나치게 빨리 갖는다는 것이 좋다는 점을 주장하는 것은 아니지만, 그 문제와는 상관없이 작가 이문구가 자기 세계를 비교적 빨리 구축한 경우에 속하는 것은 사실이다. 그렇다고 해서 이문구가 자기 세계 속에 안재(安在)하고 있다거나 그의 세계는 이미 그 전체의 모습을 드러냈으므로 지금까지 발표된 작품을 대상으로 이 작가의 세계를 규명해봄으로써 충분하다는 결론에 따라 이 글을 쓰는 것은 아니다. 이 글은 말하자면 앞으

로 전개될 이문구의 문학적 공간에 대해서 많은 확대와 가능성을 기대
하면서도 그것을 유보 사항으로 받아들이고, 그것의 보다 발전적인 확
대와, 그리고 그것이 한국 소설에 정당하고 괄목할 만하게 영향을 미
칠 수 있기를 바라는 마음에서 쓰여지지 않을 수 없는 것이다. 불과
20편의 작품을 발표한 젊은 작가에 관해서 길게 이야기한다는 것은,
그러므로 그 작가를 위해서 상당한 망설임을 동반하게 된다. 그러나
최근에 이 작가가 발표한 「암소」는 여러 가지 점에서 주목할 만하다.
첫째 이 작품은 이 작가가 걸어온 문학적 삶의 가장 뛰어난 표현이었
고, 둘째 이 작품은 한국 소설의 소재 면에서 같은 계열의 작품 중 중
요한 수준을 유지하고, 셋째 이 작품이 지닌 문체의 특수성이 한국 소
설의 일반적 문체와 상당한 거리를 유지하고 있기 때문이다. 하나의
단편이 이러한 세 가지 문제를 동시에 제기할 수 있다면, 이것은 요즈
음에 와서 극히 드문 경우에 속할 뿐만 아니라 보다 착실하게 검토해
볼 필요성을 갖고 있다. 어떤 문제가 제기되었을 때 즉각적으로 그것
에 대해 정당하게 검토하는 일은 오늘날 한국 비평이 짊어지고 있는
의무라고 할 수 있다. 나는 언젠가 이 작품에 관해서 다음과 같은 글
을 쓴 적이 있다.

이문구의 「암소」는 그가 즐겨 다루어온 농촌의 이야기이다. 그는
「이 풍진 세상을」에서도 그렇지만 이 작품에서도 시골 사투리를 주
축으로 한 창이나 판소리의 토운을 자신의 목소리로 변형시킴으로써
독특한 스타일을 구축하고 있다. 그가 농촌 이야기에서 자주 들고 있
는 족보라든가 가문이라든지 가난이라는 에피소드가 염상섭이나 채
만식의 작품에서 볼 수 있는 것임에도 불구하고 그것이 그의 목소리

로 들리는 것은 그의 독특한 스타일 때문인 것 같다.

그것은 그의 문체가 논리적인 표준어가 아니라 직정(直情)적인 사투리에 의존하고 있고 직정적인 사투리가 현실의 모순을 해학적으로 비꼬는 형식을 취하는 데 있는 것이다. 따라서 그의 작품에는 고발이라든가 분노 대신에 유머와 삶의 힘이 있다. 그것은 심각한 현실을 희화화함으로써 심각함을 직시할 수 없게 만들어버릴 수 있는 우려에도 불구하고 논리적으로 해결될 수 없는 건강한 생명력을 바탕으로 하고 있기 때문에 주목의 대상이 되는 것이다. 이야기의 도식성에도 불구하고 이 작품이 읽히는 이유는 여기에 연유하고 있는 것 같다.

그러나 그의 문학이 해결할 과제는 유머와 생명력이 어떻게 논리적 조화를 이룩할 수 있으며 오늘날 농민의 의식의 도시화가 가져오고 있는 농촌의 고민과 갈등에 어떠한 윤리관을 부여할 수 있는지에 있는 것 같다.

나로서는 이러한 나의 견해를 보다 구체적으로 밝힐 필요성을 느끼고 있고 특히 최근에 와서 갑자기 주목받고 있는 농촌문학에 대해서도 전제조건을 제시해야 한다고 생각한다. 여기에서 '전제조건'이란, 농촌문학이 1930년대의 수준으로 돌아가지 않고 그 수준을 극복하도록 하기 위한 것이다. 그러기 위해서 이 작가의 작품을 검토하는 일이 선행되어야 할 것이다.

이문구의 작품은 소재상으로 보면 크게 두 가지로 나뉜다. 비구니 '연묘'의 탈속 이야기인 데뷔작 「다갈라 불망비(不忘碑)」로부터, 자식이 없는 시골의 전형적인 수전노가 봉변당하는 「이풍헌」, 게으르고 술

좋아하고 난폭한 사나이의 이야기 「김탁보전(傳)」, 의처증에 걸려 있는 남편과 도시적 괴로움을 앓고 있는 마누라의 이야기 「담배 한 대」, 학의 서식(棲息)을 통해서 자신의 운명을 절감하고 있는 노인의 이야기 「백의」, 돈 때문에 선거운동에 가담하여 폭력을 휘두르는 시골 사람의 이야기 「장난감 풍선」, 서울 사람이 시골에 가서 족보로 사기 치는 이야기 「이 풍진 세상을」, 머슴과 주인의 관계를 그리고 있는 「암소」 등은 시골에서 살고 있는 사람들의 이야기이다. 반면에 자식이 없는 영감이 자식에 대한 정으로 인해 봉변을 당하는 「백결」, 도둑질을 전문으로 하는 불행한 가정 출신의 이야기 「야훼의 무곡」, 자신의 비극적 삶을 딛고 사는 친구에게 끝까지 보복하려 드는 「생존허가원」, 밑바닥의 삶을 벗어나기 위해 몸부림치다가 결국 자동차에 부딪혀 죽는 「부동행(不動行)」, 도로 포장이라는 '노가다판'의 삶을 그린 「지혈」, 사기와 들치기로 삶을 이어가는 「두더지」, 자식에 대한 애정 때문에 괴로운 삶을 살아야 하는 「가을 소리」, 사원 2대의 뒷이야기를 쓰고 있는 「이삭」, 월급쟁이 삶의 허무주의를 그리고 있는 「덤으로 주고 받기」, 막일의 매일 노동으로 연명해가는 사람들의 이야기 「몽금포 타령」 등은 서울의 변두리에서 살고 있는 사람들의 밑바닥 인생이다. 그러나 이 두 가지 경우는 그들의 삶의 장소를 달리했을 뿐, 찌들어지게 가난한 삶을 살고 있다는 점에서 서울의 변두리 사람일지라도 시골 출신이라는 점에서, 시골에 사는 사람이나 서울의 변두리에 사는 사람이나 삶에 대한 태도가 같다는 점에서, 이야기의 내용은 무대만 바뀌었을 뿐 같은 것임을 알 수 있다. 다시 말하면 이 작가가 이야기하고 있는 점은 '가난한 삶'을 살고 있는 사람들의 삶의 여러 가지 양태에 관한 것이다. 즉 '삶'이라는 이름에 값하지 못하는 비극적인 것으로 「다갈라 불망비」의 경우를 제외하고는 모두 '돈'과 연관된다. 가령 「백결」
에서 조춘달 영감이 자식이 없기 때문에 '옥화'나 흑황 혼혈아 '종우'
를 자식처럼 기르려고 하지만 실패하고 만 이유는 '돈'을 욕심내고 있
는 사기꾼 최덕수에게 넘어간 데 있고, 「야훼의 무곡」에서 맏선이와
끝선이의 삶이 유치장으로 끌려가는 것으로 끝나는 것도 부모들에게
'돈'이 없었고, 그들에게 자신의 목숨을 이어야 했던 '돈'이 없었기 때
문이고, 「이풍헌」에서 주인공이 동네에서도 인심을 잃고, 불구아 한
삼이와의 화해에 도달하지 못하는 것도 그가 '돈'에 대한 집념이 너무
많았던 데 있었고, 「생존허가원」에서 김우길이 자기 삶의 라이벌에게
복수하는 과정도 일수라는 돈에 의해서고, 「부동행」에서의 주인공들
이 비극적인 결말에 도달하는 것도 '돈' 때문이었다. 「지혈」에서 주인
공 김찬섭이 선량한 성격 때문에 부정을 저지르는 이유도 '돈'에 있었
고, 「두더지」에서 주인공 박명우가 삶의 패배감 속에서 사기와 들치기
의 행세를 하는 것도 '돈' 때문이고, 「김탁보전」에서 주인공이 본마누
라를 다른 사람에게 인도해주고, 술 마신 뒤에는 그 집에 가서 울다가
마지막에는 홍수로 집까지 잃게 되는 것도 '돈'에 의해서이다. 「담배
한 대」의 최하순이 의처증을 갖게 되는 것도 자신이 하용석보다 '돈'
이 없다는 사실에서 콤플렉스를 갖고 있기 때문이고, 「가을 소리」에서
우 영감이 의붓자식과의 갈등 속에서 허덕이는 것도 의붓자식의 '돈'
을 갚아주지 못하는 데서 연유하고, 「이삭」에서 필성이가 사사로운 원
한관계에 놓여 있는 일모에게 패배감을 느끼게 되는 것도 식당 주인인
일모의 하수도 수채에서 자신이 고철을 주워야 되는 형편에 있기 때문
이다. 「덤으로 주고받기」의 신용갑이 천덕규나 미영에게 패배감을 느
끼게 되는 것도 월급쟁이가 감수하지 않으면 안 될 '돈'의 한계에 상

당히 기인하고,「몽금포 타령」의 주인공들이 극한적인 일에 약간의 보수 때문에 투신하는 것도 '돈'에 의해서고,「장난감 풍선」에서 시골 사람들이 선거운동에 개입하는 이유도 민주적 권리 행사 때문이 아니라 '돈' 때문이다. 또한「이 풍진 세상을」에서 시골 사람들에게 족보 사기를 친 마길식의 행위도 '돈' 때문이고,「암소」에서 주인과 머슴의 화해적 결말에 파국을 초래하는 것도 '돈'과 관련된다. 이러한 사실은 주인공을 가난한 사람으로 내세우는 경우에는 틀림없이 부딪치게 된다. 물론 원시적 삶의 아름다움을 그리는 경우에는 '돈'이 삶의 어떤 계기(비극적인 의미에서든 희극적인 의미에서든)를 마련해주지 못한다. 그러나 바로 가난한 사람들의 불행한 삶을 그리는 데는 '돈'이란 제외될 수 없는 불행의 중요한 요소가 된다. 여기에서 '돈'이란, 말하자면 한국적 삶에서 그것이 차지하는 비중의 확대라는 의미를 지니고 있기 때문에 어떤 점에서는 '돈'의 인식이 근대적 삶의 특수성에 대한 깨우침이라고 받아들일 수 있다. 그러나 보다 주의 깊은 독자라면, 이문구의 주인공이 '돈'을 소유하지 못한 가난한 사람들이라는 공통점을 갖고 있음에도 불구하고 '돈'을 소유하지 못했다는 사실에 대해서 그들이 깊은 의식을 소유하지 않았음을 간파할 수 있을 것이다. 물론 그들이 그런 의식을 소유할 수조차 없을 만큼 때 묻지 않은 순박한 인물임을 보여주고자 했다고 생각할 수도 있다. 왜냐하면 시골 사람이란 사회의 관심의 핵으로부터 소외되어 있어서 비참한 삶을 사는 것이지, 순박함을 잃어서 비참한 것은 아니라는 주장이 있을 수 있기 때문이다. 그러나 이 작가의 주인공들은 그들의 삶이 보여주는 것처럼 이미 시골의 순박함을 버리고 있다. 시골이라든가 농촌이 옛날처럼 폐쇄된 악사는 아니라는 것, 그리고 순박함에서 야기될 수 있었던 무지가 미덕이 될 수 없는 시대라는 것을 이야기한다는 점에서 그 중요성이 있다.

그렇다면 이 작가가 시골과 도시의 변두리에서 보여주려고 했던 것은 무엇일까.

이 작가의 작품들을 읽어보면 돈이 없는 가난한 사람들이라는 표면적인 공통점 외에도, 그들이 일반적인 상식의 범주에서 정상적인 가정관계를 유지하지 못한다거나, 삶의 성공적인 측면을 보여주지 못하는 특성을 갖고 있다.

가령 주인공들의 가정관계를 보면, 「백결」의 조춘달은 홀몸으로 옥화와 종우를 양자로 기르려다 실패했고, 「야훼의 무곡」의 만선이 형제는 아버지를 잃고 어머니의 개가로 부모의 애정을 모른 채, 그들만의 기형적 삶을 영위해가고, 「이풍헌」의 주인공은 자식을 잃은 뒤에 머슴 겸 양자로 고아원의 부자 결연으로 한삼이를 데려오지만, 소아마비의 불구아인 한삼이를 제대로 받아들이지 못하고, 「생존허가원」의 김우길은 전쟁터에서 불구가 되어 사랑하는 여인도 빼앗기고 혼자서 고리대금으로 살아가고, 「부동행」의 '너'는 집도 없이 한 광녀에게 임신을 시키고, 「지혈」의 김찬섭은 혼자 살며 노처녀 김춘희와 유부녀 정간난의 호의를 받아들이고, 「두더지」의 박명우도 창녀 출신의 영옥이와 동거 생활을 할 뿐 성장 과정부터 제대로 되어 있지 않고, 「김탁보전」의 주인공은 본부인을 다른 사람에게 넘겨주었고, 「담배 한 대」의 최하순은 의처증에 걸려 있고, 「이삭」의 필성이는 사사로운 원한을 갚으려다 결혼하게 되었고, 「백의」의 절벽이 영감은 4·19로 외아들을 잃었고, 「덤으로 주고받기」의 주인공들은 아직 미혼의 상태이고, 「몽금포 타령」의 주인공들은 공사장 합숙소에 하숙하는 처지이고, 「장난감 풍선」의 한긍식은 어머니와 단 두 식구의 어려운 삶을 유지해야 했고,

「이 풍진 세상을」의 마길식은 아무런 가족도 없이 혼자 떠돌아다니고, 「암소」의 선출이는 계모와 이복동생을 피해 머슴살이를 살고 있다. 그러나 이들의 가정적인 불행이 이 소설들에서 차지하는 의미는 무엇일까. 사실상 이들의 '가난'과 마찬가지로 '가정적 불행'은 그 자체로서는 아무런 의미를 지니지 못하고 있는 것 같다. '가난'이나 '가정적 불행'이란 주인공의 삶과의 관계 속에서만 의미를 가지게 된다. 따라서 이들의 작품은 '가난'과 '가정적 불행'을 통해서 오늘날 한국 시골 내지는 농촌 삶의 어려움을, 그리고 도시 변두리 삶의 괴로움을 이야기하고 있다는 것을 알 수 있다. 하지만 이러한 추상적인 결론이 이야기할 수 있는 것이란 사실상 거의 아무것도 없는 듯하다. 오히려 그들이 가난하고, 가정적으로 불행한 이유가 그 작품들 안에서 어떻게 나타나며 그것이 삶의 어려움이란 보편적 의미를 어떻게 구체적으로 보여주느냐를 밝히는 게 작가 이문구의 성격을 보다 분명하게 밝혀주는 것이리라.

'가난'과 '가정적 불행'의 원인이 사회적인 데 있을 때, 그 작품은 현실의 역사적·사회적 모순에 대한 깊은 통찰력으로 이룩되어야 하며, 그 원인이 개인적인 데 있을 때, 그 작품은 개인의 특수한 경험을 통해 형성되어야 한다. 그러나 여기에서 보다 바람직한 것은 개인의 특수한 경험과 현실에 대한 깊은 통찰력이 악수하는 경우이다. 이것은 작품의 재미와 내용, 외포(外包)와 내연(內延)을 가장 합리적으로 형성화시켰을 때 가능하다. 그렇다면 이문구의 경우는 어떠한가. 이 점을 밝히기 위해서 '가난'과 '가정적 불행'의 원인을 찾아보는 것이 필요한 일인 듯하다.

이 작가의 작품에는 자식이 없는 사람들이 많이 등장한다. 「백결」의 조춘달, 「이풍헌」의 이풍헌, 「김탁보전」의 김탁보, 「가을 소리」의 우영감, 「백의」의 절벽이 영감 등의 경우, 자식을 낳아보지 못했거나, 자식을 잃어버리고, 바로 그 때문에 '불행'해진다. 이때 자식이 없다는 사실은 전혀 개인적인 특수한 경험에 속하지만, 그것이 사회적 모순의 피해를 입게 함으로써 시골에서나, 도시 변두리 삶의 어려움과 연관을 맺게 한다. 따라서 이들은 때로는 흑인 혼혈아를 길러야 되고 거기에서 나오는 돈 때문에 양자마저 잃어야 되고, 때로는 지방 유지라는 허울 밑에 불구아와 결연을 맺어야 하고, 4·19로 외아들을 잃고 외로운 삶을 살아야 한다. 이 경우에는 개인의 특수한 경험이 사회적 변동과 맞아떨어지게 되고, 따라서 그들의 삶에서 한국 사회가 지닌 문제점을 어느 정도 찾아볼 수 있다.

그러나 이처럼 개인의 특수한 경험과 맞아떨어지는 것은 아니지만 이 작가의 작품들에서 시골이나 도시 변두리 주민들이 사회 변동으로 인해 피해를 입는 경우나, 상황의 불합리함 때문에 풍속의 변천마저 감수하지 않으면 안 되는 예를 단편적으로 보여준다. 가령 영어 편지의 대서(代書)와 대독(代讀)으로 직업을 삼고 있는 사람이 영어를 모르는 변두리 주민에 대해 사기 행각을 벌인다든가, 불구의 몸으로 고리대금업을 하여 시장의 가난한 상인들을 괴롭힌다든가, 도로 포장의 현장에서 값싼 임금으로 성실한 청년이 고민해야 한다든가, 고궁에 소풍 온 어린애들의 짐을 들치기한다든가, 서울에서 공장에 다녔다는 마누라의 정조를 의심해야 한다든가, 고철을 줍다가 이북의 적기가 나와 봉변을 당한다든가 시골 사람이 선거 때문에 도시적인 의식을 소유하게 된다거나, 시골에서 새로운 지주 계층으로 등장한 부류에 대해서 족보를 팔아먹는 일이 일어난다든가, 고리채 정리의 정책 때문에 몇 년의 머슴살이로 모아놓은 돈을 날리게 되었다든가 하는 것이 그러한 예이다. 이러한 문제들은 어떤 의미에서는 한국 사회에서 토론될 만한 의미 있는 중요한 문제라고 할 수 있다. 그러나 이 작가의 작품에서 그것들은 하나의 삽화적인 모습을 띨 뿐 작가가 하고자 한 이야기는 아닌 듯하다. 왜냐하면 작가는 이 작품들에서 그 문제에 대해 보다 깊이 천착하려는 정공의 태도를 취하지 않고 화법의 하나로서 그 문제를 지나치고 있기 때문이다. 이러한 점은 그의 작품들의 구성을 통해서도 드러난다.

이 작가의 작품을 주의 깊게 읽는 독자라면 아마도 그 작품들이 대부분 하나의 주제를 위한 짜임새 있는 단편이 아니라는 사실을 알게 된다. 하나의 사건이나 인물을 이야기할 때 잘 정제되어 있지 않고, 그 사건이나 인물을 설명하는 데 거의 관계가 없는 부분들이 작품 안에 너무 많이 개입되어 있는 것으로 나타난다. 일종의 요설이라고 할 만한 부분—예를 들면 이 이야기는 누구한테 들은 이야기라는 사실을 강조하거나, 듣게 된 동기를 늘어놓는 일로부터 시작해서 날씨 묘사나 인상 묘사의 디테일에 이르기까지 직재적으로 이야기하지 않고 극도로 복잡한 문체를 사용하는 것 등—이 상당한 양을 차지한다. 그러나 보다 주의 깊은 독자라면 그것이 이 작가의 늠름한 언어 구사력이라는 사실과 그것이 그의 작품을 유지하는 힘이 되고 있다는 사실, 그리고 그것이 은연중에 작중인물들에게 건강한 생명력을 불어넣고 있다는 사실을 알게 된다.

성주산 재빼기에 첫 자동차 불만 뜨면 오얏골로 돌아누운 신작로도 새벽을 벗고, 이슬밭 터는 송아지 워낭이 굴뚝 모퉁이를 흔들어 추녀에 깃들었다가 덤불로 쫓겨난 참새 떼 짜그락거리는 게 여간 시끄럽지 않은데, 우물가 매실나무 삭정이 끝에선 덩달아 까치가 수선스레 풍을 쳐 질동이 이어야 엉덩춤 나오는 칠칠찮은 계집애들 한눈 파는 꼴을, 해장 삼아 읍내 가서 훔쳐온 되직한 인분 지게를 봇뚝에 벗어놓고 물 타던 동네 머슴들이 벙어리로 웃는다. 그뿐. 물꼬 타려다 살포 싸움 안 나고 주막이 있대야 안주 없어 시비 소리 안 들려, 게다가 송방집 노파까지 무던하여 외상값 두고 의 상할 일 없겠다.
　　　　　　　　　　　　　　　　　　　　　—「이풍헌」서두

　누구와 만날 약속이 있어, 달은 저다지 일찍부터 먼 길을 밝히며 기다리는 걸까. 달이 구름 따라 한 걸음 두 걸음 마중 나가는 걸 보면, 만나줄 그인 노상 서쪽에서만 사나 봤다. 접때 기러기를 몰아온 바람이 여태 수수깡 울타리에 머물며 가랑잎을 줍는 게, 오늘밤도 무서리가 내릴 모양이다.　　　　　　　　　　—「담배 한 대」서두

　전화로 신고하다가 무슨 동 몇 번지 몇 통 몇 반이고 세대주 성명이며 위치를 가르쳐주다가, 알았으니 기다리쇼 하는 명령을 받느냐, 아니면 또 무슨 서류 신고랍시고 누가 한문으로 쓰랬느냐, 아니 여긴 한글로 써라 어째라 하는 핀잔을 먹어가면서 자기 혼자 제 맘대로 쓰자고 새긴 도장을 여기저기 찍어라 하는 지시까지 들어가며 아니꼬운 신고를 해야 하는가. 교통비도 과외로 들여야 되잖느냐고 성가셔하는 거였는데, 이때 대가리에 기름 바른 뒤로 아직 재산 없다 소릴 들어볼래도 못 들은 내가 나타나 싹싹하고도 친절하게 그 골칫거리

들을 처분해주니 그네인들 오죽 고마워했으랴 싶다.

—「이 풍진 세상을」

더 영근 눈발이 소나기 지면서 잠 썻은 밤이 이우는 섣달이라 기댈
건 화로하고 다시없으련만, 또 무슨 추위든가 횃대 밑에선 벌써 닝닝
한 화로 냄새가 돈다. 고주배기 등걸불이 청솔가지 쩌다 땐 재보다 쉬
자는 건 알지만 여태껏 부손이 닳창나게 쑤석거려 댄 탓일 터였다.

—「암소」

이상의 예문에서 볼 수 있는 것처럼, 이 작가의 문체는 극도로 복합
적인 긴 문장이다. 현대소설에서 복합 문체란 대부분의 경우 주인공
의 의식의 복합적인 성격에 연유하고 있지만 여기에서는 그것과는 상
관없다. 오히려 이야기의 줄거리와는 거의 엉뚱한 듯한 이들의 문체는
시골 사투리를 주축으로 한 창이나 판소리의 토운을 유지한다. 시골의
계절이나 시간 묘사에서 줄거리와는 상관없는 이야기를 늘어놓는 것
은 창이나 판소리에서 '사설'을 늘어놓는 경우와 흡사하다. 이러한 긴
문장이 그것대로 리듬을 잃지 않고 읽히는 것은 그러한 토운을 이 작
가가 자신의 독특한 목소리로 변형시키고 있기 때문이다. 시골의 사
투리로 혼자서 주고받는 식으로 중얼거린다든가 이것저것 주워섬기는
것은 판소리에서 얼마든지 볼 수 있다. 사투리란 논리적인 언어가 아
니라 직정(直情)적인 것이지만, 그것을 단문으로 쓰지 않고 복문으로
사용했을 때는 그 말 자체가 지닌 우스꽝스러움과 원시적인 힘을 발휘
한다. 이 작가가 문체에서 거둔 성공은 그러한 데서 오는 야성적인 건
강한 생명력의 분위기를 조성할 수 있었다는 데 있다. 이것은 우리말

의 전통적인 리듬을 살렸다는 점에서 분명히 평가받을 수 있지만, 그 리듬은 이 작품들이 운문이 아니라 산문이기 때문에 금방 그 한계점에 도달하고 만다.

그러나 판소리가 지닌 성격, 즉 현실에 대한 고발이나 분노 대신에 현실에 대한 해학과 풍자에 보다 큰 비중을 두고 있는 성격은 그의 작품들에서 그 나름으로 살고 있다. 현실을 직절적으로 그릴 수 없기 때문에 우회의 방법을 택하는 데서 오는 이 같은 효과는 이 작가의 특성을 이룩한다. 그것은 그의 작품에서 '가난'이나 '비참한 생활'이나 '범죄적 행위'나 '사회적 모순'들이 그 비극적인 모습을 참담하게 드러내는 것이 아니라 우스꽝스럽고 희극적으로 나타나게 만든다. 그의 주인공들 가운데는 무식한 수전노, 다른 사람의 물건을 가로채는 소매치기, 사기꾼, 절도범, 그리고 사회적 도덕률에 어긋나는 불륜의 관계를 갖고 있는 인물들이 대부분이지만 그들을 미워하기보다도 그들에게 애정을 느끼게 하는 것도 작가의 그러한 태도 때문이다. 바꾸어 말하면 삶이라든가 사회생활을 희화화하려는 작가의 태도라고도 할 수 있다. 따라서 '가난'이라든가 '자식 없음'이라든가 '도시적 사기 행위'라든가 '무지'라는 것이 이 작가의 작품에서는 삶의 비극적 의미를 드러내는 것으로 나타나지 않고, 그러한 상태의 '삶'이 가진 '우스꽝스러움'이 토착적인 언어(경우에 따라서는 지방 사투리일 수도 있고 경우에 따라서는 오늘날에는 잊힌 우리말)의 힘을 빌려 독특한 재미를 보여준다. 이러한 작가의 태도에서 삶을 희극적으로 본다거나 비극적으로 인식한다는 결론을 내린다는 것은 상당히 조급한 경우에 속한다. 그러한 희화화 문체 때문에 농촌적인 삶이나 도시 변두리의 삶이 지닌 문제의 심각성이 간과될 우려가 있다는 비난을 받을 수 있겠지만, 그것은 농촌이나 도시 변두리의 현실 문제를 다룰 때 정색을 하고 써야 한다는 고정관념에 지나지 않는다. 이 작가에게는 비극적인 것을 희극적으로 그리는, 그리하여 보다 재미있는 작품을 만들 수 있는 문체가 있기 때문에, 문학에 대해서 경직된 정의를 내리고 있는 사람의 문학관에는 포용될 수 없는 점을 가지고 있다. 가령 「암소」에서 주인과 머슴의 관계가 암소의 죽음과 함께 파국을 초래하지만, 그러나 그것이 비극적으로 느껴지지 않고 희극적으로 받아들여진다. 하지만 보다 사려 깊은 독자라면, 그 희극적인 느낌 뒤에 감추어진 참담한 현실을 인식할 수 있을 것이다. 또한 범죄적인 인물들 ─ 깡패, 절도범, 사기한, 서류 위조범 ─ 이 증오의 대상으로 파악되고 있지는 않지만, 그렇다고 해서 불법적 행위를 고무하거나 찬양하는 것이 아님은 두말할 필요가 없다. 작가는 그들 삶의 비극적인 상황과 행위의 모순을 희화화함으로써 삶의 여러 가지 양상 속에서 인간의 본성을 보여주고 있는 것이다.

그렇다면 이문구의 작품에서 극복되어야 할 것은 무엇일까. 사실은 이 문제가 이문구의 문학적 장래를 위해서나 한국 문학을 위해서 보다 중요한 의미를 지닐 수 있을 것이다.

첫째 농촌소설로서의 그의 작품 한계이다. 앞에서도 말했지만 농촌의 현실에 대한 이 작가의 태도는 상당히 도식적이다. 농민은 가난하고 순박하고 무식하고 선량하다는 논리는 지금까지 한국 소설에서 무수히 되풀이되어온 이야기일 뿐만 아니라 농촌에 대한 인식의 관념성을 말해주고 있는 것이다. 이것은 마치 국민의 몇 퍼센트가 농민이니까 농촌소설을 써야 한다는 논리의 공허성과 마찬가지의 문제이다. 지금까지 한국 소설에서 뛰어난 농촌소설이 나오지 못한 이유가, 농촌의 현실을 통해서 한국 사회가 가진 구조적 모순이라든가, 한국 사회에서의 어려운 삶이라는 보편적인 문제의 핵심을 파헤치는 수단으로 농촌이 문제되지 못했기 때문인 것 같다. 이것은 특수한 예를 통해서 본질적인 문제에 도달하는 방법론의 탐구가 결여되어 있음을 의미한다. 따라서 소재로서의 농민이란 월급쟁이나, 어부거나, 상인이거나 전혀 다른 차원에 놓일 수 없는 것이다. 문제는 효용상의 농촌문학이 얼마만큼 현실 모순의 저변 혹은 핵심에 접근해 있느냐 하는 데 있다. 이 작가의 작품에서 농촌의 가난과 무지와 비참한 삶은, 농민의 선량함이 박해를 받는다는 논리로 떨어지고 있는데, 이것은 1930년대의 농촌소설이 실패한 이유와 다르지 않다. 그것은 '선량한 인간을 우둔한 인간'으로 만들어버리는 모순을 갖게 되고, 농촌의 현실이 지닌 진정한 문제점을 독자에게 가려버리는 결과를 초래하는 것이다. 인간의 욕망이 '잘사는 데' 있다면 농민에게서도 그러한 의지가 없을 수 없다. 그렇다면 그러한 의지가 어떻게 전개되고 좌절되는가 하는 문제는 농촌을 통해서, 혹은 도시의 삶을 통해서 가능하며, 그리하여 사회적 모순의 핵심에 도달하는 것이 농촌소설일 수도 있고 도시소설일 수도 있는 것이다. 따라서 농촌=가난+무식+선, 도시=부+유식+악이라는 등식으로 농촌을 진단하는 것은 농촌과 도시를 완전히 분리시킨 데서 오는 오류를 포함할 위험성이 있다. 그런 점에서 이 작가가 이농한 사람들이 서울의 변두리에서 살아가는 과정을 그린 것은 의미를 지닌다. 농촌이 옛날처럼 고정체로서 변하지 않는 시대가 아니기 때문에 농촌 속에 유입되어 오는 비농촌적인 것과, 농촌 속에서 유출되는 농촌적인 것을 밝히는 문제와, 그러한 유입·유출의 과정을 추구하는 문제는, 소설만이 지닌 문제가 아니며, 동시에 농촌소설이 농촌의 인정 삽화로서는 불가능하다는 것을 입증한다.

　오늘날 농촌의 고민은 농민의 의식의 도시화에 상당한 부분을 차지한다. 바꾸어 말하면 농촌에 들어오는 배금주의의 물결을 극복하는 데 따르는 문제와 거기에 새로운 윤리관을 부여하는 문제가 농촌소설의 관심이 되지 않으면 안 된다. 그렇다면 가난한 사람들의 인정담이 농촌소설이 될 수 없다는 것은 분명해진다. 「암소」가 이문구의 작품들 가운데서 중요한 의미를 지니는 것도 그러한 점에서 다른 작품과 구분되기 때문이다. 그러나 이 작품이 보다 더 심화되기 위해서는 이 작가의 유머와 생명력이 보다 더 논리적 조화를 얻어야 될 것이다.

　둘째, 여기에서 논리적 조화란 작품으로서의 완벽성이라기보다는 인정적 미담의 범주를 넘어서는 것을 말한다. 그것은 앞에서 말한 농촌소설로서의 전제조건을 작가 스스로가 받아들여 그것을 작품 속에서 논리화시키는 것을 의미한다. 그렇게 되기 위해서 작가는 농촌과 도시의 관계를 보다 광범위하게 고찰할 수 있어야 하고, 개인의 삶을 존재론적인 입장으로 파악할 수 있어야 된다. 농촌과 도시의 관계에 대한 관심의 확대는 이 작가에게 세태소설의 정당한 전개를 가능하게 해줄 수 있을 것이고 농촌을 단순화시킨 재래의 농촌소설을 극복할 수 있는 길을 제시하게 될 것이다. 또한 개인의 삶을 존재론적 입장에서 파악한다는 것은, 농촌을 존재론적 입장에서 상황으로 받아들임으로써, 그것이 현대인의 보편적인 고뇌로 승화될 수 있으리라. 이때 농촌의 삶은 '어리석음'의 도식으로부터 탈피하고, 개인 삶의 어려움은 심화된 비극적 감동을 수반하게 된다. 바꾸어 말하면, 농촌소설이 빠지고 있는 피상적 관찰의 극복을 의미한다.

　이 두 가지 방향 가운데 작가가 어느 것을 선택하는지 간에 별개의 것으로 구분되지 않고 동시적인 문제로 받아들여질 수 있다. 그것은 곧 개개 작품의 완벽성이라는 면에서도 성공적인 모습을 보여줄 수 있는 방법이 되리라. 작품의 앞과 뒤가 유리되고 있는 이 작가의 작품은 이러한 노력으로 하나의 문제로 집중될 수 있다. 바로 그러한 점에서 성공하게 될 때 작품 속의 에피소드가 그 자체의 재미로 끝나지 않고 삶의 조건이 될 수 있으며, 작품의 전체적 의미와 악수할 수 있을 것이다. 이 또한 앞에서 말한 '가난'이나 '불행'과 같은 단순한 인식, 그리고 그것을 숙명으로 받아들이는 체념의 상태를 극복하는 길이 되리라. 작가가 그러한 의식을 갖지 않았을 때, 이들의 작품에서처럼 '가난'과 '불행'은 그들이 뛰어넘어야 될 벽이 되지 않고 그것을 즐기는 입장이 될 수밖에 없으며 주인공들은 작가의 꼭두각시의 위치를 벗어나지 못하고 말 것이다.

셋째, 앞에서도 말한 것처럼 이 작가의 문체 특성은 다른 농촌 소설의 문체와는 구분된다. 토착어의 활용이 갖는 우리말의 발굴은 그것이 문학적인 의미를 지니기 위해서 보다 정확하게 행해져야 한다. 작품의 곳곳에서 발견되는 어문—예를 들면 주어가 없거나 주어가 여러 개이면서 동사가 하나여서 어디에 걸리는지 알 수 없는 경우—이나 우리말의 비논리적인 부분의 사용은 작품을 읽는 데 상당한 부담을 줄 뿐만 아니라 토착어의 정당한 사용에도 위배된다. 우리말의 리듬을 살리는 데 이러한 기본 조건이 만족되지 않고는 그것이 불가능하다. '해설'이 갖는 위험성은 여기에만 있는 것이 아니라 논리의 핵심을 흐려놓는 데도 있다.

이상의 문제들은 비록 이문구 개인의 문학에만 한정되는 것은 아니다. 여기에서 한 번 더 생각해보아야 할 점은 이 작가의 작품들을 전체

적으로 조감할 때 그것이 오늘의 한국 사회의 풍속을 적나라하게 드러
내주고 있다는 사실이다. 그런 점에서 이 작가의 작품은 장편소설적 요
소를 지닌다. '사설'이 많다거나 이야기가 다양하다거나 문장의 토운
이 길다거나 하는 것들은 이 작가가 장편소설에서 보다 큰 성공을 거
둘 수 있는 가능성을 암시한다. 그런 점에서 최근에 시작한 장편 「장
한몽」의 끝을 아직 볼 수 없었다는 것은 유감스러운 일이다. (1971)

한국 소설의 새 얼굴
— 최인호·황석영

1

인간의 삶이나 거기에서 야기되는 역사적 상황이나 문화는 고정 혹은 정체되어 있는 것이 아니라, 외부의 도전을 통해서든 그 자체의 힘을 통해서든 변모 혹은 발전된다. 이 말은 가령 어떤 인물이 역사적인 사건을 일으켰을 때 그 사람의 의도대로 진행되기보다는 오히려 역사 자체의 진행의 힘을 통해서 그 주도적 인물의 의도와는 전혀 다른 방향으로 진행될 수도 있음을 의미하고, 동시에 하나의 역사적인 사건이 언제나 똑같은 의미를 띠지 않고 변화하는 상황에 따라 다른 의미를 띨 수 있음을 의미한다. 그러므로 삶이나 상황이나 문화는 가변적인 것이어서 오늘날 문학은 모든 현상을 단순하게 받아들이지 못하고 그 가변적 진폭의 방향을 잡으려고 하고 그러한 가변적 속성을 극복하려고 노력한다. 이러한 문학의 특수성 때문에 작가는 역사에 대해서 주시하는 한편 통시적 진실을 추구하게 된다. 작가가 역사에 대해서 주시한다는 것은 문학이 인간에 대한 사랑이나 역사에 대한 애정을 바탕으로 해야 한다는 원칙론과 문학의 효용성이라는 기능론에 바탕을 두고 있음을 말한다. 그러나 이러한 기능론과 원칙론에 지나치게 매달리다 보면 문학의 시사적 성격만 남게 됨으로써 그 영원성을 저버리기 때문에 여기에 통시성이 요구되는 것이다. 그렇기 때문에 문학인이 역사를 관찰하게 될 때 일시적인 프로파간다를 타거나 공허한 구호적 내용을 들고 나오는 것은 지극히 위험한 태도이며 그것은 항상 '이용당할' 우려를 내포한다. 가령 민족주의를 이야기할 때 일제시대의 그것이 오늘의 그것과 그 내용 면에서 일치할 수 없음을 간파할 수 있어야 하며 리얼리즘이다, 농촌문학이다 하는 용어의 선택에서도 시간적·공간적 내포와 외연에 정당한 역사의식이 배제되어서는 안 된다. 여기서 시간적이라는 것은 역사 진행의 자연적 시간을 의미함과 동시에 상황과의 시기적 접합점을 고려함을 의미하며, 공간적이라고 했을 때 그것은 외국과 한국이라는 지역적 특수성은 물론이고 어떤 시기의 상황을 고려해야 함을 의미한다. 반면에 이러한 역사와의 관계로서의 문학적 태도와는 달리 그 영원성으로서의 문학적 태도는 이러한 일시적 의미 규정을 초월한 어떤 것의 발견에 도달하지 않으면 안 된다. 1950년대의 이른바 '휴머니즘'이라는 구호가 얼마나 그 시대의 문학을 호도시켜버렸는가 생각하면 이 문제는 보다 명확하게 드러난다. 한국 문학에서 이 휴머니즘의 문학론은 이미 일제시대에도 있었고, 동시에 모든 문학은 휴머니즘이어야 한다는 이론을 적용할 수 있을 정도로 문학론의 주요한 이슈가 되어왔다. 그러나 문학에서 휴머니즘은 전쟁 때는 필요하고 평화 시에는 필요하지 않은 것이 아니며, 인간은 어느 시대에나 '인간존재'에 관한 도전을 받고 있다. 휴머니즘을 6·25라는 전쟁에 적용했기 때문에 마치 비상시국에만 그것이 필요한 듯한 사고를 낳게 되었고 그리하여 한 시대의 문학을 그것으로 재단하려고 들었던 것이다. 또 휴머니즘이라고 했을 때 그것이 어떤 성질의 휴머니즘이냐를 생각하지 않았기 때문에 전쟁터에서 인간적 사랑을 버리지 않은 경우라는 소박한 내용을 의미하고 마는 결과를 초래한 것임을 고려한다면 문학작품, 혹은 문학의 경향을 이런 식으로 재단한다는 것이 위험하다는 사실을 충분히 인식할 수 있을 것이다. 최근에 와서 한국 문학의 이론적인 발전은 휴머니즘과 같이 공허하고 막연한 말로써 문학작품을 분석하고 평가하지 않는 데 있다고 할 수 있다. 사실 최근에 이야기되고 있는 리얼리즘이나 민족문학이나 농촌문학은 휴머니즘보다는 그 개념이나 의미가 훨씬 구체적인 것임에 틀림없다. 그러나 진정으로 이론적인 발전을 의도하고 있는 사람이라면, 또 문학의 효용성에 관한 신뢰를 버리지 않는 이론가라면 민족문학이란 어떠한 이념인지, 리얼리즘이란 말이 문학에서 양식의 문제인지 아닌지, 농촌문학이란 어떻게 소재주의를 극복하고 있는지를 이야기하지 않으면 안 된다. 문학을 역사의 큰 덩어리의 일부로 파악했을 때 그것이 곧 역사 전반의 문제와 상관관계로서의 의미를 갖게 되며, 문학 내부의 문제로 국한시켰을 때 그것은 의식의 문제와 양식의 문제로 생각할 수 있음을 잊어서는 안 된다. 결국 의식의 문제와 양식의 문제는 문학작품을 단순하게 보려는 자에게는 별개의 것으로 보이겠지만 보다 더 심화된 눈으로 보게 되면 그것은 표리관계임을 알게 된다. 그렇게 되면 민족문학이나 리얼리즘이 이념의 문제이든 양식의 문제이든 별로 큰 문제가 될 수 없겠지만 오늘 우리의 현실로 보면 여기에 소재의 문제까지 겹쳐지게 됨으로써 문학이론은 개념 자체의 혼란 속에서 미망을 헤매고 있는 것이라고 이야기할 수 있다. 문학작품이나 문학이론이 무엇을 이야기하고자 했을 때 그것은 이미 문학이라는 독특한 양식을 빌려온 것인 이상 그 양식의 개발과 함께 의식의 중요성도 부여되며 뛰어난 의식을 소유한 문학은 그 독특한 양식을 갖게 되는 것이다. 가령 프랑스의 17세기 문학이 알렉상드랭의 구조를 통해서 그 시대의 풍속을 구현하고 있는 경우라든가, 이조시대의 시가 양식이 유교적 이념사회의 핵심을 이야기하고 있는 경우라든지, 「오적」이 이조시대 서민사회의 문학 양식을 통해 작가의 의식을 구체화시킬 수 있었던 경우가 그것이다. 또한 리얼리즘이라고 했을 때에도 여기엔 심리적 리얼리즘도 있고 사회주의적 리얼리즘도 있을 수 있으며 현상학적 리얼리즘도 있을 수 있는데, 이에 대한 아무런 규정도 없이 그 말을 사용함으로써 리얼리즘이라는 말의 의미를 애매하게 추상화시켜버리는 것은 문학이론을 일종의 캐치프레이즈로 전락시키는 결과를 가져온다. 이런 현상은 민족문학에서도 드러난다. 오늘날 세계는 새로운 민족주의를 지향하고 있다고 흔히 말한다. 그러나 이것은 새로운 식민주의를 극복하기 위해서 대두되었지 국수주의로 가기 위해서 대두된 것은 아니다. 새로운 식민주의를 극복하기 위한 민족주의는 외세로서의 식민주의의 본질을 정확하게 파악하지 않고는 불가능하며, 바로 그러한 이론의 정확한 인식으로부터 출발할 수 있지만 국수주의로서 민족주의는 자민족과 타민족을 객관화시키지 못하고 현실과 역사를 정당하게 파악하지 못함으로써 민족을 하나의 감상적 주체로 파악하게 된다. 이것이 새로운 식민주의에 대처할 수 있는 민족주의가 아님은 두말할 필요도 없다. 최근의 한국 역사학계에서 한국사를 주체적으로 인식하려는 노력이 그러한 식민주의에 대처하기 위한 이론적 발전을 의미하는 것도 그 때문이라고 할 수 있다.

그런데 문학에서는 그것이 어떻게 드러나고 있는가. 최근에 와서 특히 민족문학이니 역사의식이니 하는 문제가 문학에서 다시 강조되고 있는 현상은 상당한 근거를 가진 정당한 것이라고 할 수 있다. 그러나 그러한 주장의 내면에 자리 잡은 민족에 대한 인식이나 역사의식의 내용은 감상적인 단계를 못 벗어나고, 그 이론을 전개하는 방법론은 초보적 단계에 머무르고 있다. 민족이라는 말만 나오면 거기에 대한 감정적 흥분 때문에 그것에 대한 인식 체계를 세우지 못하고 말 한 마디로 모든 작품을 재단하려고 들거나 진정한 역사의식이 모든 현상의 심층에 도사리고 있는 함정에 대한 인식에서부터 하나의 현상이 전개될 여러 가지 가능성을 검토하고 체계화시킴으로써 현실의 모순이나 역사의 역류에 대해서 그것을 파헤치고 광정하는 데 있음에도 불구하고 하나의 사건에서 현상적인 부분에만 집착하고 있는 것이다. 이것은 역사를 극히 단순하게 파악하려는 소박한 역사의식에 지나지 않는데, 그러한 예를 다음과 같은 글에서 볼 수 있을 것이다.

7·4공동성명이 쏟아져 나온 것을 계기로 해서 우리 문학인은 이 격동하는 현실에 어떠한 반응을 보이고 있고 또 어떠한 자세로 남북통일에 임하느냐 하는 걸 염두에 둘 때 퍽 중요한 문제가 아닐까.

7·4공동성명을 계기로 격동하는 현실 속에서 우리 문학은 어떻게 변모하고 있을까. 걷잡을 수 없이 급변하는 역사적 상황과 관련해서

새롭게 대두되고 있는 이른바 '민족문학론'은 창작계에서 어떤 반응을 보여주고 있나?

오래간만에 흐뭇한 추수를 보고 올벼심니(추수제)를 벌인다든가, 아들 장호가 양가댁 규수와 택일이 되어 성혼하게 되었다는 해피엔딩. 오늘의 새마을운동에 걸맞는 농촌물이지만 리얼리티의 심도가 문제로 남는다.

7·4공동성명에 대한 단순한 인식은 여기에서 볼 수 있듯이 한국 현실에서 가장 큰 문제가 이제야 남북분단에 있는 것처럼 생각하게 된다. 또한 '오늘의 새마을운동에 걸맞는' 농촌문학의 문제 제기는 이처럼 이상한 방향에서 그 해결을 보게 된다. 이와 같은 단순 소박한 역사 인식은 문학적 관심을 하나의 저널리즘의 관심으로 전락시키고, 문학 본래의 본질적 모순의 타개나 구조적 모순의 해결에 아무런 실마리를 제공해주지 못할 뿐만 아니라 인간의 '삶'이 어떠한 것인가 하는 문제를 제시하지도 못한다. 남북분단을 소재로 한 문학이 민족문학이라고 하는 것은 농촌을 소재로 한 문학이 농촌문학이라고 하는 것과 마찬가지로 문학에서 소재주의의 범주에 속하게 되는 것이다. 이러한 소재주의는 항상 정책적인 이용물로 전락하게 되는 것을 우리는 이른바 한국의 신문학사에서 얼마든지 찾아볼 수 있다. 결국 문학이 그것의 존재 이유와 효용성을 제대로 살리기 위해서는 올바른 역사의식을 어떠한 문학 양식 속에 수용할 수 있느냐에 달려 있다. 언어가 그 민족의 의식을 가장 구체적으로 표상하듯이 문학의 양식은 바로 그 문학의 의식을 대변해주며, 따라서 그러한 양식의 개발 없이는 문학의 진정한

발전을 가져올 수 없을 것이다. 이상의 문학 양식은 그의 의식을 가장 절실하게 나타내고 있고, 염상섭의 양식은 그의 문학의식의 가장 정확한 표현이며, 채만식의 양식은 그의 작가 정신을 대변하는 것이다. 이러한 예를 한용운과 이광수에게서 찾는 일도 어렵지 않다. 그렇기 때문에 어떤 작가가 택한 양식이 타당한가, 혹은 역사에 대한 애정에서 출발하고 있는가, 혹은 상황의 구조적 모순을 이야기하고 있는가, 혹은 삶의 본질적 측면을 이야기하고 있는가 하는 문제는 그 작가가 다루는 내용에서뿐만 아니라 그 문학 양식에서 찾아질 수 있을 것이다. 그리고 어떤 작품에서의 중요성이 작가가 택한 양식에 있는 이유는 바로 그 작가가 문학이라는 하나의 양식을 선택한 사람이라는 데 있다.

그런 면에서 최근에 새로 등장하여 주목할 만한 작품 활동을 하는 두 젊은 작가를 검토해보는 것은 여러 가지로 의미 있는 일이 되리라.

2

1960년대 후반에 「견습환자」로 문단에 등장한 최인호는 얼핏 보기에 아주 하찮은 이야기를 재미있게 끌고 가는 작가인 것처럼 보인다. 늑막염으로 입원한 환자가 입원실의 팻말을 바꾸어놓는 「견습환자」, 창녀 비슷한 한 여자의 죽음을 다룬 「2와 1/2」, 한 소시민 모자가 새로운 집을 마련하기 위해 변두리의 집을 구경하러 다니는 「순례자」, 어린애가 아버지를 찾으러 술집을 기웃거리는 「술꾼」, 조숙한 소년이 학교 안에서 그리고 학교 주위에서 조숙한 행위를 하는 「모범동화」, 어린애들을 통해서 미국으로부터 얻어올 원조 자금을 탐내는 「예행연습」, 미국으로부터 돌아온 노(老)할머니의 재산을 얻기 위해 어린애들을 앞세운 「처세술개론」, 사회의 밑바닥 삶을 사는 형제 간의 이야기

「침묵의 소리」, 샐러리맨의 부부 생활을 그린 「타인의 방」 등 그의 소설들은 생활의 여러 가지 단편 가운데 하나를 소재로 택하고 있다. 사실 그의 소설은 겉으로 보기에는 전혀 어떤 주장을 하고 있는 것 같지 않다. 이러한 그의 소설의 구체적인 예가 가장 잘 드러나는 경우가 어린이들의 세계를 다루고 있는 「술꾼」「모범동화」 등 일련의 작품에서이다. 「술꾼」의 주인공 소년은 밤이면 고아원을 몰래 빠져나와서 술집을 순례하며 아버지를 찾는다. 그의 세계에는 존재하지 않는 '아버지'를 찾으면서 들르는 술집에서마다 낯익은 손님들의 술을 얻어 마신다. 가는 곳마다 "난 아버질 다리러 왔시요"라는 말을 되풀이하고 있는 그는 어른 술꾼과 똑같이 술집을 찾아다니다가 마침내 거리에 쓰러져 있는 술꾼의 주머니를 뒤져서 현금을 마련하여 그 돈으로 술을 마신다. 어른들이 하는 노래가락까지 뽑는 그를 보면 그가 조숙한 소년이라는 것을 누구나 알 수 있다. 이러한 소년은 「모범동화」에서도 나타난다. 이 작품의 주인공인 '선병질적인 아이'는 언제나 어른과 같이 피곤하고 지친 표정을 하고서 어린 학생들을 상대로 한 요술사의 요술에도 속지 않고 그것의 속임수를 간파하여 친구들의 선망의 적이 되었고, 선생의 허점을 꿰뚫어버림으로써 학생들의 두려움의 적이 되었으며 학교 앞에서 장사를 하는 강 씨와의 대결을 통해서 어린이들의 존경의 적이 되었다. 그는 생활의 때가 묻은 어른들의 표정을 가지고서 자기와 대결했던 강 씨의 패배에서 강 씨의 죽음을 예견하기까지 하며 눈물을 흘리기도 했다. 이러한 주인공들이 이룩하고 있는 분위기는 앙팡 테리블enfants terribles이 꾸미고 있는 비정한 세계의 그것이며, 삶의 허무함을 드러내주는 인간 비극의 그것이다.

시장 골목으로 찬 겨울바람이 신문지를 날리면서 불어오고 있었다. 사막 위를 구르는 사진(沙塵)처럼 겨울바람은 얼굴 가득히 깔깔했다. 아이는 주머니에 손을 찌르고 무어라고 중얼거리며 걷고 있었다. 벌써 해 질 녘부터 다섯 집을 들렀고 그는 덕분에 최소한 일곱 잔은 넘어 들이켠 셈이었다. 그는 그동안 여러 종류의 술을 들이켰다. 막소주도 들이켰고, 부우연 막걸리도, 그리고 약주도 들이켠 것이었다. 그만하면 목구멍으로 헛헛한 온기가 올라오고, 삶이 머리에서부터 어딘가로 이전해버리기엔 충분히 마신 셈이었으나, 아이는 아직도 공복 상태처럼 부족했다. 아버지를 찾을 때까지 아직도 대여섯 잔은 더 마실 수 있을 것이었다. ──「술꾼」

'삶이 머리에서부터 어딘가로 이전해버리기엔 충분'할 정도로 술을 마신다는 것이 어린이에게는 있을 수 없는 일임에도 불구하고 이 작품에서 어린 술꾼을 다루고 있는 이유는 무엇이며 그것이 또한 하나의 '아름다움'으로 느껴지는 것은 무엇인가. 물론 이러한 부도덕한 이야기를 직설법으로 받아들이면 타기해야 마땅할 이야기임에 틀림없다. 그러나 이 외설스런 이야기를 작가는 직설법으로 이야기하고 있지 않다는 사실을 주목하지 않으면 안 된다. 소년이 술을 마신 것은 바로 '삶'에 대한 허무감에 근원을 두고 있는 듯하며, 그것은 곧 어른들의 삶에 대한 일종의 상징 효과를 노리고 있는 듯 보인다. 왜냐하면 술꾼인 소년이 만나는 세계는, 즉 술집에서 만난 어른들의 세계는 우리의 삶이 왜 아무런 희망도 의지도 가질 수 없는 것인지 이야기하기 때문이며, 오늘날 한국의 정신적 풍토의 근원을 이야기하기 때문이다. 이것의 구체적인 실례가 「모범동화」에서 나타난다는 사실을 주의 깊은 독자는 간파할 수 있을 것이다.

둘러서 있는 아이들과 강 씨의 시선은 필사적으로 회전하는 원판 위에서 꼼짝도 할 수 없었다. 이윽고 한 무리의 정지 상태는 뻣뻣이 고개를 돌리기 시작했고 나지막하게 숨을 고르면서 기지개를 켜기 시작했다. 한바탕의 소요가 가라앉자 원판은 일번을 가리키고 있었다. 그 녀석은 단 두 개의 동전으로 스무 개의 사탕을 획득했다. 소년은 그 사탕들을 둘러서서 감탄의 눈으로 바라보고 있는 아이들에게 골고루 나누어주었다. 그의 얼굴엔 기쁨도 환희도 아무것도 엿보이질 않았다. 그는 오직 매우 피로하고 지쳐 있는 것처럼 보였을 뿐이었다.　　　　　　　　　　　　　　　　　　　　　　　　—「모범동화」

선병질적인 소년이 강 씨와 두번째 대결하고 있는 이 부분이 이야기하듯 소년은 자기를 둘러싸고 있는 무수한 어른들의 함정과 대결하고 그 대결에서 이기고 있다. 사실 우리의 상황은 끊임없이 우리들에게 함정을 파놓고 그 속에 우리가 빠지기를 기다리고 있는 것이다. 여기에 빠지지 않을 만큼 그 함정을 정확하게 인식하고 있는 사람이 '피로하고 지쳐' 있을 것은 당연하다. 선병질의 소년이 학과 공부를 제대로하지 못한다는 것은 학과 공부 자체가 일종의 함정이었기 때문이라는 비극적인 현실 인식에서 야기된 것이라고 볼 수 있다. 이 작가의 이러한 현실 인식의 태도에서는 「처세술개론」에서 훨씬 더 구체화되어 나타난다.

미국에서 돌아온 노할머니의 재산을 탐내는 부모들에 의해 '처세술'을 배우는 어린이들의 이야기인 「처세술개론」에서 주인공 '나'와 이종

사촌 누이는 노할머니의 재산을 자기 집으로 돌아오게 하기 위해서 노할머니의 환심 사기 경쟁에 내보내진다. 「술꾼」의 소년이나 「모범동화」의 선병질적인 소년에 못지않은 계집애와의 대결에서 '나'는 패배하지만, 그 패배를 통해서 어른들의 위선과 삶의 기술을 습득하게 되고 그리하여 마지막에는 아버지와 함께 술집에 들어간다. 이것은 앞의 두 작품에서 술꾼이 된 소년과 순수하기는커녕 닳아빠질 대로 닳아빠진 선병질적인 소년이 무엇을 의미하는지 명확하게 설명해준다. 그렇기 때문에 「모범동화」의 마지막에서 선병질적인 소년이 강 씨의 죽음을 예언하고 '울고 있는 것'은 단순한 어린아이의 울음이 아니라 상황의 비극성을 인식한 지식인의 절망감을 나타내는 울음이다. 자기 자신은 정당하게 살려고 하지만 끊임없이 상황은 자기에게 도전해오고 있으며, 그런 상황을 넘어설 때마다 죽음을 만나게 되고 그리고 끊임없이 새로운 도전을 받아야 되는 자기 숙명의 비극성에 대한 인식이 그로 하여금 눈물을 흘리게 했던 것 같다. 그리고 그것은 이 작가가 역사에 대한 애정을 갖고 있다는 증거로 받아들여질 수 있다. 왜냐하면 소년은 강 씨의 죽음을 의도한 것이 아님에도 불구하고 결국 강 씨의 죽음을 가져오게 한 데 대한 일종의 자괴감을 보여준 것이기 때문이다.

그렇다면 왜 이 작가는 여기에서 어린이들을 주인공으로 내세웠을까. 물론 여기에 대해선 여러 가지 해석이 가능할 수 있겠지만 우선 어린이들을 내세움으로써 이 작가는 반어법(아이러니)의 효과를 살리고 있다고 볼 수 있다. 현실에서 정신적 타락이나 생활의 위선을 밝히는 데 있어 일반적으로 순진하고 착하다는 관념을 갖고 있는 어린아이에게 어른의 역할을 감당하게 함으로써 독자는 훨씬 큰 충격을 받을 수 있다. 특히 어린이는 모든 충격에 대해 가장 정확한 반응을 보여주기 때문이라고 생각할 수 있을 것이다. 이러한 태도는 얼핏 보기에 인간에 대한 사랑이 없는 잔인한 것으로 보일 수도 있지만, 그러나 그것은 장 콕토의 『무서운 아이들』이나 레몽 라디게의 『육체의 악마』가 사회적 도덕이 가장 타락한 시대였던 제1차 세계대전 후의 혼란한 상황에 대한 인식에서 나왔듯이 사회적 책임감이 소멸된 상황에 대한 비극적 인식에서 출발하고 있는 것이다. 그러나 여기에서 보다 더 주목하지 않으면 안 될 것은 이 작품들이 하나의 아름다움을 이룩하고 있다는 사실이다. 이를테면 상황을 미화시키기 위한 것이 아니라 상황의 비극적 인식이 '아름다움'으로 승화되는 문학에서의 양식을 이 작가가 중요시하고 있기 때문이다. 이 작가는 여기에서 비극적 상황의 아름다움, 악의 아름다움, 허무주의의 아름다움을 나타내는 구조를 선택하고 있는데 그 극단적인 예가 「황진이」와 「전람회의 그림 1」이다.

여기에서 상황의 비극적 인식은 자기와 상황의 사이에서 갈등을 느끼는 데서 야기된다. 즉 삶의 현장으로서의 상황 모순이 자기 존재에 대한 회의를 불러일으키는 것으로 그러한 상황 속에서 자기 삶이란 과연 어떠한 의미를 지닐 수 있는가 하는 질문을 끊임없이 던지는 것으로 나타난다. 이때 작가 최인호에게 상황은 직설적인 의미로서의 현실을 이야기하기보다는 그 상황의 여러 가지 모습 뒤에 감추어진 정신의 상황을 의미하며, 그렇기 때문에 그의 정신세계는 허무주의적 심연 속에서 고통을 받고 있는 것이다. 그의 주인공들은 모순투성이의 상황의 여러 현상과 맞부딪치는 것이라기보다는 그 현상의 배면에 자리 잡고 있는 정신적 질서의 무너짐과 대결하고, 거기에서 갈등을 느끼고 있는 것이다. 가령 「모범동화」의 주인공인 소년과 강 씨의 대결이 상황의 현상적 모순이나 악을 그리기 위한 것이라면 극히 치졸한 비유로 떨어져 버렸을 것이지만, 그렇지 않고 오히려 현대인의 정신적 풍속을 이야기하는 것이었기 때문에 그 비극의 심각함을 느낄 수 있게 한다. 어린이의 술 취함, 어린이의 교활함, 어린이의 처세술이란 현상 자체로서는 대단히 불쾌하지만 그것이 오늘의 정신적 상황을 이야기하는 경우에는 절실한 비통감을 안겨준다. 여기에 자기 존재에 대한 회의, 삶에 대한 회의가 존재하며 그리하여 「타인의 방」「견습환자」「순례자」 등의 일련의 세계로 이 작가의 의식은 전개되는 것이다.

한 샐러리맨의 가정에 관한 이야기인 「타인의 방」에서 주인공 '그'는 이웃들로부터 소외되어 있는 자신을 발견한다. 그는 아내까지도 타인으로 의식하게 되며 그리하여 아내의 실체는 없는 세계에서 아내의 흔적을 소유하는 것으로 만족할 수밖에 없다.

그것은 껌이었다. 아내는 늘 껌을 씹고 있었는데 그것은 아내의 버릇 중의 하나였다. 밥을 먹을 때나 목욕을 할 때면 밥상 위 혹은 거울 위에 껌을, 후에 송두리째 뜯어내려는 치밀한 계산하에 진득한 타액으로 충분히 적신 후에 붙여놓는 것이었다. 그는 잠시 낄낄거렸다. 그는 그 껌을 입 안에 털어 넣었다. 껌은 응고하고 수축이 되고 마치 건포도 알 같았다. 향기가 빠져 야릇하고 비릿한 느낌이었지만 좀 후엔 말랑말랑해졌다. 아내의 껌이 그를 유일하게 위안시켜주었다. 그래서 그는 한결 유쾌해졌고 때문에 노래를 부르기 시작했다.

그의 의식은 타인과의 불화 속에서 자기에 대한 인식으로 돌아오게 되는데 여기에서 자기에 대한 확신은 육체적인 것에서만 확인된다.

"욕망이 끓어오르고 그는 뜨거운 물속으로 다시 뛰어들면서 신음을 발하면서 세찬 물줄기가 가슴을, 성기를 아프도록 때리는 감촉을 느끼고 있었다"가 이야기하는 것은 자신의 육체에 자극을 가했을 때 자기 자신의 정직한 반응을 확인할 수 있음을 의미한다. 그러나 이러한 자기확인은 언제까지나 지속적으로 계속될 수는 없는 것이고 그리하여 자기의식의 잠에 빠지게 된다. 그의 나른한 의식은 결국 타인과의 관계에서 잠을 깨는 것이 아니라 그를 둘러싸고 있는 사물들과 관계를 맺음으로써 자기확인에 도달하게 된다. 방 안의 물건들이 흔들거리고 소켓이 말을 하는 것과 같은 사물의 의인화는 곧 자기 자신의 사물화라는 결과를 가져오게 된다. 그의 의식이 이렇게 된 것은 그의 상황으로서의 아내에 대한 갈등에서 야기된다. 그의 아내가 단순한 타인으로서의 바람을 피운 것을 의미하기보다는 하나의 존재자의 상황으로서 존재하고 있음을 이야기한다. 그는 아내의 편지가 이야기하는 것과 같은 상황의 허위성 때문에 타인과 의식의 단절을 경험하게 되고 자기 존재의 고독을 맛보게 되고, 그리하여 사물과의 대화를 통해서 의식의 잠을 깨게 되는 것이다. "그는 마치 부활하는 것처럼 보였다"는 말이 그러하다.

그러면 이 작가의 주인공들에게 이름이 없다는 것은 무엇을 의미하는가. 그의 작품에서 주인공들은 황진이를 제외하고는 아무도 이름을 갖고 있지 않다. 그의 주인공들은 '나' 혹은 '그'와 같은 대명사로 불리거나 '사나이' 혹은 '계집애' 혹은 '아내'와 같은 보통명사로 불린다. 이와 같이 이름이 없다는 사실은, 첫째 작가가 다루고 있는 인물이 어떤 특정인을 이야기하기보다는 지극히 보편적이고 일반적인 인물이라는 것을 의미하기 때문이라고 볼 수 있고, 둘째 이름을 주지 않음으로써 그 주인공이 이룩하고 있는 삶을 추상화시키려는 의도가 있기 때문이라고 볼 수 있고, 셋째 어떤 이름이 주어지면 한 인물이 그 이름이한정짓고 있는 세계로 굳어지기 때문에 이름을 주지 않음으로써 독자로 하여금 그 인물을 선입관 없이 순수 지각의 상태로 바라볼 수 있는효과를 노린 것일 수도 있다. 이것은 카프카의 'K'를 연상시키지만 그러나 이 모든 이유는 작가가 그 인물의 보편적 성격, 그에 대한 아집과 편견 없이 바라볼 수 있는 그 인물의 순수 지각을 하나의 아름다움으로 승화시키려는 데 있는 것 같다. 「견습환자」에서 주인공은 입원실의 이름표를 바꾸어놓는데, 작가의 그러한 의도를 극단적으로 표현한것이다. 주인공이 그 이름표를 바꾸어 단 것은 너무나 단조로운 일상속에서 사람들이 '나른한 의식'의 잠을 깨지 못하고 있는 데 대해 충격을 가하기 위한 장치였다. 그는 그 이름들이 지닌 상식성을 벗어나고싶었고, 한 인간은 그에게 주어진 이름에 따른 삶을 살아야 하는 것이아니고 각자의 순간순간의 삶이 그 이름과는 아무런 상관이 없음을 이야기하고 싶었던 것 같다. 그의 이 탈(脫)일상적 행위는 사실 일상의무의미, 상황의 허위에서 야기된 것이고 작가는 그래서 그 이름을 떼어버림으로써 그 상황으로부터 벗어난 자기를 찾고 싶었던 것이다. 여기에 이 작가의 현실 인식의 태도가 있으며 이와 같은 상황의 불신을정신의 허무주의라고 말할 수 있다. 사실 이 작가에게는 그러한 요소가 많이 있다. 앞에서 든 작품들에서도 그렇지만 「순례자」에서도 그러한 요소는 발견된다. 아직도 꿈을 가지고 있는 모자가 집을 보러 다니면서 부딪치는 상황은 전부 그들의 꿈을 배반하는 것들이었다. 그 상황들은 우리 사회에 내재하고 있는 근대와 전근대의 기묘한 배합이었으며 그래서 모자는 실망하지만 마지막 장미원을 구원의 정착지로 삼고 싶은 욕망을 토로함으로써 그 주인공들의 허무주의가 어디에서 비롯되고 있고 그럼에도 불구하고 그들이 완전히 좌절하지 않았음을 이야기해준다.

이 작가가 상황과의 갈등 속에서 좌절하지 않고 끝까지 역사에 대한 애정을 갖고 한국인으로서의 삶을 견뎌내는 것을 보다 더 적극적으로 표현하고 있는 작품은 「미개인」과 「뭘 잃으신 게 없습니까」이다. 「술꾼」을 비롯한 앞의 작품들이 상황에 대한 알레고리의 세계라고 한다면 이 두 작품은 정공법으로 다루어졌다. 파월 장병으로 베트남에서 한쪽 다리를 잃고 돌아와 제대한 주인공이 새로 서울시에 편입된 변두리 지역의 초등학교 교사로 부임해서 미감아(未感兒)들을 보호하는 이야기인 「미개인」은 이야기 자체는 정공법으로 전개되지만 또 하나의 알레고리의 세계이다. 오랫동안 가난과 싸워온 이곳 주민들이 갑자기 벼락부자가 됨으로써 근대적인 것과 전근대적인 것이 기묘한 배합을 이루고 있는 지역이다. '낮이나 밤이나 검은 선글라스를 쓰고' 있는 푸줏간 주인이 이야기하듯 하루아침에 갑자기 부자가 되어버린 사람들의 세계를 작가는 '광기'로 포착하고 있는 것이다. 주인공은 "내 하숙방은 사랑채였는데 문턱 위에 낡은 부적이 하나 붙어 있었다. 짐을 정리하며 그 갑각류 동물의 등 무늬 같은 부적을 보았을 때 나는 아주 묘한 느낌을 받았다. 그것은 방금 새로운 건설이 번쩍거리는 거리에서 돌아온 내게 무언가 역설적인 기쁨을 불러일으켰기 때문이었다"고 고백한다. 갑자기 벼락부자 된 사람들의 의욕은 광기로 변해서 그 마을의 틈입자인 주인공에게는 '숫돌'에 '식칼'을 갈고 있는 느낌을 준다. 그것은 '근대'라는 것을 앞세운 일종의 폭력에 해당하는데, 역사에 대한 인식을 갖고 있는 주인공에게는 암담한 장래를 예견하게 한다.

그 마을의 건설상은 얼핏 보기에 구악의 정리 작업으로 보이지만 그러나 보다 주의 깊게 관찰하면 일종의 새로운 악을 건설하는 것이었다.

나는 언젠가 분묘 이장 공고 기일이 지난 후 주인 없는 분묘를 불도저가 깎아내리는 것을 본 적이 있다. 새로운 주택단지를 형성하기 위해서겠지만 불도저가 산비탈을 깎아내리고 있었는데 나는 우연히 정 선생과 지나는 길에 그것을 보게 되었던 것이다. 죽은 자 위에 산 자가 서는군요, 하고 정 선생이 말을 했다. 그 소리는 공허한 느낌으로 울려와서 나는 정 선생을 오랫동안 쳐다보았다. 글쎄 저것은 파괴일까, 아니면 건설일까. 정 선생은 지나가는 말 비슷이 말을 했는데 나는 그때 어렴풋이 이 마을에 일관된 흔들거리는 광기는 바로 저렇게 무너뜨리고 죽은 자를 디디며 산 자가 일어서는, 죽은 자들 무리에 뿌리를 내리고 새 나무가 자라나는, 무덤 자리 위에 산 자의 거실이 목욕탕이 꽃밭이 정지(整地)되는, 어제의 것은 산 자에 의해서 사라져 가는 그런 데서 기인된 것이라는 느낌을 받은 것이었다.

'이 마을에 일관된 흔들거리는 광기'로 표현되고 있는 이 작가의 현실 인식은 단순히 한 마을에 국한된 이야기가 아님을 알 수 있다. 또한 한 사회의 구조적 모순이나 역사의 역행이 그 시대의 정신 속에 자리 잡은 그 광기로 인해 일어나고 있다는 작가의 현실 인식의 태도가 얼마나 정확한가를 판단할 수 있을 것이다. 그렇기 때문에 마을 사람들은 자기가 문명인이라고 생각하고 과학적으로 전염성이 없을 뿐만 아니라 그들과 전혀 다르지 않은 미감아들을 원시인 취급을 하면서 그들과 격리된 삶을 요구하고 그 요구를 관철시키기 위해서 미개인과 같은 폭력을 쓰는 것이다. 주인공은 그러한 그들의 전근대적 사고와 행동 방식에 끝까지 저항하면서 버틴다. 즉 주인공이 오늘날 한국의 역사 발전의 가장 암적인 요소가 어디에 있는지 간파한 것이며, 동시에 지식인인 그가 싸워야 할 대상은 이러한 정신적 샤머니즘이라는 것을 알고 있다는 점이다. 이때 그가 끝까지 불구의 몸에도 불구하고 투쟁한 대상은 그들의 광기, 즉 구조적 모순의 현상적인 것이 아니라 그것을 불러일으킨 그 시대의 정신이었다. 이것은 이제까지 최인호의 주인공이 왜 의식의 나른함 속에 빠져 있었는지 이야기하며 동시에 그럼에도 불구하고 그들이 역사에 대한 애정을 버리지 않고 있음을 증명하는 셈이다. 근대적인 것을 자처하는 것 속에 담긴 무수한 전근대적 요소는 결국 끊임없는 시행착오만을 가져올 수밖에 없고, 그래서 주인공은 그것을 깨뜨리기 위해 싸우는 것이다. 이것은 오늘날 한국의 지성이 쓸데없는 구호를 내세울 게 아니라 무엇을 괴로워해야 하고 무엇을 고민해야 하는지 그 정확한 대상을 제시하는 부분이기도 하다. 왜냐하면 구호적 외침은 그것이 또 다른 구호를 내세우는 구실을 제공함으로써 다른 구호에 이용당하고 그리하여 구호의 한계 속에 갇혀버리게 됨을 알아야 하기 때문이다. 「뭘 잃으신 게 없습니까」에서도 이 작가가 이야기하고 있는 바는 우리의 정신 가운데서 가장 주요한 부분을 놓치고 있는 오늘의 정신적 풍토 속에서 그럼에도 불구하고 그것을 찾으려고 발버둥치는 주인공에 관한 것이다. 미국인과 결혼한 한국 여인, 일본인의 주위에서 한국인의 접근을 막고 있는 한국인, 그 일본인과 동창생이면서 그 일본인 앞에서 자기가 유창하게 일본어를 구사할 수 없게 됨을 알고 그 기회를 노리는 한국인에 관한 관찰은 물론이지만, 여기에서 자기(磁器)가 무엇을 의미하는지 알게 되면 이 작품도 같은 계열에 속한다는 것을 간파할 수 있으리라.

이 작가가 또 하나 우리가 극복해야 할 내적 모순으로 「전람회의 그림 2」에서 이야기하고 있는 것도 일종의 광기에 해당한다. 그것은 똑같은 조서를 되풀이해서 쓰게 만드는 상황이며 소문을 통해 움직이게 되는 상황의 풍토에 관한 것이다. 여기에서 조서의 되풀이는 말의 힘에 의해서 자기 자신이 형성되는 과정에 관한 것으로 상황이 자기를 자기 자신보다 잘 알게 되는 것을 이야기하며, 「식인종」은 소문으로만 퍼지는 이야기가 우리의 정신을 결정지어버리는 오늘의 상황 그 자체인 것이다.

그러나 중요한 것은 이 작가가 이러한 가변적 현실에서 고통을 받는 정신의 풍속을 이야기하면서도 끊임없이 통시적 아름다움에 대한 신뢰를 버리지 않고 있다는 사실이다. 그것은 「황진이」에서 이 작가가 소리의 아름다움에 관해서 갖는 신뢰이며 「전람회의 그림 1」에서 '꽃의 아름다움'에 관해서 갖는 신뢰이다. 이것은 그의 작품들이 상황을 미학적 구조로 파악한 중요한 이유가 되고 있으며, 그렇기 때문에 그의 작품은 항상 회화적 구성을 갖게 되는 것이다.

이렇게 보면 최인호는 상황의 파악에서 상당히 다채로운 작가라고 할 수 있다. 바꾸어 말하면 소재주의의 측면에서 보면 그의 작가적 세계가 아직 결정되어 있지 않다고 이야기할 수 있겠지만 그의 문학 양식은 다채로운 가능성을 갖고 있다고 이야기할 수도 있다. 그에게 「미개인」에서와 같은 역사에 대한 애정이 지속되는 한, 역사의 심층을 꿰뚫어보고 그것을 뒤집어놓는 알레고리의 세계를 아름다움으로 그릴 수 있는 한 그의 세계는 한국 문학에서 확고한 자리를 확보할 수 있을 것이다.

3

1970년도 『조선일보』 신춘문예에 작품 「탑」으로 당선된 이후부터 본
격적으로 작품 활동을 시작한 황석영은 최인호와 비슷한 문학적 연륜
을 쌓아가고 있으면서도 상당히 대조적인 작품을 발표하고 있다. 여기
에서 대조적이라는 말은 어느 누구의 우열을 나타내는 것이 아니라 소
설의 구조라는 측면에서 서로 다른 방법론을 택하고 있다는 말이다.
그의 작가 세계는 성실하게 삶을 살려는 선의의 인간과 그 상황의 배
반감에 관한 추구로 요약될 수 있을 것 같다. 이러한 측면은 작품 「탑」
에서부터 보이기 시작한다. 파월장병으로 베트남에서 베트콩과 싸우
는 한국 군인들이 베트남의 민간 풍속을 존중함으로써 정신적인 승리
를 거두고, 그리하여 실전에서도 결과적으로 이기려고 노력하는 이 작
품에서 그러나 같은 동양인으로서의 한국인의 그 선의의 의도가 미국
인을 통해 하나의 미신으로 취급됨으로써 실패로 끝난다. 이것은 동양
인의 상황이 서양인에게 납득될 수 없는 요소를 가지고 있음을 말함과
동시에 우리의 상황이 끊임없이 이러한 선의를 배반하고 있음을 이야
기한다. 사실 미국인의 눈에는 하나의 보잘것없는 돌덩이에 불과한 그
탑을 지키기 위해서 한국군은 동료들의 죽음을 보면서 그리고 자기의
생명의 위협을 느끼면서 그 지역을 지키고 있었던 것이다. 그럼에도
불구하고 그 탑이 미군의 불도저에 의해 무너져버리는 상황의 전개는
동료들의 핏값에 아무런 보상을 하지 못하는 결과를 초래한다. 결국
이 작가는 이러한 문제를 통해서 베트남전의 본질까지도 암시한다는
점에서 주목을 받을 수 있는데 이러한 과정에서 그는 상황의 배반감을
전달해주고 있는 것이다. 그는 이러한 상황의 배반감에서도 인간의 폭

력을 가장 증오하고 있는 것 같다. 이 작품에서 미국의 불도저가 그것을 의미하지만 보다 더 구체적으로 드러나는 것은 「돌아온 사람」에서라고 할 수 있다. 6·25동란 때 자신의 부모를 죽이고 형을 정신 이상자로 만들어버린 사내를 붙잡기 위해 오랜 세월을 기다려온 '만수'는 바로 그 '사나이'를 붙잡자 자기 형수와 함께 그 사나이에게 폭력을 가한다. 일종의 극단적인 사형에 해당하는 만수와 그 형수의 행위를 보면서 내레이터인 나는 악몽과 같은 생각을 한다.

새벽의 박명 속을 나는 뛰었다. 뒤를 자꾸만 돌아보았으나 아무도 따라오지 않았다. 나는 저 미친 사람과 사내와 만수가 내 뒤를 악착같이 따라 오지나 않을까 하는 착각에 빠졌던 것이다. 나는 요새도 가끔 그때의 일을 생각하면 마치 전생에 있었던 일처럼 느껴진다. 개가 된 내가 바위였던 시절을 되돌이켜 이제는 사람이 되어 희미하게 눈치라도 채듯이 말이다. 그것은 몽롱하게 내부에 고여 있을 뿐이다. 그런데 의외에도 내가 오랫동안 잊을 수 없었던 것은 그날 시골을 떠나며 솔산 위에서 보았던 선명한 천연색 풍경이었다.

자기 자신의 전쟁터 경험을 되살리면서 그 사형 장면에서 고통을 맛보았던 '나'는 그러한 폭력에는 그것이 어느 쪽에 속해 있든지 증오심을 불러일으킴을 깨닫는다. 그러나 보다 더 중요한 것은 왜 '내'가 그 지옥 같은 마을을 떠나면서 '선명한 천연색 풍경'을 볼 수 있었고 그 기억을 오랫동안 갖고 있는가 하는 점이다. 이것은 작가가 그러한 현실의 경험에도 불구하고 인간에 대한 사랑과 신념을 버리지 않았음을 이야기한다. 그 천연색 풍경은, 인간이 자기 감정으로부터 조금만 거리를 유지하게 되면 인생을 절박하게 느끼지 않을 수 있고 아름다움의 세계를 볼 수 있고 만들 수 있다는 대상의 의미를 지니는 것이다. 황석영은 말하자면 아무리 지독한 상황의 배반에도 불구하고 인간에 대한 사랑을 버리지 않으면 그 상황을 고칠 수 있다는 의지의 소유자인 것처럼 보인다. 이 작가는 그것을 「아우를 위하여」에서 절실한 목소리로 토로한다. 6·25동란 직후 어린아이의 초등학교 생활의 경험담인 이 작품에서 주인공 '나'는 전쟁의 혼란 속에서 선생도 학생도 제자리를 잃어버린 학교를 다닌다. 선생은 가르치는 데 힘을 기울이는 것이 아니라 자신의 다른 일에 몰두하여 계속해서 수업에 빠지고 학생들의 동태에 전혀 무관심한 반면, 학생들 사이에는 전쟁의 악에 물든 폭력이 난무하고 있다. 결국 그러한 폭력을 인간에 대한 사랑과 합리적인 단계를 거쳐 극복할 수 있었고 제거할 수 있었다는 지극히 교훈적인(이 소설의 제목이 「아우를 위하여」라고 해서 이미 그러한 의미를 내포한다) 이야기이다. 이러한 이야기를 이 작가가 썼다는 사실은 자기 삶의 성실성을 그가 하나의 신념으로 갖고 있다는 것을 의미하며 동시에 현실의 어떠한 모순도 우리의 노력으로 극복될 수 있다는 신념의 표현이다. 그러나 이 작품이 그러한 교훈적인 의미에도 불구하고 읽힐 수 있는 것은 오늘날 우리의 상황에서 너무나 외면되고 있는 사실에 대한 일깨움 때문이리라.

작가의 이와 같은 태도를 기조로 하여 가장 주목할 만한 작품 「객지」와 「한씨연대기」, 그리고 「낙타누깔」을 검토하는 것은 그의 작품 세계를 제대로 이해하는 길이 되리라. 어느 간척지 공사장의 현장을 다룬 「객지」는 고향을 잃어버린 사람들의 밑바닥 삶에 관한 이야기이다. 막벌이 일꾼들은 이농한 농부이거나 도시의 깡패 출신, 직업 군인으로 제대한 사람이거나 오갈 데 없는 실업자들이다. 이들이 하루에 받는 보수는 불과 150원이고 그것도 제대로 수중에 들어오지 않는 가혹한 생활을 영위한다. 여기에는 회사 측 사람들로는 소장에서부터 서기·감독·십장이 있고, 그 감독에 붙어 인부들의 쟁의를 폭력으로 막는 감독조가 있다. 회사 측 사람들은 인부들의 삶이 자기들에게 달려 있음을 알고 150원으로 노동력을 착취하고 그것도 제대로 지불하지 않는다. 여기에 불만을 품은 인부들이 쟁의라도 벌일 기세이면 감독조를 시켜 폭력으로 무마해버린다. 그래서 인부들은 혹사를 당하면서도 아무 소리 못하고 삶을 연장해간다. 이러한 이야기는 사실 규모를 달리하고 있을 뿐 오늘의 한국 현실에서 어디에서나 볼 수 있는 현상 중의 하나라고 할 수 있다. 그러나 작가는 그러한 현장 이야기를 단순한 이야깃거리로 제공하고 있지는 않다. 이 소설을 주의 깊게 읽는 독자라면 '객지'라는 것이 무엇을 의미하는지 알 수 있다. 왜 그 많은 사람이 고향을 버렸는가 하는 문제는 결국 우리 사회의 구조적 모순과 상통한다. 그리고 이들이 구성하고 있는 간척지 공사장은 구조적 모순으로 가득 찬 한 사회의 축도라는 의미로 받아들여질 수 있다. 그리고 작가의 익숙한 언어는 그 사회의 실감을 더해준다. 그러나 여기에서 주목하게 되는 부분은 감독조의 횡포 때문에 도저히 일어날 수 없을 것 같은 쟁의가 일어난다는 사실이다. 그 계기를 만드는 사람이 인부들 사이에서는 지식인인 동혁이다. 그는 '고지식하고 다혈질인' 대위의 정의감에 힘입어, 자신들의 마지막 일거리를 잃게 될까 봐 두려워서 쟁의에 반대하는 인부들을 하나하나 이론적으로 극복함으로써 쟁의에 돌입하게 된다. 그들의 목표는 노동 조건의 개선(여기에는 인부의 임금 인상과 휴식 시간 제공도 포함된다)과 감독조의 제거에 있었다. 그러나 마지막에 가서 인부들은 회사 측의 속임수에 넘어가고 동혁은 혼자서 남는다. 작가는 한 사회에서 지식인의 역할을 이야기하면서 그러나 "개선을 위해서 쟁의를 해야지 원수 갚는 심정으로 벌이다간 끝이 없어요"라고 말한 것처럼 동혁으로 하여금 폭력을 사용하지 않도록 함으로써 역사에 대한 애정을 버리지 않는다. 동혁은 인부들이 폭력을 행사하려고 할 때마다 제지하지만 결국 그들로부터 배반당한다. 작가는 장 씨의 배반을 통해서 순응주의의 모순을, 인부들의 타협을 통해서 그들의 순진성을, 동혁의 외로움을 통해서 지식인의 배반감을, 그리고 이 모든 것을 통해서 현실 모순의 원인을 규명하고 있는 것이다. 그럼에도 불구하고 동혁이 폭력을 사용하지 않고 강렬한 희망을 느끼는 것은 이 작품이 아우를 위한 기본적인 태도 위에서 쓰여진 것임을 알게 한다. 특히 끝까지 폭력을 사용하지 않은 것은 과거의 많은 작가가 그것을 사용한 데 비해 이 작가의 발전적 모습이라고 할 수 있다. 이러한 태도는 「낙타누깔」에서도 나타난다. 베트남전에 참가하고 돌아오는 장병의 이야기인 이 작품에서 주인공은 항도(港都)에 내린 후 사지에서 돌아온 그들을 외면하는 도시와 도시인, 흥청거리는 술집, 변하지 않은 거리로부터 소외감을 느낀다. 그 답답한 상황에서 사병들은 시비를 걸기도 하고 오입을 하기도 한다. 그러나 장교는 사병의 폭력을 막고 배가 아픔에도 술을 마신다. 그리고는 '낙타누깔'로 요약되는 상황 속으로 빠져들어가는데 그것은 전쟁을 하고 사지에서 돌아온 사람들에 대해 큰돈을 벌어온 것으로 생각하는 상황으로부터 비롯된 소외감이다. 한국이 베트남전에 참가함으로써 베트남에 대해서 은혜를 베푸는 태도는 미국이 한국전에 참가함으로써 한국에 은혜를 베푸는 태도와 비슷한 상황을 보여주지만, 근본적으로 정당한 것이 될 수 없다는 사실을 작가는 현실의 아픔으로 느끼고 있다.

황석영의 현실에 대한 인식은 이 두 작품에서 극명하게 드러난다. 그가 괴로워하고 아파하고 있는 것은, 불과 150원의 임금도 제대로 지불하지 않는 상황, 그런 상황을 개선하려는 지식인의 의지가 고립되어 버리는 현실, 동혁의 삼촌처럼 그런 현실로부터 피해 이민을 가버리는 풍속, 사지로부터 돌아온 사람을 돈 벌러 외국에 갔다 온 사람으로 대하는 조국, '낙타누깔'이 말하는 도덕적 타락, 그리고 여기에서 다시 소외감과 허무감에 싸워야 하는 주인공이다. 이것은 오늘날 한국의 현실이 가져온 정신적 허무주의에 대한 이 작가의 인식 세계이며, 그럼에도 불구하고 좌절하지 않으려는 의지를 보여준다. 그리고 그러한 작가의 세계는 「한씨연대기」에서 가장 성공적으로 보여준다. 자기에게 주어진 일에 충실하며 착하게 살려고 한 의사 한영덕은, 이북에서는 자신의 출신 성분과 자기 직업에 충실하려는 태도 때문에 반동으로 몰려 형극의 생활을 하지만 월남한 뒤에는 그 선의가 무기력으로 받아들여져 무수한 고초를 겪고 마지막에는 알코올중독자가 되어 혼자서 쓸쓸하게 죽어간다. 결국 현실 적응력이 빠른 사람은 북에서도 남에서도 살아나가지만, 남북 어느 쪽에서도 그 선의의 시민을 받아들이지 못한다는 사실을 통해 작가는 왜 그러한 선의가 이 땅에서 받아들여질 수 없는가에 대해서 괴로워한다. 그리고 그 한영덕의 죽음은 아무 데서도 보상받을 수 없는 성질의 것이므로 역사의 비극은 더 심한 것이다. 적자생존의 잘못된 적용은 우리의 현실의 암담함을 이야기하며 그의 죽음이 그러한 선의의 세대의 종말을 의미하는 듯한 작가의 현실 인식은 다분히 비관적이다. 왜냐하면 그의 다음 세대인 딸 한 혜자는 아버지의 죽음에 대해서 아무런 심리적 동요도 경험하지 않기 때문이다. 그러나 작가의 인간에 대한 신뢰감은 그러한 절망 속의 좌절로 끝나는 것이 아니다.

한혜자는 단신 월남한 주정뱅이 고용 의사와 납북된 경찰관의 아내였던 전쟁미망인 사이에서 태어났다. 그 애는 뒷날 성숙한 처녀가 되었을 때 자신의 별명을 '개똥참외'라고 지었다. 인분에 섞여 싹이 트고 폐허의 잡초 사이에서 자라나 강인하게 성장하는 작고 단단한 열매.

여기에서 이야기하듯 아버지 세대의 선의와 결별한 새로운 세대는 이제 그러한 아버지 세대로부터 아무런 정신적 유산을 물려받지 못한 채 자기 자신 안에서 새로운 가치관을 구축하여 끈질긴 생명력을 소유하게 됨을 작가는 기대한다. 그래서 새로운 선의를 가치관으로서 확립한 새로운 세대는 이제 어떤 박토(薄土)에서도 살아남을 수 있는 끈질긴 생명력을 소유하게 되는 것이다. 한혜자의 이러한 생명력을 통해서 작가는 자신의 역사에 대한 태도를 밝히고 있는 것 같다. 정직하게 살려는 사람에 대한 애정이며, 역사가 역사 자체의 굴러가는 힘을 갖고 있다는 것에 대한 인식이며, 아무리 어려운 상황 속에서도 인간의 본질이 완전히 말살될 수 없다는 생명에 대한 신념이 그러하다. 그리고 그의 그러한 태도는 현실의 모순을 인식하지 못한 우직한 사고와 행위에서 나온 것이라기보다는 그것을 정확하게 인식하면서 보이는 지식인의 순수한 태도이다. 이러한 태도를 견지하는 한 이 작가는 폭력을 찬양하지도 쉽게 현실과 타협해버리지도 않을 것이다.

4

일반적으로 영문학과 불문학을 비교할 때 영문학을 진지한 문학 littérature sérieuse, 불문학을 탐구의 문학littérature de recherche이라고 한다. 이때 탐구의 문학이란 단순한 의미로 사용되지 않고 문학에서 아름다움의 양식을 발견하려는 태도를 내포하고, 카뮈가 이야기한 정신의 모험을 추구하는 태도를 의미한다. 이런 면에서 관찰하게 되면 알레고리의 세계를 통해서 끊임없이 아름다움의 세계를 추구하는 최인호의 소설은 탐구의 문학이라고 할 수 있고, 인간의 생명력에 대한 신념과 인간에 대한 사랑을 직설법으로 추구하고 있는 황석영의 소설을 진지한 문학이라고 할 수 있다. 두 작가가 똑같은 현실을 다루면서도 그 양식을 달리하고 있는 데서 야기하는 것으로 한 시대의 문학의 발전은 이러한 새로운 양식의 발견에 있음을 간파하게 한다. 문학에서 새로운 양식의 추구는 이들과 같이 역사에 대한 애정과 인간에 대한 사랑을 전제로 하고 있는 한 다양할수록 문학의 발전을 가져온다. 황석영의 순수성과 최인호의 탈(脫)음흉성은 그 기본적인 태도에서는 같지만 그 방법론에서는 대조적이다. 이 두 경향이 서로 견제하고 대립하고 융화되는 한, 문학은 독자를 기만하지도 배반하지도 않을 뿐만 아니라 새로운 양식을 발견해낼 수 있을 것이다. 그리고 그렇게 하는 길만이 한국 문학이 문학으로서의 역할을 충분히 수행할 수 있고, 한국 문학의 다양성을 가져올 수 있을 것이다. 여기에서 아무도 어느 문학이 우수하다든가 열등하다는 식의 우행을 저질러서는 안 될 것이다. (1972)

현대한국문학의 이론

* 『현대한국문학의 이론』(김병익·김주연·김치수·김현 공저)에 실린 글 중 다른 저서에 실리지 않은 김치
수 선생의 글 네 편을 공동 서문과 함께 남긴다.

서문

1960년대 초기의 열기와 감동, 우리들의 문학적 충동은 이 시대의 들 끓는 분위기와 깊은 관계가 있다. 대학에서는 독문학, 불문학, 정치학 등 국문학이 아닌 학과에서 수업한 우리들이었으나 이 메마른 땅의 현실과 언어는 우리들의 문학 활동을 그렇게 낯설게 하는 것이 아니었다. 그보다는 오히려, 우리는 우리의 사고를 황폐하게 하는 것들, 우리들의 행동을 무력하게 하는 것들, 우리들의 언어를 공허하게 하는 것들에 깊은 관심을 갖게 되었다. 4·19의 거센 흥분이 지나가고 난 뒤, 우리는 이렇게 하여 역사의 의미와 만났다. 자유의 의미와도 만났다. 무엇을 어떻게 할 것인가. 비록 우리들이 갖고 있는 지식은 빈궁하고, 우리들이 쓰고 있는 언어는 조야하지만, 바로 그렇기 때문에 우리는 지식과 언어에 대한 무한한 사랑을 지니고 있다. 이 사랑은 역사의 의미, 자유의 의미를 탐구하고 현실의 괴로움을 극복할 수 있는 가장 큰 힘임을 우리는 자부한다.

문학을 하는 사람이 무엇을 할 수 있을까. 더욱 비평 행위를 하는 사람이 무엇을 할 수 있을까. 그러나 우리는 이 모든 회의의 질문법에 대하여 회의하지 않는다. 문학은 전통의 끝에 앉아 있는 그의 성실한 상속자인 동시에 그에 끊임없이 도전하는 창조적 반역아이다. 비평 역시 마찬가지라고 생각한다. 그는 상속과 반역의 통로에 찡그린 얼굴로 앉아 있는 불만의 이름이 아니라, 그 전통을 도와주는 이론의 헌납자라고 믿고 싶다. 창작 행위와 이론 행위는 문학에 관한 한 서로 마주보고 서 있는 대립의 개념이 아니라, 서로 이를 맞물고 돌아가는 톱니바퀴의 개념일 것이다. 우리가 그 한쪽의 몫이라도 정직하게 맡을 수 있다면 얼마나 행복한 일일는지. 우리는 그런 꿈을 버리지 않고 있다.

네 명의 공동 저서로 된 이 책은 반드시 통일된 하나의 문학관을 내보이고 있는 것은 아니다. 그렇기는커녕 때로는 저자에 따라 심한 의견의 갈림·맞섬을 노출하고 있는 것도 있다. 당연한 일이라고 생각한다. 그러나 우리에게는 더 많은 공동의 땅이 있다. 문학평론이라는, 이 나라에서는 가장 힘든 일 가운데에서도 힘든 일을 하고 있다는 사실의 중요성도 있으려니와, 비슷한 시기에, 비슷한 정열과 고민을 안고 있다는 점이 무엇보다도 중요하다. 이러한 점들이 우리의 인간관계를 매우 가까운 것으로 했고, 마침내 공동 평론집의 출판을 결심하게 했음을 밝혀둔다.

이 평론집에 수록된 32편의 논문은, I, II, III부로 나누어져 있다. I부에서는 문학의 기본 속성 및 그 기능에 대한 고찰이 행해지고 있으며, 그러한 고찰의 결과로서 이때까지의 한국 문학의 기본적 이론에 대한 수정이 가해진다. Ⅱ부에서는 그러한 이론에 입각하여 한국 문학을 재정리한다. Ⅲ부에서는 우리에게 중요하다고 생각된 작가들에 대한 분석이 시도되고 있다. 우리의 작업이 한국 문학에 조그마한 도움이 되기를 희망한다.

끝으로 이 책에 관련된 모든 사람에게 감사한다. 특히 이 책에 수록된 논문들의 상당 부분이 발표된 『문학(文學)과지성(知性)』의 발간을 가능케 한 한만년, 황인철 씨, 그리고 이 책을 커다란 애정으로 맡아주신 민음사 박맹호 사장께 감사한다.

1972년 2월

김병익·김주연·김치수·김현

농촌소설 별견

최근에 와서 농촌과 도시의 격차 문제는 우리 사회의 가장 큰 문제 가운데 하나로 등장하고 있다. '근대화'라는 새로운 구호가 내세워진 이래, 해마다 농민의 이농 현상이 심각하게 드러나고, 도시의 외형적인 발달의 모습이 농촌의 내면적인 빈곤과 양극화 현상으로 발전되고 있는 현실에 대해서 일부 사회단체와 학자들 간에 깊은 우려의 지적이 있었고, 그것의 심화가 가지고 있는, 사회적 모순의 표현이라는 의미에 대해서도 많은 사람이 지적한 바 있다. 그럼에도 불구하고 아직 농촌의 삶의 개선이라는 문제는 전혀 해결의 실마리를 발견하지 못한 채 더욱 심각화하고 있다.

한 사회의 지성으로서의 문학이 이러한 현상을 간과하지 않을 뿐만 아니라 간과할 수도 없는 것은, 그 문학이 그 시대를 올바로 관찰하고 그 역사를 정당하게 파악하려고 하는 한 너무나 당연한 것이다. 지성으로서의 문학은 그 시대의 모순을 자신의 문제로 파악하고 그렇기 때문에 그 모순의 핵심을 파헤칠 수 있어야 한다. 여기에서 '자기 자신의 문제'라는 말은, 현실의 파악이 자칫하면 자기 자신과는 아무런 상관도 없는 하나의 이론으로 떨어져버릴 위험을 배제하기 위해서인 것이다. 그랬을 때 농촌의 문제는 충분히 문학의 대상 내지는 내용으로 수용될 수 있다. 이때의 농촌은 전원생활의 배경이 될 수도 있고, 우리 사회의 구조적 모순의 한 예증이 될 수도 있다.

그러나 여기에서 이야기하고자 하는 농촌소설은, 후자의 경우에 속한다. 이것은 현실을 꿰뚫어보는 데 농촌을 소재로 택한 경우에 해당한다. 한 사회에서 모순은 농촌이면 농촌, 도시면 도시 하는 식으로 어느 한쪽에만 존재하는 것이 아니고, 서로 유기적인 관계를 갖고 있다. 가령 산업혁명 당시의 서구 사회가 부딪쳤던 수공업시대 노동자의 문제를 생각해볼 수 있는데, 이것은 시민사회의 형성과 서구의 근대화라는 그 뒤의 역사를 통해서 해결됨으로써 일시적인 문제였음이 드러나고 있다. 그랬을 때 수공업시대 노동자의 문제는 우리 사회의 근대화가 올바로 진행되었다면 우리 농촌의 문제로 환원될 수 있었을 것이다. 왜냐하면 농민의 이농 현상은 우리나라처럼 많은 인구가 농업에 종사하는 나라에서 근대화와 함께 필연적으로 일어날 수 있는 일이기 때문이다. 그러나 최근 일련의 사회과학 논문에서 지적되고 있듯이(예를 들면 임종철 교수의 「근대화에 대한 비판적 성찰」, 『문학과지성』 1971년 가을호) 근대화가 제대로 진행되지 않은 데서 오는 모순으로 농촌 문제가 대두되고 있는 것이다. 말하자면 근대화가 제대로 되어 있는 상태에서 농민의 이농은, 식량의 자급자족에 전 인구의 7~8할

이 투입된, 노동력의 비경제적 활용을 벗어난다는 점에서 바람직한 일일 수도 있다. 왜냐하면 후진사회가 아닌 한 전 인구의 7~8할이 농사에 종사하는 예가 없을뿐더러 이농이 곧 보다 높은 수익성을 띤 새로운 생산업의 종사를 의미할 수도 있기 때문이다.

세계의 문학사 가운데 서구에서는 농촌문학이 아니라 전원문학이 있는 것은 이러한 사실을 뒷받침해준다. 서구에서는 소설이라는 문학의 장르가 등장하기 이전에 사회적 문제로서의 농촌 문제가 해결되었고, 산업혁명 이후에는 농업에 종사하는 사람이 생산공장에 종사하는 사람보다 압도적으로 많지도 않았고, 따라서 농촌이 빈곤의 대명사로 존재하지 않았다는 것을 의미한다. 반면에 19세기의 러시아나 20세기의 일본과 한국에서 농촌문학이 문제되고 있었다는 사실은, 아직도 이 사회에서는 농촌의 사회적 문제가 미해결의 상태에 놓여 있음을 의미한다. 그러나 한국 문학에서 농촌문학의 제기가 일본과의 동시적인 것으로 나타난 것은 무엇을 의미하는가. 그것은 한국 사회가 외면하고 있던 부분을 일본 문학의 충동에 의해 한국 문학이 그 테마로 삼게 되었다고 말할 수도 있다. 그러나 이것은 20세기 서구 문학, 특히 미국 문학에서 나타나고 있는 폭로소설(노동자의 착취와 비극을 주제로 한)이 외국의 어떤 사건을 계기로 시작되었다고 주장하는 것과 마찬가지로 근거를 찾기 힘들다. 오히려 이러한 폭로소설이 나온 것은 그 사회의 내적 요구, 즉 그 사회적 필연성 때문이라고 설명될 수 있다. 한국에서 농촌소설의 문제도 그러한 관점에서 제기되는 것이 자기 나라의 역사를 독자적이고 정당하게 파악하는 태도이리라. 다시 말하면 한국은 아직도 19세기의 러시아나 20세기 초의 일본과 마찬가지로 농촌이 빈곤의 대명사로 남아 있기 때문에 농촌의 문제가 한국 사회의 개선되어야 할 현실로 존재하고 문학의 중요한 테마가 되었던 것이다.

　그러나 이러한 문제로 친다면 농촌에만 문제가 있지 않고 그것만이 문학의 테마가 될 수 있지는 않은 듯하다. 최근에도 늘 문제가 되고 있는 도시의 비대화와 농촌의 빈약화, 부의 편중과 여기에서 오는 개인의 격차, 배금주의적 사고방식의 팽배에서 오는 '인간'의 왜소화 내지는 부재 등 사회의 모순을 대변하는 것으로 농촌과 도시는 똑같은 문제를 가지고 있다. 가령 도시에서 '평화시장의 한 개인의 죽음'이라든가 '광주대단지사건'이라든가 '공해 문제' 등과 마찬가지로 농촌의 문제가 존재한다. 따라서 작가는 농촌과 도시를 엄격하게 분리하여 생각할 수 없다.

　한국 문학에서 농촌소설과 도시소설은 일반적으로 농촌을 소재로 했느냐, 도시를 소재로 했느냐에 따라서 분류되어왔다. 그리고 한국의 장래를 위해서라든가, 리얼리즘 문학을 확립하기 위해서 어느 쪽의 문학을 해야 한다는 주장이 상당히 강경하게 대두되어왔다. 이 문제는 문학이 소재로서 어떤 것을 택했느냐이기 때문에, 한 개인이 생활의 터전을 도시로 택했느냐 농촌으로 택했느냐 같은 범주를 벗어나지 못했다. 따라서 이것은 농촌과 도시를 똑같은 한국의 현실로서 유기적인 것으로 파악하지 않고 별개의 것으로 구분하는 위험성과 한국 문학의 편협성을 강요할 우려를 내포하고 있다. 가령 19세기 러시아에서 톨스토이의 문학이 농촌을 대상으로 했을 때, 농촌의 모순된 현실만을 문제 삼지 않고, 농민의 생활과 정신 속에 내재하는 '엉겅퀴풀'과 같은 끈질긴 생명력과 건강함을 이야기함으로써 그 민족의 서사시로 승화될 수 있었다. 발자크가 『농부들』에서 이야기한 것은 농촌의 풍속을 통한 그 시대의 정신사적 흐름에 관한 부분이었다. 이러한 예는 농촌소설이 도달할 수 있는 문학 본래의 다양성을 보여주는 것이지만, 여기에 선행되어야 할 현실 문제에 관심을 보인다고 하더라도 이러한 가능성을 배제한다면 문학작품으로서의 호소력을 갖지 못한다. 또한 삶의 현실로서 농촌을 문학의 소재로 삼았을 때 그것이 현실의 한 단면이라든가 삶의 한 양태라는 것을 고려하지 않는다면, 농촌소설은 보편적인 의미를 잃게 된다.

그러므로 농촌을 소재로 택한 것이 옳다거나 도시를 소재로 택한 것이 옳다, 혹은 농촌소설을 써야 한다든가 도시소설을 써야 한다는 주장은 문학의 지방주의와 같으며, 농촌소설이나 도시소설을 하나의 문학적 이념인 듯 이야기하는 것은 문학의 소재주의(이런 표현이 가능할는지 모르지만)와 같다. 이와 같은 이유에서 농촌을 대상으로 하든 도시를 대상으로 하든 그것이 그 작품의 평가 기준이 되지는 않는다. 중요한 사실은 항상 그 작품이 도달한 내용이 무엇이냐, 예를 들면 농촌소설인 어떤 작품이 한국 사회의 구조적 모순을 얼마나 극명하게 보여주었느냐, 혹은 도시소설인 어떤 작품이 현실을 얼마나 정당한 사관(史觀)에 입각하여 파악하고 있느냐 하는 데 있다. 한국 소설에서 문제되어야 할 부분은 항상 이런 데 있었다.

그렇다면 한국에서의 농촌소설 혹은 도시소설이 어떻게 이룩되었으며, 그 전개 과정과 그것이 도달한 내용이 무엇인지 검토할 필요가 있다.

한국에서 농민문학 혹은 농촌소설이 문제되기 시작한 것은 1931년 『조선일보』에 발표된 '농민문학논쟁'으로부터인 듯하다. 백철의 『신문학사조사(新文學思潮史)』(신구문화사)에 따르면, 당시 프로문학이 문학사조의 주류를 형성하던 시대에 농민문학이 등장하고 있다. 일제시대에서 프로문학이나 민족주의 문학이 그 시대적 상황에 대한 인식과 그 상황의 극복을 위해서 대두된 것이라면, 농민문학도 그러한 범주를 벗어날 수 없다. 이를테면 '빼앗긴 들'을 되찾기 위한 민족운동의 일환이었으며, 잃어버린 조국에 대한 민족의 각성과 일제의 침략에 대한 저항의 대열을 이끌기 위한 것이었다. 그러한 예는 백철의 글에서도 잘 드러난다.

> 자본주의시대의 사회적 존재로서 농민계급 존재의 특징은 그것이 근본적으로는 프롤레타리아 계급과 동일한 조건하에서 생활하고 있으며, 따라서 구극(究極)에는 농민은 프롤레타리아 계급과의 혁명적 동맹하에 동일한 궤도를 밟은 역사적 필연성을 가지고 있음에도 불구하고 이것을 금일의 제(諸)실생활 기초에서 생각할 때에는 거기에 역사적·사회적으로 여러 가지 특수 조건이 잠재되어 있는 것이다.
> —『신문학사조사』(p. 389)

『농민문학문제』(〈백철문학전집〉 제2권 수록)의 서두 부분을 개필한 이 인용문은 당시 프로문학의 입김을 상당히 의식하고 쓴 흔적을 지니고, 필자 자신이 "1930년대의 내 글 중에서 가장 감상적인 것의 하나"라고 고백하고 있음에도 불구하고, '역사적' '사회적'이라는 '특수 조건'이 이야기하는 것은 일제시대이기 때문에 명확하게 이야기할 수 없었던 민족적인 성격을 띤다. 왜냐하면 이미 일제는 토지조사사업을 통해서 이 땅의 농토를 빼앗아갔고, 농민의 인구는 갈수록 소작화하는 경향을 띠고 있었기 때문이다. 일제가 우리 민족을 수탈하는 과정에서 농촌만을 대상으로 한 것이 아닌 이상, 그러한 농촌의 묘사는 그 시대의 사회적·경제적·민족적 현실의 한 단면을 이야기하는 것이다. 따라서 민족문학 혹은 농촌소설은 민족운동의 한 표현일 수 있었다. 1933년 『농촌소설집』의 간행은 그러한 농촌 문제의 부각을 드러낸다. 당시 농촌소설은 '한 농촌의 무식한 농민들이 지식인의 지도 아래 '농민조합'을 만들어내는 과정'이라든가, 농민들의 '무식한 생활과 빈곤한 생활의 모순된 점 등을 리얼하게' 묘사한 것이라든가, '목화나무와 뽕나무를 강제로 심게 한 왜정에 대한 반대 투쟁을 주제로 한' 것이었다. 프로문학 측의 이러한 움직임과 함께 민족문학 측의 움직임도 중요한 역사적인 의미를 지닌다. 이 무렵에 민족문학 측은 농촌으로 학생 계몽대를 파견하여 농촌을 계몽하려는 브나로드 운동을 일으켰던 것이다. 이 두 문단적인 움직임은 일제시대라는 역사적 시련의 극복, 민족의 독립이라는 중요한 목표에서 일치한다. 백철 글을 다시 인용해 보면 그러한 사실이 쉽게 드러난다.

농촌으로 학생 계몽대를 파견하여 농촌을 계몽하는 것이 이때의 민족주의파의 주요한 민족운동의 형태요 방법이었다. 민족주의의 대표적인 작가 이광수는 당시 『동아일보』사의 편집국장으로서 이 브나로드 운동의 요충에 당한 당사자인 동시에 이 브나로드 운동을 문학화하는 데 우선 자신이 출마하여 『흙』(1932년 『동아일보』에 연재)을 썼으니 『흙』의 주인공 '허숭'은 작가 자신을 연상케 하는 인도주의자요, 농민운동자였다. 또 이 운동을 주제로 한 장편소설을 모집하여 심훈의 『상록수』(1934년 『동아일보』에 연재)를 얻었다. 『흙』과 『상록수』는 이 브나로드 운동을 주제로 한 두 편의 우수한 작품이었다.

이 두 작품이 지닌 한계가 어떠한 것인지에 관해서는 뒤에서 언급하기로 하고, 우선 이 작품들이 그 시대의 문학에 중요한 역할을 했던 것은 사실이다. 이를 계기로 농촌의 풍속을 뛰어난 언어 감각으로 다룬 김유정이 1935년에 등장하고, 원시적 흙의 향수를 그림으로써 농촌과 도시를 대립적인 것으로 파악했던 이무영이 작품을 발표하기 시작한 것도 이 무렵이었고, 자신의 출신에 대한 애정으로 농촌소설을 썼던 박영준이 등장한 것도 1935년이었다. "그 점에서 1935년을 전후하여 농촌을 제재로 이끌고 등장하는 작가들이 많았다. 당시에『동아일보』나『조선일보』의 신춘문예의 투고 작품은 태반이 농촌 취재의 작품이었던 것은 그때 심사인들의 공통된 감상이요, 또 당시에 등장한 신인들, 박영준이나 최인준 등이 모두 농촌 작가로서 등장한 사람들이다."(백철,『신문학사조사』, p. 499)

그러나 이와 같은 농촌소설의 문단적 확대는 그것이 곧 농촌소설의 질적 향상을 의미하거나 현실의 모순으로서의 농촌 파악, 혹은 역사적 역류의 심화된 현실을 의미하지는 않는다. 초기에는 민족운동 혹은 독립운동의 일환으로 출발한 농촌문학은 프로문학 측에서는 구호적인 데 치중하게 되고, 민족문학 측에 대한 자기방어적 노력을 경주하게 됨으로써 문제의 핵심에 도달하지 못하고(앞서 말한 토지조사사업이라든가, 농촌의 어려운 생존이 민족의 시련을 상징하고 있다는 사실 등) 문학의 도식주의라는 악습을 남겼으며, 민족문학 측에서는, 자신들의 지나친 엘리트 의식으로 해서 농촌을 계몽하겠다는, 농민과의 의식의 유리감, 혹은 결핍된 일체감을 갖게 되었고, 농촌을 문학 소재상의 은둔처로 파악하는 결과를 가져오게 된다. 이러한 주장은 물론 이 시대의 문학이 일제시대의 그것이기 때문에 우리의 문학이 아니라거나 이 시대 문학의 역사적 의미를 전적으로 부인하고자 하거나 그 문학을 과소평가하려는 의도에서 나온 것이 아니다. 어떤 시대의 움직임이든 그것을 민족적이고 주체적인 입장에서 파악하고자 하는 최근의 역사학계의 성과(『한국사의 반성』에서 볼 수 있는)를 읽으면, 이 시대의 문학을 전적으로 부인하는 게 결코 역사를 정당하게 보는 것이 아님을 알 수 있다. 그렇다고 그것을 과대평가할 수도 없는 형편이다. 민족운동의 일환으로 출발한 이 시대의 농촌소설이 그 동기의 중요성에도 불구하고 농촌의 소재주의를 극복하지 못했다면 문단적 움직임의 중요성을 인정하면서도 문학작품으로서의 의미는 약화될 것이다. 현실에 대해서 이야기할 수 없을 때 현실과는 아무런 상관도 없는, 그래서 자신에게 어떠한 피해나 압박도 돌아오지 않는 농촌의 이야기를 한다는 것을 의미해서는 안 되기 때문이다. 물론 농촌문학의 다양성이라는 점에서 전적으로 배제될 성질의 것이 아니긴 하다. 하지만 한 시대의 모순의 핵심이 농촌에만 있는 것이 아님을 고려한다면 이 시대의 농촌소설이 도달한 성과가 무엇인지 밝혀보는 것이 오히려 의미 있는 일이 되리라. 그것은 곧 과거에 대한 올바른 평가를 얻을 수 있고, 오늘의 농촌문학이 전개되고 있는 과정을 보여줄 뿐만 아니라 농촌문학의 장래를 내다보게 할 수 있기 때문이다.

우리나라에서 농촌소설의 대두는 앞에서 살펴본 것처럼 프로문학이 퇴조할 무렵에 이루어졌고, 3·1운동 이후 표면적으로 늦추어졌던 일제의 압박의 고삐가 서서히 전쟁 준비를 위해 고개를 들기 시작한 무렵에 이루어졌다. 그러나 어떤 시대에 어떤 문학이 나왔다는 사실보다도 그 시대에 도달한 문학적 성과가 어떠한가를 알아보는 것이 더욱 의미 있는 일이 되리라.

1920년대 말부터 농촌을 소재로 한 소설이 있었던 것은 사실이지만 1932년에 발표된 이광수의 『흙』을 농촌소설의 본격적인 모습으로 생각하는 것이 일반적인 견해인 듯하다. 그러나 『흙』은, 자유연애와 새로운 과학의 힘과 신식 교육이라는 도시적 삶의 세계 묘사에 전념하던 이광수의 문학 세계에 농촌이 의식되었다는 점에서 전신적인 의미를 가질 수 있겠지만 민족의 개조를 부르짖던 거의 기본 노선을 포기한 것은 아니었다. 춘원의 문학에 나타난 그의 의식은 당대 사회에서 자기 자신이 지식인이라는 것, 자신이 민족의 지도자라는 것, 대중이 무지하다는 것을 너무 많이 의식하고 있었기 때문에, 그는 대중과는 유리된, 다른 차원의 인물처럼 생각했다. 그것은 그가 대중보다 지식도 많고 역사를 꿰뚫어보는 안목도 갖고 있음에도 불구하고 대중과의 같은 운명 속에 놓여 있음을 생각하지 못한 것을 의미한다. 그랬기 때문에 그는 대중을 가르치고, 지도하는 것만을 생각했고, 그래서 그는 항상 자기 자신을 대중보다 높은 자리에 있는 것처럼(같은 운명을 갖지 않은 것처럼) 현실을 인식하고 있었다. 그는, 농민이나 독자의 삶 속에 뛰어들지 않고 그것의 외형적 결점만을 고치고자 했지, 외형적 결점을 만들어낸 요인을 관찰할 수 없었다. 그 자신이 알고 있었던 지식 ——자유연애의 장점, 신식 교육의 장점, 과학의 힘 등에 관한——은 외래 사상의 본질적인 면보다 현상학적인 데 현혹된 것이며, 그의 지식이 참다운 것이 아니었음을 입증하는 부분이다. 그렇기 때문에 그의 문학은 일제에 침탈당한 당시의 한국 역사가 무식한 대중에게도 책임이 있었던 것을 파악했고, 따라서 민족을 개조하기 위해서 대중을 계몽시켜야 한다는 논리가 성립되었던 것이다. 그러나 계몽은 현상만을 파악하는 지식으로 가능하지 않다. 그리고 민족의 삶의 본질을 외면한 계몽은 그 본래의 의미를 벗어난 것이고 실효를 거둘 수도 없다.

춘원의 『흙』도 그러한 작품의 한계를 가지고 있다. 그것은 농촌의 현실을 올바로 파악하지 못하고 한 지식인이 센티멘털리즘에서 농촌으로 뛰어들어간 결과밖에 가져오지 못했다. 다시 말하면 1910년 한일합병 이전에는 대지주가 농토를 소유했기 때문에 농민은 생활의 영세성을 겪어야 했고, 관리의 부패로 인해 농산물을 수탈당하여 더욱 가난한 삶을 살아야 했으며, 한일합병 이후에는 10년 동안 일제의 토지조사사업에 따라 그나마 가지고 있는 토지를 수탈당해야 했던 것이다. 이때 지식인들이 이러한 사실을 주지시켜주지도 못했고, 문학인들이 그 결과를 작품 속에 용해시키지 못한 것은, 당시의 일급 지식이었던 춘원으로서 그 책임을 면할 수 없는 것은 사실이다. 1932년 피폐할 대로 피폐한 농촌으로 돌아가자던 『흙』의 외침이 지닐 수 있는 의미는 그런 점에서는 공허한 메아리 이상의 것이 아니다. 그것은 역사에 대한 발언을 할 수 없었던 당시의 사정 때문에 지식인들이 발언의 도피구로서 '농촌'을 택했음을 말한다. 그런 점에서는 심훈의 『상록수』도 마찬가지이다. 역사가 이미 일제에 의해서 좌우된 현실에서 농촌의 재건운동을 일으킨다는 것이, 농토를 빼앗긴 농민에 대한 감상적 동정을 얼마나 벗어난 것인지 생각해보아야 한다. 물론 이들에 대한 비난이 앞에서도 말한 것처럼 이들의 역사적 역할 자체를 전적으로 부정하고자 하는 태도에서 나온 것은 아니다. 신문학의 새로운 내용과 형식을 이룩하고자 한 춘원의 역할, 도시적인 삶만으로 한국의 운명을 이야기하지 못할 때 농촌적인 삶에서도 그것을 발견하고자 한 춘원과 심훈의 의도는 그것의 성공 여부와는 상관없이 정당한 평가를 받아야 한다. 만약에 이마저도 부인하게 되면, 다시 역사를 어떻게 볼 것인가 하는 가장 근본적인 문제로 돌아와야 하는 것이다.

춘원의 '허숭'이나 심훈의 '동혁' '영신'은 농촌으로 돌아가서 농민을 계몽하고 그들에게 삶의 힘을 불어넣음으로써 당시 우리 민족에게 희망을 주고 내일을 기약하게 하려고 했다. 이들은 농촌의 한 마을을 개혁하려는 의지와 그 개혁의 확대가 가질 수 있는 의미 같은 것을 보여주었다. 그러나 농민에게 희망을 준다든가, 민족운동의 출발을 농촌 계몽에 둔다는 것은 역사의 한쪽 측면만을 이야기한 결과를 가져온다. 농촌으로 돌아간다는 사실이 모든 역사적 시련을 극복하는 방법이 못된다는 것을 고려하지 않는다면 계몽이 농민과의 일체감이 없는 것이고, 이들이 그리고 있는 농촌은 그것을 문학의 소재로 받아들인 결과밖에 안 된다. 이것은 이들의 문학 속에 내재해 있는 성급한 감상주의를 엿보게 한다.

반면에 이 두 작가보다 뒤에 나온 이무영의 농촌소설은, 농촌을 계몽하겠다는 지도적 의식보다도 농촌 삶의 어려움을 표현하겠다는 재현의 의미를 더 많이 갖고 있다. 그의 소설에는 소작인이 많이 등장하고, 따라서 그들의 삶은 대부분의 농민이 그러했던 가난과 비참함과 무식함과 착함의 대명사와 같은 것이었다. 여기에서 농촌의 '무식'은 앞의 두 작가와 다를 바 없지만, 삶 자체의 양태를 보여주는 데는 농촌의 현실을 보다 실감 있게 제시할 수는 있었다. 그러나 그가 농촌으로 돌아간 동기라든가, 그의 농촌에 대한 인식은 향수적이고 도피적인 성격을 띤다.

흙내였다. 그것이 흙내라는 것을 인식한 순간 일찍이 그가 어렸을 때 듣던 아버지의 음성이 바로 귓전에서 울리는 것을 느끼었다. 사람은 흙내를 맡아야 한다. 너도 공부를 하고 나선 아비와 같이 와서 농사를 짓자 —학문? 학문도 좋긴 하다. 하지만 학문이 짐이 될 때도 있으리라. 그때 그는 아버지를 비웃었다! 그러나 조소하던 그 말이 지금 그의 마음을 꾹하니 사로잡은 것이었다.

—「집으로 가자. 흙을 만지자」, 『제1과 제1장』

위 예문에서 볼 수 있는 것처럼 '흙냄새'에 대한 그리움은 '도시적 삶'에 대한 반작용이면서 동시에 삶의 고향에 대한 그리움이었고, "학문이 짐이 될 때도 있"다는 말은, 삶의 복잡한 의미를 안다는 사실이 보다 어려운 삶을 살게 한다는 것을 의미한다. 다시 말하면 농촌에 묻혀서 세상 모르고 사는 것이 편한 일임을 알고 그곳으로 안주하고자 하는 것과 다르지 않다. 이러할 때 '농촌'의 의미란 무엇일까. 그것은 삶의 '현장'으로서 농촌도 아니요, 역사의 인식으로서의 농촌도 아니다. 사실상 농촌이라고 해서 역사로부터 유리된, 현실로부터 유리된 별천지일 수는 없다. 그러므로 여기서 말하는 농촌이란, 도시로부터 격리된 곳일 뿐만 아니라, 타인과의 관계, 자기 밖의 세계와 단절된 것을 의미하면서 동시에 역사와 현실과는 아무런 상관도 없는 '살아가는 곳'으로서만 존재하는 것이다. 물론 이러한 태도가 더 심화되면 생명에 대한 사랑과 인식에 도달할 수도 있지만, 톨스토이적인 세계에는 도달하지 못했던 것이 당시의 농촌소설이었다. 이것은 뒤에 나온 박영준의 태도에서도 드러난다. "나는 가난 속에서 났고 가난 속에서 자랐다! 내가 아는 사람도 내가 본 사람도 역시 가난한 이들뿐이었다. 그 속에서 나온 내 소설이 가난이 아닐 수 없다"는 고백이 말해주는 것처럼 농촌 출신이니까 농촌소설을 쓴다든가, 가난한 세계에서 태어났으니까 가난한 사람의 이야기를 쓴다는 사실은 그 작가의 문학적 동기는 될 수는 있지만 그것이 곧 그가 도달한 문학의 내용을 의미할 수는 없다. 그리고 문학을 이처럼 소박하게 생각한다면, 현실을 그처럼 단순하게 생각한다면, 그 문학이 도달한 성과도 소박한 것일 수밖에 없다. '학문이 짐이 된다'는 태도가 말해주듯, 춘원의 실패가 말해주듯 어설픈 학문을 진정한 학문인 양 생각하는 태도가 현실을 안이하게 받아들이게 되는 것이다. 지식인이 농촌에 안주하겠다고 해서, 그리하여 현실로부터 떠나겠다고 해서 그렇게 될 수 있는 것은 아니다. 왜냐하면 현실은 어떤 개인도 고립된 상태에 놓아두지 않고 끊임없이 그 속으로 이끌어들이기 때문이다. 정당한 지식인이라면 그것을 정직하게 받아들일 수 있어야 한다.

이러한 농촌소설의 실패에 비교한다면 이상(李箱)의 실패야말로 값진 것이었다. '금전' '가족' '성' '상식' '역사'라는 다분히 도시적인 소재를 택했음에도 불구하고, 한 시대의 지식인으로서 그 시대의 여러 가지 모순과 갈등에 몸부림치다가 자기파멸의 결과에 도달한 사실에서 발견된다. 이상은 나쁜 의미에서 도시적 현실과 부딪치고, 그 현실이 가지고 있는 의미를 올바로 관찰하게 됨으로써, 그것에 대해 '풍자' '야유' '위트' '관장' '패러독스' '자조' 등 온갖 방법으로 부딪쳐보다가 실패한 경우이다. 이상의 문학이 농촌으로 갈 수 없었던 것은 농촌으로 돌아간다는 사실이 개인적으로나 역사적으로 아무런 의미가 없다는 것을 인식하고 있었기 때문이다. 말하자면 도시문학에서 실패한 '좌절감의 극복'이 농촌문학에서 성공할 수 있다는 보장이 없었기 때문이다. 농촌으로 돌아가지 않고 도시에서 실패하고 만 그의 문학은 훨씬 더 정직성을 내포한다. 농촌이 그의 의식의 도피처가 될 수 없다는 것을 그는 너무나 잘 알고 있었다. 그러나 이러한 이상의 값진 실패에도 불구하고 염상섭, 채만식이 남겨놓은 업적은 한국 문학의 전통으로서 빛나는 것이었다. 『삼대』『만세전』으로 대표되는 염상섭의 세계는, ① 민족이 외국의 침략에 빠져 있든 말든 재래적인 가치 기준에 따라서 살고 있는 부유한 봉건세력, ② 새로운 문물에 눈을 뜬 부르주아 청년으로서 전통적인 것을 외래적인 것으로 대치시키는 과정에서 야기되는 모순을 고려하지 않았다가 실패와 좌절의 궤적을 긋고 있는 어설픈 신식주의 세력, ③ 두 세대의 극단적인 방법론의 모순과 실패를 알고 민족의 운명을 인식함으로써 타협과 가능성을 모색하고 있는 온건한 개화주의 세력, ④ 서민 출신으로 급진적인 개화를 시도하다가 실패하게 되자 타락하고 마는 진보주의 세력 등을 포용한다. 그리고 이 세력들이 동시대에서 가질 수 있는 의미, 그것이 서로 일으키는 마찰의 의미 등을 작품으로써 이야기할 수 있었다는 사실은 획기적인 것이었다.

또한 『탁류』『태평천하』로 대표되는 채만식의 세계는 오랫동안 정치라든가 경제라든가 문화라든가 하는 역사의 표면으로부터 소외되어, 그것의 개혁을 시도하려는 의지를 펴보지도 못한 채 주어진 삶을 적당히 영위해오는 일에만 습성이 붙은 많은 사람, 갑자기 밀려온 미두장이나 병원이나 은행이나 약국 등 신문명의 산물 앞에서, 그들이 그것을 하나의 이기(利器)로 이용하지 못할 수밖에 없었던 사실, 인간의 기본적인 양심이나 관례에 따른 양식에만 의존해오던 그들이 화폐를 통해 관계를 유지할 수밖에 없는 근대적(혹은 도시적) 윤리관──미두(米豆)·은행·병원·약국──에 익숙하지 못한 사실 등을 통해서 당시의 우리나라의 모습을 적나라하게 드러낸 것이었다. 채만식의 이러한 태도

314

는 일제가 정치적·문화적·침략자로 군림하고 있던 1930년대에 우리 민족이 역사적 '탁류' 속에 휩쓸리고 있다는 현실에 대한 올바른 인식이었으며, 외래문화에 의한 재래문화의 침식 과정에서 일어나는 지식인의 갈등과 침략에서 온 역사의 모순을 꿰뚫은 것이었다.

이 두 작가가 다루고 있는 세계는 농촌이 아니라 도시였다. 이것은 그들이 도시를 다루었기 때문에, 다시 말하면 도시소설을 썼기 때문에 성공했음을 의미하지 않는다. 말하자면 앞서의 농촌 작가들이 농촌소설을 썼기 때문에 실패한 것이 아닌 것과 마찬가지이다. 되풀이되는 이야기지만 도시와 농촌은 여기에서 소재 이상의 의미를 지니지 않는다. 문제는 농촌을 통해서거나 도시를 통해서 작가가 이야기하고자 하는 바가 무엇인지 하는 데 있다. 염상섭과 채만식은 그 시대와 역사의 복합적인 의미를 파악하려고 노력했으며 복잡한 현실의 인식에서 냉철하고도 정직하게 받아들이는 의식을 가지고 있었다. 만약에 그러한 가정이 허락된다면 염상섭이, 채만식이 농촌소설을 썼다고 했을 때 앞에서 본 농촌소설의 범주를 극복하지 못했을 것이라고 이야기할 수는 없으리라. 앞에서 살펴본 것처럼 농촌의 외형적 결점만을 관찰하고 그것의 요인을 도외시한 사실, 농촌의 빈곤에 대한 감상적 동정에서 농촌으로 돌아간 사실, 복잡한 현실의 도피처로서 농촌이 현존한다는 사실 등은 염상섭이나 채만식이 도시의 현실에서 꿰뚫어본 역사의 흐름을 농촌소설의 작가들이 꿰뚫어보지 못했음을 의미한다. 이것은 농촌소설이 선량한 농민을 어리석은 농민으로 바꾸어버린 오류까지도 범하고 있음을 말하며 농촌의 현실이 갖고 있는 진정한 문제점을 호도하는 결과마저 초래한다.

이제 작가와 사회라는 문제로 정리해보면, 한 사회의 지성으로서 작가가 자기 자신을 사회에 대해 같은 차원에서 파악했을 때, 따라서 자기 자신을 비하하지도 않고 과대평가하지도 않았을 때 염상섭과 채만식이 하나의 '축'을 이룩하게 되고, 그 오른쪽에는 사회나 상황에 대해 자신의 삶을 지나치게 비극적으로 파악한 이상의 문학이 놓일 수 있고, 그 왼쪽에는 그 사회를 이끌거나 그 사회로부터 도피하려는 농촌소설이 놓일 수 있다. 여기에서 일제시대의 농촌소설이 수정해야 할 방향은 제시될 수 있을 것이다.

그렇다면 오늘의 소설은 어떠한가? 사실 최근에 많은 새로운 작가들이 등장하고 기성 작가들의 작품이 나오기도 했다. 이런 작가들에게도 농촌을 소재로 택했느냐, 도시를 소재로 택했느냐에 따라서 어떤 평가를 내린다는 것은 곤란하다. 가령 박태순·이청준·이문구·최인호·황석영 등의 경우를 들든지, 김정한·하근찬·최인훈·오유권의 경우를 들든지 편리한 대로 농촌소설가와 도시소설가로 구분할 수는 있을 것이다. 그러나 그 사실 자체로써 문학을 평가하거나 문학적 역할을 이야기하는 것은 어려울 수밖에 없다. 그것은 앞에서 이야기한 이유 때문이다. 특히 농촌의 현실을 오늘의 가장 큰 문제 중의 하나라고 생각하면서도 그것의 해결이 농촌 자체의 모순을 해결함으로써 가능하지는 않다. 그것과 유기적인 여러 현실의 모순을 근본적으로 해결하지 않는 한 어려운 것처럼 문학에서 농촌소설만을 강조할 수는 없는 형편이다.

특히 오늘의 농촌소설에서도 나타나고 있는 인물의 소영웅화라거나 결말의 과격한 방화 같은 경우, 인정 삽화의 끈질긴 되풀이라든가 지방주의의 강조, 그리고 농촌과 도시를 분리된 현실로 파악하려는 태도 등은 앞으로 극복되어야 할 문제로 남아 있다. 이러한 문제에 대해서

나는 한 작가에 관한 결론 부분에서 다음과 같이 쓴 바 있다.

　　오늘날 농촌의 고민은 농민의 의식의 도시화에 상당한 부분을 차지하고 있다. 말을 바꾸면 농촌에 들어오는 배금주의의 물결을 극복하는 데 따르는 문제와 거기에 새로운 윤리관을 부여하는 문제가 농촌소설의 관심이 되지 않으면 안 된다.

　　둘째, 농촌과 도시의 관계를 보다 광범하게 고찰할 수 있어야 될 것이고, 개인의 삶을 존재론적인 입장으로 파악할 수 있어야 된다. 농촌과 도시의 관계에 대한 관심의 확대는 농촌을 단순화시킨 재래의 농촌소설을 극복하게 될 것이다.

　　여기에서 첫번째 경우는 농촌소설이 가지고 있는 농촌＝가난＋무식＋선, 도시＝부＋유식＋악이라는 고정관념에 의해서, 농촌을 변하지 않는 고정체로 파악하는 데서 벗어나야 함을 말한다. 두번째 경우는 농촌소설에서 볼 수 있는 현실의 단순화, 인물의 의식의 단순화, 농촌과 도시의 분리 등에 의해서, 농촌소설의 내용이 항상 단순하고 소박한 경지에 떨어지고 말았던 사실의 극복을 의미한다. 사실 문학에서 현실의 모순을 이야기할 때에는 항상 그것이 그 사회의 구조적 모순의 핵심으로 파악되지 않으면 안 된다. 그러한 점에서 도시소설에 해당되는(예컨대 박태순의 「단씨의 형제들」)이라든가 이청준의 작품(「소문의 벽」), 최인호의 작품(「미개인」), 군대소설인 김용성의 작품(「리빠똥 장군」)이 도달한 성과를 농촌소설이 흡수하지 않으면 안 된다. 특히 진실을 말할 수 없는 상황, 그 상황으로부터 진실을 말함으로써 미친 사람 취급을 당하는 현실, 그리고 그 현실로 인해 정말로 미쳐버리는 주인공의 이야기를 하고 있는 「소문의 벽」이나, 도시의 확대에 따라 새로 건설된 개척도시와 베트남 참전 용사의 이야기를 통해서 긍정적인 몸부림을 치고 있는 「미개인」이나, 피난민과 유가족들이 형성한 도시 변두리 주민의 이야기인 박태순의 작품들, 그리고 조직 속에 끼어든 개인의 문제를 뛰어나게 부각시킨 김용성의 『리빠똥 장군』은 최근의 한국 소설이 도달한 괄목할 만한 성과이면서 동시에 한국 사회의 구조적 조응이 문학에서 이루어질 수 있는 가능성을 제시한 것이었다.

　이러한 업적이 농촌소설에서 이룩되지 못했다는 사실은, 농촌소설이라는 소재의 폐쇄성이, 그것의 확산적 가능성을 배제하지 않았나 하는 의구심을 갖게 한다. 농촌소설의 이러한 현상을 타개하기 위해서는 농촌에 대한 감정보다는 앞에서 든 도시소설과 같은 논리가 문학작품 속에 구축될 수 있어야 한다. 농촌이든 도시든 간에 그것이 한국 역사의 전체적인 진행 과정 속에서 어떠한 의미를 지닐 수 있는지 고찰하지 않는 한 불가능하다. 따라서 농촌소설에서 소재주의는 극복되어야 할 사항이고, 보다 높은 차원에서 한국 문학의 길이 모색되지 않으면 안된다. 여기에서 소재주의는, 첫째 농촌을 하나의 소재로 생각하고 도시소설과 농촌소설을 엄격하게 구분하려는 태도, 둘째 복합적인 역사의 의미를 농촌을 택함으로써 단순화시키는 태도, 셋째 농촌을 감상적인 동기나 향수적인 동기에서 계몽의 대상으로 삼거나 도피의 대상으로 삼는 태도, 넷째 농촌소설에서 생명력과 건강함과 서사시적 요소를 완전히 배제함으로써 그것을 폭로소설의 범주로 떨어뜨리는 태도 등을 의미한다. 이러한 극복되어야 할 요소는 단순히 농촌소설에만 있는 것은 아니지만, 특히 농촌소설에 더 많이 드러나고 있기 때문이다. 그러한 것을 극복하기 위해서는 작가들에게나 비평가들에게 올바른 역사관의 확립이 필요하다. 앞에서도 이야기했지만 최근의 역사 학계에서 한국사를 새로이 파악하려는 노력이 상당히 진지하게 진행되고 있다. 문단에서도 이러한 노력이 행해져야 하며, 역사학계의 성과를 받아들일 수 있어야 한다. 그런 점에서 일제시대의 문학을 전면적으로 긍정할 수 없듯이 전면적으로 부정할 수도 없는 것이다. 도시가 식민지적 요소를 가지고 있다면 농촌도 마찬가지이다. 전면적인 부정이나 긍정은 항상 택일을 강요하게 되는데, 이러한 태도야말로 지금 역사학계의 진지한 노력을 무화(無化)시키는 것이 되고 만다. 문학계의 진지한 노력의 성과가, 방법적으로든 결과적으로든 한국 문학에 도입되었을 때 농촌소설은 새로운 길로 들어서게 될 것이다. 농촌소설에서 나타나고 있는 것처럼 한국 농촌은 단순하지도 소박하지도 않다. 그리고 단순성과 소박성으로 비농촌적인 것(이것을 식민지적인 것이라고 해도 좋다)의 도전을 극복할 수도 없는 것이다. 최근에 다시 논란을 낳고 있는 리얼리즘의 문제도 여기에서 출발하지 않으면 안 된다.

한국 소설의 과제

1968년이 최남선으로부터 출발한 신문학 60년의 해라고 해서 여러 가지 기념행사도 있었고, 우리 문학도 상당한 전통을 가졌다고 여러 가지로 이야기되고 있다. 사실 60년의 문학적 역사란 쉽게 얻어질 수 있는 것이 아니며, 우리 역사상 이처럼 격동이 심했던, 다시 말해서 다난했던 시대가 없었다는 것을 생각하면 신문학 60년에 대한 특별한 감회가 없을 수 없다. 그러나 문학이란 이처럼 회고적 감상주의로 발전할 수 있는 것도 아니고, 60년이란 시간 때문에 문학적 유산에 대한 가치가 더욱 인정될 수 있는 것도 아니다. 오히려 문학적 전통에 대한 면밀한 검토와 예리하고 냉철한 가치판단의 기준을 마련하는 것이 한국 문학의 장래를 위해 필요한 것으로 보인다.

　신문학 60년이라고 하지만 1917년 춘원의 「무정」을 현대 소설의 기점으로 보면 한국 소설은 50년의 역사를 가진 셈이다. 이렇게 보면 한국 소설은 춘원 이후 여러 가지 변모를 해온 것이 사실이다. 소설에 새로운 문화와 풍속을 도입시켜 소설의 계몽적 역할을 의식했던 춘원에 대립해서 나왔던 동인(東仁), 한국 문학에서 가장 성공적인 사실주의(물론 최근의 개념과는 다른) 문학을 이룩한 『삼대』의 작가 염상섭, 춘원과는 다른 의미에서 문학의 사회성과 역사성에 관심을 보인 프로문학, 프로문학에 대립해서 새로운 문학의 창조를 부르짖은 김동리와 황순원 세대, 6·25동란의 아물지 않은 상처를 안고 가치관의 확립을 위해 전쟁의 뒷이야기를 쓴 1950년대의 작가들, 그리고 전쟁의 경험이 없이 4·19와 5·16이라는 역사적 물결을 탄, 그러면서 문학을 자아의 인식으로부터 출발한 1960년대의 신인들에 이르기까지 신문학 50년의 진폭은 어느 나라의, 어느 시대의 그것보다 크다고 할 수 있다. 이러한 진폭은 우리의 작가들이 끊임없이 변화하고 있는 자신의 상황에 대하여 심각한 반응을 보인 것으로 받아들일 수 있으며, 그 때문에 짧은 역사에 비해 다양한 문화적 유산을 가질 수 있었던 것이다. 그러나 이러한 문학적 전통과 그 변모 과정은 좀더 구체적이고 합리적인 방법으로 재검토되지 않는 한 그것이 우리 소설의 장래에 결정적인 도움을 줄 수 있을지 의문시된다. 특히 1960년대 문학의 특성과 그것의 문학적 가치를, 그 이전의 문학과 연관시켜 검토하는 것은 한국 소설의 장래를 위해 불가피한 일인 듯 보인다. 결론부터 말하자면 1950년대의 문학에서 1960년대의 문학으로 넘어오는 과정은 어떤 의미에서 한국 소설의 분수령이라고 말할 수 있다.

한국사에서 1910년대는 가장 중요한 시대였다. 1910년대에 한국의 전근대적 봉건 체제의 붕괴가 일어났고, 대부분의 폐쇄된 후진국이 겪어야 했던 19세기적 제국주의의 침략이 성공적으로 이루어졌고, 춘원에 의한 새로운 한국 소설이 소설이라고 이름할 수 있는 문학의 새 형식으로 출발했다. 이러한 역사적 배경에서 볼 때 춘원의 소설이 계몽적인 성격을 지니게 되는 것은 당연한 듯 보인다. 사회 자체가 근대라는 것과는 너무 거리가 먼 시대에서 세계 사조에 먼저 눈을 뜬 한 지식인의 문학적 관심이 사회적 관심과 같은 차원에서 다루어지고 있는 것은 어쩔 수 없는 이중의 짐이 아닐 수 없다. 춘원의 문학은 봉건적인 제도와 풍속, 유교적 정신사와 인습에 대한 근대적 자각으로부터 출발했기 때문에 그의 문학적 관심 자체도 한 개인의 존재론적인 의미가 아니라 사회라든가 역사라든가 풍속 전반에 관한 개조를 목적으로 했다. 따라서 현실을 전체적으로 파악하고 개인의 힘으로 감당하기에 겨운 문제를 문학 속에 용해시키려고 했다. 한 사회의 개조는 항상 그 내적인 여건의 형성으로부터 출발해야 하며, 여기에 외적 상황의 도움을 얻었을 때 완전에 가까운 결과를 얻을 수 있는 것이다. 그것은 문학 자체의 힘만으로는 너무도 작은 역할을 할 수밖에 없다. 부패할 대로 부패한 그 당시의 사회에 걷잡을 수 없는 제국의 침략주의가 휩쓸고 있던 1910년의 한국적 상황에서 한 개인의 자각이 문학을 통해서 할 수 있었던 현실 타개의 능력이란 어느만큼 될까. 더구나 춘원의 주인공들이 대중과 유리되고, 풍속과의 상당한 거리를 유지하고 있고, 작가의 관념에 의해 지나치게 조작된 것을 생각하면 춘원의 문학은 새로운 사조의 등장이라는 시대적 의미를 지닐 뿐 그것의 영향을 크게 고려할 수 있는 것은 아닌 듯 보인다. 더구나 우리 문학의 재래적 요소와 서양의 이질적 요소의 상충에서 오는 혼란, 서양 문학의 근본적인 밑바탕을 파악하지 못한 피상성, 어떤 준비 과정이나 내적인 필연성을 도외시한 급조된 문학의 근대화 등은 어떤 점에서 상당히 비판되었어야 한다.

그러나 그 후의 한국 문학은 어느 면에서 춘원의 범주를 크게 벗어나지 못하고 그 안에서 변화해왔다. 그것은 작가가 한 개인으로서 능력의 한계를 인식하지 못하고 항상 사회나 현실에 대한 전체적인 파악 내지는 개조를 내세우며 개인은 존재하지 않고 전체만이 문제가 되는 인습을 낳았다. 게다가 서구의 문학사조를 계속적으로 수입함으로써 하나의 문학사조도 우리의 전통으로 창조하지 못했던 것이다. 이러한 인습 자체를 비난할 수만은 없겠지만 그것은 1950년대에까지 계속되어왔다.

여기에는 몇몇 예외에 속하는 작가가 있다.

작가가 사회 전체를 의식하면서 작품 속에 사회 전반의 문제를 포괄적으로 다룬 성공적인 예로 염상섭을 들 수 있다. 장편 「삼대」로 대표되는 그의 문학은 한국 사회가 한꺼번에 겪어야 했던 삼대의 동시대적 비극, 다시 말하면 1920년대의 개인적·사회적 문제를 폭넓게 그려준다. 제목이 말해주듯 봉건적 인습을 그대로 보존하고 있는 조부, 개화의 물을 먹고 근대적 자아의식을 갖고 있으면서도 봉건적 인습을 완전히 떨쳐버리지 못하는 아버지 상훈, 아버지의 실패와 조부의 고집을 감안하면서 온건한 개화의식을 가진 덕기 등의 삼대가 보여주는 1920년대의 드라마는 발자크적 리얼리즘의 한국적 패턴을 뛰어나게 보여준다. 여기에는 서구적 근대화의 물결이 한국이라는 상황 속에 들어올 때 굴절되지 않을 수 없다는 사실이 존재한다. 상훈의 좌절, 덕기의 온건한 태도가 바로 그러하며, 조부와 상훈의 충돌은, 과장된 의미일지는 모르지만, 바로 봉건적인 요소(동양적인 요소)와 근대적인 요소(서구적인 요소)의 충돌을 의미한다. 염상섭은 춘원 식으로 안이하게 계몽사상을 도입하지도 않았고, 문제 해결의 조급한 방향도 제시하지 않았던 것이다.

염상섭은 1920년대의 대표적인 인물 3대를 전형화했으며 그들이 짊어지고 있는 문제를 제시하는 것만으로 1920년대의 사회 전반을 가장 생생하게 재현하고 그 시대의 가장 핵심적인 문제를 예리하게 지적한 것이다. 특히 보조 인물인 병화를 통해서 3대만으로 부족했던 부분을 보충함으로써 「삼대」는 현실을 전체적으로 파악하려는 어떤 작가의 작품보다 성공한다. 그리고 조부와 상훈의 세대교체, 상훈과 덕기의 세대교체, 합리적인 개화주의자 덕기와 급진적이면서 기회주의적인 개화주의자 병화의 대립은 어느 작가에서도 볼 수 없는 사실주의적인 이 소설의 골격이 된다. 현실을 전체적으로 파악하고, 항상 역사니 인류니 휴머니즘이니 하는 거대한 문제를 짊어지려고 노력했던 많은 작가에게서도 이러한 소설적 골격은 찾아볼 수 없다.

그러나 이러한 한국 소설사 가운데 이상으로부터 출발한 자기인식의 노력이 손창섭·최인훈을 거쳐 1960년대의 작가에게 이어지고 있는 사실은 중요한 의미를 지닌다. 1930년대에 이상은 이미 문학을 자아의 인식 수단으로 생각했던 것 같다. 「날개」에 나타난 것을 보면 개인이 사회나 역사에 대해서 거의 무력하다는 것을 인식하고 있다. 저주받고 찢긴 자화상을 붙들고 구제받을 수 없는 자신에 대해 몸부림쳤던 이상은 당시의 상황에서는 이단적인 자리를 차지했지만 1960년대의 문학을 위해서는 어떤 의미에서 계시적 존재였다. "새로운 소설로서의 『날개』의 형식을 살피는 것은 흥미 있고 뜻깊은 일이리라. 과연 인물의 행동에 필요한 최소한의 배경만을 설정한 점, 모든 사상이 주인공 '나'의 시선을 통해서만 인식의 대상이 되어 있다는 점, 그리고 최대한의 배제와 감축을 써서 하나의 캐리커처까지 발전시켜놓은 상징성을 생각하면 「날개」는 우리나라의 소설사에서 획기적인 작품임에 틀림없다. 그러나 이상 작품의 의의는 무엇보다도 그가 자아를 살펴볼 줄 안 최초의 작가였다는 점에서 가장 클 것이다. 인간이 무엇이냐는 영원한 질문에 대해서 스스로 응답하기를 시도했고 또 우리가 그 응답의 한 케이스로 들 수 있는 매우 드문 국내 작가의 한 사람이 이상이었다는 사실에 그를 현대에 연결시키는 탯줄이 있는 것이다."(『한국인과 문학사상』, p. 364) 그러나 이상에 대한 보다 큰 이해 없이 이상이 요절한 뒤 1950년대에 손창섭이 등장한다. 1950년대에는 전쟁의 비극과 가혹함에 대한 고발, 인간성의 옹호라는 휴머니스틱한 발언 등 전쟁의 현장의 증인으로서 작가의 시선은 사회적 확산 속에서 현실이나 역사나 사회를 전체적으로 파악하고자 했다. 이러한 가운데 자조적인 손창섭의 문학은 개인으로서 어떤 논리적인 바탕은 없으면서 자의식을 갖게 되고 전체적인 것에 대한 반발을 보인다. 전쟁 뒤에 온 허탈감과 가치관의 흔들림으로 인한 무위의 생활은 이상의 주인공과 유사한 손창섭의 주인공을 낳았던 것이다. 인생 자체를 항상 공휴일처럼 보내면서 자신의 삶에 어떠한 의의도 줄 수 없는 공상만으로 살아가고 있는 『공휴일』의 도일, 끼니도 제대로 잇지 못하면서 대학엔 다녀야 하고 미국 유학은 해야 한다는 『미해결의 장』의 지숙, 자신의 신병에 대한 아무런 해결책도 갖고 있지 못하면서 온종일 방 안에 누워 신음 소리만 내고 있는 『생활적』의 순이, 폐결핵 환자인 『사선기』의 성규와 『혈서』의 절름발이 준석, 가족들의 법관에 대한 기대를 저버리고 발표되지도 못하는 시만 쓰고 있는 『혈서』의 규홍 등은 전쟁 뒤에 얼마든지 볼 수 있었던 전쟁의 피해자들로서 암담한 1950년대의 풍속을 가장 잘 구현한다. 그러나 손창섭에게서 더욱 주목할 만한 사실은 주인공들의 자조적인 태도이다. 그것은 어떻게 보면 인간의 불행과 부조리에 대한 사회 고발적인 부분이기도 하지만, 자세히 보면 자아에 대한 관심 때문에 자조적인 것이다. 개인의 힘으로는 그 당시 사회의 부조리를 어쩔 수 없이 받아들일 수밖에 없었던 모순, 그 모순을 의식하게 되면 될수록 자신의 무기력함과 왜소함을 인식하게 된다.

논리적으로 개인의 인식에 도달한 것이라고 말할 수는 없지만 손창섭은 일상적인 사건들을 성실하게 묘사했기 때문에, 다시 말하면 작가 자신의 현실의 편린들을 성실하게 그렸기 때문에, 자아의 인식에 도달한 것이다. 따라서 그가 현실을 전체적으로 파악하려고 하지 않고 전인적인 어떤 것에 도전하지 않았던 것은 의식의 논리적인 명증성 때문이라기보다 자신의 쓰라린 기억의 아픔이 너무 컸기 때문이라고 말할 수 있다. 그는 춘원의 소설적 방법론(자기 자신의 이야기가 아니라 다른 사람의 이야기, 시대 전반의 파악 등)에 대하여 막연하게나마 거부 증세를 가지고 있었던 것 같다. 자기가 살아가는 이 세계와 그 속에 던져진 자기의 존재를 의식하게 된 자기발견은 1930년대에 이상에 의해 잠깐 시도되었다가 꺼져버리고 그 후 20년 만에, 의식적인 것은 아니지만, 손창섭의 작품에 나타난 것이다. 특히 『신의 희작』의 S나 『낙서족』의 도현은 상황의 부단한 간섭 속에서 패배하고 찌든 자아의 발견에 도달한 작가의 주인공임을 주목할 필요가 있다.

모든 현상에 대한 춘원 문학의 전체성이 손창섭에 의해 거부되기 시작했다면 최인훈은 그것을 논리적으로 확인한 작가라고 할 수 있다. 젊은이들의 무료한 정신적 방황과 좌절을 그린『Grey 구락부 전말기』나 남북으로 분단된 조국의 비극을 앓으면서 폐쇄된 내면의 세계와 대중의 광장 사이에서 비극적인 괴로운 방황을 하는 젊은이의 일대기『광장』으로부터 출발한 최인훈의 문학은 개인과 상황의 끊임없는 대결 끝에 개인으로 돌아오고, 그리고 좌절로 끝난다. 그는 주인공으로 하여금 현실로부터 소외시키고, 생활을 잃게 한 뒤에 자아의 내면을 탐구하게 한다. 그의 주인공의 개체는 끊임없이 현실이라든가 역사라는 거대한 힘에 의해서 간섭을 받고 있지만 그리하여 주인공은 자기 존재를 확인하기까지에 이르는 동안 무수한 현실의 고문을 받고 있지만, 그것으로부터 도피할 수 있는 폐쇄된 자기 방으로 돌아오고 그리고는 자아의 패배를 인정하게 된다. 따라서 그의 주인공은 사회의 악과 모순을 바라보면서도 그것을 제거하려고 하지 않고 어떻게 해서든지 사회 속에서 자아를 유지하고 자기 세계를 보존하고 자아에 대한 탐구를 시도하려고 한다. 최인훈에게 흔히 관념적이니 하는 비난을 하는 이유도 개인이 사회에 대항할 수 있는 힘의 한계를 인식한 작가가 직선적인 대항을 피하고 자아에 대한 모색의 길을 밟으면서 그러나 개인이 그 사회 속에서 폐쇄된 자아를 보존할 수 없다는 것을 보여주기 때문이리라. 그의 소설에는 현실을 비판하고 사회의 악과 모순을 고발하는 부분이 많지만 그것은 바로 개인이 자기인식의 눈을 떴을 때 자기보존의 방법으로서 존재한다. 관념어를 말할 때 그것이 얼마만큼 구체화되었는지 그리고 얼마나 구상어와 거리를 유지하고 있는지에 관해서 말하지 않는 한, 그것은 무의미한 이야기에 지나지 않는다. 남북이 분단된 역사적 현실, 어느 이념은 용납할 수 없는 조건부적 현실에서 이 작가는 이중의 짐을 지고 있는 것이다. 바로 이러한 현실에 배리되지 않으면서 언어예술로서 성공시켜야 하는 것이 그 하나이고 모든 것으로부터 간섭받지 않는 개인의 탐구가 다른 하나이다. 모든 주인공이 현실에 대한 비판적인 눈을 가지면서 동시에 자기의 밀실을 찾는 것은, 소시민적인 개인주의라는 비난을 받겠지만, 현실이나 역사 앞에서 개인의 한계를 인식한 것이다.『광장』에서 이명준의 자살은 그러한 개인의 자기보존의 실패를 뜻한다.

그러나 최인훈의 관심은 이러한 실패에도 불구하고 현실에 대한 주인공의 끊임없는 대결을 통해서 존재를 확인하려는 데 있다. 그것은 지금까지 이상이나 손창섭이 갖지 못했던 논리를 최인훈은 갖고 있다는 말로 바꾸어 말할 수 있다. "현실이라는 개념의 다양성에서 오는 혼란을 피하기 위해서는 문학은 현실에 대립하는 개념이 아니라 현실의 한 계기이며, 현실은 문학을 그 속에 계기로서 가지고 있는 다층적 개념이라는 입장을 명백히 하는 것이 먼저 필요한 일이다. 이 같은 뜻으로 사용할 때의 현실은 오히려 '삶'이라는 말이 지니는 내포와 외연에 합당한 것이다. 그러니까 '문학과 현실'이란, 현실 속의 문학적 측면이라는 비교적인 용법이라고 해석하고 그와 같은 현실의 측면 상호간의 관련을 문제 삼는 것이라고 할 수 있다. 이같이 본다면 그것은 곧 생(生)에 있어서의 행위와 인식의 문제라는 것을 알 수 있으며 인식의 한 장르로서의 예술과 행위의 문제이다"라고 한 최인훈의 말은 현실에 대한 그의 태도가 동시대의 다른 작가의 그것과 다르다는 것을 보여주며 그의 문학적 태도가 얼마나 논리적인 것인가 잘 나타내준다. 그것은 다분히 볼테르적 논리(사실 그의 소설에 사용된 많은 부분의 언어들이 해학적이고 비유적이며 계몽적이기까지 하다)에 가까우며, 한국적 현실을 고려할 때보다 가치 있는 것이 되리라. 그러나 이러한 최인훈의 노력이 개인의 보존을 위해 개인이 부딪치지 않으면 안 될 하나의 시련이었으며, 그의 본질적 관심이 개인의 인식에 있다는 것을 주목하지 않으면 안 된다. 여기에 바로 최인훈 문학의 비밀과 한국 소설의 발전적 요소가 내재한다.

1962년 「생명연습」으로 등장한 김승옥은 서기원·이호철로 대표되는 그 이전의 작가들과 다른 모습을 띤다. 그것은 표면적으로 그들이 살았던 시대가 다른 데서 연유한 듯이 보인다. 작가란 항상 그 시대와 함께 살고 그 시대를 인식하고 그 시대에 대한 반응을 문학으로 형상화한다고 흔히 말해진다. 그러한 관계에서 보면 1950년대란 전쟁의 혼란 때문에 가치관이 외부에서 형성되어 개인에게 주어지는 것이 아니고 개인의 자기 내부에서 그것을 구축해나가야 했던 시대임이 분명하다. 그에 비해 1960년대는 전쟁의 기억이 흐려지고 4·19와 5·16이라는 두 차례의 혁명을 겪었다고 하더라도 전쟁만큼 가치관이 흔들린 시대는 아니었다. 특히 4·19는 긍정적인 가치관을 어느 정도 마련해준 셈이며, 따라서 개인이 외부로부터 형성된 가치관을 꼭 필요로 한 시대라기보다 자기 나름의 가치관의 확인 같은 것을 했던 시대라고 생각된다. 그러나 사실상 문학에서 이러한 문제가 얼마나 큰 역할을 할 수 있는지에 관해서는 사회심리학적인 검토 없이는 보다 확실하게 이야기할 수 없다.

「무진기행」과 「서울 1964년 겨울」로 대표되는 김승옥의 세계는 개인의 삶과 현실 속에 던져진 자기존재의 파악으로 일관된다. 서울에서 '출세'한 한 청년이 고향인 무진에 돌아가서 쓰라렸던 과거의 편린들을 만나면서 아내 덕택에 살고 있는 자신의 존재의 허울을 본다. 몇

년이 지나도 변하지 않는 거리, 조그마한 출세주의의 성공으로 만족하고 있는 친구, 유행가나 부르면서 자신의 권태를 달래는 음악 선생, 고향에 돌아온 이러한 소읍의 풍속에서 자신의 모습을 발견하고 삶의 허위성에 대해 인식하고 갈등을 느낀다. 그가 인숙과의 정사를 벌이는 것은 그런 의미에서 자기 과거의 편린을 잃고 있는 인숙의 권태를 해소시켜주기 위한 것이었는지도 모른다. 이러한 주인공이 아내의 전보를 받고 무진을 떠나는 것은 회고적 환상으로부터 현실로 돌아온 것이라고 말할 수 있지만 현실의 허위성을 생각하면 무진과 서울 사이에 어느 쪽이 진(眞)이고 어느 쪽이 위(僞)인지 분간할 수 없다는 결론을 작가는 문제로서 제기하고 있는 것이다. 말하자면 자기가 살고 있는 삶이란 무엇이며 자기존재가 던져진 이 세계는 어떤 것인가 하는 개인의 존재론적인 질문인 것이다. 「서울 1964년 겨울」에 나오는 나와 대학원생과, 마누라의 시체를 판 월부책장사 사이에 있었던 무의미한 대화, 말장난, 그리고 도시로부터 소외되어 허무의 거리에 대한 방황 등은 바로 「무진기행」에서 보았던 작가의 물음 그것이다. 그것은 「생명연습」에서 작가가 추구했던 '왕국의 신기루'를 잃어버린 개인의 뒷이야기이다. "우리가 꾸며놓은 왕국에는 항상 끈끈한 소금기가 있고 사그락대는 나뭇잎이 있고 머리칼을 나부끼는 바람이 있고 때때로 따가운 빛을 쏟는 태양이 떴다. 아니 이러한 것들이 있었다기보다는 우리들이 그것을 의식하려고 애쓰고 있었다고 하는 게 옳겠다. 그러한 왕국에서는 누구나 정당하게 살고 누구나 정당하게 죽어간다. 피하려고 애쓸 패륜도 아예 없고 그것의 온상을 만들어주는 고독도 없는 것이며 전쟁은 더구나 있을 필요가 없다. 누나와 나는 얼마나 안타깝게 어느 화사한 왕국의 신기루를 찾아 헤매었던 것일까!"라는 '왕국'은 외국 선교사의 자위행위를 숨어서 보는 단순한 장소의 의미를 넘어선 것이다. "누구나 정당하게 살고 누구나 정당하게 죽어"갈 왕국을 찾아 헤매야 했던 작가는 타인과 성교(만남)하지 못하는 선교사의 행위에서 현대인의 비극을 인식하고 거리를 방황하지 않을 수 없었으며, 그것은 자기존재에 대한 질문을 던지게 했던 것이다. 이러한 자기발견의 투쟁에다 김승옥은 '세련된 감수성'을 지닌 문체를 현란하게 사용하여 '우리말의 새로운 가능성'을 보여준 점에서 그와 거의 동시대의 작가들과 비슷한 공헌을 한다.

서정인은 응축된 문체로 삽화적인 수법을 사용하면서 자기와 관계된 현실의 단면을 예리하게 보여준다. 주인공이 이 사회에서 토론될 만한 몇몇 상황과 만나는 장면을 상징적으로 보여준 『미로』는 생의 지주를 자아의 외부에서 찾으려다가 실패하고 자기존재의 내면으로 돌아오는 주인공을 그린다. 이것은 「강」에서 보여준 '하나의 천재가 열등생으로 변모해가는 과정'들 가운데 하나임이 분명하다. 도시의 '미로'를 헤매고 난 주인공은 프티 인텔리로서 도시에서 견디지 못하고 시골로 내려가고 만다. 「강」과 「분열식」과 「나주댁」의 주인공은 바로 그 권태로운 시골 생활의 좌절을 그린다. 세무서 직원 이 씨, 초등학교 선생 박 씨와 함께 '군하리' 잔칫집에 가는 늙은 대학생 김 씨는 버스 안에서부터 시골 풍속의 권태로움을 의식하고 그러면서도 자신이 어쩔 수 없이 그 속에 끼여 살고 있음을 인식한다. 순수하기보다는 음흉한 시골 사람의 대화, 여관의 소년을 보면서 천재라고 하는 화려한 단어가 결국 촌놈들의 무식한 소견에서 나온 허사였음이 드러나는 것 등은 즐거운 일이 되지 못하지만 주인공의 권태와 좌절을 잘 표상한다. 특히 "애국을 전문으로 하는 사람들은 서울에만 몰려 있는 것이 아니라, 종종 벼랑에 핀 꽃처럼 대단한 벽지에서도 산견되는 수가 있다"는 시니컬한 표현은 「미로」 이후 작가가 겪어야 했던 비극적인 소외감을 적절히 보여주며, 생의 지주를 찾아 내면으로 돌아올 수밖에 없는 작가의 상황을 말해준다. 이것은 방법을 달리했을 뿐 최인훈의 고민과 상통한다.

이청준은 「줄」 「바닷가 사람들」 「과녁」 「매잡이」에서 서커스단의 줄 타는 광대, 무지와 미신에 사는 어부, 시골 어느 정(亭)에서 활만 쏘고 사는 궁사, 전설적인 인물이 된 매잡이 등 현대에서 사라져가는 장인(匠人)의 운명을 그린다. 어쩌면 사라져가는 아름다움에 대한 애틋한 염원 같은 것이다. 그러나 좀더 자세히 보면 회고적인 센티멘털리 즘이라기보다 그것이 현대사회에서 통용될 수 없다는 비극의 인식이다. 「줄」 「과녁」 「매잡이」에서 우리 사회에서 비교적 인텔리에 속하는 사람이 폐쇄된 장인의 세계를 찾아가는 형식으로 되어 있는 것은, 바로 그 인텔리의 현대적인 삶과 장인의식 사이에 메울 수 없는 갭이 있음을 보여주기 위해서이다. 인텔리는, 폐쇄된 사회에서 장인의식으로 살아갈 수 있었던 장인이 행복한 시대의 소유자임을 의식하고, 따라서 끊임없이 외부의 간섭을 받는 현대에서 갈수록 왜소해져 가는 자아를 인식한 것이다. 이 작품들이 장인과 인텔리의 조응을 보여준 것이라면 「굴레」나 「병신과 머저리」 등은 인텔리의 존재가 외부의 간섭을 어떻게 받고 있으며 얼마나 왜소해져 가는가를 보여준다. 「줄」 「과녁」 「매잡이」에서 장인과 인텔리가 소설의 이중 구조를 형성하는 것은, 「굴레」와 「병신과 머저리」에서 주인공이 자기 자신의 삶에 대해 투철한 인식을 가지고 있었기 때문에 보다 명확하게 설명될 수 있다. 후자의 작품은 자신의 존재 이유에 대한 회의와 자기 삶을 개척해 나갈 길을 모색하는 것이다.

따라서 전자의 작품은 단순한 장인의식의 미화를 기도하는 것으로 끝나지 않고 후자의 주인공을 끌어들임으로써 장인의식이 현대의 개인의 삶에서 어떠한 역할을 하는지 보여주게 된다. 그의 문체가 단순하지 않은 것도 여기에서 연유하며 그의 소설 구조가 복잡한 것도 이 때문이다. '지금까지 밝혀진 영혼의 영토를 지키고 미지의 영토를 개발하는 것이' 작가의 임무라는 이청준의 태도는 그의 작품의 이중적 구조와 잘 부합되는 말이다. 따라서 그의 현대적 주인공은 사라져가는 장인의식을 통해서 비극적인 삶을 인식하고 개인이 현대의 풍속에 어떻게 끼여들며 역사나 현실 앞에서 얼마나 무력한지 의식하고 있다. 1960년대 작가들 가운데 가장 정통적인 소설적 방법론을 택하면서도 그의 문학이 새로운 것은 바로 이 때문이라고 할 수 있다.

박태순의 소설은 도시의 일부 풍속과 한 개인의 가치관에 대한 의식을 주제로 여러 가지 형태를 보여준다. 「정든 땅 언덕 위」로부터 「저녁밥」에 이르는 작품들은 우리가 시내버스를 타고 30분만 가면 볼 수 있는 외촌동 마을의 이야기이다. 사소한 인연으로 서로 얽혀서 사는 외촌동 주민들은 '정'이라는 별로 심각하지도 않고, 그러면서도 인간관계의 유지 수단으로 삼는 것을 삶의 무기로 갖고 있다. 이것은 별로 친하지도 않은 사람들이 만났을 때 나누는 상투적이고 형식적인 대화의 무의미성을 나타낸다. 그러면서도 작가는 그들의 대화를 사용함으로써 그들의 풍속을 보여주며 거기에 따뜻한 애정까지 갖고 있다. 그것은 그 사회를 유지시키고 인간관계를 맺어주고 있는 최후의 선으로 '정'을 파악한 데서 연유한다. 다시 말하면 그러한 정이란 개인의 이해관계에 의해 힘없이 무너지고 때로는 상당한 배반의 의미를 갖고 있지만 그것은 사회조직을 최소한 유지시켜준다. 그러나 현대의 풍속은 그 정(情)의 개입마저도 막고 있기 때문에 작가는 사회조직의 위기를 막으려는 개인적 노력으로 '정'이라는 풍속을 받아들인 것이다. 박태순이 자주 쓰는 '속물'이라는 단어는 그런 의미에서 상당히 복합적인 의미를 띤다.

똑같이 현대의 풍속을 다룬 작품이지만 「삼두마차」나 「무너진 극장」은 작가의 대사회적 의식의 확산을 내포한다. 그것은 『허생전』이라는 고전에서부터 나타나기 시작한 사회의식을 가진 인물의 진위, 배금주의의 미망, 자기비하를 일삼는 자의 자위행위를 나타내며 4·19에 대한 가능성과 모순을 지적한다. 그러나 이러한 대사회적 의식의 확산이, 삶에서 개인이 느끼는 갈등을 통해서 나타나고 있다는 사실은 개인에 대한 투철한 인식 없이는 어려운 일이다. 게다가 「형성」「뜨거운 물」「연애」 등에서의 연애 감정도 단순한 사랑의 이야기가 아니고 자기존재의 확인을 위한 젊음의 아픔으로 나타난 사실은, 작가의 문학적 관심의 저변을 이야기해주는 것이다. 이러한 박태순의 노력에는 일상어를 지문에 도입시킨 새로운 스타일을 낳음으로써 김승옥과는 다른 의미에서 우리말의 가능성을 보여준다. 그것은 지금까지의 소설 문장이 갖고 있는 지나친 미문화라든가 질서화로부터의 탈피를 뜻한다. 무질서하게 쏟아놓는 듯한 그의 문장은 문학과 일상의 적당한 새로운 질서를 형성한다. 이러한 그의 문학은 도시적 감수성의 형상화라는 중요한 시도와 함께 주목할 만한 성공이라고 할 수 있다.

'말'을 잃어버린 한 섬사람들의 이야기 「뙤약볕」으로부터 우리의 주목을 끌었던 박상륭은 같은 시대의 다른 작가들에 비해 최인훈적인 요소를 가장 많이 갖고 있다. 아주 상징적인 의미로 쓰인 '말'의 상실로 인해 섬사람들은 큰 혼란에 빠진다. 여러 가지 혼란과 질병을 피해, 새로운 유토피아를 향해 떠나는 족장 일행은 보다 좋은 세계를 찾기 위해 당분간 고통을 참고 공동생활을 영위하도록 강요하지만 개성을 빼앗긴 그들은 모두 죽고 만다. 이것은 사회의 일부에서 전체와 미래를 위해 일시적인 모순과 부정을 감수해야 한다는 비개성적 논리에 대해 자아의 보존을 부르짖는 것이다. 이러한 작가의 태도는 「열명길」에서도 뚜렷이 나타난다. 백성을 구원한다는 명목으로 백성들의 감각을 마비시키고 백성들을 무기력하게 만들려는 왕은 앞서 말한 족장과 똑같은 의도를 갖고 있다. 그리고 대대로 왕을 섬겨온 '대목수'는 왕의 시의이며 동시에 '말'의 의미와 왕의 내심을 아는 인텔리이다. 그는 그 사회의 근대화가 어떻게 이루어질 수 있는지 알면서도 왕의 논리에 이끌려가는 창백한 인텔리인 것이다. 여기서도 왕과 대목수가 죽음으로써 모든 것은 끝나고 만다. 말하자면 개성을 보존하려는 그의 태도는 개성을 빼앗김으로써 파멸에 이르도록 하고 있는 것이다. 그것은 개인의 보존을 위해 작가가 현실의 모순된 논리와 대결할 수밖에 없었던 고통이다. 그가 관념적인 어휘를 동원하여 상징적으로 작품을 구성하는 것은 문학과 현실의 개성화 때문이다.

이상에서 본, 1960년대에 문학적 출발을 한 작가들은 개인의 능력의 한계와 문학의 역할에 대해서 투철한 의식을 갖고 있다. 그것은 개성의 보존과 존재의 흔적을 남기기 위한 것으로 그들이 진정으로 아프게 생각하고 있는 현실의 조그마한 부분에 천착하고 있는 것으로서 나타난다. 따라서 그들에게는 화려한 캐치프레이즈는 없지만 그들의 조용한 움직임을 단순한 침묵으로 받아들일 수는 없다. 그들은 의식의 복합적인 발전에서 오는, 다시 말해 개념의 복잡화에서 오는 혼란을 극복하기 위해 고통스런 모색을 하고 있는 것이다.

이들의 공통점은 일상적인 개인을 추구한 점이다. 우리 자신이 조금만 자기 자신을 관찰하면 찾을 수 있는 일상적 자아, 그것은 찌들어가고 패배하고 소외당한 인물이다. 김승옥의 주인공은 시골 출신으로 무위의 생활을 하면서 허무의 거리를 방황하고 있다. 서정인의 주인공은 시골 출신의 천재가 서울에서 어떻게 하여 열등생으로 변모하게 되고 시골로 내려간 다음 얼마나 권태로운 생활을 하는지 보여주고, 박태순의 주인공은 도시 출신으로 '외촌동' 주위를 배회하는 흔히 볼 수 있는 인물에 지나지 않는다. 이청준의 주인공도 예외는 아니지만 박상륭의 주인공도 상징화되었을 뿐 예외는 아니다. 그들은 흔히 볼 수 있는 인물들로서 자아를 돌아볼 줄 알고 역사나 현실 앞에서 자아의 무기력함을 인식하고 있는 괴로운 자기성찰의 인물들이다. 그들이 이루고 있는 세계는 지적인 감수성으로 파악된 오늘의 풍속화를 표상하고 있다. 이 작가들은 한결같이 패배한 개인을 그리고 있다. 그것은 바로 개인이란 역사라든가 현실이라든가 하는 거대한 힘에 의해 패배당할 수밖에 없다는 현대의 풍속인 것이다. 그것은 거대한 힘 앞에서 왜소한 개인을 인식하지 않고는 불가능하다. 그러나 바로 그러한 인식으로 끝나지 않고 인식의 과정을 통해서 개인의 고뇌와 내적 투쟁을 보여주고 있는 데 그들의 존재 이유가 있다. 사실상 문학이란 옛날부터 인간의 비극을 주제로 해왔다. 패배한 개인이란 이런 문학의 비극성에 근거를 두고 있지만, 우리 문학에서 이처럼 한 시대에 많은 작가의 관심이 방법을 달리하면서 개인으로 돌아온 예는 없다. 이것은 1960년대 문학의 특성이며 1950년대 이전의 문학과의 차이점이다. 춘원 이후의 현실에 대한 전체적 조응이 1960년대에 와서 단편적 성찰(개인과 관계된)로 넘어온다는 사실은 가장 주목해야 한다. 문학이 항상 새로운 현실을 추구해야 한다면, 그러기 위해서 투철한 자기인식을 전제로 한다. 이것이 바로 문학의 근대화이며 그렇지 않고는 문학이 지향하는 인간의 구원을 추구할 수 없다.

그러나 문학이란 항상 패배한 일상성만을 그려야 할까. 그렇지는 않다. 패배한 자아의 인식에 도달한 다음에는 패배주의의 극복이라는 새로운 문제에 부딪히게 된다. 패배주의의 극복이 가능한 것은 아니지만 그것을 극복하려는 시시포스적 노력이 바로 새로움을 추구하는 문학이다. 이 문제는 한국 소설의 새로운 과제가 될 것이다. 그리고 이 작가들의 리얼리즘에는 염상섭의 리얼리즘에서 볼 수 있었던 소설적 골격이 없다. 그것은 작가의 관심이 자아의 인식에 국한된 데서 연유한 것이겠지만 문학의 폭과 깊이를 위해서 염상섭의 소설적 골격과 1960년대 의식이 악수하는 방법도(그것의 가능성 여부는 상정하지 말고) 고려되어야 하지 않을까. 만약 그것이 가능하여 새로운 소설이 등장한다면 그것은 곧 한국 소설의 발전을 의미하게 되리라.

이상의 두 가지 문제는 앞으로 한국 소설이 지향하고 천착해야 할 과제가 아닐까 나는 생각한다.

역사적 탁류의 인식
─채만식의 「탁류」「태평천하」

한국의 근대문학사를 돌아보는 과정에서 가장 주목할 만한 작가들 중 염상섭과 채만식을 들 수 있을 것이다. 뿐만 아니라 이들은 한국의 지성사라거나 정신사적 측면으로 보아도 빼놓을 수 없는 확고한 자리를 차지하고 있는 것 같다. 물론 이러한 주장은 그들의 구체적인 작업에 대한 검토를 통했을 때에만 가능한 이야기이지만, 그러나 이러한 주장을 통해서 이야기할 수 있는 사실은 이들이 남긴 작업이 그만큼 광범위한 의미를 내포한다는 것이다. 작가가 그 시대의 지식인으로서 설 자리는 어떤 것인가 하는 문제를 놓고 볼 때, 그에 대한 해답을 다른 데서 찾으려고 하는 것은 무의미하다. 이런 내용의 이런 작품을 써야 한다는 방법론적인 지시가 작가들에게 어떤 도움을 주는 것은 아니다. 작가에게 중요한 것은 그러한 목적을 지나치게 의식한 작가일수록

'좋은 작품'을 내놓지 못하고, 다시 말하면 생명이 있는 작품을 내놓지 못하고 박제된 작품을 내놓는다는 사실의 인식이다. 결국 우리가 할 수 있는 일은 한 작가의 작품들에 나타난 여러 가지 현상, 특성, 정신 등이 타당한 것이냐 아니냐의 문제를 분석하고 비판하고 종합하는 과정을 통해서 그 작가의 본질과 역사적 역할을 인식하는 일이며, 그 작가를 전통으로 받아들인다면 그를 극복하는 방법을 모색하는 일일 것이다. 하나의 작품이 독자들에게 어떤 것을 이야기해주어야 한다는 관념에 지나치게 사로잡힌 작가들이 대부분 실패한다는 역사적 사실에서 이와 같은 사실을 알 수 있게 된다. 채만식은 말하자면 독자들에게 무엇을 불러일으키겠다는 목적의식에서 작품을 쓴 것이 아니라 당대 사회에 대해 자기가 느끼고 있는 바를 기록으로 남긴 대표적인 작가 중 한 사람이다. 이때 기록으로 남긴다는 것은 독자들에게 무엇을 가르치겠다는 사실보다 훨씬 고차원적인 목적의식에 속한다. 문학이 언어를 통한 정신적 작업이라는 것을 감안하면, 이러한 고차원의 방법을 통하지 않고는 어떠한 설득력도 감동도 얻지 못하게 되는 것이다.

채만식은 1902년 전북 옥구 태생으로 부농 출신이다. 3·1운동 전해인 1918년 서울에서 고등보통학교에 들어갔고, 4년 뒤에 일본 와세다 대학에 입학, 1년 만에 동경 대지진으로 중퇴하고 그때부터 신문기자, 잡지사 기자 생활을 한 것을 보면, 신문학 초기 우리 문인들이 걸었던 길과 같은 길을 채만식도 걸었음을 알 수 있다.

그가 신문기자로 있던 1925년, 『조선문단』에 「새 길로」라는 작품으로 추천을 받은 것을 보면 그 당시 다른 작가들과 거의 같은 경로를 밟고 있다. 그러나 여기에서 한번 생각해볼 만한 점은 그 당시 지식인 계층에 속한 작가—혹은 작가 지망자—가 왜 대부분 신문기자라는 직업을 갖고 있었는가이다. 아마도 다음과 같은 이유 때문일 것이다. 첫째 서구 문학의 형식이 도입된 그 당시에는 바로 서구식 언론의 도입기였고, 문학은 신문·잡지의 주요한 내용을 담당했으며, 따라서 춘원으로부터 이룩되기 시작한 문학 저널리즘이 그 신문·잡지와 동시적으로 형성되었기 때문이고, 둘째 식민지로 전락한 조국의 지식인으로서 자신이 무엇을 해야 할 것인가 하는 지식인 본래적인 질문 앞에서 신문을 통해 작품을 발표하고, 신문을 통해 지식인의 생각을 전달하려고 했기 때문이고, 셋째 인문사회과학 계통의 대학을 나온 지식인으로서 일제의 침략 정책의 하수인 노릇을 하지 않기 위해서는 비교적 자유로운 기자라는 직업을 택해야 했기 때문일 것이다.

물론 직업이 같다고 해서 같은 내용의 글이 나오는 것만은 아니지만, 또한 상당수의 문인이 소시민적 지식인으로 전락한 것이 사실이기는 하지만, 반면에 그보다 더 많은 정당한 지성으로서 자리를 지킨 지식인들이 많다는 것을 상기하게 되면, 문인들의 신문기자 겸직이 가지고 있는 의미를 짐작하게 한다. 채만식의 작품에서도 일본의 식민지 정책 속에서 일어나고 있는 우리 사회의 모순과 갈등이 드러나는 것도 당시의 신문기자로서 그리고 작가로서 현실 파악의 정당성을 발견하게 한다.

1930년대에 들어오면서 우리 민족의 독립운동과 일제의 탄압도 새로운 양상을 띠게 된다. 일본은 소위 대동아공영을 꿈꾸면서 중일전쟁을 준비하기 위하여 이 땅을 대륙 침략의 발판을 삼고자 하고, 이 땅에서 착취를 보다 강제적으로 집행하고 우리 문화에 대해서는 내선일체(內鮮一體)라는 표어를 내걸고 한글말살정책 등 보다 악랄한 우리 문화의 말살을 획책하며, 인적·물적 자원을 동원하는 한편, 국내의 민족단체들에 대해서는 그 뿌리조차 존속할 수 없게 탄압했다. 1930년을 전후해 우리 문단에는 카프문학이 전개된다. 많은 작가가 이 카프에 참가하거나 동조하는 입장을 취하는데, 그것은 카프가 지닌 사회주의적 이데올로기에 동조했다기보다 일제에 대한 항거 수단으로서의 카프에 동조했다고 보인다. 사실 카프의 역할이나 그것의 역사 인식 태도의 옳고 그름에 대해서는 여기서 언급하지 않지만, 채만식도 카프에 직접 참가하지는 않고 카프의 배일적 태도에 상당히 공감하고 있었던 것 같다. 「부촌」「레디메이드 인생」 등이 이 시대에 발표된 작품이지만, 그것은 동반자의 그룹에 넣기보다는 '세태소설'이라는 채만식 자신의 특유한 세계에 넣어야 한다. 일제의 탄압이 극심해지기 직전인 1935년 채만식은 기자 생활을 청산하고 개성에 이주, 이때부터 작품 활동에만 몰두하게 된다. 이후 10년 동안 그의 중요한 작가 시대가 전개되는데, 「탁류」(『조선일보』), 「태평천하」(『조광』), 「여인전기」(『매일신보』) 등의 장편을 비롯해 「패자의 무덤」「여자의 일생」「치숙(痴叔)」「처자」 등이 이때 나온 작품이다. 이제 그의 대표작으로 일컬어지는 「탁류」와 「태평천하」를 중심으로 그의 문학을 검토해보자.

먼저 『탁류』를 보면 주인공 초봉이는 가난한 살림에도 불구하고 어머니 유 씨의 교육열에 힘입어 여학교에서 '신학문'을 배운 뒤 약제사의 꿈을 안고 약국 점원 노릇을 한다. 그녀는 온건한 사회주의자 남승재와의 사랑에도 불구하고, 집안 살림의 부를 위해 은행원 고태수와 결혼한다. 그러나 이 비극적인 결혼이 남편의 사기와 피살의 과정을 통해서 그녀의 기구한 운명을 복잡한 것으로 만들어 결국 그녀로 하여금 살인을 저지르게 한다. 초봉이는 말하자면 당시 신식 교육을 어설 프게 받은 대표적인 여성상으로 남게 되는 것이다. 그런 점에서는 아버지 정주사도 마찬가지이다. 그는 '군 서기' 출신의 안이한 관료주의와 전통적인 가장의식에 얽매어 있기 때문에 밖에서의 비굴함을 집에서의 엄격함으로 보상받는다. 그는 미두장에서 젊은이들로부터 구박을 받고 초봉이를 '돈 많고 부잣집 외동아들이고 서울에서 전문대학교'를 나왔다는 사기꾼 고태수에게 시집보낸다. 그리고 딸의 불행이 가져온 돈으로 생계를 유지하고, 부인의 구멍가게에서 나오는 돈으로 미두장에서 요행이나 바라며 살아간다. 그는 신식 교육을 받았다고는 하지만 전통적인 가족관계를 고수하고 '관료주의'에 물듦으로써 '전통적인 것'의 좋은 점도 '신식 문물'의 좋은 점도 자기 것으로 택하지 못한 당대의 어떤 계층을 대표한다. 또한 은행원 고태수는 은행의 급사로부터 출발한 자기의 삶에서 '은행'이라는 문명의 이기를 통해서 받는 생활적·금전적 혜택만을 생각하고 도덕적 관념으로부터 멀어져서 횡령과 간음을 일삼다가 비명에 가고 마는데, 그는 그러한 삶을 통해 사회적 혼란의 가장 나쁜 측면을 대변한다. 온건한 사회주의자 남승재는 채만식의 주인공들 가운데 가장 정당하게 삶에 대처하고 있는 인물이다. 병원의 조수로 있으면서 가난한 사람들을 돕고 돈 없는 환자를 돌보며, 학교에 못 다니는 어린애들을 모아 야학을 세우고, 자신이 의사가 되었을 때 계봉이와 결혼할 단계에까지 이른다.

이렇듯 『탁류』에 등장하는 인물들을 통해 채만식은 식민지시대에서 '뿌리 뽑힌 자들'의 삶을 가장 잘 보여준다. 그것은 이들이 지주 출신이 아니기 때문에 전통사회에 머물러 있을 수도 없고, 신식 문물을 제대로 수용할 만한 경제적·시간적 여유가 없었기에 새로운 문물의 가장 피상적인 이점을 받아들이게 되고, 그리하여 '근대화'가 지닌 가장 나쁜 악습만을 쫓게 되는 것이다. 여기에 나온 주인공들이 남승재와 계봉이를 제외하고는 모두 한꺼번에 망해가는 것은 그들이 전통사회에서 이미 뿌리 뽑힌 자들이기 때문이다. 여기에서 '근대화'는 '돈'에 대한 인식이라고 말할 수 있겠는데(그 이전에는 돈이 아니라 농토와 쌀이었다) 이들의 비극이 모두 그 화폐와 관련된 것을 감안하면 이 전통사회에서의 '뿌리 뽑힌 자들'의 비극의 의미를 파악할 수 있을 것이다. 정주사가 양반 출신도 지주 출신도 아니기 때문에 가장의식이라는 전통적인 구습과 '화폐 위주'(초봉이의 결혼을 강행시킨 점에서)라는 신악(新惡)에 쉽사리 휩쓸릴 수 있었고 고태수의 횡령과 실패가 그것을 말해주며, 초봉이가 결단의 순간에 남승재에게 가지 못하고 기구한 삶을 운명으로 체념하고 받아들인 것도 그렇다. 사실상 이 주인공들이 종사하는 직업이나 관계하는 일이나 비극의 원인이 대부분 약국, 병원 ,은행, 미두장과 같이 개항 이후에 이 땅에 세워진 것들을 중심으로 하고 있으며 모두 '화폐'와 관계 있다. 반면에 남승재와 계봉이의 성공은 이들이 '뿌리 뽑힌 자들' 가운데서 자기의 삶을 인식할 수 있는 지식의 소유자들이었기 때문이다. 남승재는 사회주의에 관심을 가질 만큼 신문화에 대해서 그 현상적인 것만을 파악하지 않고 그 사회적인 의미와 그것의 역사적 관계를 어느 정도 인식하고 있었기 때문이다. 실제로 그가 가난한 사람들을 도우려고 하고 야학을 세워 가르치는 것이 그러하며 그가 의사로서 자리를 잡고자 하는 것도 상관관계가 있다. 또한 계봉이는 초봉이의 삶의 실패를 통해서 자기 삶의 방향을 모색하는 의식을 소유하고 있고 신문물에 대해서 비판적 선택을 한다.

「탁류」가 정신의 혼란기(일제시대라는 식민지적 상황과 서구 문물이 폐쇄된 이 땅에 거침없이 들어왔다는 점에서)에서 우리 사회의 '뿌리 뽑힌 자들'의 삶과 풍속을 보여준 것이라면 「태평천하」는 전통사회 출신의 인물들의 삶을 보여준다. 주인공 윤직원 영감은 오랜 지주 가문 출신은 아니다. 그러나 신식 문물이 들어오기 이전에 아버지 윤동규 대에 어느 정도 이루어진 부이기 때문에 그리고 토지를 부의 단위로 삼고 있었기 때문에 전통적인 지주들과 그 궤도를 같이하는 것이다. 「태평천하」는 말하자면 그러한 지주가 한말에서부터 일제 시대까지 어떠한 삶을 살게 되고 어떠한 사고 속에 머물게 되는지 보여주는 작품이다. 염상섭의 「삼대」가 그러하듯 「태평천하」의 주인공 윤직원 영감은 지주이며 전형적인 구두쇠이다. 그는 아버지가 일으켜놓은 가산(家産)을 더 늘리는 데 뛰어난 역량을 보이는데, 그동안 한말의 화적(의병)들로부터 아버지가 피살되고 화적들의 위협이 없어지자 '직원'이라는 벼슬을 사게 된다. 옛날 지주들이 벼슬을 사거나 벼슬하고 있던 사람이라는 것을 고려하면 그가 전통적인 지주가 되려고 노력하고 있음을 말해준다. 그는 「삼대」의 조부처럼 족보를 만들고 전통사회 속에서 자리 잡을 준비를 한다. 그러나 일제시대에 들어와 독립운동하는 사람들에게 현금을 빼앗기면서 다시 불안을 느끼지만 일제의 관헌들이 독립운동을 하는 사람들을 단속함으로써 그 불안도 없어지게 된다. 그의 역사에 대한 태도는 '우리만 빼놓고 어서 망해라'로 압축되고 있는 것처럼, 인색한 이기주의와 소시민적 안락주의와 다르지 않다. 그래서 그는 며느리들을 퇴락한 양반 출신에서 골라 지주=양반이라는 전통사회의 가치관에 명실상부하게 입각할 수 있게 되지만, 그것은 윤직원의 자위행위의 범주를 못 벗어난다. 그는 사회 변화에 민감해서 '수형' 장사로 자신의 부를 유지하고 있고 라디오의 명창 프로그램에 귀를 기울일 만큼 여유도 생기게 된다. 이것은 그가 전통사회에서 아무런 사회적 윤리감을 갖고 있지 않음으로써 돈을 벌 수 있었다는 사실로 설명된다. 그는 말하자면 새로운 시대에서도 그러한 윤리감을 떠나서 대처할 수 있었고 그래서 현상 유지를 할 수 있었다. 그는 또한 이조 왕조의 유교적 관료주의에 입각해, 아니 자기 이전에 누리지 못한 것에 대한 보상 행위로 큰 손자를 군수로, 작은 손자를 경찰서장으로 만들려고 한다. 이것은 당시 지주들이 그랬듯이 권력에 대한 향수였다.

전통적인 지주들의 아들들이 일제시대에 그랬던 것처럼 그의 자손은 두 가지 측면으로 나뉜다. 하나는 아들 창식과 손자 종수로 대표되는 것으로 자신이 벌지 않은 재산으로 신학문을 형식적으로 배우고 난 다음, 자신이 산다는 것에 대한 투철한 인식 없이 무기력하게 방탕하는 것이다. 심리학적인 측면에서 보면 선조의 죄악(소작인들을 착취하고 고리채로서 빈민의 재산을 빼앗았다는 것을 인식한 데서 오는)에 대한 보상 행위로도 볼 수 있지만 그렇게 보기에는 이들과 대응되는 인물들의 업적이 남아 있기 때문에 불가능하다. 이들은 분명히 역사에 대한 투철한 인식에 도달할 만큼 공부를 하지도 않았고 고민하지도 않았던 계층이다. 그렇기 때문에 창식은 첩을 얻고 놀음을 하고, 종수는 군의 고원 노릇을 하면서 주색에 빠져 있을 뿐 자신의 삶에 대해서 생각하는 일이 없다. 반면에 이 소설에서 삽화처럼 잠깐 언급되고 있는 종수와 같은 인물이 다른 한쪽에 자리 잡고 있다. 이것은 신교육을 통해 '민족' '국가' '사회' '역사' '개인'에 이르기까지 그 본질과 의미가 무엇인지 인식하려는 의식의 소유자를 말하는 것인데 여기에서는 종학이 동경 유학을 가서 독립운동에 관여했다가 붙잡혔다는 소식으로 나타난다. 「태평천하」에서 종학에 관한 부분이 자세히 나오지 않는 것은 이 작품이 발표될 당시의 상황(1937) 때문이리라.

　여기에서 주목하지 않으면 안 될 것은, 첫째 윤직원 영감의 태도이다. '우리만 빼놓고 다 망해라'로 요약되는 그의 의식은 전통적인 지주 계급의 이기주의이다. 그는 '화적'이 없어지고 '독립운동자'가 없어진 그 시대를 '태평천하'로 인식하고 있으면서 종학이 사상범으로 붙잡힌 것을 원통해한다. 그는 자신의 재산을 보존하기 위해서 일제에 건물도 지어주고 일제의 정책을 찬양해 마지않는다. 그는 족보를 만들고 양반으로 행세한다. 이 모든 것은 윤직원 영감이 정신사적 측면에서 전 시대의 가장 나쁜 점을 고수하고 있음을 의미한다. 「탁류」의 모든 주인공이 망해가는 데 반해서 그가 새로운 사회 속에서 존속하고 있는 이유는 「탁류」의 주인공들이 '뿌리 뽑힌 자들'인 데 반해 그는 지주이기 때문이다. 그는 이미 아버지 대로부터 '금권(金權)의 유세'를 인식하고 있을 만큼 '화폐'로 요약되는 자본주의 사회에 대한 적응을 전제로 하고 있는 것이다. 그렇기 때문에 그에게는 '민족'이나 '국가'나 '독립'이 있는 것이 아니라 오직 '금전'만 있는 것이다. 채만식은 말하자면 이러한 전통적인 지주에 대한 비난으로부터 시작한다. 그것은 또한 식민지 시대에 대한 아무런 아픔 없이, 권력으로부터 소외되었던 과거에 대한 복수심에 불타고 있고 윤리적·도덕적 타락의 극을 헤매고 있는 지주 계층에 대한 비난인 것이다.

　둘째는, 윤직원 영감의 아들과 손자인 창식, 종수의 삶이다. 앞에서도 언급한 것처럼 그들은 식민지 지주의 아들로서 부정적인 측면을 대변한다. 아버지의 인장, 할아버지의 인장을 위조해서 술값을 치르고, 계집을 사고, 놀음하고, 아버지 혹은 할아버지가 입으로 '태평천하'를 구가했다면 이들은 오히려 몸으로 구가했다고 할 수 있을 정도로 무기력한 방탕의 길을 걷게 되는데, 이것은 곧 전통적 지주 계층의 몰락의 과정을 대변한다. 그것은 새로운 사회에 대처하지도 못하는 태도이고 재산을 보존하지도 못하는 방법이고, 국가나 민족을 위하는 방법도 아니며, 사회적 윤리감이 부족했던 전 세대의 모순을 그 극점에서 보여주는 것이다. 그렇기 때문에 채만식은 이들 부자간의 관계를 종수가 사창굴에서 아버지 창식의 첩을 만나는 것으로 설명한다. 이것은 작가가 이들에게 할 수 있는 최대의 저주이며 매도였다. 이들의 윤리적 타락은 윤직원 영감으로 대표되는 한말 지주 계층의 몰락 그 자체이다. 특히 이들이 신식 교육을 제대로 받지 않고 형식적인 과정만을 밟았다는 데 주목할 필요가 있는 것 같다.

셋째, 민족운동에 투신한 종학의 경우이다. 앞에서도 말한 것처럼 종학은 이 소설의 표면에 등장하지는 않지만, 그러나 채만식이 이 작품에서 비난하지 않는 유일한 인물이라는 데 주목할 필요가 있다. 종학은 말하자면 아버지·할아버지 대에서 보인 여러 가지 부정적인 전통을 떨쳐버리고 새로운 가치관을 확립하고서 살고 있는 것처럼 보인다. 물론 그가 사회주의에 몸담고 있는 것으로 나타나고는 있지만, 그것은 독립운동의 한 표현으로 보아야 할 것 같다. 특히 채만식이 「탁류」와 「태평천하」 두 작품에서 비난하지 않는 인물이 여기의 종학과 「탁류」의 남승재라는 것을 생각하면 작가의 개화주의적 성격을 짐작하게 한다. 즉 채만식이, 동시대의 식민지 지식인상으로 생각하고 있는 것이 무엇인지 짐작하게 한다. 그것은 과거의 폐습으로부터 탈출한 진보적 개화주의자였음을 의미하는데, 두 인물이 두 작품에서 구체적으로 활동하는 모습이 나타나지 않는 것은 일제의 검열 때문이었으리라.

넷째, 이 두 소설에서 등장하는 여성은 「탁류」의 계봉이를 제외하고는 비극적인 삶의 표본으로 나온다. 우선 「탁류」의 초봉이가 그 대표적인 예에 속하지만 '명님이', 「태평천하」의 윤직원 영감의 며느리 고씨, 딸 서울 아씨, 손자며느리 박 씨와 조 씨, 그리고 동기 '춘심이'에 이르기까지 누구도 제대로의 삶을 살고 있는 여자는 없다. 그러나 이런 여자들의 삶이 모두 전통적인 세계의 부정적 측면에 의해 만들어진 것이라는 점을 생각하면 그들의 비극적인 삶이 채만식의 작품에서 가지고 있는 의미가 규명될 수 있는 것 같다. 그것은 여자들이 하나의 '인격'으로 대우받지 못하는 유교적 가치관의 산물로 나타난다. 초봉이가 아버지의 강권으로 인해 비극적인 결혼을 했고, '명님'이가 부모네들의 가난으로 인해 팔렸고, 윤직원 영감의 며느리들이 그 집안의 가풍에 휩쓸려서 살고, 서울 아씨가 아버지의 강권으로 결혼했던 것이 그러하다. 그렇기 때문에 채만식의 여성들에 대한 동정적인 태도는 구시대의 희생자에 대한 것임을 짐작하게 한다. 이것은 채만식이 식민지 지식인으로서 그 상황에 대한 정당한 인식을 하고 있으면서 그 시대의 정신사의 변모 과정에 대해서 꿰뚫어보고 있음을 이야기한다.

그러나 채만식의 이런 의도가 작품 안에서 직절(直截)적으로 드러나지 않는 이유는 무엇인가. 아마도 그의 문체 때문이리라. 흔히 채만식을 풍자소설가니 세태소설가니 하는 이유도 여기에 있겠지만 그의 소설에는 지문에 사투리를 포함한 구어체가 사용되고, 곳곳에서 야유조나 은유조의 말이 개입되고 있어서 곧바로 받아들이기 어려운 말들이 많이 나온다. "우리만 빼놓고 어서 망해라"든가 "오죽이나 좋은 세상이여?" "이 태평천하에"로 표현되는 부분이 이야기하듯 극도로 희화화되고 있는 그의 문체는 당시 일제라는 침략자의 눈을 속이기 위한 것으로 받아들여진다. 문학 지식인이 상황에 대해서 직설적으로 이야기할 수 없을 때 이러한 방법론적 문체를 생각하게 되는 것은 당연한 듯하다. 바꾸어 말하면 문체는 상황과 표리관계를 유지할 수도 있다는 것이다. 그것이 그에게 풍자소설이라는 하나의 장르 개척자적 자리를 내줄 수 있다면, 그가 「탁류」에서 '뿌리 뽑힌 자들'의 식민지시대의 삶을, 「태평천하」에서 전통적인 지주의 식민지시대의 삶을 보여준 바는 그에게 세태소설의 자리를 마련해주는 것이리라.

그러나 채만식의 소설을 읽으면서 느낄 수 있는 또 하나의 속성은 작가의 작위적인 부분의 노출이다. 초봉이가 몇 분만 참았더라면 살인하지 않았을 것을, 혹은 이때 이렇게 했으면 비극적인 삶을 살지 않았을 것을, 종수가 '여학생' 창녀를 요구하지만 않았더라면 아버지의 첩을 만나지 않았을 것을 하는 식의 가정법이 그의 소설에서 자주 눈에 띄는 것은 '우연'의 지나친 연속처럼 보인다. 이것은 그의 소설에서 감상적 요소로 남아 있는데 아마도 작가의 지나친 야유에서 비롯된 듯하다. 풍자소설이 지닌 현실에 대한 조롱은 그러한 작위에서 더욱 살아날 수도 있기 때문이다.

여하튼 이상에서 본 채만식의 작품은 식민지시대의 한국 사회의 정신적 변동에 관한 중요한 고찰의 기록으로 남는다. 그것은 염상섭의 「삼대」에서 우리가 얻을 수 있는 것과 같은 내용의 문학이 형식을 달리하고 나타났음을 의미할 수도 있다. 「태평천하」에서 한 가족 5대가 등장하는 것은 「삼대」와 비교될 수 있는 이유가 될 수 있다. 염상섭은 「삼대」에서 지주인 조부에 대해서 관대하며, 신식 문물의 피상적 수용자 상훈과 급진적 개화파 병화에 대해서는 비난하고, 보수적 개화파

(이 말이 타당할는지 모르겠지만) 덕기에 대해서 애정을 가지고 있다. 그러나 채만식은 전통적인 지주인 윤직원 영감과 전형적인 지주 자손으로 방탕의 길을 걷는 창식, 종수, 그리고 경제적 무능력자이며 전통적인 것도 새로운 것도 아닌 사고방식을 가진 정주사, 사회에 대해 아무런 의식도 없고 소시민적 이해관계에 얽매어 있는 '뿌리 뽑힌 자들'에 대해서 혹독한 비난을 가하고 있는 데 반해 온건한 사회주의자인 종학과 남승재에 대해서는 애정을 가지고 있다. 여기에 이 두 작가의 공통점과 다른 점이 있는 것 같다. 물론 이들의 어떤 태도가 더 정확하다거나 정당하다고 이야기할 수는 없지만, 그러나 이들의 상황이 오늘의 상황으로 바뀌었을 때 어떻게 설명될 수 있을까를 생각하게 되면, 채만식과 염상섭의 선구적 작가 정신에 대해서 다시 한 번 생각해보지 않을 수 없다. 그러므로 채만식의 '역사의 탁류'에 대한 인식은 식민지시대 문학인으로서 뛰어나다. 그는 「탁류」를 통해 전통사회에서 탈락한 사람들이 새로운 식민지사회에서도 자리 잡지 못하고 있는 것을, 「태평천하」를 통해 전통사회에서 뿌리박은 사람이 새로운 식민지사회에서도 현상을 유지할 수는 있지만 새로운 세대에 의해서 대체될 가능성을 보여준다. 이것이 바로 이 작가가 자기 시대를 얼마나 정확하게 파악하고 있는지 말해 주는 바이다.

관조자의 세계

─ 이호철

1955년부터 작품을 발표하기 시작한 이래, 1962년 동인문학상을 수상함으로써 명실상부하게 작가적 역량을 인정받은 이호철은, 1950년대에 문학적 활동을 시작했던 작가들 중 현재까지 작품 활동을 하는 드문 경우에 속한다. '드문 경우'라는 말을 쓰는 이유는, 그와 거의 동시대에 문학 활동을 시작했던, 그리고 그와 함께 그 시대의 문학을 대표했던 많은 작가가 대부분 소설을 쓰지 않거나 신문소설만을 쓰고 있는 반면에, 현재까지도 작품 활동을 계속하고 있는 경우가 그를 비롯해 불과 몇 명에 지나지 않기 때문이다. 물론 한 작가의 역할이나 생명이 그 작가의 활동 시기의 장단에 좌우되는 것은 아니지만, 일반적으로 작가의 활동 시기가 짧은 우리 문단의 경향에 비추어볼 때 그가 여전히 정력적으로 작품을 발표하고 있다는 사실은, 그를 위해서나 한국 문단을 위해서 다행스런 일이 아닐 수 없다. 한 작가가 15년 동안 끊임없이 무엇인가 이야기하기 위해서는 자기 자신 안에서 계속적인 갈등과 고민과 추구의 과정을 밟지 않고는 불가능하다. 이러한 과정을 통해 작가는 자기 자신이 쌓아온 것이 무엇인지 독자들에게 인식시켜 주고, 그러한 인식을 통해 우리는 그 작가의 외롭고 고통스런 삶의 양식에 공감하게 되고, 게다가 어떤 새로운 가치관까지도 발견하게 되는 것이다. 위대한 작가일수록 외롭고 고통스런 삶의 양식에 대한 공감의 폭을 넓게 하고, 뛰어난 윤리관-가치관에 대한 의식을 고취시킨다는 사실을 우리는 도스토옙스키나 카뮈에게서 찾아볼 수 있다. 이러한 작가에게 삶이란 '나'라거나 '사회'라는 어느 한쪽에만 의미를 부여하는 것이 아니고, '나'로부터 '사회'로 흘러가는 끊임없는 의식의 확산과 '사회'로부터 '나'에게로 유입되어오는 질서의 압력 속에서, 그것이 이야기하는 모든 것을 포용하고 그것이 야기하는 모든 것에 대해서 물음을 던지는 수용과 질문의 세계이다. 따라서 이 경우에는 '나'와 '사회' 사이에 끊임없는 긴장이 요구되고, 보편적인 것을 본질적인 것으로 환원시키는 방법이 작가적 역량으로 나타나야 하는 사실이다. 그러기 위해서 작가는 자기 작품 안에서 감성적인 요소와 이성적인 요소를 동시에 갖추어야 하며, 이 두 가지 요소의 밸런스를 통해서 그 작품의 성공과 실패라는 판단을 받기에 이른다. 삶에 대한 우리의 태도 중에는 논리적으로 설명할 수 없으면서도 확실히 느낄 수 있는 어떤 것과, 논리적으로 설명할 수 있는 어떤 것이 항상 존재한다. 여기에서 감성적인 요소라는 것은 전자를 이야기하며 이성적인 요소라는 것은 후자를 말한다. 이 두 가지 요소가 서로 배반의 성질을 띠고 있지만, 작가가 그 배반을 극복해야 하는 것은 그가 문학작품이라는 하나의 양식을 선택했기 때문이다. 따라서 논리의 뒷받침을 받지 못한 감성이란 센티멘털리즘으로 떨어져버리고, 감성이 없는 이성이란 문학의 범주를 떠나버린다. 이러한 감성과 이성의 함수관계가 문학작품의 중요한 내용을 이루고 있음을 인식함에도 불구하고 정작 그것이 어떤 내용의 감성인지 혹은 어떤 논리의 이성인지 규명하고 그것이 '삶' 속에 어떻게 굴절되고 어떤 의미를 띨 수 있는지 평가하지 않는다면, 문학작품에서 감성과 이성은 무의미한 것에 지나지 않는다. 그런 점에서 이호철의 작품을 읽는다는 것은 대단히 의미 있는 일이 될 듯하다. 특히 최근에 발표한 『큰 산』은 그가 지금까지 쌓아온 문학 내용을 단적으로 이야기해주는 두 가지 요소를 명확하게 보여준다. 그런 점에서 『소시민』이전의 작품부터 검토해보는 것이 우선 필요할 듯하다.

이호철의 작품들 중 가장 초기작에 속하는 「탈향(脫鄕)」은 그의 문학의 몇 가지 속성을 용의주도하게 암시하고 있는 것 같다. 용의주도하게라는 말은 작가가 이미 자기 자신의 문학적 성격을 어떻게 보여주겠다는 의도적 암시를 하고 있다는 말이 아니라 그 뒤에 발표된 소설들에서 거슬러 올라간 결과가 그렇다는 말이다.

첫째 서정적인 아름다움에 대한 애정이다. 고향을 떠나서 부산에 피난 온 네 사람의 10대와 20대 인물들의 생활이 비록 매일 밤 화차(貨車)를 바꿔 타고 부두 노동을 하면서도, 그리고 그들이 서로를 배반할 삶의 악(惡)을 배워가면서도 그들의 본성 속에 감추어진 아름다움은 드러나고 만다. "좋은 반찬은 서로 양보들을 했다./어두운 화차간 속에서나마 막걸리 사발이나 받아다 마시면, 넷이 끌어안고 법석대곤 했다"고 하는 것처럼, 그들이 비록 그날그날의 생계를 유지하기 어려운 형편에 놓여 있지만, 삶의 고달픔 속에 숨어 있는 아름다움을 놓치지 않으려는 작가의 의도는 여러 곳에서 드러난다. 가령 「소묘」(1957)에서는, 하나밖에 없는 손자와 단둘이 살던 할머니가 그 손자를 군대에 보낸 뒤에 살고 있는 삶을 묘사한다. 그녀의 삶이란 오직 그 손자의 무사 귀향에만 의존하고 있다. 이러한 외롭고 괴로운 삶을 살고 있음에도, 할머니가 손자를 위해 큰 소나무를 향해 빌고 있는 모습은, 까마귀·여우의 울음소리·소나기·핏빛 보름달 등에 의해 보다 초라하고 비극적으로 보이면서도, 그것의 역설적인 아름다움을, 토속적 세계에서 무지와 비극적 삶의 서정을 그리고 있는 것이다. 어린애들이 살인을 저지르게 되는 이야기 「짙은 노을」(1958)에서는 "발간 저녁 햇볕 속의 텅 빈 운동장에 그 서넛의 갸름갸름한 그림자는 퍽 애처롭고 처량하고 쓸쓸한 것을 느끼게 하였다"고 표현함으로써 끔찍스런 살인을 예고하면서, 동시에 그것이 어른들의 살인과 같이 잔혹하지 않은, 어린이들의 때 묻지 않은 실수의 아름다움을 보여준다. 삶의 밑바닥에 헤매고 있는 듯한 버스 차장의 이야기 『먼지 속 서정』에서도 순발이와 광석이의 고달픈 삶에 '서정'을 불어넣으려고 하는 이 작가의 집요한 애정을 엿볼 수 있다.

참 바깥은 복잡하다. 둘이 다 을씨년스럽게 춥다. 광석이는 하늘을 올려다보며 하품을 하였다. 참 무언지 기분이 좋았다. 순발이는 두 손을 입에 갖다 대고 호호 불었다. 참 바깥은 복잡하다. 무엇인가 철물 같은 것이 흐르듯이 흐르고 있다. 육중하게 뒤틀리며 더덕더덕한 것이 서서히 흐르고 있다. 그리고 둘은 어처구니없게 잠시 떨어져 나왔다. 어딘가 엉뚱한 이역(異域) 같은 곳에 떨어져 나왔다. 그리고 참

기분이 좋다. 호젓하고 가볍고 쓸쓸하고 적당히 구슬프면서도 좋다.

'복잡한 바깥 세계'에 시달리면서도 그들이 사랑을 약속하는 로맨틱한 아름다움의 세계를 경험하는 것처럼 작가는 모든 사물을 아름답고 서정적으로 보려고 노력하고 있다. 순발이와 광석이가 느끼고 있는 것처럼 작가는 마지막 기대를 빼앗긴 노파에게서도, 살인을 하는 어린애들에게서도, 고된 삶을 사는 버스 차장에게서도 "참 기분이 좋다. 호젓하고 가볍고 쓸쓸하고 적당히 구슬프면서도 좋다"는 슬픔의 미학, 소외의 미학, 파국의 미학을 보여준다. 이러한 서정적 세계란 감성의 소산이다. 따라서 여기에서는 어떤 논리적 근거를 보여주지 않는다. '호젓하다' '가볍다' '쓸쓸하다' '구슬프다'라는 형용사가 서로 다른 상태를 이야기함에도 불구하고 "좋다"고 하는 것은 이 작가의 그러한 서정적 성격 때문이다. 이와 같은 형용사는 『탈향』의 네 주인공의 관계에도 적용되며, 노파의 삶이 보여주는 비극을 아름답게 만들어 주는 이유가 되기도 하고, 어린이들의 살인이 끔찍하게만 보이지 않는 어떤 것이기도 하다.

그러나 이호철이 다루고 있는 사건의 내용이란 어떠한 것일까. 그것은 겉으로 묘사될 수 있는 만큼 아름다움의 세계가 아니라 천형을 받은 듯한, 인간의 삶에 값하지 못할 만한 비참하고 잔혹한 현실이다. 거의 실성한 것처럼 칠성님께 빌고 있는 노파의 삶이란, 가난과 무지와 외로움(혈연이 하나밖에 없다는)과 운명의 배반이라는 모든 불행의 총화 같은 인상을 준다. 고향을 떠나온 청소년들로서 가정도 없고 화차에서 추위에 떨고 매일 부두 노동으로 생계를 유지해야 하고, 야박한 인심(人心)과 싸워야 하고, 유일한 연대감을 갖고 있는 한 친구의 죽음을 경험하고, 언젠가는 배반하게 될 운명을 암시하고 있는 『탈향』
의 네 주인공의 삶은 '뿌리 뽑힌 자déraciné'의 절망적 생활 그것이다.
어머니가 죽고 아버지마저 죽은 뒤 의붓어머니와 이복동생만이 있어
서 차장이 되었거나, 어머니가 누군지도 모르고 고아로 전쟁에 참가하
고 유치장 생활도 경험한 뒤 차장이 된, 순발이와 광석이의 삶은 기구
한 운명과 다르지 않은 밑바닥의 생활이었다. 어린애들의 단순한 장난
이 어른의 한마디 말―저걸 그냥 내버려두니? 사내대장부가 〔……〕
해봐, 마지막까지 ―에 촉발되어 순간적인 살인 행위를 저지르고 마
는 「짙은 노을」의 이야기는 '귀염성스럽고 시원스러운 느낌'으로 받아
들이기에는 그 어린애들이나 가족들에게는 너무나 심각한 것이었다.
말하자면 이호철이 이야기하고 있는 현실 속에 뛰어들어가 보면, 그것
은 파국의 아름다움이라든가, 외로움의 즐김이라든가, 운명의 미화라
든가, 살인의 귀염성스러움으로는 도저히 받아들일 수 없을 만큼 냉혹
하고 심각한 것이었다. 그럼에도 불구하고 이호철의 초기작들이 서정
적 세계의 아름다움을 느끼게 하는 이유는 어디에 있을까. 그것은 아
마도 이 작가가 취하고 있는 관조자적 입장 때문인 듯하다.

「탈향」에서 '나'는 "애당초 나는 두찬이처럼 심술이 세다거나 광석
이처럼 주변이 좋다거나 하원이처럼 겁이 많다거나, 그 어느 편도 아
니었다. 나는 이젠 우리 넷 사이가 어떻게 돼도 좋았다" "광석이나 두
찬이는 그들대로, 나에게만은 이렇다 할 아무런 감정도 품지는 않았으
나, 처음 화차살이가 시작될 때보다 퍽 어석버석해진 것만은 사실이었
다"고 고백하고 있다. 이 고백은 네 사람에게 주어진 현실 속에서 '나'
가 어떤 의지를 갖고 있다거나 행동하는 입장에 서지 않고 그것을 관
망하는 태도를 취하고 있음을 말해준다. 네 사람 사이가 어떻게 되어

도 좋다는 말은 그 네 사람으로 이룩된 현실을 '나'가 이미 떠나 있으며, 따라서 '나'는 네 사람의 연대적 운명에 관여하지 않고 바라볼 뿐이다. 「짙은 노을」에서 살인 이야기를 들은 '나'의 반응도 그러한 관조자적 관찰자의 입장을 그대로 보여준다. "이 얘기를 들었을 때 나는 전혀 태연자약했다고는 말할 수가 없지만, 그러나 선뜩하다기보다 '야 요놈들 봐라' 이런 종류의 가벼운 귀염성스러움과 뭔가 시원스러움을 느꼈던 것이었다." 사건과는 직접적인 관련을 맺지 않으면서 사건을 바라봄으로써 자신의 불만을 배설하는 '나'는 사건을 즐기고 있는 것이다. 그렇기 때문에 이호철의 소설에서는 사건 속에 뛰어들어 있는 행동자로서의 '나'가 존재하지 않고, 사건 밖에 있는 관찰자로서의 '나'가 있을 뿐이다. 관망자로서의 '나'는 그러므로 어떤 주장을 내세우는 일이 없고 항상 느낌을 이야기할 뿐이다. 그것은 바로 작가의 의식의 폐쇄성을 의미한다. 어떤 사건을 보아도 자신의 생각을 발표하는 일 없이 그것을 묵묵히 관찰하고 있는 '나'는 사실상 이호철의 많은 작품 속에서 한 번도 콩피당(confident, 마음속 이야기를 하는 사람)을 가져본 일이 없다(그것은 아마도 이호철의 작품을 이해하고 그 성격을 규명하는 데 중요한 의미를 지니고 있는 것 같다). 그것은 자기 자신에 대한 신뢰와 자기 외부에 대한 불신에서 야기되고 있는 경우가 많다. 가령 앞에서 인용한 글을 다시 읽어보자. "참 바깥은 복잡하다. 〔……〕무엇인가 철물 같은 것이 흐르듯이 흐르고 있다. 육중하게 뒤틀리며 더덕더덕한 것이 서서히 흐르고 있다. 그리고 둘은 어처구니없게 잠시 떨어져 나왔다. 어딘가 엉뚱한 이역(異域) 같은 곳에 떨어져 나왔다. 그리고 참 기분이 좋다." 여기에서 주인공은 자기를 둘러싸고 있는 세계를 복잡한 것으로 파악하고, 자기만의 세계(차장으로서의 자기가 아니라 중국집 방에 갇혀 있는 자기)를 그곳으로부터 떼어냄으로써 편안함과 만족을 느끼는 것이다. 그것은 외부에 대해서 의식의 문을 닫고 있음을 의미하고 그렇기 때문에 콩피당이 존재하지 않는 것이다.

콩피당의 부재로 인해 이호철의 '나'는 일반적으로 아무런 주장을 하고 있지 않음을 우리는 보았다. 주장을 할 수 없을 때 사람들은 느낌을 말한다. 감성에 해당하는 느낌은 구체적이고 논리적인 것을 추상화하게 된다. 가령 「탈향」에서 '나'가 하원이를 버리려고 할 때 "바람도 없이 내리는 눈송이여, 아, 눈송이여"라고 외치는 것이라든가 「소묘」에서 손자의 전사 통지를 받고도 그것을 읽을 줄 모르는 할머니가 그날 밤 "웃음의 소리를 해보았으나 좁은 방은 침침하고 오늘 따라 텅 빈 것처럼만 느껴졌다"라든가 「짙은 노을」에서 소년이 살인하는 순간을 "비로소 한길엔 선뜩한 고요함이 깔린다"고 하는 것이 그렇다. 그의 표현에 형용사가 많이 등장하는 것도 이와 같은 추상화를 돕기 위한 것이다. '나'의 주장이 들어 있지 않은 추상화는 사물에 대한 감정을 나타냄으로써 어떤 것을 표상한다. 그렇다면 이호철의 작품에 여러 번 나오는 주인공의 울음—눈물은 무엇을 의미하는가.

사실상 이호철의 주인공들은 자주 눈물을 흘린다. 그들은 울음—눈물의 명수들이다. 손자를 위해서 빌고 있는 노파가 "눈물을 후벼내고", 밤이 되면 어린 하원이는 흐느끼거나 소리 내어 울고, '나'도 마음속으로 하원이를 버리면서 "눈물이 두 볼을 흘러내리"는 것이며, 「나상(裸像)」의 동생과 형도 울음을 터뜨리고, 「먼지 속 서정」의 광석과 순발이도 "소리 없이 눈물을 씻었다." 이호철의 소설집(〈현대한국문학전집〉 제8권, 신구문화사) 한 권에서 주인공들이 눈물을 흘리거나 울음을 우는 경우는 100회 이상이나 되고, 그중 1인칭인 '나'가 눈물을 흘리는 경우도 20회가 넘는다. 인간에게 눈물은 감정의 가장 직설적인 표현이다. 말하자면 그의 주인공들의 감정 상태라는 것이 원초적 단계에 머무르고 있음을 말한다. 그의 주인공들은 마음속에 맺혀 있는 한(恨)이나, 자기 자신의 불행한 상태나, 따뜻한 정(情)의 세계나, 배반의 씨를 잉태하게 된 자신의 깨달음을 표현하는 데 눈물을 흘리고 있는 것이다. 가령 삶의 희로애락을 울음으로 표현하는 것을 의미한다. 이때 울음은 논리적인 것이 아니고 감성적인 것이다. 주인공은 말을 함으로써 자신의 의사를 표현하는 것이 아니라 눈물을 흘림으로써 감동했다든가 원통하다든가 기뻤다든가 슬펐다는 것을 표시할 뿐이다. 그들이 눈물을 흘릴 수밖에 없는 이유는, 그들이 말을 할 수 없었던 이유는 앞에서 말한 대로 콩피당을 갖고 있지 못하기 때문이다. 여기에서 콩피당을 갖고 있지 못하다는 말은 타인과의 의식의 단절이라는 실존적인 의미를 지니는 것일까. 그렇지는 않은 것 같다. 그의 주인공들에게는 카뮈의 뫼르소나 사르트르의 로캉탱이나 말로의 첸에게서 볼 수 있는 존재론적인 고뇌가 없다. 그의 주인공들은 존재와 상황에 대한 깊은 천착을 하는 것이 아니라 자기들이 살아온 삶을 이야기해줄 뿐이다. 그 때문에 콩피당이 없는 이호철의 작품들은 그것의 현대적 비극을 표상하고 있다기보다는 서정적 세계를 보여주고 있는 것이다. 그런 의미에서 그의 주인공들에게 눈물이 남아 있다는 사실은 그들이 그처럼 힘들고 고된 삶을 살고 있음에도 불구하고, 아직도 구제받을 수 있는 인간들이라는 것을 의미한다. 이것은 주인공들에 대한 작가의 애정이며, 동시에 인정적 세계에 대한 작가의 동경인 듯하다. 그런 점에서 이호철은 이성적인 작가가 아니라 감성적인 작가로서 출발하고 있는 것이다.

이호철이 감정적 작가라는 것은, 작가가 주인공의 내면에 들어가지 않고 주인공들의 행위를 밖에서 서정적으로 그리고 있기 때문이라는 것을 앞에서 말했다. 말하자면 이호철은 논리적인 것을 감성적인 것으로 환치시키는데, 그것은 최인훈의 경우와 비교하면 반대되는 방법론임을 드러내준다. 「Grey 구락부 전말기」(1959)로부터 작품 활동을 시작한 최인훈은 주인공들의 밖에서 주인공을 관망하기보다는 주인공의 내면에 들어가서 주인공과 함께 고민하고 모든 감성적인 것을 논리화시키려고 노력해왔다. 그렇기 때문에 최인훈의 주인공들은 앓고 있고, 그 아픔을 통해서 자기 자신을 바라보고, 그리고 실존적인 고뇌에 사로잡히게 된다. 최인훈은 이호철과 마찬가지로 작품 안에 콩피당을 가지고 있지 않지만, 그의 주인공들에게는 존재론적인 고뇌가 있다. 바로 그런 이유로 최인훈의 작품은 서정적이기보다는 오히려 고백적인 성격을 띤다. 이호철과 최인훈이 서로 역의 방법론을 채택하고 있다는 사실은 상당히 많은 점을 시사해준다. 하지만 여기에서는 이호철의 작가적 변모 과정을 살펴보는 것이 더욱 중요한 문제이다. 이호철의 대표적 장편 「소시민」과 최근에 발표한 「큰 산」은 이호철 문학의 확산적 성격과 내용을 가장 선명하게 보여주는 작품인 것 같다.

1965년 이호철은 자신의 작품집 뒤에 다음과 같은 말을 덧붙였다. "일상의 여러 현상은 반드시 그 자체의 독자성으로만 있는 것이 아니라 어떤 전체의 통일성 속에서 일관한 역사적 문맥 속에서 파악되어야 한다. 개개의 지엽적인 것은 전체성의 파악 속에서만 그 의미가 드러나고 공감의 넓이와 진정한 리얼리티를 획득할 수 있다." 그리고 그는 계속 말한다. "소설가를 희생하면서까지 예술가가 되려고 하는 경우가 있는가 하면 예술가를 희생하면서 소설가이려고 하는 경우도 있다.” 그렇다면 이호철은 어느 쪽을 선택하고 있는가. 아마도 우리는 이호철의 초기작들의 서정성에서 그의 예술가적 모습을 볼 수 있을 것이다. 그에게 예술가적인 면이란 ‘언어의 함축, 대담한 취사선택, 긴밀한 구성, 짙은 밀도’를 의미한다. 그러나 이 글에서 이호철이 밝히고 있는 바와 같이 그의 관심은 소설가적 모습과 예술가적 면모가 동시에 나타나는 종합적인 세계에 있다. 「소시민」 이전에도 이러한 ‘종합’의 의도는 이따금 단편적으로 드러나 있다(예를 들면 「파열구」「용암류」 등이다). 그러나 작가의 그러한 야심이 가장 두드러지게 본격적으로 드러난 작품은 『소시민』에서인 것 같다.

「소시민」은 6·25동란 당시 부산 완월동 제면소에서 생활하던 10여 명 인물의 이야기이다. 이북에서 피난을 나와 처음에는 부두 노동을 하다가 우연히 이 제면소에서 일하게 된 ‘나’, 단순하고 소박하고 무식하면서도 전쟁의 소용돌이 속에서 흔한 원조 밀가루로 국수를 만들어 팔아 소자본을 이룩한 주인, 소자본가로서 먹을 것 걱정을 안 하면서도 가정관계의 복잡함과 성적 불만과 소시민적 한가함에서 고통을 받고 있는 주인 여자, 일제시대의 지원병으로 버마 전선에까지 끌려갔다 온 일이 있고 지금도 일본군을 절대절명의 것으로 생각하며 전란과 소용돌이를 피안의 불로 바라보고 주인에게는 순종만 하는 신 씨, 원래 고등교육을 좀 받았고, 일제시대에는 규슈로 징용에 끌려갔고, 그 뒤에는 남로당에 가담하여 어느 곳의 책임자 노릇을 했고 지금은 제면소에서 찌들어져 가고 있는 정 씨, 무식하면서 옛날에는 정 씨의 부하였고, 제면소에서 수단과 방법을 가리지 않고 돈을 벌어, 마침내는 이승만 지지의 테러에 가담하는 김 씨, 일본의 일교대학(히토쓰바시 대학)

을 나오고 한때 보연(保聯)에 관계하고 아내가 가출하고 친척뻘이 되는 제면소에 기식하다가 자살한 강 영감, 김해의 소지주의 아들 행세를 하고, 강자에게 약하고 약자에게 강하고, 소시민적 허세가 심하고 병역 기피자로 제면소에서 일하다가 전쟁에 끌려가서 죽는 곽 씨, 천안에서 피난 오고 졸병으로 일선에 나간 남편이 있고 순박한 마음을 소유하고 제면소의 식모로 있다가 김 씨와 함께 살림을 나가고 결국은 양공주로 타락하고만 천안 색시 등이 만들어내는 사건이 이야기의 중심을 이룬다. 작가는 이들의 생활을 이렇게 합리화한다. "어차피 사회 전체의 격동 속에서는 종래의 형태로 있던 사회 각 계층의 단위는 그 단위의 성격을 잃어버리고 모든 계층이 한 수렁 속에 잠겨서 격한 소용돌이 속에 휘어들어 탁류를 이루게 마련이었다." 이 작품에 등장하는 인물의 구성을 통해서 그리고 여기에 인용한 '나'의 관찰이 그러한 것처럼 이 작가는 「소시민」에서 그의 관심을 사회로 돌리고 있다. 그것은 묘사의 세계에서 분석과 비평의 세계로의 변모를 의미하며, 예술가일 뿐만 아니라 소설가이기를 원하는 이 작가의 야심을 드러낸 것이다. 이 작가에게 소설가는 발자크적 리얼리즘의 구현자인 것 같다. 그것은 감성적인 세계에서 이성적인 세계로의 전환을 의미한다. 작가는 피난 시절 제면소를 통해 부산 사회의 모습을 이야기해주고, '소설은 사회의 거울이다'는 저 고전적인 명제를 실현하고자 했던 것이다. 사실 「소시민」은 제면소를 중심으로 하여 그 당시 우리 사회의 일면을 훌륭하게 보여주었다. 가령 혼란의 와중에서 가난한 사람이 어떻게 해서 소자본가가 될 수 있으며, 소자본가가 된 그들이 어떠한 생활양식을 취하게 되는지를 주인 부부를 통해서 볼 수 있고, 일제시대의 많은 인텔리가 그러했듯이 사회주의에 가담했던 인텔리가 해방 후 5~6년 동안에 어떻게 몰락해갔는지 정 씨와 강 영감을 통해서 실감 나게 느낄 수 있고, 무식하고 가난하면서도 소박한 의욕을 가지고 자기 삶을 개척해나가려고 했던 사람들이 이승만 정권의 테러단에 가담함으로써 생활 면에서는 성공하고 사회적으로는 파시스트가 되었음을 '고향 사람'과 김 씨를 통해서 보여주었다. 이런 인물들의 삶이란 곧 그 시대에서 사회의 한 축도인 것은 사실이다.

그러나 우리가 보다 더 주목할 것은 이호철의 소설에 자주 등장하는 '나'가 이 소설에서 어떻게 나타나고 있는가이다. 『소시민』 이전에 등장한 '나'는 아무런 주장도 하지 않고, 사건의 내면에 뛰어들지도 않고 밖에서 관찰하는 입장을 취해왔었다. 그런데 『소시민』에서 '나'는 다음과 같은 주목할 만한 발언을 한다.

이 글에서 '나'는 '나 나름의 감수성과 비평안'을 가지고 무엇인지 분석하고 주장할 것을 예고한다.

> 과연 이 지점에서 각자는 어느 곳으로 향하고 있는 것인가. 나는 나 나름의 **감수성과 비평안**으로 이 완월동 제면소를 둘러싼 한 사람 한 사람을 적지 않은 호기심으로 바라보기 시작하고 있었다. 그리고 그중에서도 가장 관심이 가는 것이 역시 천안 색시와 김 씨였고, 정 씨와 신 씨, 그리고 일교대학을 나왔다는 놀라운 사실을 죽은 다음에야 알게 된 강 영감의 일이었다.

그러나 이 소설을 끝까지 읽는 동안 '나'가 '나'의 의식을 갖고 무엇을 주장하거나 행동하는 부분을 찾아본다는 것은 상당히 어려운 일에 속하게 됨을 알게 된다. '나'는 환경이나 현실이 이끄는 대로 끌려다니고 있다. 주인 여자가 성적 불만을 해결하기 위하여 자신을 불렀을 때 거절하지 못하고 주인 여자의 요구에 응한다든가, 강 영감의 딸 매리에게 끌려다닌다든가, 천안 색시가 이끄는 대로 둘만의 시간을 갖는다든가 하는 것이다. "모든 상황은 그 상황 자체의 논리를 좇아서 뻗어가게 마련이고, 일단 그 상황 속에 잠긴 태반의 사람들은 어쩔 수 없이 그 상황의 논리 속에 휘어들게 마련일 것이다"라는 그의 주장대로 '나'는 제면소의 상황에 맞추어서 그 시대의 혼란에 휩쓸려 살아가고 있을 뿐이다. 사회라는 것은 '나'에게 운명적인 절대적 힘을 가지고 있고, 따라서 '나'는 그것에 대해서 아무런 주장을 하지 못한 채 그것이 이끄는 대로 끌려갈 뿐이다. 그러나 정작 주의 깊은 독자라면 '나'에 대해서 두 가지 점에 관심을 갖지 않을 수 없다. 그 하나는 '나'의 주장이면서 행동이다. 이 소설에서 '나'는 몇 번의 주장을 한다. 즉 곽씨와 싸움을 하는 것과, 술을 마시면서 정 씨에게 덤비는 것과, 마지막에 입영을 하면서 주인 여자가 기피하라는 것을 거절한 점 등이다. 곽 씨와의 싸움에서 '나'는 "이 왜소한 소지주 종자야"라고 외치고, 정씨에게는 "정 씨, 정 씨는 왜 요즈음의 김 씨에게 대해서는 그렇게 신경을 쓰고 있으면서 나에 대해서는 근원적으로 완강하게 문을 닫고 있는 겁니까?" 하고 항의하는 것이다. '나'가 이렇게 자신의 주장을 이야기한 경우는 아마 초기의 '나'에서 상당한 발전을 의미한다. 그다음은 그 주장 속에 들어 있는 '나'의 태도이다.

그는 나보다 급속도로 타락하고 있는 김 씨에게 더욱 그다운 연줄을 느끼고 있는 눈치였다. 내가 이북에서 지주 집으로 몰수를 당하였고 월남을 했다는 사실을 지금도 큰 전제로 두고 나를 대하는 것이었다. 주로 나를 끌어내어 술을 마시고 이 얘기 저 얘기 넋두리를 하기는 하였지만 정작 나의 이즈음의 일상, 나의 살아가는 일에 대해서는 근원적으로 완강하게 무관심 태세를 견지하고 있는 것이었다. 그것이 어느 면 섭섭하기도 하고, 한편 무섭게 느껴지기도 하였다. 같이 한 수렁 속에 우연히 어울려 들어 있기는 하지만, 일단 어떤 고비에 가면 서로 제각기 반대쪽으로 가게 마련되어 있는 것이라고, 그렇게 마음속 깊이 계산하고 있는 모양이었다. 솔직한 이야기가 나는 딱 까닭은 없었지만 내가 그의 편이라는 것을 강조하고 싶었다.

이러한 태도에서 '나'는 정 씨의 정신에 대해 깊은 존경심을 갖고 있음을 볼 수 있다. '나'는 김 씨와 정 씨를 비교할 때마다, 김 씨의 조직 노동자다운 단단함이 파시스트로 타락할 가능성을 갖고 있는 데 섬뜩함을 느끼는 반면에 지적인 정 씨의 엄격함이, 그렇게 쉽게 무너지지 않고 쇠잔해가더라도 파시즘으로 타락하지 않을 것으로 예견하고 있다. '나'가 강 영감에 대해서 강 영감의 과거를 안 뒤에는 "살았을 적에 강 영감을 그렇게 대우했던 것이 뭉클한 회한으로 다가오는 것이었다"고 느끼는 것도 정 씨에 대한 태도와 다르지 않다. 그렇다면 정 씨나 강 영감에 대한 콤플렉스는 어디에서 연유하는 것일까. 앞의 인용문에서 볼 수 있듯이 '지주 출신'이라는 것과 '월남했다'는 사실에서이다. 여기에서 후자의 경우는 '실향민'이 가질 수 있는 '뿌리 뽑힌 자'의 불안과 고민이라는 점에서 쉽게 납득할 수 있다. 그러나 전자의 경우는 한국적 사고의 한 병폐에 지나지 않는다. 지주 출신이란 자기와는 아무런 상관도 없이 주어진 것이며, 그것이 자기 정신의 형성에 미치는 영향을 고려하고 있다는 것은 너무나 도식적인 유추인 듯하다. 그럼에도 불구하고 그것이 '나'의 콤플렉스를 가져오고 있는 것은 한국적 상황이 지닌 특수성 때문이리라. 왜 이런 콤플렉스를 극복하지 못할까. 그것은 아마도 현실적으로 불가능한 이상을, 과거의 삶이나 현재의 제스처에 의해서, 아니 지사(志士)적 포즈를 통해서 파악하려고 하는 로맨티스트들 때문일 것이다. 여기에서 '나'의 태도가 자주 바뀌는 것(때로는 정 씨 편에 서고, 때로는 김 씨 편에 서고, 때로는 매리 편에 서고, 때로는 천안 색시 편에 서는)도 그 때문이리라. 그러나 이러한 '나'의 고백에도 불구하고 '나'는 이 소설에서 아무것도 주장하지 않는다. "그리고 나는 두 가지 뜻에서 보수주의자였음이 확실하다. 그 첫째는 정 씨와 비교해서이고, 그 둘째는 이매리와 비교해서 말이다"라는 '나'의 해석은 결국 오늘의 한국이 처해 있는 역사적 상황을 설명하고 있을 뿐이다. 말하자면 이 작품에서 '나'도 역사 속에 뛰어든 사람이 아니라 역사를 관망하는 사람의 입장을 고수하는 셈이며, 따라서 이 작품에서도 작가의 대(對)사회적 관심이 확대되었을 뿐, 사회적 존재로서의 '나'에 대한 논리적 인식에 도달하지는 못하고 있는 것이다. 이호철이 탁월한 리얼리스트가 되지 못하는 이유도 여기에 있다. 따라서 이호철은 소설가와 예술가의 종합에서 부분적인 성공을 거두고 있는 것이다. 이 소설이 결과적으로 과거의 투쟁 경력을 소유한 정 씨와 강 영감의 몰락, 소시민적인 기회주의자 김 씨와 고향 사람의 파시즘화와 치부, 그 두 세력의 중간에서 전자의 편에 섰던 '나'의 입대로 끝나는 것은 무엇을 의미할까? 특히 정 씨의 아들이 15년 뒤에 독재에 항거한 의거 학생이 되었다는 것은 무엇을 말해주고자 한 걸까? 아마도 이에 대한 해답으로 이호철은 「큰 산」을 썼는지도 모른다. "큰 산이 구름에 가려서 안 보이는 것이, 어찌 이렇게도 이 들판에, 이 누리에, 쓸쓸한 느낌을 더하게 하는 것일까" 하는 '큰 산'은 이호철이 지금까지 동경해왔던 모든 것의 총화인 듯하다. 반면에 고무신은 이호철이 지금까지 싫어해오면서도 그 존재를 무시할 수 없었던 어떤 것인 것 같다. 이런 태도를 종교적 표현을 빌리면 샤머니즘이라고 할 것이다. 어떤 대상을 감성적 방법으로 인식하고 있을 때, 그리고 그것을 도식화시킬 때 그것을 정신의 샤머니즘이라고 부를 수 있다면, 바로 그것은 한국적 사고의 한 표현이 된다. 그러므로 이호철이 「소시민」 이후에 도달한 결론이 「큰 산」이라고 한다면, 그것은 이호철 개인을 위해서 아무런 발전도 의미하지 못한다. 왜냐하면 '큰 산'에 대한 인식이 지금까지 이호철이 해왔던 논리의 감성화에서 별로 변화된 모습을 찾아볼 수 없기 때문이다. 그러나 이호철의 문학이 지금까지 걸어온 길이, 감성과 이성, 비논리와 논리, 개인과 사회라는 두 개의 대립 개념 사이에서 끊임없이 고민하고 방황하는 데 있었다면, 「큰 산」은 그러한 고민과 방황의 세계를 집약적으로 보여준 것이며, 그런 점에서 이 작품은 현실에 대한 작가의 태도를 정직하게 보여준 것이리라.

이호철의 작품 중 일제시대를 그린 「타인의 땅」은 이호철의 방황이 무엇인지 암시해준다. 전통적인 것과 외래적인 것의 끊임없는 갈등, 그리고 그 속에서 무너져가고 있는 한국적 정신, 그것은 개화 이후 이 땅이 짊어지고 있던 고민이었다. 그동안 많은 지식인은 '나'와 사회의 관계에서, 전통적인 것과 새로운 문화의 사이에서, 감정과 논리 사이에서 방황을 해왔고, 여기에 한국적 고민의 양상이 드러나고 있으며, 이호철 문학은 그것을 체현하고 있다. 초기에는 서정적 세계를 그리다가 사회적 관심을 확대시키고, 그럼에도 불구하고 아무 말도 할 수 없는 '나'를 통하여 이호철은 '실향민'의 소심증과 폐쇄성을 보여주었다.

그리고 오늘날 모든 사람은 어쩌면 '실향민'일는지도 모른다. 바로 그 때문에 이호철의 작품에 공감하는 것이다. 그러나 15년의 세월이 지난 지금, 이제 '나'는 무엇인지 말하지 않으면 안 된다. 감성적으로가 아니라 논리적으로 말이다. 이호철이 말하고 있는 '과도기'란 어느 일정한 시대를 의미해서는 안 되는 것이다. 왜냐하면 사람들은 항상 자기 시대를 과도기라고 생각하고 있으니까. 소설가와 예술가를 종합하려는 이호철의 노력이 얼마만큼 성공적으로 나타날 수 있는지 그다음 말에 귀를 기울이고 싶다.